ANDREA SCHACHT
Der Sünde Lohn

# Andrea Schacht
# Der Sünde Lohn

Historischer Roman

blanvalet

Verlagsgruppe Random House FSC-DEU-0100
Das FSC®-zertifizierte Papier *Holmen Book Cream*
für dieses Buch liefert Holmen Paper, Hallstavik, Schweden.

1. Auflage
Originalausgabe Juli 2011 bei Blanvalet Verlag, München,
einem Unternehmen der Verlagsgruppe Random House GmbH
© 2011 by Blanvalet Verlag, München,
in der Verlagsgruppe Random House GmbH
Redaktion: Dr. Rainer Schöttle
Umschlaggestaltung: © HildenDesign, München,
unter Verwendung von Motiven von
The Bridgeman Art Library und akg-images
lf · Herstellung: sam
Satz: Uhl + Massopust, Aalen
Druck und Einband: GGP Media GmbH, Pößneck
Printed in Germany
ISBN: 978-3-442-37669-8

www.blanvalet.de

Könnt zerspringen mir das Herze gar
von vielem Leiden, wär ich lang tot,
die Reine, sie nimmt mich nicht wahr,
zuwider bin ich ihr, das ist mein' Not.
*Namenlos*

# Dramatis Personae

**Alyss** – Wein- und Pelzhändlerin mit einem Weingarten, die die Verantwortung für fünf Heranwachsende, einen Hauspfaff und allerlei Getier trägt.

**Marian** – Heiler in der Ausbildung, der seiner Zwillingsschwester in allerlei Mühsal zur Seite steht.

## Das Hauswesen

**Arndt van Doorne** – Alyss' Ehemann, kaum noch eine Schliere Hühnerkacke wert.

**Merten van Doorne** – Arndts Stiefsohn, der sich aus schierer Geldnot bereit erklärt, für Alyss' Weinhandel zu arbeiten.

**Hilda** – die Haushälterin mit einem Hang zur Reinlichkeit und zum Aberglauben.

**Peer** – Handelsknecht, im Dienste ergraut und fähig, auf sich und andere aufzupassen.

**Leocadie** – Alyss' Base, eine ihrer Schutzbefohlenen mit Herzeleid.

**Frieder und Lauryn** – Geschwisterpaar, das sich auf allerlei Arten bemüht, die Trauer um den verstorbenen Vater zu überwinden.

**Hedwigis** – Alyss' Base, deren böses Mundwerk geläutert wurde. Kurzfristig.

**Tilo** – Alyss' junger Vetter, der auf Reisen seinen Horizont erweitert hat.

**Magister Hermanus** – der Hauspfaff, der auf dem Weg der Tugend ins Stolpern zu geraten scheint.

**Magister Jakob** – Notarius von hohem Verstand und heimlichem Heldentum.

**Malefiz** – schwarzer Kater, doch kein böses Omen.

**Benefiz** – junger Spitz in der Ausbildung zum Wachhund.

**Jerkin** – ein weißer Jagdfalke, zurzeit flügellahm.

**Herold** – ein martialischer Hahn, der unbarmherzige Künder des Morgens.

**Gog und Magog** – Ganter und drei Gänse, benannt nach den heidnischen Völkern der Bibel und von ebenso schlechtem Benehmen.

### Freunde, Bekannte, Verwandte

**John of Lynne** – befreundeter Tuchhändler aus England, derzeit etwas flügellahm, nichtsdestotrotz wehrhaft und auf der Suche nach Lösungen.

**Catrin von Stave** – Alyss' und Marians Ziehschwester, eine Begine von stiller Weisheit.

**Mats Schlyffers** – Messerschleifer mit Wolfsrachen, der allerlei interessante Schneidwerkzeuge kennt.

**Gislindis** – Mats' Tochter, die sich ihre Silberlinge redlich verdient.

**Mechtild** – Tilos Mutter und geschäftige Gattin des Tuchhändlers Reinaldus Pauli.

**Pater Nobilis** – Pfarrer von St. Kolumba, der großzügig Ablässe verteilt.

**Fabio** – Reliquienhändler, der Marian die maurische Sprache lehrt.

**Theis und Joos** – zwei Baderknechte mit nicht allzu sauberem Ruf.

**Arbo von Bachem** – edler Ritter von hohem Stolz, in Notlagen jedoch ein verlässlicher Kämpe.

**Pitter** – Bader und ein Mann, der an seinen Ruf zu denken hat.

**Franziska und Simon** – die Adlerwirte mit reichem Nachwuchs und ständig wohlgefülltem Kessel.

**Trine und Jan van Lobecke** – Apotheker, die nicht nur Arzneien, sondern auch gewisse Luxusgüter herstellen.

**Jens Husmann** – Gutspächter und Magister Hermanus' Bruder.

**Lore** – sittenstrenge Päckelchesträgerin, Gänsehirtin und Born des Gassenwissens.

**Odilia** – Taschenmacherin mit Nebeneinkünften.

**Julika** – Brauersgehilfin mit Nebeneinkünften.

*Und natürlich dürfen nicht fehlen*

**Almut und Ivo vom Spiegel** – Alyss' und Marians liebende Eltern.

## Vorwort

Ketzerei – das ist und war die Abweichung von der vorgegebenen Meinung der Kirche. Man nennt dieses Verhalten auch Häresie, die selbstgewählte Anschauung. Pfui über die Menschen, die es wagen, sich selbst ein Bild vom Leben zu machen.

Das Leben im Mittelalter jedoch war etwas anders strukturiert als unsere heutige Gesellschaft. Vor allem das Wissen um die Natur der Welt war noch recht begrenzt, mehr als den biblischen Schöpfungsmythos kannte man nicht; kaum einer konnte lesen, schon gar nicht die im Grunde recht fortschrittlichen Schriften der Römer und Griechen zu den Naturwissenschaften.

Deshalb war es wichtig, dass es eine Institution gab, die im Besitz der endgültigen Wahrheit war – die Kirche. Die wusste Bescheid und hatte recht. Ihre Priester waren die Lehrer des Volkes, diejenigen, die auf die Fragen des Seins eine Antwort geben konnten. Und wer das Recht hat, hat auch Gesetze. Wer Gesetze hat, gibt Regeln vor, um jene zu bestrafen, die die Grenzen überschreiten.

Wer also etwas anderes behauptete als die Kirche und gegen ihre Regeln verstieß, stellte sich damit außerhalb der Gesellschaft.

Was nicht heißt, dass es nicht auch schon im Mittelalter

genug kluge Menschen gegeben hätte, die sich ihre eigenen Gedanken gemacht haben. Alyss, Marian und John tun es, aber sie halten sich dennoch an die gesellschaftlichen Regeln, weil sie es nicht anders kennen. Ihre Zeitgenossen, etwa Jan Hus oder John Wycliffe, dachten auch über die Diskrepanz zwischen Kirchenmacht und christlichem Glauben nach, sprachen laut darüber und wurden dafür als Ketzer verfolgt. Jan Hus starb auf dem Scheiterhaufen, und knapp ein halbes Jahrhundert nach seinem (natürlichen) Tod ließ man John Wycliffes Gebeine ausgraben und verbrennen. Ketzerei wurde mit Feuer bekämpft.

Der Aberglaube ist ein Verwandter der Ketzerei, denn auch er bedeutet eine Abweichung von den dogmatischen Lehren der Kirche. Allerdings ist der Aberglaube eher rückwärts gerichtet. Heidnisches Gedankengut und heidnische Riten waren im Mittelalter noch sehr lebendig unter einer dünnen Kruste Christentum. Zaubersprüche, Omendeutung, Naturgeister oder gar Hexerei gehörten zu dem abergläubischen Umfeld.

Selbstredend wurden solche Praktiken ebenfalls von der Kirche verboten, denn sie entzogen ihr Macht und natürlich auch Geld. Wer die Zaubersche bezahlte, bezahlte eben nicht den Priester.

Aus dieser Verteufelung der heidnisch-abergläubischen Gedanken entstand später, in der frühen Neuzeit, die Hexenverfolgung.

Noch aber wurde Aberglaube wenn auch nicht gutgeheißen, so doch zähneknirschend geduldet und vieles davon eben schlicht in die christlich-religiösen Praktiken integriert.

Osterwasser wird noch heute in vielen Gegenden geholt und soll gar wundersame Wirkung entfalten.

Probieren Sie es selbst. Aber nicht schwatzen, während Sie es aus der heiligen Quelle holen und nach Hause tragen. Sonst geht der Zauber baden.

## 1. Kapitel

Wie so oft waberte feuchtkalter Nebel durch die Gassen nahe der Themse. Die Hafenleute, Schiffsbesatzungen und Handelsknechte hatten Zuflucht in den zahlreichen Tavernen gesucht, um der klammen Nacht zu entfliehen. Vielgestaltig war das Stimmengewirr im Red Lion. Aus vieler Herren Länder hörte man fremdländische Worte. Weiches Portugiesisch mischte sich mit melodischem Singsang der Venedigfahrer, arabische Laute mit hartem Dänisch, Gezänk in welscher Zunge übertönte derbes Kölsch, und hier und da klang sogar das englische Idiom der Einheimischen durch die von rußigen Kienspänen, starkem Bier und dem Geruch nach fettem Hammelfleisch getränkte Luft.

Drei Männer aber verhielten sich schweigsam und ließen nur ihre Blicke unter gesenkten Lidern über die Gäste streifen. Selbst zwischen den kräftigen Kranenarbeitern und Lastträgern fielen jedoch ihre breiten Schultern ins Auge, und die Arme, die ihre Fellwesten nicht bedeckten, wiesen harte Muskeln auf. Blond waren die drei, was man nur an ihren struppigen Bärten erkannte, denn ihre Köpfe hatten sie mit dunklen Kappen bedeckt. Langsam tranken sie ihr Bier, und keiner der Gäste wagte, sich der beinahe sichtbaren Bedrohung zu nähern, die sie ausstrahlten.

Die Friesen waren ein hartes, wortkarges Volk und die Kaperfahrten der Vitalienbrüder noch lange nicht vergessen.

Als einige englische Seeleute den Wirt um die Zeche riefen, hätte ein aufmerksamer Beobachter bemerken können, dass die drei Männer sich ein heimliches Zeichen gaben. Kaum waren die Engländer aus der Tür getreten, standen auch die Friesen auf und verließen die Spelunke. Unerwartet leichtfüßig folgten sie den Seeleuten durch die engen, dunklen Gassen.

Nicht lange.

Nicht weit.

Dann schlugen sie zu.

Die Leichen der Unseligen versanken im Hafenwasser.

Der Kapitän der Handelskogge war sauer. Gerne nahm er nicht Passagiere mit, und diesmal hatte er sogar mehrere an Bord. Zudem befanden sich neben wertvollen Tuchballen und Fässern zehn Käfige mit weißen Gerfalken unter der Ladung. Die sollten so schnell wie möglich nach Kampen gelangen, denn ein jeder der Vögel war das Mehrfache seines Gewichts an Gold wert. Lebend. Tot taugten die Viecher nicht mal für die Suppe. Ihr Besitzer hatte ihm das sehr eindringlich klargemacht, und die Bodmereischuld war verdammt hoch für diese Fracht. Um die Versicherung nicht zahlen zu müssen, war er gezwungen, in vier Tagen den Hafen am Festland zu erreichen, und nun kam die Flut – nicht aber drei seiner besten Seemänner.

Schon hatten der Handelsherr und sein Gehilfe ein mahnendes Wort gesprochen, und der Ritter, von zwei Knappen begleitet, hatte seine aristokratische Braue ob der Verzögerung hochgezogen. Seine Rösser waren Seefahrten nicht eben wohlgeneigt.

Daher war der Kapitän erleichtert, als drei hochgewachsene, breitschultrige Friesen in dürren Worten darum baten, anheuern zu dürfen. Er fragte nicht viel nach Herkunft und Können, die schwieligen Hände sprachen für sich, und die Nordmänner hatten allesamt Meerwasser in den Adern.

Pünktlich verließ die schwere Kogge den Londoner Hafen.

## 2. Kapitel

Das Hauswesen summte und brummte, schnatterte und krakeelte, kläffte und fauchte, gackerte und giggelte. Für einige dieser Laute waren Herold, der martialische Hahn, und sein Hühnervolk verantwortlich, für andere Kater Malefiz und der Bewacher des Hofes, Benefiz, der Spitz. Das Schnattern aber stammte aus den Schnäbeln der Gänse, die nach dem biblischen Heidenvolk Gog und Magog gerufen wurden.

Die ersten Märztage des Jahres 1404 waren mild und sonnig. Schon zeigte sich ein wenig Grün in den Beeten, und auf der Mauer zum Weingarten saßen fünf Spatzen und tschilpten um die Wette.

Alyss, die Herrin des Hauses, lehnte an der Küchentür

und überblickte zufrieden ihr kleines Reich. Auf dem Hof pickten Hühner die Körner, die Hedwigis aus ihrer aufgesteckten Schürze ausstreute. Ein Anblick, der vor einem halben Jahr noch nicht denkbar gewesen wäre. Die Tochter des Baumeisters Peter Bertolf, der ein Onkel von Alyss war, und seiner hochnäsigen Patriziergattin war sich bisher für solche niederen Arbeiten immer zu fein gewesen. Nun, man würde sehen, ob die neue Bescheidenheit andauern würde. Malefiz, der schwarze Kater, saß auf dem Dach des Verschlages, der einst den weißen Gerfalken beherbergt hatte, und beäugte die Hühnerschar mit peitschendem Schwanz. Bescheidenheit war ihm fremd und würde es auch bleiben. Ebenso wie seinem Erzfeind, dem schwarzen Hahn. Anders als Benefiz, der vor beiden einen gesunden Respekt zeigte, sehr wohl aber jeden Fremdling in seinem Revier mit lautem Gekläff empfing. Die Gänse hingegen zischten unterschiedslos Freund und Feind an, und nur die Tatsache, dass sie ein Geschenk waren, das nicht das hielt, was man sich von ihm versprochen hatte, hinderte Alyss daran, mindestens einen der vier Vögel in die Röhre zu schieben. Es wäre, so hatte Magister Jakob sie belehrt, der Vernichtung eines Beweismittels gleichgekommen.

Die Gänse legten nämlich nicht, wie Master John es behauptet hatte, goldene Eier.

Der englische Tuchhändler, der im Laufe des vergangenen Jahres zum Freund des Hauswesens geworden war, hatte sich bei Alyss damit eingeführt, dass er ihr zuerst einen weißen Gerfalken als Gastgeschenk mitgebracht, ihr dann den schwarzen Hahn Herold beschert und schließlich im vergangenen Herbst die Schnattertiere geschenkt hatte.

Immerhin, gewöhnliche Eier legten die drei Gänse, die das heidnische Volk Magog bildeten, worauf insbesondere ihr Beherrscher, der bissige Ganter Gog, stolz war.

Leocadie kam mit Hilda durch die Hofeinfahrt, beide trugen schwere Körbe am Arm. Die Haushälterin nahm wechselweise die Jungfern, die Alyss zur Erziehung anvertraut worden waren, mit zum Markt, um sie in die Kunst des Handelns und Feilschens einzuweisen und sie anzuhalten, auf die Qualität der angebotenen Waren zu achten. Leocadie, Alyss' achtzehnjährige Base, war ein gutherziges Mädchen, eine stille Schönheit, und, seit sie in den Ritter Arbo von Bachem verliebt war, wechselweise todunglücklich oder völlig entrückt. Wenigstens war sie inzwischen von dem wahnwitzigen Gedanken kuriert, der Welt entsagen und den Schleier nehmen zu wollen.

Benefiz sprang auf die beiden zu und umtänzelte sie mit kleinen, jiependen Lauten. Er roch den Fastenspeck, den gesalzenen Walspeck in den Körben, vermutete Alyss.

Dann aber blieb er plötzlich stehen und spitzte die Ohren.

Gleich darauf raste er durch das Tor, und in einem ekstatischen Kläffen überschlug sich seine Stimme.

Ein Wagen rumpelte in den Hof, und Alyss stieß sich vom Türpfosten ab. Mit eiligen Schritten lief sie den Ankömmlingen entgegen.

»Lauryn, Frieder, willkommen. Marian, mein Bruder, du bringst erwünschte Fracht.«

Die sechzehnjährige Lauryn und ihr um ein Jahr jüngerer Bruder waren die Kinder des Pächters, der das Gut in Villip betreute, das Alyss' Vater gehörte. Beide waren, wie

Leocadie und Hedwigis, Alyss zur Ausbildung anvertraut worden.

Sie reichte dem Mädchen die Hand und half ihm von der Ladefläche, auf der es zwischen Fässern und Säcken gesessen hatte. Auch die beiden anderen Jungfern kamen herbeigelaufen und umarmten ihre Freundin. Frieder sprang ohne Hilfe vom Karren herunter, und als Alyss ihn mit Worten des Beileids umarmen wollte, reckte er seine Schultern und nickte nur kühl.

»Habt Dank für Euer Mitgefühl, Frau Alyss«, sagte er gemessen und machte sich daran, die Bündel abzuladen.

Marian verließ den Bock, auf dem er neben dem Fuhrknecht gesessen hatte, und ging mit einem kleinen Lächeln auf seine Schwester zu.

»Sie tragen beide schwer am Verlust ihres Vaters, Schwesterlieb, doch der junge Heros will Härte zeigen«, erklärte er leise. »Lass ihn seine Haltung wahren; sie dünkt mich brüchig genug.«

Alyss nickte und sah ihren Bruder prüfend an.

»Du aber siehst gut aus für dein Alter«, bemerkte sie trocken, und er grinste.

»Du auch, obwohl nun seit heute die Last eines weiteren Lebensjahres auf uns liegt.«

Fünfundzwanzig Winter drückten zwar seit diesem Tag auf die Schultern der Zwillinge, ihre Gemüter bedrückte dieser Umstand jedoch nicht sonderlich.

»Bevor wir dem Siechtum noch näher rücken, wollen wir die Fracht abladen. Ich habe Wein und Rosinen, allerlei Eingelegtes und Geräuchertes für deine Speisekammer von unserem Gut mitgebracht«, schlug Marian vor.

Auf seine Aufforderung packten alle mit an, und Alyss hatte lediglich die Aufgabe, ihre Helfer anzuweisen, was wo zu lagern war. Sie tat es freudig, denn nun wurde ihr Reich nicht nur von Hühnervolk und Schnattergänsen bevölkert, sondern auch ihr Jungvolk war wieder, bis auf Tilo, vollständig vertreten. Erfreut sah sie dem Treiben zu.

Den ganzen Winter über hatte sie sich manchmal ein wenig einsam gefühlt, denn lediglich Leocadie hatte ihr Gesellschaft geleistet. Und die war nicht eben erheiternd, denn das junge Mädchen trug schwer an seinem Herzeleid. Hedwigis, eine oftmals mürrische Fünfzehnjährige, war im Herbst wegen ihres unbotmäßigen Benehmens zu ihren Eltern zurückgeschickt worden und erst vor zwei Wochen wieder in Gnaden bei ihr aufgenommen worden. Tilo, sechzehnjähriger Sohn ihrer Tante Mechtild und deren Gatten Reinaldus, dem Tuchhändler, war mit Master John auf seine erste lange Handelsreise ins ferne England aufgebrochen, die Geschwister Lauryn und Frieder kurz vor dem Christfest zu ihrem kranken Vater auf das Gut in Villip zurückgekehrt. Beide waren länger geblieben als erwartet, denn der Pächter siechte dahin und starb in den dunklen Januartagen. So waren seine Kinder dort geblieben, um ihrer Mutter beizustehen. Marians Aufgabe war es gewesen, im Februar den neuen Pächter, den ihr Vater bestimmt hatte, in seinen Dienst einzuweisen. Dies schien nun zur Zufriedenheit geschehen zu sein, und daher hatte ihr Bruder die beiden jungen Leute wieder mitgebracht, damit sie, wie vor einem Jahr vereinbart, unter Alyss' Fittichen ihre Ausbildung erhielten. Wozu auch gehörte, dass ihnen einige raue Kanten abgeschliffen werden sollten, was vor allem bei Frieder ein eifriges Hobeln bedeutete.

Weniger betrüblich als die Abwesenheit ihrer Schutzbefohlenen empfand Alyss die Absenz ihres Gatten Arndt van Doorne, der im November auf eine seiner ausgedehnten Reisen in die südlichen Weinbaugebiete des Frankenlandes aufgebrochen war. Ja, dann und wann vergaß sie sogar völlig seine Existenz.

»Frau Alyss, die Glocken haben schon lange zur Sext geläutet«, unterbrach die Haushälterin ihre Gedanken. »Ich habe das Essen fertig, und Magister Hermanus sitzt bereits am Tisch und klappert ungeduldig mit dem Löffel.«

»Oh, ach ja, füttern wir das ewig hungrige Hauswesen.«

Es bedurfte keiner großen Aufforderungen, die kleine Schar in die Küche zu treiben, und schon bald saß man über den mit Kohl und Fastenspeck gefüllten Schüsseln.

»Wie trägt es deine Mutter, Lauryn?«, wollte Leocadie mitfühlend wissen. »Und du vor allem, du Ärmste? Meine Tränen würden kaum versiegen, würde mein Vater von uns gehen.«

Da Leocadies Tränen sich häufig im Überfluss befanden, nickte Lauryn nur ernst, zeigte aber keine bodenlose Trauer.

»Mutter ist betrübt, doch sie hat sich gefasst. Der Herr vom Spiegel war großzügig, und sie wird weiterhin auf dem Gut wohnen bleiben und die Aufsicht über die Molkerei führen. Aber sie hat Angst vor dem neuen Pächter.«

»Der Pächter wird auf Anweisung des Herrn handeln, Lauryn. Da sollte sie unbesorgt sein«, beruhigte sie Alyss.

»Das denke ich auch, Frau Alyss, aber sie ist jetzt sehr ängstlich und macht sich Gedanken um meine Zukunft. Und darum ...«

Lauryn sah in die Runde, und ihre Wangen röteten sich.

»Will sie etwa jetzt schon wieder heiraten?«, fragte Hedwigis mit leiser Empörung in der Stimme.

»Nein, nein. Aber sie möchte, dass ich bald einem Mann angetraut werde. Ich... sie hat mich dem Wulf versprochen.«

Sprach's und rührte verlegen in ihrer leeren Schüssel herum. Den Ansturm von Fragen beantwortete Marian mit ruhiger Stimme.

»Der Stallmeister Wulf ist ein achtbarer Mann von dreißig Jahren. Du weißt, Alyss, unsere Eltern schätzen ihn.«

Es schwang etwas Unausgesprochenes in seinen Worten mit, und während Frieder und ihr Bruder die weiteren Fragen beantworteten, dachte Alyss darüber nach. Ja, sie kannte Wulf als einen gut aussehenden, vernünftigen Mann, der seinen Platz im Leben gefunden hatte. Doch mehr als Stallmeister würde er nie werden. Lauryn aber war unter ihrer vernünftigen Art auch ein einfühlsames und gewitztes Mädchen, das ihrer Meinung nach einem vornehmeren Haus vorstehen sollte. Außerdem ahnte sie, dass Lauryn in Herzensnöte kommen würde, sobald Tilo zurückkehrte. Denn bisher hatte sie eine stetige und wohl auch tiefe Neigung zu dem Sohn und Erben des Tuchhändlers entwickelt. Wenngleich dieser noch immer Kälberaugen bekam, wenn er Leocadie ansah – die ihn jedoch keines minniglichen Blickes würdigte, denn ihre Treue galt nun mal Ritter Arbo.

Ach Herzelieb, ach Herzeleid.

»Habt ihr in der Zwischenzeit Nachricht von John erhalten?«, fragte Marian leise in das Geplapper hinein, und Alyss' aufmüpfiges Herz verspürte einen schmerzlichen

Stich. Nein, sie vermisste ihn nicht. Überhaupt nicht. Noch viel weniger als Arndt.

Aber leider schlüpfte er, anders als ihr Gatte, immer mal wieder in ihre Gedanken. Meistens nachts.

Mist.

Sie riss sich zusammen und schüttelte den Kopf.

»Nein, weder von Tilo noch von ihm, was Frau Mechtild schrecklich beunruhigt. Aber gehen wir davon aus, dass keine Nachrichten gute sind, denn schlechte Nachrichten reisen schnell.«

»Ja, aber es ist schrecklich weit nach England, und das Meer ist so gefährlich«, seufzte Leocadie und bekam schon wieder feuchte Augen.

»Leocadie, wenn wir uns um jeden Reisenden beständig Sorgen machen müssten, kämen wir zu keinem vernünftigen Gedanken mehr«, mahnte Alyss sie. »Ritter Arbo ist auf Mission für unseren König Rupert, und wenn er sich am Londoner Hof Verdienste erwirbt, wird ihm das sicher hoch anerkannt.«

»Aber Großvater vom Spiegel hasst ihn.«

»Unser Vater hasst ihn nicht. Er hat nur sehr strenge Ansichten, was Aufrichtigkeit und Verantwortung betrifft. Üb dich in Geduld, vielleicht ist er beim nächsten Treffen milder gestimmt. Und nun tragt die Schüsseln ab, die Pflichten warten.«

Die Jungfern gingen Hilda, der Haushälterin, zur Hand, Frieder wurde beauftragt, das Feuerholz zu hacken, und Alyss machte sich auf, den Weingarten zu inspizieren. Marian schloss sich ihr an.

Noch lagen die Pflanzen zugedeckt unter Reisig, standen die Pfähle, an denen die Reben ranken sollten, zu Pyramiden zusammengestellt am Ende der Reihen, war der lehmige Boden matschig, und die Obstbäume waren an den Spalieren blattlos.

»Wir müssen anfangen, den Boden aufzulockern und den Dung einzubringen«, murmelte Alyss. »Gut, dass Frieder wieder da ist.«

»Da werden auch die Jungfern sich schmutzige Finger holen.«

»Sicher. Aber das wird ihnen nicht schaden.«

»Hedwigis wird maulen.«

»Vielleicht. Aber in den zwei Wochen, seit sie wieder hier ist, hat sie wenig gemuckt. Ich gestehe allerdings, dass ich sie nicht ohne Misstrauen beobachte. Aber möglicherweise läutert sie die Strafe, die ihr Vater ihr auferlegt hat.«

»Welcherart Strafe? Trägt sie ein härenes Büßergewand unter ihrem Kittel?«

»Fast so schlimm. Er hat ihr jeglichen Putz untersagt, und neue Kleider wird sie dieses Jahr auch nicht bekommen.«

»Ei wei! Hast du übrigens deinem Hauspfaff auch neuen Putz untersagt, Schwesterlieb? Er hat heute einen so gemäßigten Tischsegen gesprochen.«

»O nein. Wir haben ihm sogar eine fellgefütterte Jacke machen lassen. Aber seit einigen Tagen ist er erfreulich wortkarg in seinen Sermonen. Ich fürchtete schon, dass er wieder unter entzündeten Mandeln leiden könnte. Aber als ihn Gog und Magog ins Kelterhaus jagten, wurde er doch wieder sehr stimmgewaltig.«

»Die der Satan verführte und sie zum Kampf versammelte, und sie umringten das Heerlager der Heiligen. Wann wirst du sie werfen in den Pfuhl von Feuer, Schwester mein?«

»Bald«, knurrte Alyss. »Sowie John zurückgekommen ist und sieht, dass diese Gänse keine goldenen Eier legen. Dann kommt die Apokalypse über sie, und wir werden uns an dem Braten mästen.«

Marian kicherte. Und über Alyss' Gesicht huschte eines ihrer seltenen Lächeln.

»Wenn Magister Hermanus je biblische Namen für Tiere guthieß, dann die dieser gottlosen Heidengänse«, sagte sie. »Gog ist ein ausgesucht schlecht gelaunter Ganter und höllisch schnell mit dem Zwicken. Die Einzige, die ihm Respekt einflößt, ist Lore. Ich weiß nicht, wie diese Gassengöre es hinbekommt, aber an ihr hat er einen Narren gefressen.«

»Sie hat einen ebenso scharfen Schnabel wie er.«

»Das kannst du wohl sagen.«

## 3. Kapitel

Die scharfschnäbelige Lore zischte mit einigen unflätigen Sätzen den Gänserich Gog an und schaute dann grinsend zu Alyss hoch, die ihre lehmverschmierten Pantinen vor der Küchentür auszog.

»Ich erzähl ihm bloß was von Gänsebraten, Frau Herrin.

Das versteht er«, beantwortete sie deren unausgesprochene Frage.

»In der Fastenzeit hat er da ja nichts zu befürchten, Lore, aber deinen hungrigen Blick kann er wohl richtig deuten. Wasch dir die Hände und komm zu Tisch.«

Alyss und ihre Helferinnen und Helfer hatten den sonnigen Vormittag damit verbracht, den Weingarten aus seinem Winterschlaf zu wecken, und wie jeden Freitag hatte sich Lore, die magere Päckelchesträgerin, eingefunden, um Gog und Magog zum Tümpel auf dem Nachbargrundstück zu führen, wo sie gerne in dem Schlamm eines kleinen Teiches gründelten. Mittags aber scheuchte sie sie zurück auf den Hof und bekam als Lohn für ihre Aufsicht ein reichhaltiges Essen.

Das stand dann auch schon dampfend auf dem Tisch. Man bediente sich aus dem Kessel mit dickem Erbsenbrei. Auch die gesalzenen Heringe, frisches Brot, Butter und ein gewaltiger Berg von süßen Wecken wurden in Windeseile verzehrt. Alyss bekam dabei aus dem Augenwinkel mit, dass mindestens drei der Wecken in Lores geräumigen Kitteltaschen verschwanden. Das Gebäck war, nach anfänglichem Zögern, weil sie die Rosinen darin zunächst für Käfer hielt, sehr schnell zu ihrem Lieblingsfutter geworden.

Die Jungfern waren schon dabei, den Tisch abzuräumen, als es an der Haustür pochte. Hilde führte gleich darauf zwei Herren in die warme Küche. Der eine war hochgewachsen, weißhaarig, und nur die Brauen und zwei dunkle Strähnen in seinem Bart zeugten von früherer Schwärze. Über seinem grauen Gelehrtengewand trug er eine mit kostbarem Pelz gefütterte Schaube. Der andere Herr mochte jünger sein, doch seine blasse Haut und seine gebeugte Haltung wiesen ihn als einen Stubengelehrten aus.

Kaum waren sie eingetreten, verstummte alles Geplapper und Geklapper, die Jungfern versanken in Reverenzen, Frieder und Peer verbeugten sich tief, Lore verschwand im Hintergrund, und Magister Hermanus erhob sich mit einem Nicken.

»Herr Vater, welche Freude, Euch zu sehen«, grüßte Alyss die Besucher und trat auf Ivo vom Spiegel zu. Sie lächelte ihn an und wurde in seine Arme gezogen. Dann löste er sich und nickte seinem Begleiter zu.

»Kind, wir bringen erfreuliche Nachrichten. Der Notarius hat heute Morgen vor dem Rat gesprochen und mit großer Überzeugungskraft dein Anliegen vertreten. Man stimmte der Brautschatzfreiung in deinem Falle zu.«

Das war tatsächlich eine höchst erwünschte Neuigkeit, und Alyss gab sich für einen kleinen Moment der Erleichterung hin. Die Tatsache, dass sie nun nicht mehr für die Schulden ihres Gatten aufkommen musste und ihr die ausschließliche Verfügungsgewalt über ihre Mitgift zustand, gestattete ihr ein unabhängigeres Handeln.

»Ich danke Euch, Magister Jakob. Ich hoffe, es waren nicht der Mühen zu viel, die Ihr dafür auf Euch nehmen musstet.«

»Es bedurfte einiger Schriftsätze, gewisser *citationes* und *argumentationes*, denen sich die Ratsmitglieder schließlich nicht entziehen konnten. Auch diejenigen, in deren Hirnen Wassersuppe schwappt, und solche, deren Schädel beweglich wie Basaltblöcke scheinen«, antwortete er in dem leidenschaftslosen Tonfall, der ihm eigen war.

»›Hast du denn einen Arm wie Gott, dröhnst du wie er mit Donnerstimme?‹, wie der Herr seinen Knecht Hiob schon fragte.«

Die Lippen des Notarius verzogen sich zu einem pergamentdünnen Lächeln.

»Ich war in der Tat gezwungen, kurzzeitig meine Stimme zu erheben, Frau Alyss. Manche Kreaturen bedürfen der lautstarken Argumente mehr als der sachlichen.«

»›Er ruft die Schafe, die ihm gehören, einzeln beim Namen und führt sie hinaus. Wenn er alle seine Schafe hinausgetrieben hat, geht er ihnen voraus, und die Schafe folgen ihm; denn sie kennen seine Stimme‹«, zitierte Alyss mit verständnisvollem Nicken den Evangelisten Johannes, und um die Augen des Herrn vom Spiegel bildeten sich kleine Fältchen.

»›Wiewohl jetzt, siehe, ist's eitel Freude und Wonne, Ochsen würgen, Schafe schlachten…‹«, brummte er.

»›…Fleisch essen, Wein trinken, und ihr sprecht: Lasst uns essen und trinken, wir sterben doch morgen!‹ So sprach Jesaja«, ergänzte Magister Jakob, und Alyss gab Hilda einen Wink.

»Setzt Euch, Magister Jakob, und auch Ihr, Herr Vater. Ich habe Würzwein angesetzt, und von den Gütern erhielt ich gestern einige vortreffliche geräucherte Forellen.«

»Kind, wir haben gespeist, und der wackere Notarius wollte dich nur mit seiner Kenntnis der Schrift blenden.«

»Das auch, Herr vom Spiegel, doch ich bin auch befugt, den Würzwein der Frau Alyss zu verkosten. Denn ich habe ihn einem Klienten empfohlen und will seine Qualität prüfen.«

»Ein verständliches Vorgehen. Nun, ich verlasse dich, Geschäfte verlangen meine Aufmerksamkeit. Besuche uns, wenn es deine Pflichten erlauben. Deine Mutter schwelgt in Erinnerungen an die Zeit, als sie dir und deinem Bruder das Leben schenkte.«

Alyss versprach es und geleitete ihren Vater zur Tür, dann kredenzte sie dem Notarius den Wein. Sie waren alleine in der Küche; das vielfüßige Hauswesen hatte sich auf leisen Sohlen davongemacht, um nicht zu stören.

Während Magister Jakob an dem Wein nippte, berichtete er in seiner trockenen Tonlage, wie er den Rat von der Unantastbarkeit ihres Brautschatzes überzeugt hatte. Dieses zwar nicht eben alltägliche, doch rechtlich durchaus vorgesehene Verfahren war nötig geworden, nachdem Alyss festgestellt hatte, dass Arndt van Doorne nicht nur seinen Weinhandel völlig heruntergewirtschaftet und dabei die Gelder, die zu ihrer Mitgift gehörten, ebenfalls verschwendet hatte, sondern dass sie auch noch für seine Schulden aufkommen musste. Die Rückzahlung der Mitgift hatte sie selbst erstritten, doch um ihr den Betrag zurückzuerstatten, hatte Arndt den Weingarten hinter dem Haus verkauft, den Alyss in den fünf Jahren ihrer Ehe eigenhändig zu neuem Leben erweckt hatte. Der Garten hatte, dank ihrer sorgsamen Pflege, im vergangenen Herbst erstmals wieder einen Ertrag abgeworfen. Die reifen Trauben an den Stöcken verfaulen zu sehen hatte ihr fast das Herz gebrochen, doch Magister Jakob war just zu dieser Zeit bei ihr vorstellig geworden und hatte ihr das Angebot des neuen Besitzers, eines Ritters von Merheim, unterbreitet, den Weingarten für ihn gegen Entgelt zu bearbeiten. Seit jenem Zeitpunkt hatte

Alyss eine gewisse Zuneigung zu dem spröden Notarius gefasst, dessen Sprechweise so eintönig wie das Wassertröpfeln aus einem schadhaften Dach war. Als sich dann herausstellte, dass Arndt van Doorne auch noch ihre kostbare goldene Brautkrone entwendet hatte, hatte Magister Jakob ihr die Brautschatzfreiung vorgeschlagen. Nach einigem Zögern hatte Alyss zugestimmt und dabei Unterstützung bei ihren Eltern gefunden.

»Wann erwartet Ihr Euren Gatten zurück?«, fragte er nun und stellte den leeren Becher ab.

»Ich weiß es nicht. Gewöhnlich verbringt er den Winter in Burgund und reist dann im März über Speyer zurück nach Köln, um hier die aufgekauften Weine nach England zu verschiffen. Aber bisher sind noch keine Waren von ihm eingetroffen.«

»Messt Ihr dem eine Bedeutung zu?«

Alyss zuckte mit den Schultern. Sie hatte sich natürlich Gedanken dazu gemacht und teilte dem Notarius nun ihre Vermutung mit.

»Kann sein, dass er diesmal die Fässer gleich von Speyer nach Deventer schickt.«

»Und seinen Verpflichtungen hier im Haus nicht nachkommt.«

»Solange seine Schuldner nicht bei mir auftauchen und ihre Wechsel eingelöst haben wollen, will ich nicht darüber klagen.«

»Wechsel, die Ihr nicht mehr einzulösen gezwungen seid. Ruft mich, sollte ein derartiges Ansinnen an Euch herangetragen werden. Und nun will ich den Weingarten sehen, um dem Klienten Bericht erstatten zu können.«

»Nun, dann folgt mir, Magister Jakob. Doch achtet auf Euren Gewandsaum. Es ist matschig dort.«

Sie traten auf den gepflasterten Hof und hatten kaum zehn Schritte getan, als Gog und Magog zischend und mit gestreckten Hälsen hinter dem Verschlag des Falken hervorschossen. Der Ganter hielt zielstrebig auf die notariellen Waden zu, doch bevor er zubeißen konnte, war Lore zur Stelle und gab ihm eins mit der Faust auf den Schnabel.

»Verpiss dich, du lausige Petschzang!«, geiferte sie los. »Du Dreckvuel, ich drih dir de Hals erüm un däu dir de Schnabel in de Fött. Ich rieß dir die Plümme us und peck se dir ins Auch!«

Empört schnatternd suchten Gog und Magog das Weite.

»Dammich!«, sagte Magister Jakob und betrachtete Lore aufmerksam. »Bemerkenswert bildhaft, die Sprache dieses Kindes. Wenngleich ein wenig unpraktisch, das geschilderte Vorgehen. Ich würde dem Vogel erst die Federn ausreißen, das Auge damit ausstechen, dann den Hals umdrehen und den Schnabel in den Hintern schieben.«

Lore scharrte mit den Füßen und fühlte sich sichtlich unwohl im Lichte dieser Aufmerksamkeit. Alyss wandte sich zu ihr.

»Das hast du gut gemacht, Lore. Dieser Gänserich muss lernen, die Menschen zu respektieren. Aber für heute ist dein Dienst zu Ende. Montag kannst du deine drastischen Maßnahmen durchführen, so sie dann noch von Nöten sind.«

»Ja, wohledle Frau Herrin.«

Und flugs war sie verschwunden.

»Sie gehört zu Eurem Hauswesen, Frau Alyss?«

»Als Gänsehirtin, drei Tage in der Woche. Ansonsten scheint sie Päckchen und Gerüchte herumzutragen.«

Gemessen nickte der Notarius und strebte dann dem durchweichten Weingarten zu. Als er die aufgebrochene, klumpig-feuchte Erde sah, nickte er noch einmal und konstatierte: »Ihr kommt Euren Verpflichtungen nach, wie ich sehe.« Damit drehte er sich, ohne einen Fuß durch das Törchen gesetzt zu haben, um und verließ, den gereizt schnatternden Gänserich keines Blickes würdigend, grußlos den Hof.

Mit mildem Kopfschütteln verfolgte Alyss seinen Abgang. Der Notarius war ein wunderlicher Kauz, aber unter seiner krustigen Oberfläche, so ahnte sie seit geraumer Zeit, schlug ein mitfühlendes Herz.

Was sie bei dem anderen Magister, der ihr Hauswesen vor allem zu Essenszeiten heimsuchte, nicht vermutete. Hermanus, Mesner von Lyskirchen und Vetter ihres Gatten, neigte, wenn er nicht moralinsäuerliche Sermone von sich gab, zu verkniffener Rechthaberei. Umso mehr verblüffte es sie, als sie ihn auf ihrem Weg, ihre Helfer wieder zusammenzurufen, in dem Lagerraum neben dem Kontor antraf. Hier stapelten sich die weichen Pelze, die sie eingekauft hatte, um sie in Speyer auf dem Markt anzubieten. Der Hauspfaff bemerkte ihr Eintreten nicht, und so wurde sie Zeuge, wie er verzückt und mit einem selten glücklichen Lächeln die seidigen Fuchspelze streichelte.

Leise zog sie die Tür hinter sich wieder zu. Es war das erste Mal, dass sie einen solchen Ausdruck auf seinem Gesicht gesehen hatte, und es irritierte sie.

Doch lange hielt dieses Gefühl nicht an, denn schon

trampelte Frieder über den Flur und rief, ein Bote sei eingetroffen.

»Nachricht von Master John und Tilo!«, brüllte er durch das stille Haus.

Auf einen Schlag wimmelte es in der Küche wieder von Leben.

Frieder reichte Alyss das gesiegelte Pergament, das ein Handelsknecht überbracht hatte. Für einen kleinen Augenblick ruhten ihre Augen auf dem Wappen in dem Wachssiegel. John of Lynne benutzte für seine Dokumente ein Petschaft, das einen Falken umgeben von einer Rebe zeigte. Wehmut beschlich sie – der Falke, den er ihr geschenkt hatte, war im Herbst entflogen. Doch als sich alle um den Tisch versammelt hatten, brach sie entschlossen das Wachs auf.

Tilos saubere Handschrift verkündete ihnen sehr förmlich, dass man die Geschäfte mit den Tuchwebern erfolgreich abgeschlossen habe und die erste Ladung am zehnten Tag des dritten Monats nach Deventer geschickt würde. Zwei Tage später wollten er, Tilo, und John of Lynne mit der zweiten Ladung Tuche und zehn Gerfalken an Bord einer weiteren Kogge gehen und den Heimweg antreten. Und dann folgte eine Botschaft, die Leocadie in heftiges Seufzen ausbrechen ließ. Denn Tilo teilte ihnen auch mit, dass sie den Ritter Arbo von Bachem in London getroffen hatten, der seine Mission am englischen Hof erfolgreich beendet habe und sich auch bald auf den Heimweg machen würde.

»Sie sind gestern aufgebrochen«, flüsterte eine blass gewordene Lauryn, und Leocadie drückte ihre Hände auf ihr Herz.

Alyss unterließ eine solche Geste und nickte nur. Aber sie ahnte, was bei der ansonsten so gleichmütigen Lauryn das Erbleichen verursacht hatte. Nicht die Angst um die Seefahrer war es, wie bei Leocadie, sondern die Tatsache, dass sie in Kürze Tilo wieder gegenüberstehen würde, dem bisher ihre junge Liebe gegolten hatte. Nun aber war sie verlobt mit einem anderen. Das aufgeregte Geplapper unterbrach die Hausherrin mit dem Hinweis: »Ja, gestern sind Tilo und Master John aufgebrochen, doch es wird noch etliche Tage dauern, bis sie in Köln eintreffen. Aber zum Osterfest wird Tilo wohl, wie versprochen, wieder bei uns sein.«

»Und der Ritter?«, fragte Hedwigis mit einem Blick auf die verstummte Leocadie.

»Er wird zum Hof nach Heidelberg reisen, denke ich, um dem König Bericht zu erstatten. Aber seine Schwester Gerlis heiratet in der Woche nach Ostern, und dazu wird er gewiss Urlaub erhalten.«

»Möge Gott das geben«, stöhnte Frieder salbungsvoll und verdrehte die Augen.

Lauryn stieß ihm den Ellenbogen in die Seite, und er grinste.

»Alles in allem haben wir gute Nachricht erhalten«, sagte Alyss, bevor weitere Kommentare geäußert wurden, die den Frieden des Hauswesens in Frage stellten. »Das sollte uns beschwingen, die Arbeit im Weingarten wieder aufzunehmen.«

Dem Getuschel, das bei der schmutzigen Tätigkeit herrschte, gebot sie jedoch keinen Einhalt. Peer, der Knecht, und Frieder schlugen die erste Reihe Pfähle ein, an denen die Reben später aufgebunden werden sollten; die Jungfern entfernten das Reisig und lockerten den Boden auf. Lauryn war sich nicht zu schade, die Körbe mit dem Hühnermist herbeizuschleppen, mit denen die Pflanzen gedüngt werden sollten, und Alyss sammelte den Reisig zu einem Haufen an, der zur späteren Verbrennung vorgesehen war. Erde klebte an ihren Pantinen, ihr Kittelsaum wurde feucht und lehmig, ihre Hände klamm und zerkratzt. Aber sie war es zufrieden, denn die anstrengende Arbeit hielt sie vom Nachsinnen ab. Nur einmal wandte sich ihr Blick hinauf zu dem blassblauen Frühlingshimmel. Hoch oben kreiste ein Vogel. Vielleicht ein Falke. Ein sehr kleiner Seufzer entwischte ihr. Dann wandte sie sich ab und ging auf die Laube am Ende des Weingartens zu. Auch hier hatte sie Tannenreiser über die Rosenstöcke gelegt, die die Wurzeln vor dem Frost schützen sollten. Sie entfernte sie nun und machte sich daran, die verdorrten Triebe herauszuschneiden, die sich um das hölzerne Gerüst rankten. Dabei entdeckte sie ein leeres Rabennest in einer Mauermulde hinter den Apfelbäumen neben der Laube. Erst wollte sie es entfernen, aber dann beließ sie es, wo es war. Wer war sie, den Bewohnern ihr Heim zu nehmen? Vielleicht würden ja auch sie zurückkehren, wenn die Tage schöner würden.

# 4. Kapitel

Eine Woche später waren die Tage jedoch nicht viel milder geworden, sondern eine graue Wolkenschicht verhüllte die Sonne und entließ hin und wieder kalte Schauer auf das Rheintal. Marian hatte sich einen warmen Umhang übergeworfen, als er sich vom Eigelstein aus auf den Weg zur Apotheke am Neuen Markt machte. Nachdem er im vergangenen Jahr Unterricht in der *Anatomia* bei einem bemerkenswerten Lehrer genommen hatte, widmete er sich in den vergangenen Monaten den weniger groben Techniken der Heilkunst, wenngleich deren Wirkung, wie er inzwischen wusste, den tödlichen Künsten des Scharfrichters in nichts nachstand. Doch Giftmischerei war nicht sein Ziel, und seine beiden Lehrerinnen verstanden sich vor allem auf die wohltuenden Anwendungen von Kräutern und Mineralien. Bis eben hatte er bei der alten Elsa die Zubereitung einer ihrer besonderen Wundsalben ergründet. Die überaus mürrische Begine lebte in dem Konvent am Eigelstein, in dem auch seine Mutter Almut vor Jahren gewohnt hatte und zu dessen Mitgliedern heute seine um acht Jahre ältere Ziehschwester Catrin gehörte. Mit deren Hilfe war es ihm gelungen, der halbtauben Elsa das Geheimnis der kühlenden Wundsalbe zu entlocken.

Sein nächstes Ziel war nun der Apotheker Jan van Lobeke und dessen Weib Trine, die zu den Besten ihres Faches gehörten. Bei ihnen wollte er das Angenehme mit dem Nützlichen verbinden. Denn Elsa hatte ihm während der vergangenen Unterrichtsstunde von den wohlduftenden Riechwässerchen berichtet, die Trine zu jener Zeit hergestellt hatte, als seine Mutter noch bei den Beginen weilte.

»Kölsches Wasser hat sie es genannt, die Almut«, hatte die Alte gekichert. »Und allerlei Beschwernisse hat es geheilt, ja, ja. Vor allem die des Herzens.«

»Ein Zaubertrank, Frau Elsa?«, hatte Marian spöttisch gefragt, aber die Begine hatte die Frage nicht gehört oder nicht hören wollen, und Catrin hatte ihm ein Zeichen gemacht, nicht weiter zu fragen. Fast achtzig Jahre war Elsa alt, und die Arbeit in ihrem Laboratorium strengte sie an. Darum hatte er sich liebevoll von ihr verabschiedet, aber nur ein grantiges Grummeln im Gegenzug erhalten. Es machte ihm nichts aus, und Catrin hatte ihm lächelnd geraten, Trine selbst nach der magischen Tinktur zu fragen.

Magie und die Herstellung von Zaubertränken waren nicht das, was Marian zu erlernen wünschte, aber für ein Duftwasser konnte er sich durchaus eine sinnvolle Verwendung vorstellen. Beschwingt lenkte er seine Schritte durch die Straßen der Innenstadt Richtung Westen. Er war eben in die Glockengasse eingebogen, als ein weibliches Wesen gegen ihn prallte. Überrascht hielt er es fest und sah in ein ängstliches, ihm vage bekanntes Gesicht.

»Jungfer?«

Große braune Augen sahen furchtsam zu ihm auf.

»Herr Marian. O heiliger Mauritius, hab Dank.«

Vorsichtig löste sich Marian aus ihrer Umklammerung.

»Was ist Euch geschehen? Werdet Ihr bedroht?« Er sah sich in der menschenleeren Gasse um.

»Ich weiß nicht. Ich habe das Gefühl, man verfolgt mich.«

»Nun, derzeit zeigt sich kein Bösewicht, Jungfer. Und – Ihr scheint mich zu kennen, helft meinem schwindenden Gedächtnis nach. Wo begann unsere Bekanntschaft?«

Ein klein wenig unbehaglich fühlte Marian sich. Hier und da war er in den vergangenen Jahren eine Tändelei eingegangen, und nicht alle hatte er mit großem Ernst betrieben.

»Inse heiße ich, Herr Marian, und wir sind uns bei Frau Mechtild begegnet. Ich arbeite für eine Harnischmacherin und bin mit Oliver, dem Schwertfeger, verheiratet.«

Kein geknicktes Blümlein am Rande seines Weges, stellte Marian erleichtert fest, und als er die junge Frau noch einmal genauer betrachtete, fiel ihm auch die flüchtige Begegnung wieder ein. Sie hatte Harnische bei seiner Tante abgeliefert, als er sie vor einigen Monaten besucht hatte. Tauschware, mit der Frau Mechtild sich am Tuchhandel ihres Gatten beteiligte. Inse war ein hübsches Weib, kaum älter als Leocadie, wohl noch keine zwanzig Jahre, und ebenso sanft und zurückhaltend.

»Nun, Inse, wovor seid Ihr geflohen, und wo wollt Ihr hin?«

»Ich sollte für meine Meisterin eine Besorgung machen, und auf dem Rückweg... Es ist schon das zweite Mal, Herr Marian. Aber vielleicht bilde ich es mir auch nur ein – da ist ein Mann, der hinter mir hergeht.«

»Weiß es Euer Gatte?«

»Er ist auf Reisen, Herr. Er hilft einem Freund auf Burg Langel, drüben auf der anderen Rheinseite. Er kommt zum Osterfest zurück, hat er gesagt.«

»Kommt, ich bringe Euch zu Eurer Meisterin. Macht Euch nicht zu große Sorgen, Inse. Es ist lichter Tag, und Ihr mögt Euch getäuscht haben. Oder habt Ihr einen heimlichen Verehrer?«

»O nein, nein, Herr Marian. Ich liebe doch meinen Ehemann. Er ist so gut zu mir. Nie würde ich einem anderen Anlass geben, mir seine Aufmerksamkeit zu schenken.«

Ein Mann könnte das anders sehen, aber Marian schwieg, um dem verängstigten Geschöpf nicht noch mehr Sorgen zu machen. Einem der Gecken oder Tagediebe mochte ihr hübsches Lärvchen gefallen, und er würde sich an ihre Fersen geheftet haben.

Während er sie die Gasse hinunterbegleitete, sagte er: »Geht zukünftig nicht mehr alleine aus, Inse, sondern nehmt eine Freundin oder Magd mit. Und sagt auch Eurer Meisterin, dass sie Euch nicht alleine auf Besorgungsgänge schicken soll. Es gibt genug Gimpel, die jedes junge Weib zu belästigen suchen.«

»Ja, Herr Marian. Und danke.«

Nach diesem kleinen Umweg schlug er endlich den Weg zum Neuen Markt ein, und in der Apotheke wurde er freudig empfangen.

»Na, Quacksalber«, begrüßte ihn Jan mit einem Schlag auf die Schulter. »Heute schon jemanden vergiftet?«

»Ich stehe kurz davor, Apteker. Frau Elsas Lehrstunde hat mir neue Erkenntnisse zum Eisenhut gebracht.«

Der Apotheker schob den schweren Vorhang zur Seite, der die Offizin von den Laborräumen trennte, und Marian trat ein. Am Kamin stand Trine und tröpfelte eine klare Flüssigkeit aus einer Phiole in einen kleinen Kupferkessel. Es roch nach Schwefel und Weihrauch, Nelken und verbranntem Haar.

»Zaubertränke, wie ich hörte, werden hier gebraut«, stellte Marian fest und legte den Umhang ab. Trine hielt im Tröpfeln inne, drehte sich um und grinste ihn an. Dann wandte sie sich wieder der Brühe zu, die in dem Kessel aufwallte.

»Ich frage sie nicht, was für ein Teufelszeug sie da zusammenrührt, ich verkaufe es nur zu barem Gold. Warum es die Hustenden beruhigt, laufende Nasen kuriert, die Krätze heilt oder den Glatzköpfigen neue Mähnen wachsen lässt, will ich gar nicht wissen.«

»Dafür rufen deine Pülverchen Krätze, Haarausfall, Husten und laufende Nasen hervor. Ihr beide versteht euer Geschäft schon richtig.«

»Man muss seine Gaben nur angemessen einsetzen. Und was führt dich wirklich her, Marian? Deinem Vater geht es doch hoffentlich gut. Soll ich dir noch eine Phiole Maiblumen-Extrakt mitgeben?«

Ivo vom Spiegel hatte vor einigen Monaten einen Herzanfall gehabt und damit seine Angehörigen und Freunde zutiefst beunruhigt.

»Er tut, als sei er stark wie ein Pferd, aber gib mir auf jeden Fall eine Phiole mit. Er lässt es einfach nicht zu, dass man Aufregung von ihm fernhält.«

»Mag sein, dass gerade das ihn gesund hält. Manches, Marian, bewirken nicht Kräuter und Pulver, sondern der Wille des Menschen. Es ist gut für einen Heiler, auch das zu wissen.«

Marian nickte. »Bei gebrochenen Knochen ist es leichter, bei Kindern, die auf die Welt kommen, auch. Aber was ich jetzt lerne, ist anders.« Dann lächelte er. »Ich komme eben von den Beginen und hörte von den Leiden, die Frau Clara diesen Winter wieder befallen haben.«

»Oh, Frau Clara, ja. Du weißt doch, mein Magen!«, säuselte Jan.

»Und dann dieses Ohrensausen!«

»Und meine empfindlichen Füße!«

»Und das schlimme Daumengelenk!«

Trine hatte den Kessel vom Feuer genommen und kam dazu. Jan machte einige schnelle Handbewegungen, die sie aufmerksam beobachtete und mit ebensolchen Fingerzeichen beantwortete. Marian schloss sich mit seinen Gebärden an.

Trine war taubstumm, bediente sich jedoch höchst geschickt der vielfältigen Ausdrucksmöglichkeiten ihrer Hände und ihrer Miene.

»Ja«, sagte Jan dann aber laut, »Frau Clara setzt ihre Leiden sehr kunstfertig ein, und jeder, der ihr eine unangenehme Pflicht abnimmt, kann sicher sein, eine Wunderheilung zu erzielen.«

»Dennoch, Marian, es gibt Krankheiten, bei denen der Glaube zur Heilung beiträgt«, bedeutete Trine ihm. »Und die musst du auf ihre Weise behandeln.«

»Nur – wie erkenne ich sie, Trine?«

»Du? Du musst deine Gabe nutzen.«

Er schüttelte den Kopf.

»Nein, Trine, du weißt, er tut es nicht gerne, und es ist eine große Belastung für ihn.« Zu Marian gewandt erklärte er: »Du merkst es manchmal, wenn die Kuren nicht helfen wollen, die du anwendest. Wenn du spürst, dass etwas die Seele des Kranken bedrückt. Es ist schwierig und bedeutet oft ein Rätselraten. Kummer, Ängste, Demütigungen, Scham führen dann und wann dazu, dass ein Mensch sich in Krankheiten flüchtet.«

»Frau Clara hatte einmal eine schlimme Gürtelrose, die erst heilte, als deine Mutter herausfand, dass sie eine weise Schrift verfasst und dann vernichtet hatte. Sie glaubte Buße tun zu müssen für ihre ketzerischen Gedanken«, erklärte Trine.

»Bedrückungen des Herzens«, murmelte Marian, und Jan übersetzte es in eine sehr sprechende Bewegung. Trine legte den Arm um ihn und wollte ihn trösten, doch er schüttelte den Kopf.

»Nein, nicht ich, Trine. Mein Herz ist frei wie ein Vogel. Aber anderen macht Herzeleid zu schaffen. Und Frau Elsa hat mir verraten, dass du einst ein wohlriechendes Wässerchen ersonnen hast, das diese Bedrückung lindert.«

Trine gab ihm einen Schmatz auf die Wange und lachte. Dann eilte sie zu einem Bord und nahm eine der kostbaren Glasflaschen herunter. Sie öffnete sorgsam den Verschluss und reichte sie Marian, damit er daran riechen konnte.

»Ich hätte es Alyss schon längst für Leocadie mitgeben sollen.«

»Oh. Ein guter Gedanke. Nur wird es die beiden anderen Jungfern neidisch machen.«

»Drei Phiolen also?«

Er schnupperte noch einmal. Rosmarin und Zitronen, Lavendel und die bittere Süße eines sehnsüchtigen Geheimnisses – ein ungewöhnlicher Duft, frisch und herb und ein wenig sinnlich.

»Vier, Trine.«

»Wessen Herz hast du bedrückt?«

»Keines, leider, doch vielleicht mag sich einst eines erweichen lassen.«

»Nun, du sollst deine Phiole bekommen, aber erst wirst du dafür arbeiten«, entgegnete Trine ihm und wies auf das Pillenbrett.

Die nächste Zeit verbrachte Marian damit, zunächst leise fluchend, dann immer konzentrierter, aus einer klebrigen Masse Stränge zu formen, sie in die passenden Rillen des Holzbretts zu praktizieren und mittels Rollierer kleine, exakt gleich große Kügelchen herzustellen. Die ersten Resultate waren nicht eben ansehnlich, doch nach einiger Zeit kullerten runde Pillen in den bereitgestellten Topf.

In der Zwischenzeit gingen Jan und Trine still ihren Arbeiten nach, und dann und wann hob Marian den Kopf, um sie zu beobachten. Es lag nicht nur daran, dass Trine nicht sprechen konnte und sie sich mit Zeichen verständigten, nein, zwischen den beiden herrschte auch ein unausgesprochenes Einvernehmen, das keiner Worte bedurfte. Ihre Bewegungen, ihre Handgriffe waren so aufeinander abgestimmt, dass sie sich wie in einem Tanz durch das vollgestellte Laboratorium bewegten. Hin und wieder wurde Jan in die Offizin gerufen, um Kunden zu bedienen, einmal kam Trines kleiner Sohn mit seinem Kätzchen herein, um einen Honigkuchen zu erbetteln. Auch er verstand schon die stumme Sprache seiner Mutter, plapperte aber dennoch, wie alle Kinder, fröhlich auf Marian ein.

Als die gesamte Masse zu Pillen verarbeitet war, stellte Trine vier Krüglein vor Marian.

»Dann kuriere das Herzeleid damit. Aber achte darauf,

kein neues zu verursachen«, mahnte sie lächelnd. »Und grüß deine Schwester von mir.«

Er dankte ihr und umarmte sie, verabschiedete sich von Jan und trat aus der Apotheke. Der Himmel war aufgerissen, ein stürmischer Wind hatte die Wolken vertrieben, und endlich schien wieder die Sonne. Das Licht beflügelte seine Laune noch mehr, und statt zum Alter Markt zu gehen, wo er im Hause derer vom Spiegel Wohnung genommen hatte, wandte er sich der alten Burgmauer zu. Vielleicht war seine Gabe dort ja willkommen.

Das Häuschen des Scherenschleifers Mats Schlyffers schmiegte sich in eine ganze Reihe ähnlicher Fachwerkhäuser, die von allerlei Handwerkern bewohnt waren. Marian klopfte an die Tür und behielt auch sein freundliches Lächeln auf den Lippen, als der Scherenschleifer selbst öffnete. Der aber grinste über sein ganzes faltiges Gesicht und bat ihn mit einem kehligen Grunzlaut und einer einladenden Handbewegung hinein.

»Ich grüße Euch auch, Mats, und hoffe, Ihr seid wohlauf!«

Mats' Wolfsrachen machte es ihm beinahe unmöglich, verständlich zu sprechen, doch seinen Lauten entnahm Marian, dass alles zum Besten stand. Er zupfte seinen Gast am Ärmel und wies auf den langen Tisch, an dem seine Tochter Gislindis mit einem aufgeschlagenen Buch, Wachstäfelchen und Griffel saß und nun zu den beiden Männern hochsah. Doch Mats gestikulierte mit lachenden Augen weiter. Er streckte die Zunge in den Mundwinkel, krauste die Stirn und machte die beredte Geste des angestrengten Schreibens.

»Ich grüße Euch, strebsame Gislindis. Ihr widmet Euch mit Fleiß den Buchstaben?«

»Krakelfüße werden es eher und nichts im Vergleich zu Eurer schönen Handschrift, Herr Marian.«

»Was mich erstaunt, denn alle Weiber verfügen über große Fingerfertigkeit, wenn es um feine Nadelarbeiten geht.«

»Ja, aber beim Schreiben drängt sich immer mein Kopf zwischen meinen Willen und meine Hand, und dann wird sie seltsam ungelenk.«

Mats schüttelte den Kopf und ging zu seiner Werkbank. Hier im Haus betätigte er nicht den Schleifstein, sondern zeigte auf ein Stück Horn, das er mit einem spitzen Messer bearbeitet hatte. Es wies ein kompliziertes Muster von Ranken und Blättern auf.

»Das ist meisterlich, Mats. Ein Griff für einen Dolch?«

»Ja, Herr. Mein Vater stellt aus Bein, Holz und Horn oft Griffe und Handlinge her, um geborstene oder abgenutzte zu ersetzen. Er meint, dass es mir gelingen wird, meinen lästigen Kopf zu besiegen, denn bei ihm führt die Vorstellung des Bildes die Hand, die das Motiv schnitzt. Aber bei Wörtern ist es wohl anders. Ich kann eine Blume ersinnen und die Blume zeichnen, aber über die Folge der Laute muss ich noch immer nachdenken.«

»Ich bewundere Eure Klugheit, Gislindis. Ihr habt das *abstractum* der Schrift hervorragend begriffen. Doch mit der Zeit wird Euch auch das Lautbild der Blume befähigen, ohne Euren Kopf das Wort zu schreiben.«

Er nahm den Griffel und schrieb »Vergissmeinnicht« auf das Täfelchen.

Die Zungenspitze erschien wieder zwischen Gislindis' Lippen und verharrte in ihrem Mundwinkel, während sie angestrengt buchstabierte. Dann nahm sie den Griffel aus seiner Hand und zeichnete mit schnellen Strichen ein Blütenzweiglein daneben.

»Große Fingerfertigkeit. Übt, Gislindis, schreibt das Wort einhundert Mal, dann wird es Euch zu eigen wie dieses Blümchen.«

Mats Schlyffers hatte seine Werkzeuge auf die Werkbank gelegt und war leise durch die Hintertür in den Hof getreten. Das Kreischen des Schleifsteins ertönte.

»Was führt Euch zu mir, Herr Marian? Die nächste Lektion ist doch erst in vier Tagen fällig.«

»Ach, dies und das und ein kleines Krüglein mit einem wundertätigen Gemisch.«

»Ihr habt neue Rezepturen ausprobiert? Mittel, die Schlaf bringen oder Schmerzen stillen?«

Marian stellte das blau glasierte Gefäßchen vor sie auf den Tisch.

»Probiert es selbst, was es bewirkt. Doch nehmt nur Eure Nase zu Hilfe.«

Sie schenkte ihm einen etwas misstrauischen Blick. Übelriechende oder stechende Dämpfe galten als wirkungsvolle Arzneien. Aber mutig entkorkte sie es und schnupperte mit vorsichtigem Abstand daran. Dann aber nahm sie es näher und näher an ihre Nase, und ihr Gesicht leuchtete auf.

»Es erheitert das Gemüt, denn es weckt Träume von sonnenwarmen Gärten und südländischen Früchten. Habt Ihr das hergestellt?«

»Nein, das ist das Werk von Trine, der Apothekerin. Sie gab es mir für die Jungfern in meiner Schwester Haus mit, und ich erbat ein weiteres Krüglein für Euch.«

»Dann danke ich Euch, Herr. Doch was ist Euer Preis?«

Marian sah zu der offenen Tür, die in den Hof führte. Einige Male war es ihm gelungen, der schönen Gislindis einen Kuss abzuschwatzen, wenn sie alleine waren. Doch die Gegenwart ihres Vaters hielt ihn davon ab, diesmal darum zu bitten. Aber er sah in ihre Augen, und die waren von eigenartig schillernder Farbe. Sie bannten ihn, und ohne es zu wollen, streckte er die Hand zu ihr hin. Sie blickte ihn weiter fest an, nahm sie und fuhr mit den Fingerspitzen über die Linien darin. Dann senkte sie die Lider und schwieg einen Moment.

»Es ist die Zeit der Heimkehr. Der struppige Diener kehrte zurück, doch ohne seinen Herrn. Und ein Herr kehrt heim in sein Haus und bringt Sorgen mit. Der Sturm kommt und richtet Schaden an. Steht Eurer Schwester bei, Herr Marian.«

Ein kalter Schauder fuhr Marian den Rücken hinab. Gislindis gab sich gerne den Anschein einer Handleserin, doch vieles von dem, was sie sagte, beruhte auf guter Beobachtung, gründlicher Menschenkenntnis und ihrem ausgezeichneten Gehör für Gerüchte und Nachrichten.

»John of Lynne?«

»Weiß ich's?«

»Wenn Ihr es wüsstet, berichtet es mir, Gislindis«, sagte Marian ernst.

»Falls, Herr Marian. Und nun verlasst mich. Ich muss die Buchstaben in Bilder verwandeln.«

Der Wind war noch stärker geworden, als er auf die Gasse trat, und er zerrte an seinem Umhang. Die Heiterkeit in Marians Gemüt war wie weggeblasen.

# 5. Kapitel

Der Sturm kam über Nacht und rüttelte an den Läden. Er fauchte das Rheintal hinunter und zerrte an den kahlen Bäumen, riss Schindeln von den Dächern und trieb den Unrat durch die Straßen. Im Hof hatte er seine Willkür an dem Verschlag ausgetobt, der einst den Falken beherbergte. Er hatte den geflochtenen Laden abgerissen und eine Planke aus dem Dach gehoben. Stroh und Sand tanzten über das Pflaster, doch niemand wagte sich in die wilde Wucht des Windes nach draußen.

Am Vormittag hatte der Sturm sich gelegt.

Draußen, nicht drinnen.

»Du bist dem Wulf anverlobt. Du hast dich nicht mit anderen Männern herumzutreiben!«

»Ich treibe mich nicht herum.«

»Du hast dich ihm an den Hals geworfen. Du bist eine Schande für dein Geschlecht!«

»Du tändelst mit den Harfelieschen herum, das ist wohl keine Schande, was?«

»Ich bin ein Mann!«

»Dass ich nicht lache. Ein Jahr jünger bist du und ein

kindischer Tölpel, wenn du glaubst, dass ich mit dem Börn herummache.«

»Ich hab's doch mit eigenen Augen gesehen.«

»Du siehst nur, was du willst. Er hat mich genötigt und mich gepackt.«

»Du hast dich nicht gewehrt. Wie eine Dirne hast du dich benommen.«

»Du weißt ja wohl ganz genau, wie Dirnen das machen.«

»Und wenn schon. Ich bin schließlich das Familienoberhaupt!«

Lauryn ließ ein trockenes Lachen erklingen.

»Hör bloß auf, dich wichtig zu nehmen, Frieder. Du bist nur mein Bruder und ein dummer Bengel.«

Alyss, die in der Vorratskammer werkelte, bekam das Gezänk in der Küche mit und trat just dazwischen, als Frieder seiner Schwester eine schallende Ohrfeige verpasste. Wortlos holte sie aus und scheuerte dem Jungen eine.

»Schluss jetzt«, sagte sie und sah von dem einen zur anderen. »Es mag sein, dass du in deiner Familie nach dem Tod deines Vaters der Herr im Haus bist, Frieder. Hier bin noch immer ich die Hausherrin. Deine Schwester ist eine viel zu besonnene Jungfer, als dass sie mit dem Sohn der Adlerwirtin herumtändelte. Börn ist ein Leichtfuß, und wie ich ihn einschätze, hat er deine Schwester bedrängt. Kläre das mit ihm, nicht mit ihr.« Dann wandte sie sich zu dem Mädchen. »Dein Bruder ist weder ein kindischer Tölpel noch ein Bengel, sondern ein junger Mann, und als solchen solltest du ihn respektieren.«

Beide wollten etwas sagen, aber sie schüttelte nur abwehrend den Kopf.

»Ich will nichts mehr davon hören. Frieder, der Wind hat das Dach und den Laden des Verschlags abgerissen; befestige beides. Lauryn, oben warten drei Hemden, die gesäumt werden müssen.«

Die Kampfhähne zogen schweigend ihres Wegs.

Alyss sah kurz darauf nach Frieder, der mit Kraft – vermutlich unterstützt von unterdrückter Wut – Nägel in das Holz schlug. Eigentlich ein unsinniger Auftrag, dachte sie mit Bedauern. Jerkin, der Falke, würde nicht mehr zurückkehren. Aber die Tätigkeit half dem Jungen, seine überschüssigen Gefühle abzuarbeiten. Eigentlich war er ein gutherziger, manchmal übermütiger Jüngling, und er liebte seine Schwester. Doch mochte die Trauer über den Tod seines Vaters genauso verborgen in ihm gären wie in ihr die Trauer um den Verlust des Falken. Sie hoffte, dass Tilo wirklich bald zurückkehrte; ein gleichaltriger Freund mochte Frieder mehr Hilfe bieten als der Weiberhaushalt, den sie jetzt bildeten. Und ein vertrauliches Gespräch mit einem klugen Ratgeber wäre vielleicht auch angebracht.

Also erinnerte Alyss ihr Hauswesen, als sie sich zum Mittagsmahl niedergesetzt hatten, an die fällige Beichte.

»Nächsten Monat steht das Osterfest an, und es ist Zeit, dass ihr euch auf eure Sünden besinnt.«

»Ja, Frau Alyss«, kam es demütig im Chor.

Sie blickte von einem zum anderen und sah Aufrichtigkeit in den Gesichtern der ihr Anvertrauten.

»Gut, dann werde ich mit Pater Henricus einen Tag vereinbaren, an dem ihr ihn aufsuchen könnt.«

»Ich gehe zu den Aposteln«, sagte Hilda und stellte einen Krug Most auf den Tisch.

»Warum?«

»Da bekommt man Ablassbriefe.«

»Du willst dich von den Qualen des Fegefeuers freikaufen? Bezahle ich dich so gut?«

»Lästert nicht über die Läuterung von den Sünden«, erhob Magister Hermanus seine Stimme zwischen zwei Bissen.

»Die Läuterung ist nicht notwendig, wenn man Reue zeigt und Buße tut«, wies Alyss ihn zurecht. »Nehmt die Strafen auf euch, die Pater Henricus über eure Verfehlungen verhängt, und versucht ein gottgefälliges Leben zu führen. Dann müsst ihr kein Geld für diese Zettel ausgeben.«

»Aber das Fegefeuer ist ein grausamer Ort«, flüsterte Hedwigis mit Schaudern in der Stimme. »Man wird dort in die Flammen geworfen und gebrannt. Tag und Nacht und viele Jahre lang. Und Brandwunden tun so weh!«

›»Ein Tor, wer auf den jüngsten Tag

Es spart, was er hier schlichten mag.‹

So spricht schon der kluge Dichter Freigedank. Und wahr spricht er. Es ist sinnvoller, die Sündenstrafen vor dem Tod abzubüßen«, bemerkte Alyss und sah Hedwigis streng an. Ja, das Mädchen hatte noch immer ein schlechtes Gewissen. Als im letzten Jahr ihre kostbare Brautkrone gestohlen worden war, hatte es dazu eine wichtige Tatsache verschwiegen, gelogen und sich dann auch noch überaus hämisch darüber erfreut gezeigt, dass Arndt es gewesen war, der den wertvollen Schmuck entwendet hatte. Hedwigis war von ihrer arroganten Mutter verzogen worden, sie war selbstsüchtig und schadenfroh. Immerhin schien der gewaltige Aufruhr, den sie mit ihrem Verhalten verursacht hatte, eine gewisse Läuterung bewirkt zu haben. Und da ihr Vater ihr das Verbot von Putz und Tand auferlegt hatte, enthielt Alyss ihr auch das Duftwasser vor, das die beiden anderen Jungfern mit großer Freude entgegengenommen hatten. Strafe musste sein, viel wirkungsvoller im Hier und Jetzt als irgendwann in einem fernen Fegefeuer, das war ihre Ansicht.

Da es keinen weiteren Widerspruch gab, nickte sie noch einmal in die Runde. »Geht also in den nächsten Tagen in euch, damit ihr nichts vergesst, was ihr Pater Henricus zu beichten habt. Aber bitte bedenkt, dass er ein Mann von hohem Geist und großer Moral ist, und wählt eure Worte bedachtsam, mit denen ihr von euren Verfehlungen sprecht.«

Und um Himmels willen entsetzt den armen Mann nicht mit Schlimmerem als einigen lässlichen Sünden, dachte sie im Stillen. Der sanfte Franziskaner war ein grundgütiger, doch ein wenig weltfremder Mann, dem das Böse gänzlich fremd war. Er war ihr und Marian ein sorgfältiger und liebevoller Erzieher und Lehrer gewesen, und sie plauderte noch immer gerne mit ihm, denn sein Wissen war umfänglich und beinahe bodenlos tief.

Das Hauswesen nickte zustimmend, und sie hatte den Eindruck, dass die Botschaft angekommen war. Was sie ein wenig erstaunte, war, dass der Hauspfaff so gar nichts weiter zu dem Thema Buße und Strafe beizutragen hatte. Er verbreitete sich sonst eigentlich immer mit Leidenschaft und Wortgewalt über die Übel der Welt.

Am Nachmittag suchte sie wieder den Weingarten auf, Benefiz folgte ihr und tänzelte glücklich kläffend um ihre

Füße. Hier hatte der Sturm zum Glück keine größeren Schäden angerichtet. Der Boden war nun überall aufgelockert, die Hälfte der Pfähle eingeschlagen. Daran sollten Peer und Frieder weiter arbeiten. Draußen gab es also im Augenblick für sie nicht viel mehr zu tun, als auf das Wachsen der Triebe zu warten. Darum widmete sie sich dem Kelterhaus. Ein paar Mäuse hatten es sich in den Kiepen gemütlich gemacht. Sie stellte die heraus, die ausgebessert werden mussten. Der junge Spitz beschnüffelte sie gründlich, machte sich dann aber zu seinen eigenen Erkundungen auf. Sie hingegen sah die Werkzeuge durch, reinigte Hacken und Spaten, prüfte die Scheren auf ihre Schärfe und sonderte einige für den Scherenschleifer aus. Als sie den Bast aufwickelte, den sie bald zum Aufbinden benötigten, kam Benefiz aufgeregt bellend zurück. Er wedelte mit seinem schwanzlosen Hinterteil derart heftig, dass es ihn fast von den Pfoten hob, und sprang immer wieder an ihr hoch.

»Du sieht aus, als hättest du etwas Aufregendes entdeckt, Benefiz. Ein Fremder? Ein Eindringling?«

Er raste raus, kam wieder nach drinnen, kläffte in den höchsten Tönen.

Alle Tiere machten sich verständlich. Auf ihre Weise. Alyss wusste das und nahm die Aufregung des Hundes so ernst, dass sie ihm folgte. Er stob die Rebreihen entlang und umkreiste dann eine Stelle an der südlichen Begrenzungsmauer. Alyss kniff die Augen zusammen. Da lag etwas Helles.

Sie beschleunigte die Schritte.

Etwas Weißes.

Sie lief noch schneller.

Ein Vogel.

»Jerkin!«, rief sie leise, und ein dunkles Auge richtete sich auf sie. »Jerkin, du bist zurückgekommen. Und, o gütige Mutter Maria, du bist verletzt.«

Der linke Flügel hing kraftlos an seiner Seite, und seine Spitze schleppte er am Boden nach, als der Falke einige Schritte auf sie zumachte.

»Sei still, Benefiz. Ich kümmere mich um ihn.«

Gehorsam setzte sich der Spitz und beobachtete sie.

Alyss band das Tuch, mit dem sie die Haare bedeckt hatte, ab und wickelte es sich um den linken Arm. Dann beugte sie sich nach unten, legte die Hand auf den Boden und sagte. »Hopp, Jerkin.«

Sie musste es einige Male wiederholen, dann folgte der Falke dem Befehl und krallte sich in dem Stoff fest. Sie spürte seinen Griff durch das Leinen hindurch, aber ruhig und bedächtig stand sie auf und trug das verletzte Tier zu dem Verschlag. Gutwillig kletterte Jerkin auf seinen Sprenkel, doch als er mit den Flügeln schlagen wollte, stieß er einen rauen Schrei aus.

»Du hast Schmerzen, mein kleiner Freund. Warte, ich werde dir helfen.«

Und dann brüllte sie über den Hof: »Frieder, hol Marian! Verletzte!«

»Frieder ist zum Adler gegangen«, sagte Hedwigis, die das Federvieh fütterte. »Aber wenn Ihr wollt, hole ich den Herrn Marian.«

»Ja, dann lauf.«

Vermutlich war das Mädchen froh, den Hühnern und vor allem dem heidnischen Gänsevolk zu entkommen. Dafür raffte es sogar seine Röcke und rannte im schmutzigen Arbeitskittel durch die Straßen.

Alyss richtete ihre Aufmerksamkeit wieder auf den Vogel. Sie hatte bei Tieren eine Gabe, ähnlich der ihres Bruders. Sie fühlte mit den Leidenden, und ihre Hände beruhigten sie. Behutsam strich sie Jerkin über das Gefieder und konzentrierte sich auf den hängenden Flügel. Falken waren gute Flieger, doch mochte der wilde Sturm am gestrigen Tag ihn gebeutelt, möglicherweise gegen einen Baum oder eine Mauer geschleudert haben. Sie tastete achtsam weiter. Ja, hier fühlte es sich falsch an, doch nicht wie gebrochen. Das mochte ein Vorteil sein. Doch über Gelenke und Knochen wusste Marian weit mehr als sie. Sie hoffte, dass man die Verletzung heilen konnte, nicht weil ein weißer Gerfalke ein Vermögen wert war, sondern weil er ein Lebewesen war, das sich seiner Art gemäß hoch in die Lüfte erheben sollte.

Es würde eine Weile dauern, bis Marian eintraf, also schloss sie die eben gerichtete Tür des Verschlags und ging in ihr Zimmer, wo sie allerlei Verbände und Salben für die immer wieder auftretenden Unfälle des Hauswesens aufhob. Kritisch prüfte sie, was davon wohl für einen Vogel verwendbar war. Dann ging sie in den Hof, stülpte Jerkin das Häubchen über, wickelte ihn trotz seines Sträubens in ein festes Tuch und brachte ihn in die Küche. Hilda knurrte etwas von Fastenzeit und daher leider kein Geflügel am Spieß. Die Haushälterin misstraute dem Jäger der Lüfte von Herzen.

»Wo sind die Toten und Verwundeten? Wer liegt in seinem Blute?«, fragte Marian, als er eintrat.

»Mein Falke ist heimgekehrt, doch er ist flügellahm und harrt deiner Kunst, Bruderlieb.«

»Dein Falke, ja.« Marian lächelte sie an. »Es macht dich glücklich, dennoch.«

»Er dauert mich.«

Marian nickte.

»Lass mich sehen, ob mein Wissen über das Gebein auch bei ihm hilfreich ist.«

Sie wickelten den Vogel aus dem Tuch, und Alyss legte ihre Hände um ihn. Ein paarmal versuchte Jerkin aufzuflattern, dann beruhigte er sich, und Marian tastete seine Gelenke ab.

»Ausgerenkt, nicht gebrochen. Es schmerzt ihn, und ohne Hilfe wäre er des Todes. Aber ich denke, es wird mir gelingen, den Flügel zu richten.«

Sanft, doch fest und mit kundigen Fingern behandelte er den Falken, der plötzlich einen schrillen Schrei ausstieß und nach ihm hackte.

»Ist ja gut, Jerkin, ist gut«, murmelte Alyss.

»Ja, es ist gut, aber fliegen darf er noch nicht. Du hast Leinen bereit, wir müssen ihn bandagieren. Murmele noch ein paar deiner Beschwörungen, damit er mir nicht das Fleisch von den Händen reißt.«

Sie legten dem Falken Stoffstreifen wie eine Bandage um Brust und Flügel, was Hilda zum Anlass nahm, zu bemerken, dass Speckstreifen bekömmlicher seien.

»Auch mit Speck ummantelt ist er viel zu mager, Hilda. Aber wenn die Fastenzeit herum ist, darfst du eigenhändig einer der Gänse den Hals umdrehen.«

»Das walte der Herrgott, dass ich mich an den heidnischen Viechern vergreife. Ich trau mich ja schon nicht mehr, ohne Besen in der Hand über den Hof zu gehen. Immer ist dieser unheilige Ganter hinter meinen Waden her!«

»Siehst du, während Jerkin ganz friedlich in seinem Verschlag sitzt. Aber wir müssen für ihn ein Huhn opfern, fürchte ich.«

»Frieder und ich werden auf Kaninchenjagd gehen.« Marian grinste. »Haben wir auf dem Gut in Villip oft genug gemacht.«

»Ja, das wird ihn aufheitern. Er hat heute schrecklich mit Lauryn gezankt. Er braucht einen Freund.« Alyss nahm den Falken hoch und stand auf. »Ich bringe ihn in den Verschlag, sonst landet er doch noch in der Suppe.«

Als der Vogel auf seinem Sprenkel hockte und unglücklich vor sich hin starrte, kam Frieder durch das Tor gehumpelt.

»Scheint, dass deine Arbeit noch nicht beendet ist, Bruder mein. Es ist eine Schlacht geschlagen worden, und die hat ihre Opfer gefordert.«

»Wie mag der Gegner dem Gemetzel entkommen sein?«

»Auf allen vieren kriechend, doch Schutz suchend in der Schmiede vom Adler. Franziska wird die Blutlachen wegwischen und die klaffenden Wunden versorgen müssen. Börn hat, soweit ich es verstanden habe, versucht, Lauryn einen Kuss zu rauben.«

»Ihre Ehre scheint wiederhergestellt zu sein.«

»Wohl wahr. Frieder, in die Küche, Herr Marian kümmert sich um deine Wunden.«

»Ja, Frau Alyss.«

»Lebt Börn noch?«

Die aufgeplatzte Lippe tat dem jungen Mann sichtlich weh, aber er grinste.

»Gerade noch.«

»Gab er sein Vergehen zu?«

»Als er kaum noch Luft hatte.«

»Dann entschuldige dich nachher bei deiner Schwester. Danach gehst du Kaninchen jagen. Der Falke ist heimgekehrt. Er braucht Atzung.«

»Oh, schön!«

Ja, das Leben war für Frieder unkompliziert.

# 6. Kapitel

»Gott weihte ihren Wangen hohen Fleiß,
er strich darauf gar teure Farben,
so reines Rot, so reines Weiß,
hier rosenhaft, dort lilienfarben...«[1]

Leocadie, Hedwigis und Lauryn steckten ihre Köpfe zusammen und murmelten gemeinsam diese Verse, als Alyss am Samstagnachmittag von der Auslieferung einiger Fässer Pfälzer Weins an ihre Kunden zurückkam und in ihrer Kammer nach den Fortschritten der Handarbeiten schaute.

»Wollet ihr nicht für Lore Kleider nähen?«, fragte sie das Jungfernkränzchen.

---

[1] Walther von der Vogelweide

Erschrocken fuhren die drei auf und stammelten Entschuldigungen.

»Was fesselt denn stattdessen eure Sinne? – Lauryn?«

»Es ist nur ein Stückchen Pergament, Frau Alyss. Wir haben es unter dem Tisch gefunden. Aber es kann nicht von Ritter Arbo sein.«

»Ritter Arbo?«

»Ich dachte, er habe mir auf diese Weise ...«

Leocadie hob den Schürzenzipfel an ihre feuchten Augen.

»Ritter Arbo mag inzwischen in Kampen oder gar schon auf dem Weg nach Heidelberg sein. Ich glaube nicht, dass er die Zeit hat, über Köln zu reisen und kleine Botschaften unter meinem Tisch zu hinterlassen.«

Hedwigis nickte.

»Es lag am Platz von Magister Hermanus. Und ich glaube, es ist aus seinem Brevier gefallen.«

»Dann gebt es ihm zurück. Es ist sehr ungehörig, etwas zu lesen, das einem anderen gehört.«

»Aber es ist so ein schönes Gedicht«, seufzte Leocadie.

»Gedicht?«

»Ein Minnegedicht an ein Weib mit rosigen Wangen, Frau Alyss. Und sie heißt nicht Maria Himmelskönigin.«

Alyss biss sich auf die Unterlippe, um eine Bemerkung zu dem Hauspfaff zurückzuhalten, die seinen schwächlichen Stand in der häuslichen Gemeinschaft noch weiter untergraben hätte.

»Gebt es mir, ich lege es zurück in sein Brevier.«

Lauryn reichte ihr das Blatt, doch dann grinste sie.

»Aber nicht lesen.«

Es fiel Alyss sehr schwer, das Zucken ihrer Lippen zu verhindern. Stattdessen zog sie die schwarzen Samträupchen ihrer Augenbrauen vorwurfsvoll zusammen. Doch als die drei zu kichern begannen, rutschten auch die flugs wieder auf ihren gottgewollten Platz zurück.

»Schon gut, schon gut. Wie weit seid ihr mit den Kitteln für Lore?«

»Wir haben das Gewand aufgetrennt, das Ihr uns gegeben habt, und Hilda hat uns eine Cotte von sich gegeben, die ein bisschen zerschlissen ist. Daraus haben wir ein Unterkleid für den kleinen Hungerhaken geschneidert.«

»Gut. Soll ich euch beim Zuschneiden des Gewandes helfen?«

»Das wäre hilfreich, Frau Alyss. Und, Frau Alyss, Ihr solltet Lore sagen, dass sie mal baden könnte. Sie riecht ein bisschen streng.«

»Ich werde mein Glück versuchen. Ist sie im Hof?«

Wie sich herausstellte, war es einfacher, einen wütenden Kater in die Wanne zu bekommen als die Päckelchesträgerin. Sie wehrte sich mit Klauen und Zähnen dagegen, mit nassem Wasser in Berührung zu kommen, das in ihren Augen offensichtlich den Flammen des Fegefeuers gleichkam. Erst als Alyss ihr regelmäßig Essen, Arbeit und neue Kleider versprach, stimmte sie zu, sich zu entkleiden und in die Bütt in der Küche zu steigen. Doch alle Beteiligten – die Jungfern, Hilda und Alyss – lernten dabei eine Menge neuer, wunderbar unflätiger Wörter aus dem Gassenvokabular kennen. Lore hielt erst den Schnabel, als sie das saubere Hemd und einen Leinenkittel, den Leocadie übrig hatte, über ihren knochigen Leib gezogen bekommen hatte und eine Schüssel mit nahrhaftem Eintopf vor ihr stand.

»Sie ist ein erbärmlich mageres Geschöpf, aber im vergangenen halben Jahr wohl ziemlich gewachsen«, meinte Hilda, die die schmutzigen Fetzen hinter Lores Rücken einsammelte und in einem Korb verschwinden ließ. »Und nicht nur das«, antwortete Alyss leise. »Sie ist offensichtlich älter, als ich angenommen hatte. Ich glaubte, sie sei erst zehn oder elf Jahre alt.«

»Vierzehn oder fünfzehn mag eher stimmen.«

»Sieht ganz so aus. Armes Kind. Ich weiß wenig genug von ihr.«

»Versucht's gar nicht erst. Solche wie die sprechen nicht darüber, Herrin.«

»Ich weiß.«

Doch das hinderte sie nicht daran, sich über Lore einige Gedanken zu machen. Als sie sie das erste Mal getroffen hatte, hatte sie sie für einen rotzfrechen kleinen Jungen gehalten. Lore pflegte sich in ein Sammelsurium von Lumpen und Umhängen zu wickeln, das es unmöglich machte, ihre Gestalt zu erkennen. Die roten Haare hatte sie kurz abgeschnitten wie ein Bub, und meist war ihr Gesicht schmutzverschmiert. In den Gassen mochte sie das vor unliebsamen Annäherungen durch Männer einigermaßen schützen. Weshalb Alyss auch verstand, dass ein schönes, aber weibliches Gewand ihr sicher nicht die gleiche große Freude bereitete wie den Jungfern. Sie beschloss, ihr noch einen weiteren grauen Umhang von ihr selbst mitzugeben, denn die Verhüllung wollte sie ihr nicht nehmen. Und wenn sie auch die böse Ahnung hatte, dass Lore bereits höchst unliebsame Erfahrungen mit den Männern gemacht hatte, so wollte sie sie doch nicht darauf ansprechen. Vielleicht würde das

Mädchen ja irgendwann Vertrauen fassen und von sich aus berichten, was ihm widerfahren war. Wenn nicht, respektierte sie sein Schweigen.

Weil sie selbst über manche Dinge auch nicht sprach.

Und einer der Umstände, über die sie ungern Worte verlor, trat noch an diesem Abend ein.

Arndt van Doorne kehrte in sein Haus zurück.

Er hatte Ware mitgebracht – Salzfisch aus Deventer, der in der Fastenzeit ein höchst begehrtes Gut war. Doch außer dieser Mitteilung wechselte er keine weiteren Worte mit seiner Gattin, sondern befahl heißes Wasser in seine Kammer und ein ordentliches Essen auf den Tisch.

Die Runde, die sich zum Mahl eingefunden hatte, war nicht nur um den Hausherrn reicher; auch sein Stiefsohn Merten hatte sich eingefunden. Alyss war, auch wenn sie dem jungen Mann, seit er so auffällig mit Hedwigis getändelt hatte, mit einer gewissen Vorsicht begegnete, ganz froh um sein Erscheinen. Er hatte eine leichte Art, die Unterhaltung zu bestreiten, die in Arndts Gegenwart immer zwischen den Eisschollen des Schweigens zu versickern drohte.

Doch unerwarteterweise trat die frostige Stimmung diesmal nicht ein, denn Arndt gab sich jovial und berichtete von seinen Fahrten. Wenn er auch Alyss selbst mit boshafter Beständigkeit übersah, so richtete er doch sein Wort an die Jungfern, Frieder und Merten, ja sogar an Magister Hermanus. Erst als die Schüsseln und Platten abgeräumt waren und der Krug mit schwerem rotem Wein vor ihn gestellt wurde, sah er sein Weib direkt an.

»Ach ja, wie ich in Deventer erfuhr, hat Euer Falkenfänger wohl Pech mit seiner Überfahrt gehabt. Ich hörte, das Schiff, auf dem er mit seinem Edelgeflügel reiste, wurde aufgebracht. Fraglich, ob die Besatzung es überlebte. Man weiß ja, dass die Friesen nicht eben zimperlich mit ihren Gefangenen umgehen.«

Damit stürzte er einen Pokal Wein hinunter und grinste sie hämisch an.

»Nun, das ist eine bedauerliche Nachricht, Arndt. Ich möchte Euch sehr darum bitten, sie morgen Reinaldus Pauli selbst zu überbringen. Tilos Eltern haben ein Recht darauf, aus Eurem Mund zu erfahren, welches Schicksal ihren Sohn ereilt hat. Und nun sollten wir uns zurückziehen und den Herrn seinem Trunk überlassen.«

Gefasst stand Alyss auf und verließ den Raum. Die Mädchen folgten ihr, ebenso Frieder. Als sie die Tür zu ihrer Kammer öffnete, drängten sich alle vier jedoch zu ihr hinein.

Sie setzte sich auf die Bettkante, die jungen Leute ließen sich zu ihren Füßen nieder. Schweigend. Lauryn lehnte ihren Kopf an ihr Knie, Leocadie hielt ihre Hand, Frieder starrte auf den kleinen Altar in der Ecke, und sogar Hedwigis drückte sich an ihr Bein.

Es brauchte eine lange Zeit, bis Alyss Worte fand. Schließlich sagte sie, und ihre Stimme klang heiser dabei: »Wir werden versuchen herauszufinden, was daran Wahres ist.«

»Ja, Frau Alyss.« Und Lauryn flüsterte: »Eure Augen, Frau Alyss. Sie sind ganz schwarz geworden.«

Ja, sie waren schwarz vor Wut, und darum senkte sie die Lider. Sanft bat sie: »Geht nun zu Bett, ihr Lieben. Ich muss alleine sein.«

»Ja, Frau Alyss.«

Jeder der vier küsste sie auf die Wangen, und dann fiel die Tür hinter ihnen zu. Alyss verriegelte sie.

Dann beugte sie die Knie vor ihrem Altärchen und verbrachte den Großteil der Nacht mit Gebeten.

Der eine oder andere Fluch war auch darunter, und es störte weder Mutter Maria noch den Allmächtigen, dass sie dabei die neuerworbenen, außerordentlich bildhaften Vokabeln aus der tiefsten kölschen Gasse verwendete.

Die Stimmung am Sonntag war gedrückt, das Hauswesen schwieg. Es erklang weder Getuschel noch Gezänk, kein Singen oder Gebrumm. Selbst Benefiz sah aus, als ob er am liebsten seinen nicht vorhandenen Schwanz zwischen die Beine geklemmt hätte, und sein Freund Malefiz hatte sich auf bewährte Katzenart unsichtbar gemacht. Arndt schlief noch seinen Rausch aus, als Alyss ihr Trüppchen zur Messe führte, doch als sie ebenso schweigsam zurückkamen, wie sie gegangen waren, trafen sie den Herrn des Hauses in der Küche an.

Wutschnaubend.

»Weib, du hast es gewagt, mich vor der Gaffel bloßzustellen!«, brüllte er sie an, als sie den Umhang ablegte.

»Ich habe Euch nicht bloßgestellt.«

»Nicht? Und was anderes soll diese verdammte Brautschatzfreiung sonst bedeuten?«

»Dass ich nicht mehr für Eure Verschwendungen verantwortlich bin.«

»Ich verschwende nichts. Ich verdiene mein Geld redlich mit meinem Handel!«, dröhnte er und kam auf sie zu. »Du

Drecksschlampe hast meinen Ruf ruiniert. Du Miststück hast mich vor den Kaufleuten lächerlich gemacht.«

»Wenn Ihr redlich Euer Geld verdienen würdet, Arndt van Doorne, wäre ich nicht gezwungen, meine Mitgift vor Euch zu schützen.«

Der Schlag kam schneller, als sie ihn erwartet hatte. Ihr Kopf flog zurück, und sie stolperte gegen den Tisch. Die Faust traf sie in den Bauch, der nächste Schlag wieder im Gesicht.

Benommen taumelte sie in Richtung Kamin.

Sie hörte die Mädchen schreien, dann kam der nächste Faustschlag. Sie krümmte sich, griff nach dem erstbesten Gegenstand.

Dem nächsten Schlag konnte sie ausweichen, und mit aller Gewalt stach sie zu.

Arndt röhrte auf.

Hilda schmetterte die schwere Kupferpfanne auf seinen Kopf.

Er ging zu Boden.

Die Fleischgabel ragte aus seinem Oberschenkel.

In die darauf folgende Stille sagte Alyss: »Frieder, hol Marian. Aber nichts zu meinen Eltern hiervon.«

»Ja, Frau Alyss.«

Weg war er. Leocadie hatte ihre Schürze in den Eimer Wasser getaucht und drückte sie ihr in die Hand.

»Ihr blutet, Frau Alyss.«

»Ich weiß.«

»Hab ich ihn erschlagen? O Herrgott hilf, habe ich den Herrn des Hauses erschlagen?«, jammerte Hilda und rang die Hände.

»Er hat einen harten Schädel. Ich hoffe nur, dass er nicht so schnell zu sich kommt.«

Lauryn nahm die Pfanne an sich.

»Wird er nicht.«

Kam er auch nicht, und als Marian außer Atem in die Küche polterte, warf er einen schnellen Blick auf den Gefällten und sah dann zu Alyss auf.

»Schlecht gezielt, Schwesterlieb. Ein bisschen mehr nach links wäre noch wirkungsvoller gewesen.«

»Urgs«, sagte Frieder und drückte sich die Hände an den Schritt.

»Und nun setz dich dort hin und öffne den Mund, Liebes. Du hast Blut an den Lippen.«

Gehorsam und noch immer ein wenig benommen folgte Alyss seinen Anweisungen und ließ es zu, dass die sanften Hände ihres Bruders die Schmerzen in ihrem Gesicht linderten.

»Der heiligen Apollonia sei Dank, es sind noch alle Zähne an ihrem Platz. Auch die Knochen haben es überstanden. Du hast dir auf die Zunge gebissen, aber das wird schnell heilen.«

»Er hat sie in den Bauch geschlagen.«

»Schlimm, mein Lieb?«

»Es schmerzt, doch weniger schlimm als Wehen.«

»Dann kümmern wir uns nachher darum. Ich werde diesen Kadaver zusammenflicken müssen, damit er auf eigenen Hammelbeinen das Haus verlassen kann.«

Damit wandte er sich Arndt von Doorne zu, der eben wieder das Bewusstsein erlangte.

»Seid gegrüßt, wohledler Herr Schwager. Habt Ihr gut

geruht? Möchtet Ihr diese hübsche Fleischgabel in Eurem Bein stecken lassen, oder soll ich sie entfernen?«

Arndt wollte wohl irgendeine lästerliche Antwort geben, aber als sein Blick auf das Küchengerät in seinem Fleisch fiel, würgte es ihn, und er drehte sich auf die Seite, um sich zu erbrechen.

»Na, dann kommt wenigstens der ganze Wein aus Euch heraus, mit dem Ihr Euch so gerne besauft«, sagte Marian kühl. »Frieder, Hilda, haltet ihn fest, während ich das Ding da herausziehe. Danach könnt ihr mit dem Lumpen den Dreck aufwischen.«

Das Schmerzgebrüll ließ die Kupferwaren über dem Herd erzittern, aber die Haushälterin war eine kräftige Frau und Frieder ein geübter Raufer. Sie hielten Arndt in festem Griff, auch als Marian ihm den Beinling herunterriss und einen festen Verband um die Wunde wickelte. Auf Heilsalben verzichtete er.

»So, wohledler Herr Schwager, nun steht auf und verlasst das Haus.«

»Ihr könnt mich nicht aus meinem eigenen Heim vertreiben«, knurrte der zwischen zusammengepressten Zähnen hervor.

Marian hob die Fleischgabel, noch befleckt vom Blut, hoch und stach spielerisch damit in die Luft.

»Die Schulung bei Meister Hans, wohledler Herr Schwager, hat mir einige tiefe Einblicke darin gegeben, wo es dem Menschen wehtun kann. Dies ist ein hübsches Instrument dafür, von meiner Schwester dilettantisch geführt – ich habe mir eine höhere Kunstfertigkeit damit erworben. Raus hier, oder ich probiere meine Fähigkeiten an Euch aus.«

»Ihr droht mir?«

»Aber sicher doch.«

Es war wohl das unheilige Lächeln in Marians Gesicht, das Arndt dazu brachte, den Raum murrend und fluchend zu verlassen.

»Er wird zurückkommen.«

»Möglich, Schwester mein. Doch das wird ihn gereuen. Es ist an der Zeit, den allmächtigen Vater über sein Handeln ins Bild zu setzen. Du wirst mich diesmal nicht daran hindern können.«

»Nein, das werde ich auch nicht.«

Alyss hielt sich die nasse Schürze noch immer an die Wangen gedrückt.

Ihr Bruder führte sie sanft in ihre Kammer und untersuchte ihren schmerzenden Leib. Währenddessen berichtete sie, welches Unglück Tilo, John und vermutlich auch Arbo von Bachem widerfahren war.

»John«, sagte Marian, »lässt sich nicht einfach von Seeräubern töten.«

»Einfach nicht, da stimme ich dir zu. Aber das Meer ist kalt und gnadenlos.«

»Der Ritter wird sich auch nicht einfach abschlachten lassen.«

»Auch er kann die Wellen nicht mit seinem Schwert bekämpfen.«

»Und Tilo ist ein tapferer Junge. Nein, erzähl mir nicht, dass sie alle drei ertrunken sind. Ein Ritter und ein Handelsherr sind viel zu kostbar für die Friesen. Sie mögen verletzt sein, aber man wird über sie verhandeln wollen.«

»Arbo hatte eine Familie, John nicht.«

»Tilo hingegen schon, und er wird dafür sorgen, dass wir erfahren, was geschehen ist. Mut, Schwesterlieb. Dein Gatte ist eine Kakerlake, und es hat ihm Genuss bereitet, ein Gerücht weiterzugeben. Was immer dahintersteckt, wird sich finden. Johns struppiger Diener wurde hier gesehen. Ich mache mich auf die Suche nach ihm.«

»Danke, Marian.«

Er legte ihr die Hand auf die Stirn.

»Schlaf ein wenig.«

Unter dem warmen Druck seiner begabten Hände versank Alyss in einen tiefen, traumlosen Schlaf.

## 7. Kapitel

Marian kochte vor Wut, und er hatte die Phiole mit dem herzstärkenden Mittel in seinem Beutel, als er seinen Vater um eine Unterredung bat. Doch es bedurfte der Arznei nicht. Ivo vom Spiegel blieb ruhig, während er sich die Schilderung der Vorgänge in seiner Tochter Haus anhörte. Frau Almut hingegen zischte einmal tonlos.

»Die Nachricht, dass das Schiff, auf dem Tilo und Master John zurückreisten, von Seeräubern überfallen worden sei, wollte ich genauer überprüfen, Herr Vater. Und wie ich hörte, hat sich Master Johns Diener in Köln aufgehalten. Ihn hätte ich gerne befragt, aber er ist nicht auffindbar oder wieder abgereist«, schloss Marian seinen Bericht.

»Er wird die Gerüchte gleichfalls gehört und sich auf die Suche nach seinem Herrn begeben haben, wenn er ein treuer Diener ist«, sagte seine Mutter. Ihr ansonsten so lebhaftes Mienenspiel war völlig ausdruckslos. Ebenso das seines Vaters.

Gesetzten Schrittes ging dieser zum Fenster und wieder zurück.

»Magister Jakob soll zu mir kommen.«

»Ich suche ihn selbst auf, Herr Vater.«

»Richte ihm aus, er möge sich über Testamentsvereinbarungen kundig machen.«

»Gerne, Herr Vater.«

»Morgen zur Terz hat sich Arndt van Doorne hier an dieser Stelle einzufinden.«

»Ich werde dafür sorgen, Herr Vater.«

»Wenn nötig, werden die Büttel dir behilflich sein. Ich gebe Anweisung dazu.«

»Das wäre hilfreich, Herr Vater. Sonst müsste ich womöglich Gewalt anwenden.«

»Deine Schwester und ihr gesamtes Hauswesen sollen dem Gespräch beiwohnen.«

»Natürlich, Herr Vater.«

»Weib, deine Familie soll ebenfalls zugegen sein.«

»Natürlich, mein Gatte.«

»Noch Fragen?«

»Wenn Ihr gestattet, Herr Vater – ein Priester?«

»Wird nicht vonnöten sein.«

»So wird er ohne Sterbesakramente in die Hölle fahren.«

»Sein jämmerliches Leben wird ihm bleiben.«

Höchst zufrieden mit den erteilten Aufträgen machte

sich Marian daran, sie zu erfüllen. Auf seinen vielfältigen Wegen wusste er es auch einzurichten, dass er Gislindis begegnete. Sie stand mit ihrem Vater auf dem Alter Markt und lockte die Kunden mit heiterem Gesang herbei.

»Alle Messer schneiden besser,
wenn Mats Schlyffer sie geschärft.
Alle Klingen besser singen,
wenn Mats Schlyffers sie geschärft.
Alle Scheren schneller scheren,
wenn Mats Schlyffers sie geschärft!«

»Und alle Münzen flinker springen, wenn Gislindis' Händchen winken«, sagte Marian, der sich hinter sie geschlichen hatte.

»Huch, Ihr?«

»Huch, ich. Habe ich Euch erschreckt, meine Liebliche?«

»Mich scheint die Gabe der Vorhersehung verlassen zu haben, Herr. Oder bewegt Ihr Euch mit einer Tarnkappe durch die Menschen?«

»Nur unauffällig und auf leisen Sohlen. Wo hat sich der struppige Diener des Falkners hinbegeben?«

»Zu seinem Herrn, sollte man annehmen.«

»Der auf dem Grund des Meeres liegt, den Fischen zur Nahrung.«

Gislindis zuckte zusammen. Doch sie fing sich rasch wieder und nahm die Münzen eines Kunden entgegen, die sie sorgfältig in ein Körbchen abzählte.

»Ist es das, was man Eure Schwester glauben lassen will?« Sie blickte ihn mit ihren schillernden Augen an. »Der Herr des Hauses verbrachte seine Nacht bei den Huren«, sagte sie dann.

»Gut, dies zu wissen, schöne Gislindis.«

Eine Silbermünze fiel in ihr Körbchen.

»Gebt Acht, Herr Marian, dass Eure Wut Euch nicht verbrennt.«

»Ich weiß sie zu kühlen. Jedoch nicht so sehr wie meine Leidenschaft.«

»Wenn sie so lodert wie Euer Zorn, werden die Weiber in Flammen stehen.«

»Habt Ihr Angst vor dem Feuer?«

»Nur vor der Asche, die übrig bleibt.«

Dann schwenkte sie fröhlich ihre Röcke und sang wieder ihr Liedchen.

»Alle Klingen tiefer dringen,
wenn Mats Schlyffers sie geschärft.
Alle Waffen Frieden schaffen,
wenn Mats Schlyffers sie Euch schleift...«

Mit einem ein klein wenig leichteren Herzen machte sich Marian auf den Weg zu dem Notarius.

Doch die Wut kehrte zurück, als er seine Schwester am Montag abholte, um sie und ihr Gefolge zum Haus derer vom Spiegel am Alter Markt zu geleiten. Alyss' Gesicht war noch blau und grün verfärbt und die Lippe geschwollen.

»Es geht schon, Bruderlieb, auch wenn meine Eitelkeit darunter leidet.«

»So es nur deine Eitelkeit ist.«

Sie seufzte leise, sodass nur er es hörte.

»Mein Stolz hat auch Schaden genommen.«

»Nicht dein Stolz, die Ehre wurde geschändet. Du wirst Wiedergutmachung erlangen, dessen bin ich mir sicher. Der

Zorn des Allmächtigen wird über ihn kommen. Denn ›einem solchen Mann wird der Herr nicht gnädig sein, sondern sein Zorn und Eifer wird entbrennen gegen ihn, und es werden sich auf ihn legen alle Flüche, die in diesem Buch geschrieben sind, und seinen Namen wird der Herr austilgen unter dem Himmel.‹«

Mit diesen aufbauenden Worten Moses machten sie sich auf den Weg zum Alter Markt.

Das Haus derer vom Spiegel war ein prachtvoller Steinbau mit hohen, verglasten Fenstern und einem Söller, von dem aus man über die Stadt und den Strom blicken konnte. Sie wurden vom Majordomus empfangen und in den großen Saal im ersten Stock geleitet, in dem bereits Frau Mechtild und ihr Mann Reinaldus, Tilos Eltern, warteten. Beide wirkten gramgebeugt. Auch Baumeister Peter Bertolf und sein patrizisches Weib machten einen bedrückten Eindruck. Frau Almut trug noch immer eine ungewöhnlich ausdruckslose Miene zur Schau, die Marian erbeben ließ. Magister Jakob, hager und blass, hatte an einem Seitentisch Platz genommen, Pergament, Tinte, Feder und Siegelwachs vor ihm. Mochte er auch wie ein verstaubter Stubengelehrter wirken, seine Augen straften diesen Eindruck Lügen. Sie blickten durch die frisch geputzten Brillengläser schärfer als Mats Schlyffers Klingen.

Der Herr vom Spiegel aber stand in einer schwarzen Robe düster dräuend am Kamin.

Es waren nun alle versammelt, und mit dem Glockenschlag, der die Terz verkündete, hörte man protestierendes Geschimpfe auf der Treppe. Der Majordomus öffnete die Tür, und zwei Büttel stießen Arndt van Doorne in den Raum.

Der Weinhändler sah sich verblüfft um und hinkte dann zu einer Bank, um sich schwer niederfallen zu lassen.

»Was soll das, Schwiegervater? Was treibt Euch dazu, mich von den Bütteln herschleifen zu lassen wie einen Verbrecher? Eine höfliche Einladung hätte es auch getan.«

Ivo vom Spiegel musterte ihn von oben bis unten.

»Höflichkeit, Arndt von Doorne, habt Ihr verspielt«, grollte er.

Marian biss sich auf die Lippe. Sein Vater hatte die seltsame Angewohnheit, Menschen nicht mit ihrem Namen, sondern mit ihren Titeln oder Professionen anzureden. Mit Namen nannte er gewöhnlich nur jene, denen er zutiefst zugetan war. Dass er seinen Schwiegersohn namentlich ansprach, verlieh dieser Angewohnheit eine neue Bedeutung.

Arndt bemerkte diese Feinheit offensichtlich nicht. Er polterte weiter: »Ihr wollt über mich richten, weil ich mein ungehorsames Weib gezüchtigt habe, was, Schwiegervater? Spart Euch den Atem. Ihr hättet sie besser erziehen sollen.«

»Arndt van Doorne, meine Tochter hat mit meinem Wissen und mit meiner Unterstützung die Brautschatzfreiung im Rat beantragt. Und Ihr wisst sehr wohl den Grund dafür, Arndt van Doorne.«

»Herrgott, verdammt noch mal, ich habe ihr den Bettel von Mitgift zurückgezahlt. Meinen eigenen Weingarten habe ich dafür verkauft!«

»Bettel – die Mitgift meiner Tochter nennt Ihr Bettel?« Frau Almut erhob ihre Stimme und erklärte: »Der Gewürzhändler Jehan DeGroote hat für seine Tochter Mareike eine Brautkrone für einhundert Gulden erworben, die die Jungfer zu ihrer Hochzeit schmückte. Das war keine Entweihung dieses kostbaren Schmuckes, und hätte meine Tochter das Kind gekannt, hätte sie der Leihgabe sicher zugestimmt.«

Arndt wurde blass.

»Tuche, die von einem gekaperten Schiff stammten, Eigentum Eures schmerzlich betrauerten Bruders Robert, wurden als Schmuggelware an die unzünftigen Schneider verkauft«, erklärte Frau Mechtild sanft.

Arndt sah von einer zur anderen, wollte etwas sagen, doch die Donnerstimme des Herrn gebot ihm Einhalt.

»Ihr habt meine Tochter geschlagen. Und das nicht zum ersten Mal, Arndt von Doorne. Ihr habt ihre Mitgift verprasst und ihre Brautkrone gestohlen. Ihr habt unlautere Geschäfte getätigt und vermutlich nicht nur die, die offenbar geworden sind. Es ist an der Zeit, dass Ihr die Stadt verlasst und Euch nie wieder in Köln blicken lasst.«

Ungläubig starrte Arndt den Herrn vom Spiegel an. Dann lachte er höhnisch auf.

»Ihr maßt Euch Gerichtsbarkeit an? Nichts davon könnt Ihr beweisen. Und schon gar nicht habt Ihr die Gewalt, mich der Stadt zu verweisen.«

»Nein? Nun, widersetzt Euch meiner Weisung, Arndt van Doorne, und Ihr könnt damit rechnen, Euren stinkenden Kadaver in gehäutetem Zustand in einem Tümpel voll Entengrütze wiederzufinden. Ich bin noch immer gnädig zu Euch, Arndt van Doorne. Verlasst Köln mit dem Primläuten des morgigen Tages und kehrt nicht mehr wieder zurück. Solltet Ihr es dennoch wagen, seid gewiss, dass es mir ein außerordentliches Vergnügen bereiten wird, jeglichen Dreck ans Licht zu bringen, der sich unter dem Misthaufen Eures erbärmlichen Charakters in großer Menge angehäuft hat. Die offizielle Anklage wird ausreichen, um das, was die Folterknechte von Euch übrig lassen, bis zu Eurem unwürdigen Ende in feuchten Kerkern verfaulen zu lassen.«

»Ich bin befugt«, kam die papiertrockene Stimme des Notarius vom Seitentisch her, »Euch darauf hinzuweisen, dass Ihr diese Warnung ernst zu nehmen habt.«

Das schien Arndt nun auch allmählich zu dämmern. Er wollte wiederum zu sprechen anheben, doch abermals hinderte die drohende Stimme des Herrn ihn daran.

»Und ich befehle Euch, bevor Ihr abreist, Euer Testament zu machen, Arndt van Doorne. Ein Testament, in dem Ihr Euer Weib zu Eurer alleinigen Erbin aller beweglichen und unbeweglichen Habe macht. Durch die Brautschatzfreiung ist sie davor geschützt, Eure Schulden zu erben. Achtet darauf, keine zu machen. Der Notarius hat bereits ein passendes Dokument vorbereitet.«

»Ich bin befugt, Eure Unterschrift und die zweier Zeugen hier entgegenzunehmen, Arndt van Doorne. Nehmt Platz.«

Magister Jakob schob das Pergament zurecht und stellte das gewärmte Siegelwachs bereit. Hölzern bewegte der Weinhändler sich auf den Tisch zu, riss dem Notarius wütend die Feder aus der Hand, und mit einem Sprühregen von Tintenklecksen unterzeichnete er das Schreiben, ohne es zu lesen. Dann knallte er sein Siegel darunter. Peter Bertolf und Marian unterzeichneten und siegelten es als Zeugen.

»Und nun, Arndt van Doorne, verlasst uns und tretet keinem der hier Anwesenden jemals wieder unter die Augen«, befahl der Herr vom Spiegel.

Arndt aber, rot vor Wut, spuckte auf dessen Gewand und

brüllte: »Ich gehe, jawohl! Aber ein Ketzer wie Ihr, Ivo vom Spiegel, sollte sich hüten, sein Maul so voll zu nehmen!«

Marian wirbelte auf dem Absatz herum und schlug zu.

Arndt stolperte zurück und spuckte zwei Zähne aus.

»So viel zum Maulvollnehmen. Raus!«, sagte Marian.

Mit der Hand vor dem blutenden Mund humpelte Arndt aus dem Raum.

Marian leckte sich die blutigen Knöchel ab und sah strahlend zu Alyss hin. »Das, Schwesterlieb, brauchte ich um deinetwillen.«

»›Hilf mir, mein Gott, denn du schlägst alle meine Feinde auf den Backen und zerschmetterst der Gottlosen Zähne.‹ Du nimmst die Psalmen sehr wörtlich, Bruderlieb.«

»Mir kamst du zuvor, mein Sohn. Und kraftvoller dazu.« Dann nickte der Herr vom Spiegel in die Runde.

Magister Jakob erhob sich und reichte ihm das Dokument.

»Doktor vom Spiegel, dies ist nun von mir beglaubigt. Ich gebe es Euch zu treuen Händen. Oder wünscht Ihr, dass Eure Tochter es an sich nimmt und bei ihrem Brautschatz verwahrt, Ratsherr?«

Der Herr nahm das Pergament an sich, warf einen Blick darauf und meinte: »Ich verwahre es.«

»Wie Ihr wünscht, Ratsherr vom Spiegel.«

»Spart Euch den Ratsherrn, Notarius. Ich trage keine Titel. Auch nicht Doktor oder Pater.«

Magister Jakob nickte und wandte sich an Alyss und Marian.

»Verzichtet er auch auf den Titel des Vaters, oder wie nennt Ihr den wohledlen Herrn?«

»Allmächtiger!«, murmelte Alyss, und Marian sah, wie sich um die Augen seines Vaters kleine Fältchen bildeten.

»Angemessen«, brummte er. »Aber wie nennt Ihr dann Eure Mutter? – Nicht, dass ich es je wissen wollte...«

Mit einer anmutigen Verbeugung in Frau Almuts Richtung antwortete Marian: »*Mater inquisitoris*. Wie sonst?«

»Was habe ich nur für ein Gezottel gezeugt!«

»Dammich«, sagte Magister Jakob.

Als der Herr vom Spiegel durch die Tür verschwunden war, hörte Marian Lauryn zu ihrem Bruder wispern: »Jetzt ist der Herr wieder heiter, aber vorhin waren seine Augen schwarz, als ob eine dunkle Flamme dahinter loderte.«

»Ja, er hat auch mir Angst gemacht«, flüsterte Frieder zurück.

»Nicht nur euch«, erklärte Frau Almut laut und bewies damit, dass sie sehr hellhörige Ohren unter ihrer Haube versteckt hielt. Dann legte sie den Arm um Alyss und führte sie ebenfalls aus dem Raum.


# 8. Kapitel

Seit ihrer Hochzeit mit Arndt, die nun fast sechs Jahre her war, hatte Alyss nur wenige Worte über ihr Eheleben verloren. Anfangs war sie glücklich gewesen und hatte ihren Gatten geliebt und begehrt. Sie hatte seinen Sohn getragen und geboren und ihn zwei Jahre lang heranwachsen sehen. Doch dann war der kleine Terricus im Rhein ertrunken, und alles hatte sich geändert. Plötzlich bemerkte sie, dass Arndt sie betrog, dass er lieber zu den Huren ging, als sie in ihrer Trauer zu trösten, dass er seine Reisen immer länger ausdehnte und sich, wenn er im Haus war, immer häufiger dem Trunk hingab. Als sie dann, vor einem Jahr, ihre Buchführung von Haus und Geschäft trennte, hatte sie mit Entsetzen festgestellt, dass seine Geschäfte keinen Gewinn abwarfen und das Hauswesen bereits ihre Mitgift und die kleinen Überschüsse, die sie aus ihrem eigenen Weinhandel erwirtschaftete, aufgezehrt hatte. Doch noch immer hatte sie geglaubt, dass sie aus eigener Kraft Ehe und Geschäft zu retten imstande sein würde, und ihren Eltern gegenüber die Missstände verschwiegen. Scham war auch einer der Gründe – war ihre Mutter doch einst gegen die Verbindung gewesen.

Jetzt aber war die Lage wahrlich unerträglich geworden, und nach dem Strafgericht, das ihr Vater über ihren Gatten gehalten hatte, hatte sie sich erstmals Frau Almut anvertraut und nichts als innigstes Verständnis gefunden.

Nur über eines hatte Alyss dann doch geschwiegen, und das war ihre Angst um John of Lynne, die weit tieferen Gefühlen entsprang als nur der Sorge um einen Geschäftsfreund.

Ihr Bruder jedoch brauchte keine Erklärung. Er hatte sie, als sie wieder in ihr eigenes Haus zurückgekehrt waren, nur beiseitegenommen und gefragt: »Leihst du mir deinen Knecht Peer aus? Ich habe Frau Mechtild versprochen, nach Deventer zu reisen. Er kennt sich dort besser aus als ich.«

»Du willst Erkundigungen über Tilo einziehen?«

»Über ihn und einen Ritter und einen guten Freund.«

»Nimm Peer mit, und Maria segne eure Fahrt.«

Am nächsten Morgen war er aufgebrochen.

Und kurz nach ihm tänzelte Gislindis durch das Tor.

Alyss, die gerade den mürrischen Jerkin mit Fleischstückchen fütterte, verspürte einen Anflug von Freude, als sie die lebhafte Schleiferstochter auf sich zukommen sah.

»Blutiges Fleisch in Euren feinen Pfötchen, edle Frau? Und da soll ich aus dem Händchen ein glückliches Schicksal lesen? Pfui, nein doch.«

»Hatte ich Euch gerufen, Schlyfferstochter?«, grummelte Alyss und zog die Brauen zusammen.

»Mit Eures Herzens Stimme, wohledle Frau, und durch Eures süßen Bruders Mund.«

»Der just die Stadt verlassen hat.«

»Ich traf ihn am Tor, auf der Straße nach Norden.«

Dann besah Gislindis den bandagierten Falken, der missmutig mit dem Schnabel an dem Leinen zupfte. Der Verband war schon recht ausgefranst und musste erneuert werden.

»Nun, dann helft mir, diesen Vogel neu zu verbinden, wenn Ihr schon hier seid.«

»Damit auch ich blutige Pfötchen bekomme?«

»Ihr könnt auch auf dem Hof warten, bis ich es alleine getan habe. Aber dann müsst Ihr Euch den Angriffen der heidnischen Gänse erwehren.«

»Dann lieber der Falkenschnabel unter Eurer Aufsicht. Was muss ich tun, edle Frau?«

»Ihn bandagieren, während ich ihn festhalte.«

»Ah, Ihr nehmt das Blutopfer auf Euch.«

»Warten wir es ab.«

Alyss zog die Leinenstreifen aus der Tasche und reichte sie Gislindis. Dann setzte sie Jerkin das Häubchen auf und trug ihn zum Haublock, der zum Holzspalten diente. Leise murmelte sie beruhigende Worte und strich ihm über das Gefieder, während Gislindis geschickt den Verband löste. Der Falke blieb ruhig unter Alyss' Händen, und ohne Unfall wickelte ihre Helferin den Stoff erneut um Brust und Flügel.

Sie arbeiteten schweigend miteinander, und als der Falke wieder in seinem Verschlag saß und ihre Hände gewaschen waren, bat Alyss Gislindis ins Haus.

»Kommt mit in das Kontor, dort ist es ruhiger als in der Küche.«

Als sich die Tür hinter ihnen geschlossen hatte, meinte Gislindis: »Seltsame Hände habt Ihr, wohledle Frau. Der Vogel wurde ruhig unter ihnen.«

Alyss reichte ihr ihre Linke.

»Gewöhnliche Hände. Wollt Ihr Euch einen Silberling verdienen?«

»Jederzeit, wie Ihr wisst. Dann lasst mich sehen und lesen.«

»Lesen, was die Zukunft schreibt?«

»Doch nicht in Buchstaben, mehr in Zeichen und Bildern.«

»Die für Euch in diesen Linien liegen.«

»Dort und in Eurer Seele, wohledle Frau. Und die ist betrübt und trägt Trauer.« Dann fuhr sie leicht mit den Fingerspitzen über die Innenfläche der Hand, und Alyss' Rücken hinauf kroch ein Schauder. »Euer Falke ist heimgekehrt, wenn auch mit einem verletzten Flügel. Ihr aber habt eine Hand dafür, die gebrochenen Flügel zu heilen. Auch die eines tapferen Mannes, wenngleich Verrat tiefere Wunden reißt als scharfe Waffen.«

»Kehrt er heim?«

»Weiß ich's?«

Alyss sah in die schillernden Augen ihrer Freundin.

Die zwinkerte.

»Wünscht Ihr's?«

Alyss senkte die Lider.

»Heilt ihn, Frau Alyss. Nicht nur seinen gebrochenen Flügel.« Damit erhob sich Gislindis und ging zur Tür. »Ich frage Eure Haushälterin, ob sie Messer und Scheren zu schleifen hat, damit Mats Schlyffers vorbeikommt und sie schärft.«

»Euer Silberling.«

Alyss legte ihr die Münze in die Hand und lächelte sie an. Und da Alyss selten lächelte, war es, als ob die Sonne aufging. Gislindis legte ihr den Arm um die Taille und gab ihr einen blütenzarten Kuss auf die gelbgrün verfärbte Wange.

»Auch das heilt nun.«

Damit war sie fort.

Einen Augenblick der Ruhe und Besinnung gönnte sich Alyss hinter der geschlossenen Tür ihres Kontors. Was wusste Gislindis? Vieles hörte sie in den Gassen, ihr lebendiger Witz war in der Lage, alles Mögliche an Wissen und Gerüchten zu einem stimmigen Bild zu verweben. Aber dann und wann schien sie auch wirklich einen Blick in die Zukunft zu erhaschen. Vielleicht. Oder sie hatte wirklich etwas über John und das Schiff erfahren, auf dem er heimkehren sollte. Gislindis hütete ihre Zunge, sie hütete ihr Wissen und die Geheimnisse anderer.

Gislindis war eine weise Frau.

Als Alyss zu diesem Schluss gekommen war, hob sich die Trauer von ihrer Seele.

John würde heimkehren. Wie auch immer. Aber sie würde ihn wiedersehen, und nur das zählte.

Es klopfte, und Frieders Stimme erklang zaghaft vor der Tür: »Frau Alyss?«

»Komm herein, Frieder.«

»Frau Alyss, ich hab was Seltsames gefunden. Ich meine, Ihr tragt ja schon Sorge um so viel Getier hier im Haus...«

»Nicht nur Getier.«

Frieder grinste.

»Na ja, für uns sorgt Ihr auch. Aber im Weingarten, Frau Alyss, da hab ich was gefunden. Ich meine, ich kümmere mich auch drum, aber ich würde gerne Eure Erlaubnis haben.«

»Was denn, noch ein herrenloses Hündchen?«

»Nein, ein brütendes Falkenweibchen. Es sitzt in dem alten Rabenhorst in der Mauermulde hinter Eurer Laube.«

»Ein brütendes Falkenweibchen.« Versonnen zupfte Alyss an dem Schleier, der ihr Haar bedeckte, und nahm ihn dann ab.

»Ich wollt's nicht vertreiben, Frau Alyss.«

Ihr Zopf hatte sich wieder einmal gelöst, und sie fuhr sich durch ihre rabenschwarzen Haare und lächelte Frieder an. Dem Jungen klappte die Kinnlade nach unten, und mit offenem Mund starrte er sie an.

»Jerkin hat sein Weib gefunden? Nun, Frieder, da er verwundet ist, erlaube ich dir natürlich, seine Aufgabe zu übernehmen, die brütende Falkin mit Fleisch zu versorgen. Ich nehme an, du bist auch ohne Marian in der Lage, Kleintiere zu jagen.«

»Ich hab eine Schleuder, Frau Alyss. Darf ich wirklich?«

»Ich bitte dich sogar darum.«

Dank stammelnd trollte der junge Mann sich, und Alyss sandte der Herrin der Tiere und dem Allmächtigen Vater ein stummes Gebet.

Manchmal glaubte sogar sie an Omen.

Doch nicht alle Tiere schienen so harmlos zu sein wie das Falkenweibchen in seinem Nest. Als Alyss am Dienstagvormittag mit Frieder und Hilda auf dem Frachtkarren zum Lagerhaus des Fischhändlers fuhr, um dort drei Fässer gesalzene Heringe abzuholen, hörten sie von einer weit gefährlicheren Begegnung.

Es roch nach Meer und Salz und Fisch in den kühlen Hallen des Händlers. Fässer, die von den Niederländern angeliefert worden waren, jenen mächtigen Frachtschiffen, die von der Rheinmündung nach Köln fuhren, um hier entladen zu werden. Eine ganze Truppe von Arbeitern entleerte sie, prüfte den Inhalt auf seine Qualität, packte sie in kleinere Gebinde um, die das Kölner Gütesiegel erhielten und dann auf Oberländer, die wendigeren Flussschiffe, verladen wurden, um Richtung Süden zu ihren Abnehmern gebracht zu werden. Fisch, der aus dem Kölner Stapel kam, genoss in aller Welt einen hervorragenden Ruf und wurde zu entsprechend hohen Preisen gehandelt. Ein gewisser Anteil aber blieb natürlich auch in der Stadt, und nicht eben die schlechteste Ware. Jetzt, in der Fastenzeit, war der köstliche, fette Fisch höchst begehrt.

Alyss wählte drei Fässer aus, erfuhr, dass die Ware, die Tilo angekündigt hatte, noch nicht eingetroffen war, überließ Hilda das Feilschen um den Preis und gab Frieder die Anweisung, mit einem der Knechte die Fässer auf den Karren zu laden. Sie selbst traf die Auswahl, und als sie eine der Heringstonnen inspizierte, schreckte sie ein unterdrücktes Niesen auf. Heringe niesten nicht.

Sie spähte hinter die Fässer, um einen möglichen Drückeberger aufzuscheuchen, doch nicht ein säumiger Arbeiter versteckte sich hinter den Gebinden, sondern eine zusammengekauerte junge Frau blickte sie mit riesengroßen, verängstigten Augen an.

»Was macht Ihr denn da?«, flüsterte Alyss.

»Angst«, wisperte die Frau.

»Hier ist niemand, vor dem Ihr Angst haben müsstet. Nur die Arbeiter, meine Haushälterin und mein Helfer.«

»Kein Wolf?«

»Nein, kein Wolf. War Euch einer auf den Fersen?«

»Ja, ein großer. Ein Mann-Wolf.«

Ob das junge Weib wohl unter einem Wahn leidet?, fragte sich Alyss und sah sich noch einmal um. Kein Wolf, kein Wolfshund, nicht einmal ein kleiner Ärmelhund, trieb sich in dem Lagerhaus herum.

»Kommt hervor. Es droht Euch keine Gefahr.«

»Nein, nein, nein.«

»Ihr könnt dort nicht bis in alle Ewigkeit sitzen bleiben, Jungfer. Kommt hervor, wir bringen Euch nach Hause oder wohin immer, wo Ihr Euch sicher fühlt.«

Die Frau zögerte.

»Ich bin Alyss vom Spiegel, Jungfer oder was Ihr auch seid. Ich bin eine Weinhändlerin und die Herrin eines Hauses.«

»Frau Alyss?«

Das Geschöpf kroch hinter den Fässern hervor.

»Ja, so ruft man mich.«

»Oh, dem heiligen Mauritius sei Dank, Ihr! Ich bin Inse, ich arbeite für die Meisterin, die Eurer Tante Frau Mechtild die Harnische liefert.«

»Inse? Ei wei! Jetzt erkenne ich Euch. Kommt, begleitet mich nach Hause und berichtet mir dort, was Euch in solche Angst versetzt hat.«

Inse hielt sich den ganzen Weg dicht bei Alyss, der das ein wenig unangenehm war, denn die Kleider der jungen Frau waren durch die salzigen Pfützen geschleift und rochen äußerst streng nach Fisch. Nach keiner kölschen Qualitätsware allerdings. Weshalb sie ihr, als sie im Hof angekommen waren, auch erst einmal den Rat gab, sich zu waschen, und ihr einen ihrer eigenen sauberen Kittel gab.

»Ihr holt Euch schon wieder Ärger ins Haus«, murrte Hilda. »Seht, Malefiz putzt sich bei ihrem Anblick den Schwanz. Das ist ein ganz böses Omen, wenn das ein schwarzer Kater tut!«

»Malefiz putzt sich auch bei deinem Anblick den Schwanz, Hilda. Und du hast noch kein Unglück über mein Haus gebracht, oder?«

»Ihr geht über solche Zeichen immer viel zu leichtherzig hinweg. Aber wenn die Zaubersche kommt und Euch aus der Hand liest, dann bezahlt Ihr sie mit Silberpfennigen.«

»Soll ich dir für deine Warnungen auch jedes Mal einen Silberpfennig geben, Hilda? Dann wäre ich bald ein bettelarmes Weib.«

»Ihr nehmt mich nicht ernst, Herrin. Aber Ihr werdet schon sehen.«

Mit dieser dumpfen Warnung wuchtete die Haushälterin das letzte Fässchen Heringe vom Karren und rollte es zur Küche.

Nun aber wollte Alyss ergründen, was für ein Wahngebilde oder welche echte Bedrohung die junge Inse in einen derartigen Schrecken versetzt hatte, dass sie sich bei dem Heringshändler verstecken musste. Dunkel meinte sie sich zu erinnern, dass sie mit einem Schwertfeger verheiratet war. Sie kannte sie jedoch nur flüchtig durch Frau Mechtild, bei der sie sie ein-, zweimal getroffen hatte. Doch selbst wenn sie eine ihr gänzlich Unbekannte gewesen wäre, so befahlen ihr ihre Natur und die Gebote der christlichen Nächstenliebe, einem verstörten Wesen zu Hilfe zu eilen – gleich ob Mensch oder Tier.

Inse, nun wieder frei von Fischgeruch, wartete bei einem Becher heißem Würzwein, den Leocadie ihr eingeschenkt hatte, am Küchentisch auf sie, und wie es dem neugierigen Hauswesen so eigen war, hatten sich auch alle anderen Bewohner hier versammelt.

»Nun denn, Inse, berichte. Was ist vorgefallen?«, bat Alyss sie und nahm sich ebenfalls einen Becher Wein, um sich daran zu wärmen. Die Frühlingstage waren noch kühl.

»Da ist ein Mann, der mich verfolgt, Frau Alyss. Schon seit Tagen. Hat Euer Bruder Euch nicht berichtet, dass ich ihn neulich auf der Flucht vor ihm umgerannt habe?«

»Nein, hat er nicht, aber wir haben derzeit auch einige andere Sorgen, da mag es ihm entfallen sein. Was für ein Mann verfolgt Euch, und warum schützt Euer Gatte Euch nicht vor ihm?«

»Oliver ist auf Reisen, Frau Alyss. Er kommt erst um Ostern wieder. Ich bin ganz alleine zu Hause und hab solche Angst.«

»Bietet Euch Eure Meisterin keinen Schutz, Inse?«

»Die hat den Zips und liegt mit böser Hitze zu Bett.«

»Kennt Ihr den Mann, der Euch folgt?«

»Nein, Frau Alyss. Ich weiß auch nicht, ob es immer derselbe ist. Sowie ich mich nach ihm umdrehe, verbirgt er sich. Nur heute...« Inse erbebte. »Heute blieb er sichtbar. Aber er trug eine Verkleidung.«

»Eine Maske? Die Karnevalszeit ist vorüber. Welcherart Maske?«

»Keine Maske. Ein Wolfsfell mit Kopf. Und grässlich gefletschten Zähnen!«

Die Jungfern rückten näher zusammen und schauderten vernehmlich.

»Er will Euch schrecken? Oder will er Eure Aufmerksamkeit erheischen, Inse?«

»Ich weiß nicht. Ich weiß es nicht.«

Zitternd schlug sie die Hände vor das Gesicht.

Alyss machte sich so ihre eigenen Gedanken dazu. Vermutlich hatte die junge Frau die Begier eines dreisten Tändlers geweckt, wissentlich oder unwissentlich, der nun versuchte, da ihr Mann sie schutzlos zurückgelassen hatte, ihr näher zu kommen. Inse schien ihr recht unbedarft, und um sie von ihrer Angst ein wenig abzulenken, fragte sie

sie nach ihrer Familie aus. So erfuhr das lauschende Hauswesen, dass sie gerade erst achtzehn Jahre alt war und vor einem Jahr ihren Nachbarn Oliver, den Schwertfeger, geheiratet hatte.

»Die Mutter war doch gerade gestorben, und ich war so dankbar, dass er sich meiner annahm, Frau Alyss. Er ist schon dreißig und hat einen guten Ruf als Waffenschmied und nimmt auch gutes Geld ein für seine Schwerter.« Und dann errötete sie heftig. »Er ist auch ein so schöner Mann und so sanft und fürsorglich zu mir. Ich wünschte... ich wünschte, ich würde bald ein Kind von ihm empfangen.«

»Nun, das wird die Zeit schon richten. Sollen wir versuchen, ihm Nachricht zu senden, Inse, damit er zurückkommt und Euch seinen Schutz gegen den Verfolger gewährt?«

»Ich weiß nicht. Die Arbeit ist so sehr wichtig für ihn. Ein edler Ritter hat ihn angefordert, damit er seine Mannen mit neuen Schwertern ausrüstet. Er würde vielleicht diesen Auftrag verlieren, nur weil ich ein dummes, ängstliches Weib bin.«

»Habt Ihr noch Anverwandte, bei denen Ihr unterschlüpfen könnt, bis er zurückkehrt?«

Inse schüttelte den Kopf.

»Die Mutter ist tot, mein Bruder nach Neuss, meine Schwestern... sie verstehen sich nicht gut mit mir. Und die Nachbarn... Es ist, weil Oliver ein so freundlicher Mann ist, und die Frauen...«

»...sind hinter ihm her und eifersüchtig auf Euch. Ich verstehe. Eure Meisterin ist krank, zu ihr könnt Ihr auch nicht.«

»Könnte sie nicht bei Frau Mechtild wohnen, bis die

Meisterin wieder gesund ist?«, fragte Hedwigis, und Alyss nickte ihr anerkennend zu.

»Ich könnte sie darum bitten, und wenn nicht ihre Sorge um Tilo wäre, würde sie ihr sicher auch Obdach gewähren.«

»Oh, ja, Tilo«, sagte Lauryn leise und verknotete ihre Finger miteinander.

Da lag auch noch etwas im Argen, stellte Alyss fest, aber derzeit konnte sie sich darum nicht auch noch kümmern.

»Inse, am besten bleibst du ein paar Tage bei uns. Entweder taucht der Mann hier auf, dann stellen wir ihn zur Rede, oder er gibt seine lästige Verfolgung auf, wenn er sieht, dass Ihr ihm keine Hoffnung macht. Allerdings müsstet Ihr im Haushalt mithelfen.«

»Oh, gerne, Frau Alyss. Alles, was Ihr wollt.«

»Na dann richtet Inse in eurer Kammer ein Lager, Jungfern.«

So hatte das Hauswesen einen stillen, bescheidenen Zuwachs bekommen, und am Nachmittag fand sich auch Merten ein, mit einem blauen Auge, über dessen Herkunft er nur dumme Witze riss.

»Frau Alyss, ich würde Euch gerne einen Vorschlag unterbreiten. Würdet Ihr mir wohl Euer Ohr leihen?«

»Welches?«

Merten grinste.

»Euer geschäftliches, wenn möglich in Eurem Kontor.«

»Ich habe kein Geld zu verleihen.«

Arndts Stiefsohn hatte sich seit ihrer Heirat immer wieder gerne aus der Schatulle bedient, und Alyss hatte ihn gewähren lassen, in dem Glauben, dass Arndt ausreichend Gewinne machte, um seinen Sohn zu unterstützen, der nicht so recht für den Handel taugen wollte. Aber seit sie getrennte Bücher führte, hatte sie dem jungen Mann klargemacht, dass bei ihr nichts mehr zu holen war.

»Nein, Geld möchte ich nicht leihen, Frau Alyss.«

»Nun gut, dann folg mir.«

Sie setzte sich im Kontor hinter ihr Schreibpult und sah ihn streng an. Merten strich einige Male unruhig auf und ab, dann hockte er sich auf den Schemel am Fenster.

»Ich weiß, Ihr haltet nicht viel von meinem Geschäftsverstand. Aber ich habe inzwischen eingesehen, dass ich so wie bisher nicht weitermachen kann.«

»Hat dir Frau Trude die Unterstützung versagt?«

»Meine Großmutter hat nicht viel Geld zu verschenken«, sagte er unerwartet nüchtern.

Alyss nickte. Trude de Lipa war die alte, reichlich gehässige Witwe eines Weinhändlers, mit deren Tochter Arndt in erster Ehe verbunden gewesen war. Merten war damals noch ein kleiner Junge, aber so recht hatte van Doorne sich nicht als Vater gefühlt und schon gar nicht den Heranwachsenden in seinen Handel mit eingebunden. Aus Nachlässigkeit und Verantwortungslosigkeit, so urteilte Alyss heute. Merten war zu einem verzogenen Tagedieb geworden, der gerne bei seinen Verwandten schmarotzte und seine Zeit mit den vergnügungssüchtigen Söhnen der reichen Patrizier und Adligen verbrachte. Unter ihnen war er aber gerne geduldet, denn er hatte ein gewinnendes Wesen.

»So suchst du jetzt also eine Beschäftigung, die dir Reichtümer einbringt?«, fragte Alyss ihn kühl.

»Ja, Frau Alyss, das tue ich. Und ich dachte mir, dass ich Euch von Nutzen sein könnte. Ihr handelt mit vorzüglichen Weinen, doch beliefert Ihr nur einige wenige Kunden innerhalb der Stadtmauern.«

»Kunden, die redlich ihre Rechnungen begleichen.«

»Natürlich. Aber Ihr könntet mehr absetzen, wenn Ihr Eure Waren auch bei den Edlen im Umland anbieten würdet.«

»Dazu fehlt mir die Zeit, Merten.«

»Ich hätte sie. Und auch die Beziehungen zu ihnen.«

Damit hatte er natürlich recht, und es war eine Überlegung wert. Sie hatte ein großes Haus zu führen, und wollte sie nicht wieder ihre Mitgift angreifen, würde sie ihre Einnahmen erhöhen müssen. Das Geschäft mit den Pelzen war das eine, doch das steckte noch in den Kinderschuhen. Die Ausweitung des Weinhandels mochte nützlich sein.

»Wie stellst du dir das vor?«

»Ich würde mit einigen Krügen zur Probe meine Bekannten aufsuchen und ihre Bestellungen aufnehmen. Ich bin auch bereit, die Auslieferung zu übernehmen, wenn Ihr mir Euren Karren dazu zur Verfügung stellt.«

»Mhm.«

Peer wäre ihr lieber gewesen als der leichtsinnige Merten, von dem sie anzunehmen bereit war, dass er das eine oder andere Fässchen für sich abzweigen würde. Aber den Handelsknecht brauchte sie für den Einkauf der Ware, er musste für sie oft genug auf Reisen in die Pfalz gehen, von wo sie ihren Wein bezog.

»Eine Provision hätte ich aber gerne dafür. Vielleicht den Zehnt des Preises, den Ihr verlangt?«

»Mhm.«

Es war wirklich eine Überlegung wert. Auf jeden Fall. Den zehnten Teil konnte sie verschmerzen, wenn die Abnahmemenge sich verdoppelte.

Merten sah sie mit einem treuen Hundeblick an, der zusammen mit seinem zerschlagenen Gesicht so etwas wie Mitleid in ihr weckte. Sie konnte sich recht gut vorstellen, wem er das blaue Auge zu verdanken hatte.

»Merten, ich werde ein paar Berechnungen anstellen und dir morgen mitteilen, ob dein Vorschlag sich für mich lohnt.«

»Danke, Frau Alyss. Mehr kann ich nicht erwarten.«

»Gut. Und nun könntest du mir den Gefallen tun und Inse zu ihrem Heim begleiten, damit sie ein Bündel mit ihren Sachen schnüren kann. Sie benötigt Schutz vor einem unangenehmen Verfolger.«

»Natürlich, gerne, Frau Alyss.«

Merten und Inse trafen unbehelligt zum abendlichen Mahl ein, zu dem sich auch wieder einmal Magister Hermanus eingefunden hatte. Zwar schenkte Alyss ihm wenig Aufmerksamkeit, doch irgendwie schien es ihr, als habe der säuerliche Moralprediger in der letzten Zeit etwas von seiner rechthaberischen Frömmelei verloren. Ja, er verkürzte seine Tischpredigten sogar auf einen einfachen Segen, und als er sich unbeobachtet fühlte, bemerkte sie, dass er Benefiz einmal freundlich über den Rücken fuhr.

## 9. Kapitel

Die Bedrückung, die nach der Botschaft von Tilos, Johns und Ritter Arbos möglicher Gefangennahme oder gar ihrem Tod über dem Hauswesen lag, wurde vorübergehend etwas leichter, als die Einladung zur Hochzeit von Arbo von Bachems Stiefschwester Gerlis eintraf. Offensichtlich machten sich weder seine noch ihre Angehörigen derart große Sorgen, dass sie die Feier absagen wollten. Allerdings war es bekannt, dass die Friesen, wenn sie Handelsschiffe kaperten, gerne Gefangene machten, deren Familien bereit waren, ein hohes Lösegeld zu zahlen. Ein Ritter im Auftrag des Königs mochte für sie ein wertvoller Fang sein, viel zu kostbar, um ihn einfach umzubringen. Es war vermutlich nur eine Frage der Zeit, wann er ausgelöst werden würde.

Und hoffentlich John und Tilo mit ihm.

»Ich denke, wir werden schon vor dieser Hochzeit Nachrichten von den Vermissten erhalten«, versuchte Alyss weiter Hoffnung zu schüren. Und um zumindest die Jungfern vom Grübeln abzulenken, fügte sie hinzu. »Ostern ist auf jeden Fall ein guter Grund, sich neue Kleider anmessen zu lassen.«

Es gelang, und sie erntete einen Sturm der Freude. Zumindest von Lauryn und Leocadie. Hedwigis senkte traurig den Kopf.

»Gegen ein paar hübsche neue Bänder oder einen Gürtel, Hedwigis, ist sicher nichts einzuwenden.«

»Meint Ihr, Frau Alyss? Aber mein Vater...«

»Überlass den mir. Du hast dich in den vergangenen Monaten sehr brav verhalten. Das hat einen kleinen Lohn verdient. Nehmt euch heute Nachmittag frei und sucht den Markt auf. Ihr wisst ja inzwischen, worauf ihr bei den Tuchen zu achten habt.«

»Ja, Frau Alyss.«

»Bescheidenen Putz, wie er jungen Mädchen gebührt – überlasst die Auswahl Leocadie, sie hat eine sichere Hand dafür. Hört auf sie.«

»Ja, Frau Alyss.«

Während die Jungfern also dem Vergnügen auf dem Markt nachgingen, suchte Alyss das ihre im Weingarten. Die Weinstöcke hatten die ersten Triebe gebildet, die ihrer Erziehung bedurften. Bewaffnet mit Schere, Messer und Bast machte sie sich an die Arbeit. Benefiz heftete sich wie üblich an ihren Kittelsaum, und auch der schwarze Kater schlich mit jagdlüsternen Blicken durch die Rebreihen. Als er das Nest des brütenden Falkenweibchens witterte, schubste Alyss den Spitz mit der Pantine an.

»Scheuch ihn weg, Benefiz, die Falkin ist nicht für den schwarzen Bösewicht bestimmt.«

Fröhlich japsend hetzte der Hund hinter dem Kater her, und beide lieferten sich eine wüste Toberei im matschigen Garten.

»Kannst du noch eine helfende Hand brauchen, Alyss?«, fragte eine Frauenstimme hinter ihr, als sie den beiden tierischen Hausgenossen nachschaute.

»Frau Mutter, Ihr?«

»Ich dachte, ich entfliehe meinem grimmen Gatten für

eine Weile. Er hat seine Wut über sich selbst noch nicht ganz verdaut und rumpelt wie ein Mühlstein vor sich hin.«

»Er trägt doch gar keine Schuld an dem, was geschehen ist.«

»Das sieht er anders.« Frau Almut nahm die Schere aus Alyss' Tasche und schnitt geschickt einen vorwitzigen Trieb zurück. »Es fuchst ihn, dass er einst dem Großmaul von Arndt so viel Achtung entgegengebracht hat.«

»Immerhin hat Arndt damals, als die Aufstände hier das Leben unsicher machten, umsichtig dafür gesorgt, dass Marian und ich zu Frau Aziza in Sicherheit kamen.«

»Ja, aber nicht darauf geachtet hat dein Vater, dass ein Arndt van Doorne ständig sein Mäntelchen nach dem Wind hängte und immer der Partei zugeneigt war, die gerade im Vorteil war. Und auf mich wollte er ja nicht hören.«

»Was, Frau Mutter, mir nicht in den Kopf will. Er hört doch immer auf Euch.«

»Letzten Endes ja, aber diesmal war es fast zu spät. Und, Kind, du hast viel von ihm. Auch du hast nicht auf die mahnenden Worte einer Mutter gehört.«

Alyss senkte betroffen den Kopf.

»Schon gut, meine Tochter.«

Sie arbeiteten friedlich Hand in Hand die Rebreihen entlang, und Alyss berichtete von Inse, Gerlis' Hochzeit, dem verletzten Falken und dem Falkenweibchen, bis ihr der Bast ausging. Sie suchte das Kelterhaus auf, um einen neuen Bund zu holen, und als sie zurückkam, wurde sie Zeugin einer denkwürdigen Szene.

Ihre Mutter, in lehmverschmierten Pantinen, den Arbeitskittel genau wie den ihren geschürzt, den Kopf mit einem einfachen Tuch bedeckt, stand am Tor und unterhielt sich mit jemandem. Ungesehen trat Alyss näher und lauschte.

»Bist du die Magd der Frau Alyss, Weib?«, wollte Gislindis freundlich wissen.

»Mhm«, gab Frau Almut zu verstehen und zog ein unglaubliches Schafsgesicht.

»Deine Herrin ist nicht zugegen?«

Kopfschütteln.

»Wann kommt sie denn wieder?«

»Weiß nich.«

»Mats Schlyffers ist hier, um die Scheren zu schleifen. Weißt du wohl, welche?«

Kopfschütteln.

»Dann kommen wir später zur Vesper wieder. Aber du kannst deiner Herrin eine Nachricht ausrichten?«

»Werd ich schon.«

»Oh, ja. Also, ich habe eine Botschaft für die wohledle Frau, die ihren vielsüßen Bruder betrifft.«

»Mhm.«

»Hast du das verstanden, Weib?«, versicherte Gislindis sich ein bisschen zweifelnd.

»Vielsüßer Bruder der Herrin. Soll zur Vesper zu Euch kommen?«

Alyss biss sich auf die Unterlippe, um nicht laut zu lachen. Ihre Mutter mimte die tumbe Magd auf vortreffliche Weise.

Sie ging einige Schritte zurück und trat dann, als käme sie eben aus dem Garten, zum Tor.

»Gislindis, Ihr kommt gerade recht. Wir haben Reben geschnitten. Die Scheren werden stumpf, und Messer müssen geschliffen werden. Ich gebe Eurem Vater gleich das Werkzeug.«

»Gewiss, wohledle Frau. Und ich habe...«

»Ihr habt schon Bekanntschaft mit meiner Mutter, Frau Almut, geschlossen?«

Erstmals seit sie die beredte und oft kecke Tochter des Scherenschleifers kannte, blieb diese stumm und lief dunkelrot an.

»›Verachte die beschwerliche Arbeit nicht und den Ackerbau, den der Höchste gestiftet hat. Halt dich nicht für etwas Besseres unter der Masse der Sünder, sondern denke daran, dass Gottes Zorn nicht auf sich warten lässt. Darum demütige dich von Herzen; denn Feuer und Würmer sind die Strafe für die Gottlosen.‹«

»Frau Mutter, haltet ein, auch wenn die Mahnung des Jesus Sirach hier trefflich passen könnte. Gislindis hat Euch freundlich angesprochen und gehört gewiss nicht zu der Masse der Gottlosen.«

Frau Almut kicherte.

Gislindis starrte sie noch fassungsloser an.

»Nein, gottlos scheint sie mir nicht zu sein, wohl aber ein Naschmäulchen, denn der Würzwein und die Honigkuchen, die immer aus meiner Speisekammer verschwinden, haben deinem Bruder Marian wohl den Ruf des Vielsüßen eingebracht.«

»Hochedle Dame...«, stammelte Gislindis endlich und versank in einen tiefen Knicks.

»Erhebt Euch, Gislindis. Ich hörte wenig von Euch, doch wenn, dann nur Gutes. Und wie kann ich es meinem Sohn verdenken, dass er für ein so hübsches Weib Leckereien aus meinen Vorratskammern stiehlt. Aber dies ist Geplänkel, denn Ihr kamt mit einer Botschaft, und ich habe Spott mit Euch getrieben. Verzeiht mir und folgt mir ins Haus.«

»Ja, Gislindis, geht schon vor, ich komme gleich nach.«

»Wenn es recht ist, wohledle Frau, hört mich hier an. Das Haus hat Ohren.«

»Soll ich die meinen entfernen, Gislindis?«, fragte Frau Almut nun wieder ernst.

»Ihr werdet es vermutlich sowieso erfahren. Und es ist vielleicht nicht wichtig.«

Frau Almut allerdings entfernte sich mit Takt, und Alyss sah in die besorgten Augen der Schleiferstochter.

»Ich bin ein törichtes Weib, wohledle Frau«, murmelte sie.

»Nein, meine Frau Mutter packt manchmal der Schalk. Seht es ihr nach. Ihr habt die tumbe Magd freundlich behandelt, und das achtet sie mehr als tiefe Verbeugungen. Aber was sollte ich wissen, dass Ihr mich aufsucht, ohne einen Silberling zu fordern?«

Endlich blitzte es wieder in Gislindis Augen.

»*Das* habe ich nicht gesagt.«

»Alles hat seinen Preis, nun gut. Ihr sollt ihn bekommen. Aber meine Hände sind heute wirklich schmutzig.«

»Ich brauche sie nicht dafür. Ich wollte Euch nur sagen, dass der struppige Diener des Herrn of Lynne vorgestern schon nach Norden gereist ist. Euer Bruder hatte nach ihm gefragt.«

»Nun ist er selbst unterwegs. Mag sein, dass sie einander

treffen, denn sie dürften dasselbe Ziel haben.« Alyss blickte sinnend zu ihrer Mutter, die dem Falken zuredete. »Und jener Diener mag etwas mehr über seinen Herrn erfahren haben.«

»Weiß ich's?«

Gislindis hatte zu ihrer gewohnten Keckheit gefunden, und Alyss gab Mats einen Wink, ihr zum Kelterhaus zu folgen und dort die Scheren und Messer in Empfang zu nehmen. Als der Schleifstein zu kreischen begann, stoben die Hühner davon, Benefiz schoss mit einem Aufjaulen in die Küche, Malefiz huschte wie ein schwarzer Blitz von dannen, und Gog und Magog watschelten zischend und fauchend hinter den Hühnerstall. Dort aber, auf dem Dach, stimmte der schwarze Hahn ebenfalls sein Gekreisch an – und es übertönte mit Leichtigkeit den Schleifstein. Mats lachte aus voller Kehle und ließ die Funken stieben.

In das Gelärm hinein aber sagte Gislindis so, dass nur Alyss es verstehen konnte: »Euer Hauspfaff, Frau Alyss – gebt auf ihn Acht. Er treibt sich bei einer Schlupfhure herum.«

»Er besucht dann und wann das Hurenhaus, ja. Ich weiß. Lore hat es mir schon letztes Jahr erzählt.«

»Nein, nicht die Schwälbchen. Es ist Odilia, die Beutelmacherin. Was immer sie an ihm findet, denn sie ist ein ansehnliches Weib und könnte reichere Gönner haben. Und nun stunde ich Euch den Silberling, wohledle Frau, und hole ihn mir die Tage ab. Bezahlt Mats Schlyffers reichlich, er hat ein gutes Auge bewiesen.«

Mit einem Röckeschwenken und einem hurtigen Knicks in Richtung Frau Almut war sie verschwunden.

Der Schleifstein kreischte noch immer, und Mats lachte sein kehliges Lachen.

»Ei wei«, sagte Alyss und schüttelte den Kopf.

Alyss hatte den Tag mit ihren vielfältigen Pflichten verbracht, das Hauswesen gefüttert, sich die allfälligen Sorgen und Nöte angehört und war dann früh in ihre Kammer gegangen, um wenigstens etwas Zeit für ihre eigenen Gedanken zu haben. Die Tagundnachtgleiche war vorüber, der Frühling hielt Einzug, und als sie das Fenster öffnete, hörte sie Malefiz seine Liebeslieder singen. Sie galten vermutlich der getigerten Katze, die zum Hof gegenüber gehörte. Ein zweiter Kater stimmte ein, und aus dem Gesang wurde Kampfgeschrei.

Ja, das Frühjahr weckte die Triebe, nicht nur die der Rebstöcke.

Magister Hermanus kam ihr in den Sinn. Er war ein entfernter Verwandter von Arndt, welcherart, wusste sie nicht genau. Als Mesner von Lyskirchen hatte er Wohnung im Pfarrhaus, aber weder bekam er dort ausreichend zu essen noch genügend Lohn, um sich selbst zu versorgen.

Er war nicht der angenehmste Zeitgenosse, und oft genug biss er in die Hand, die ihn fütterte. Engstirnig, dogmatisch, heuchlerisch hatte er oft genug ihren Unwillen erregt, doch als sie erfahren hatte, dass er heimlich die Dirnen besuchte und als Gegenleistung für deren Dienste Schreibarbeiten für sie leistete, war ihr erstmals aufgegangen, dass auch er nur ein Mann war. Einer, dem die Tröstungen weiblicher Zuneigung weitgehend versagt blieben. Er war zum Priester geweiht, wenngleich er dieses Amt nicht ausübte, sondern als Schulmeister der Armenschule von Lyskirchen wirkte. Ebenfalls eine Tätigkeit, die ihm keinen Lohn brachte. Er mochte Mitte dreißig sein, ein magerer, wenig ansehnlicher Mensch von ungelenken Bewegungen und ewig hungrig. Gerade am heutigen Tag hatte sie ihn beobachtet, wie er einen trockenen Kanten Brot aufnagte, den Hilda eigentlich für die Hühner vorgesehen hatte. Was schadete es also, wenn er sich ein wenig Freude bei einer Schlupfhure verschaffte, wie Gislindis es sagte. Alyss kannte diese Odilia nicht, aber die Mädchen hatten sie erwähnt, als sie vom Markt kamen. Oder besser, sie hatten von einer Taschenmacherin gesprochen, die angeblich hübsch bestickte Leinenbeutel anzubieten hatte. Nicht an einem Stand auf dem Markt, sondern sie verkaufte sie am Fenster ihrer Werkstatt, hieß es. Doch auf Leocadies Rat hin hatten sie sie nicht aufgesucht. Das, so nahm sich Alyss vor, würde sie allerdings in den nächsten Tagen selbst einmal machen.

Und noch etwas nahm sie sich vor. Mertens Angebot, ihre Weine über Land zu verkaufen, würde sich als rentabel erweisen; so hatten es ihre Berechnungen ergeben. Ob seine Geschäftstüchtigkeit es auch sein würde, würde sich weisen. Immerhin wollte sie ihm die Möglichkeit geben, sich zu bewähren. Aber in noch einem Fall konnte Merten sich hilfreich erweisen. Er kannte vermutlich einige Zusammenhänge von Arndts Verwandtschaft. Sie selbst hatte außer seinem Bruder Robert niemanden sonst aus seiner Familie kennengelernt. Die Eltern van Doorne waren schon tot, als sie Arndt begegnet war, und weitere Geschwister gab es nicht. Ob aber Brüder und Schwestern der alten van

Doornes noch irgendwo außerhalb Kölns lebten, davon hatte sie ihn nie reden hören. Aber auf irgendeine Weise war Magister Hermanus mit ihm verwandt, ein Vetter vermutlich oder ein Neffe aus einer Seitenlinie. Männer heirateten oft mehrere Male, denn der Tod lauerte im Kindbett. Was auch dazu führte, dass alte Männer sehr junge Frauen ehelichten, die sie wiederum dann überlebten, um erneut zu heiraten.

Ja, es war möglicherweise nicht ganz verkehrt, ein paar Erkundigungen über Hermanus einzuholen. Ihn selbst mochte sie nicht ausfragen. Bisher hatte er sich wenig zugänglich gezeigt, und erst heute vor dem Essen hatte sie, weil Benefiz um ihn herumtollte, einige freundliche Worte mit ihm wechseln können. Verblüfft hatte sie festgestellt, dass er sogar ein gewisses Verständnis dafür zeigte, dass sie ihren gewalttätigen Gatten nicht mehr in dem Haus duldete. Einstweilen, wohlgemerkt, hatte er betont und etwas von der Heiligkeit der Ehe gemurmelt. Sie hatte es sich gutmütig angehört und seine Verlegenheit darauf zurückgeführt, dass er selbst einen geheimen sündigen Lebenswandel führte. Nach dem Abendessen hatte sie ihm dann zu seiner Erbauung ihren kostbaren Band mit den Sinnsprüchen des klugen Dichters Freigedank in die Hand gedrückt, damit er mal eine andere Sicht der Welt kennenlernte. Sie hatte ihn allerdings um baldige Rückgabe gebeten, denn das Büchlein, das sie von ihrem Vater erhalten hatte, war ihr wertvoll. Aber die Verse daraus konnte der Magister sich abschreiben.

Der Katzenkrieg schien beendet, dennoch gellten Malefiz' Liebeslieder weiterhin durch die Nacht, für Katzenohren vermutlich verlockendster Minnesang. Oben in der Jungfernkammer aber herrschte mehr Herzeleid. Leocadies Jammer dauerte nun schon an, seit ihr Großvater, der Herr vom Spiegel, Ritter Arbo als Bewerber um ihre Hand abgelehnt hatte, weil er dem Mörder Robert van Doornes unwissentlich oder wissentlich Obdach gewährt hatte und dazu aus falsch verstandenem Stolz keine Erklärung liefern wollte. An das Tränenkrüglein hatte das Hauswesen sich inzwischen gewöhnt, und dann und wann schien auch Besserung einzutreten. Die schüchterne Inse hatte sich vertrauensvoll an die fast gleichaltrige Leocadie angeschlossen. Inse, so schien es Alyss, war ein weiches, hilfloses Mädchen, das sich nach einem starken Beschützer sehnte, ebenso wie Leocadie. Sie mochten sich gegenseitig Verständnis entgegenbringen. Seit Neuestem aber schien auch Lauryn unter Herzensschmerzen zu leiden. Zum einen mochte da noch etwas Trauer um den Vater mitschwingen, zum anderen war sie zwar dem Stallmeister Wulf versprochen, doch hatte sie zuvor eine tiefe Neigung zu Tilo entwickelt, und da sie ein Mädchen mit einem beständigen Charakter war, musste ihr sein ungewisses Schicksal sehr deutlich vor Augen geführt haben, dass dieser Liebe keine Zukunft mehr beschieden war. So oder so nicht.

Hedwigis hingegen schien über ihre Tändelei mit Merten hinweggekommen zu sein, und Alyss rechnete es ihrem Stiefsohn hoch an, dass auch er dem Mädchen nicht mehr seine Aufmerksamkeit zuwandte.

Und sie selbst?

»Dorn und Distel meiden muss,
wer da geht mit bloßem Fuß.«

Das riet der bescheidene Dichter Freigedank.
Und Alyss seufzte.

## 10. Kapitel

»Komm, Junge, raff deine müden Knochen zusammen. Zusammenbrechen kannst du, wenn du im Haus bist!«

»Ja, Herr Marian.«

Tilo ruckelte sich in eine einigermaßen mannhafte Haltung zurecht. Schon hatten sie die Witschgasse erreicht, und das Ende ihrer beschwerlichen Reise war nahe. Marian nickte dem erschöpften Jungen zu und setzte sich selbst gerade im Sattel auf. Drei Tage hatten sie zu Pferde verbracht, und auch er spürte jeden Knochen einzeln.

Doch dann war alle Müdigkeit wie fortgeblasen, als ein Mann in einem Wolfspelz an ihm vorbeirannte, ihm auf den Fersen ein wütender Spitz und dem wiederum ein noch wütenderer Frieder.

»Haltet ihn, haltet den Dieb!«, brüllte er, und Marian riss sein Pferd herum. Doch der Wolfsgestaltige war irgendwo zwischen den Häusern verschwunden, und Benefiz stand kläffend vor einer Hofmauer.

»Hühnerkacke, Fliegenscheiße, Schweinepisse!«, keuchte Frieder, als er neben dem Hund angekommen war.

»Ein ungebetener Gast im Hofe meiner Schwester?«

Jetzt erst erkannte Frieder die Reiter und drückte sich die Hand auf das Herz.

»Herr Marian. Ohhh, und Tilo. Tilo, du alter Gauner! Komm runter vom Pferd, ich muss dich herzen. Ich dachte, die Fische hätten schon lange dein Gebein abgenagt.«

Tilo rutschte aus dem Sattel und fiel beinahe auf das Pflaster. Frieder fing ihn auf und drückte ihn fest an sich.

»War knapp dran, Frieder. Aber meine Gräten haben sie nicht bekommen.« Und dann schniefte er ganz unmännlich. »Mann, Frieder, du widerlicher Halunke, was bin ich froh, dich wiederzusehen.«

Auch Marian war abgestiegen und wehrte sich gegen die überwältigenden Willkommensgrüße eines kleinen Hundes, der gar nicht mehr wusste, auf welchen Beinen er stehen und mit welchen er hochspringen sollte.

»Ich verstehe ja euer aller Freude, aber was war das eben für ein Mann?«, wollte er wissen.

Frieder, noch immer stützend den Arm um seinen Freund gelegt, erklärte: »Das ist der Lustmolch, der hinter Inse her ist. Ein Gimpel von Witz und Sinnen, wie es scheint. Er kam in den Hof, um sie zu plagen.«

»Inse?«

»Frau Alyss hat ihr Gastfreundschaft gewährt, weil ihr Mann fort ist und die Meisterin den Fips hat. Weil sie doch belästigt wird.«

»Ach, Inse, die Harnischmacherin.«

Marian führte sein Pferd zum Hoftor, und die beiden Jungen folgten ihm.

»Sind alle ausgeflogen, Herr Marian, nur die Inse, Lore und ich waren da, als der kam. Aber Lore hat ihm Gog und Magog hinterhergehetzt, und dann kam dieser tapfere Hund. Und dann ich.«

»Wirkungsvoll!«

»Ging leider daneben. Ich hätte dem gerne die Wolfszähne eingeschlagen.«

»Das nächste Mal, Frieder.«

»Ja, ist auch nicht so wichtig. Was ist mit Master John? Und was mit dem Ritter?«

»Beide leben.«

»Dem Herrn sei Dank und allen Heiligen und der Mutter Maria dazu.«

»Du sagst es. Und nun lauf zu Frau Mechtild und berichte ihr, dass auch Tilo gesund, aber erschöpft eingetroffen ist.«

»Ja, aber Ihr erzählt uns doch allen, was passiert ist.«

»Sowie wir uns wieder als Menschen fühlen und alle beisammen sind.«

Marian schickte den übermüdeten Tilo sofort in seine Kammer und brachte die Pferde zum Stall. Ihm war jedoch keine Erholung vergönnt, eine völlig aufgelöste Inse musste beruhigt werden, und eine aufgeregte Lore schnatterte mit den Gänsen um die Wette. Schließlich traf seine Schwester mit den Jungfern im Gefolge ein, und wieder wurde er von Fragen und Küssen überwältigt, bis Alyss ein Machtwort sprach und ihn in ihre Kammer schob.

»Zieh die Stiefel aus und leg dich hin. Du siehst aus wie der leibhaftige Tod.«

»Ich fühle mich auch, als hätte ich mit ihm ein Tänzchen gewagt. Deinen John habe ich beinahe in Ketten legen müssen, damit er nicht sofort aufbrach. Peer ist noch bei ihm. Er lässt ihn nicht von Deventer fort, bevor er reisen kann.«

»Verletzt?«

»Angeschlagen. Wird wieder.«

Mit diesen Worten legte Marian sich zurück, schloss die Augen und schlief umgehend ein.

Die Glocken läuteten zur Vesper, als Marian aufwachte und ihm der Duft von frischem Brot und gebratenem Fisch in die Nase stieg. Zwar fühlte sich sein Leib noch steif an, aber die größte Erschöpfung war verflogen. Im Krug neben der Waschschüssel fand er reichlich Wasser vor, sauberes Leinen hing über dem Schemel, und sogar frische Kleider hatte Alyss ihm bereitgelegt, während er geschlafen hatte. Sie war eine gute, fürsorgliche Hausfrau, und in der Küche wurde offensichtlich gerade ein Festmahl zubereitet.

Gewaschen und erfrischt ging er nach unten und fand das gesamte Hauswesen, einschließlich Hauspfaff und Merten, versammelt. Nur Tilo war bei seinen Eltern, die ihn gleich nach Frieders Nachricht abgeholt hatten. Alle waren so rücksichtsvoll, dass sie ihn erst einmal essen ließen, doch als die Schüsseln geleert waren, lächelte er in die Runde.

»Keine Toten, einen Verwundeten. Ritter Arbo ist mit seinem Knappen und einem weiteren englischen Jüngling auf dem Weg nach Heidelberg zum Hof König Ruperts. Wie es aussieht, hat er Versprechungen des englischen Königs dabei, doch endlich die Mitgift seiner Tochter Bianca zahlen zu wollen.«

Leocadie hing an Marians Lippen, und er nickte ihr aufmunternd zu. »Arbo von Bachem hat sich alles in allem sehr ehrenhaft verhalten. Aber Einzelheiten dazu später. Jetzt lasst mich eins nach dem anderen berichten.«

Hilda stellte ihm einen Krug des leichten Pfälzer Weins an die Seite, und er forderte sie auf, sich mit an den großen Tisch zu setzen.

»Peer und ich trafen nach vier Tagen in Deventer ein und suchten das Haus auf, das Robert in der Stadt gekauft hat und das nun Master John gehört. Wir hofften, dort eine wie auch immer geartete Nachricht zu finden, vielleicht sogar eine Lösegeldforderung der Friesen. Ihr könnt euch vorstellen, wie groß meine Freude war, als mir Ritter Arbos Knappe die Tür öffnete und mich sogleich zu seinem Herrn führte. Von ihm erfuhr ich, dass die Kogge tatsächlich auf hoher See von den Friesen überfallen und zu den Inseln gebracht worden war. Tilo wird euch beizeiten mit den schauerlichen Einzelheiten beglücken. Den Friesen war an der Ladung und an den Passagieren gelegen, weshalb sie sie gefangen setzten. Den Männern gelang aber die Flucht nach Kampen, bei der John allerdings verletzt worden ist.«

»Auch dazu wird uns Tilo mehr berichten, vermute ich.«

»Ja, Lauryn, und das mit größter Freude. Er hat sich bei der ganzen Angelegenheit offensichtlich sehr umsichtig verhalten, Ritter Arbo sprach sehr lobend über ihn. Aber zurück nach Deventer – Arbo hatte gehofft, im Haus Johns Diener Bob vorzufinden, doch der war nicht anwesend, sondern nur eine geschriebene Nachricht, dass der Handelsknecht nach Köln aufgebrochen sei.«

»Und hier war er auch und ist zwei Tage nach dir ebenfalls nach Deventer zurückgereist, wie mir Gislindis mitteilte«, sagte Alyss.

»Weshalb ich ihn nicht getroffen habe, denn ich bin

spornstreichs nach Kampen geritten, um mich um John und Tilo zu kümmern.«

»Wie schwer ist er verletzt?«, fragte Leocadie besorgt.

»Allerlei Schnittwunden und ein gebrochener linker Arm. Arbo hat ihn notdürftig zusammengeflickt, aber es bedurfte meiner bescheidenen Kenntnisse, um ihn auf den Weg der Genesung zu schicken. Er hatte Fieber, als ich ihn verließ, doch die Knochen werden wieder gerade zusammenwachsen, sodass er in jedem Arm ein dralles Weib zu halten in der Lage sein wird.«

»Das wird die Schwälbchen freuen, die in Kampen und die in Deventer«, grummelte Alyss.

»Die in Köln auch, denn hierhin zieht es ihn gar gewaltig. So sehr, dass ich ihn mit einem starken Schlaftrunk betäuben musste, bevor ich aufbrach, damit er sich nicht sofort aufs Pferd schwang, um sich uns anzuschließen. Es wäre ihm nicht gut bekommen.«

»Nun, dann wird Peer alle Hände voll zu tun haben«, meinte Hilda und lächelte ein bisschen. Da Marian von seiner Schwester wusste, dass die Haushälterin ein inniges Verhältnis zu dem Handelsknecht pflegte, lächelte er zurück. »Ich habe ihm ausreichend von dem Schlaftrunk dagelassen. Und ein paar starke Lederriemen. Ein Mann wie Peer wird schon wissen, wie er einen angeschlagenen John ruhig halten kann.«

Marian beantwortete noch etliche der Fragen, die auf ihn hereinprasselten, dann aber gähnte er gewaltig, und Alyss scheuchte das Hauswesen in die Betten. Als alle verschwunden waren, goss sich Marian noch einen Becher Wein ein und sah seine Schwester an.

»Und nun, Bruder mein, erzähle mir das, was du so feinsinnig verschwiegen hast. Oder bist du zu müde dazu?«

»Nein, aber das Gähnen hat seinen Zweck erfüllt.«

»Wahrlich das eines Seeungeheuers.«

Marian lachte.

»Ich bin auch müde wie ein solches, aber für eine Weile werden meine Sinne noch bei mir bleiben.«

»Ich habe dir das Bett in der anderen Kammer gerichtet.«

»Dann suchen wir sie auf und schließen die Tür hinter uns.«

Der Raum, den der Hausherr bewohnt hatte, war aufgeräumt, alles, was an ihn erinnerte, verschwunden. Alyss setzte sich in den Sessel, Marian auf die Bank am Fenster.

»Woher auch immer unsere Mutter wusste, dass ein Kaufmann DeGroote die Brautkrone erworben hat, kann ich nur raten, Schwesterlieb, doch die Botschaft war richtig. Und es war Johns struppiger Diener Bob, der sie für hundertfünfzig Gulden zurückgekauft hat.«

»Mehr, als der Mann dafür gezahlt hatte. Ich werde John das Geld zurückgeben.«

»Das wirst du nicht, Alyss. Der Einzige, der diese hundertfünfzig Goldstücke zahlen wird, ist Arndt van Doorne.«

»Der ist fort.«

»Er hat Köln verlassen. Aber man wird ihn finden. Auch aus anderen Gründen noch.«

»Mehr Unrat?«

»Mehr und größer, als du dir vorstellen kannst.«

»Sprich.«

»Die Gefangenen wurden auf einer Insel festgehalten, auf der ein Häuptling namens Folcko herrschte.«

»Oh. Folcko von Marienhafe?«

»Ebender Mann, auf dessen Wechsel du im vergangenen Jahr für Arndt dem Peddersen fünfzehn Gulden zahltest.«

»Arndt macht Geschäfte mit den Friesen. Das wussten wir doch, denn er hat ja die geraubten Tuche von ihnen erworben und hier weiterverkauft.«

»Roberts Tuche.«

»Was, wie du nun vermutest, kein Zufall war?«

»Nicht mehr. Robert hatte im Jahr zuvor schon einmal eine Ladung eingebüßt.«

»Auch wahr. Waren Johns Tuche an Bord des Schiffes? Die Nachricht, die Tilo uns sandte, lautete, dass sie mit einem Schiff zwei Tage vor ihnen nach Kampen gebracht werden sollten.«

»Richtig, so war es auch. John wollte bei seiner Ladung Falken bleiben, die der andere Kapitän sich weigerte mitzunehmen.«

»Dennoch hatte diese Kogge auch Ware geladen.«

»Hatte sie. Und das war sicher eine erfreuliche Dreingabe für die Entführer.«

»Marian, unterstellst du, dass sie das Schiff überfallen haben, um John gefangen zu nehmen?«

»Nein. Nicht, um ihn gefangen zu nehmen.«

»Ihn umzubringen, also.«

»Meine Vermutung – doch sie taten es nicht. Vor allem deshalb nicht, weil Ritter Arbo zufällig mit an Bord war. Wie es aussieht, ist es ihm gelungen, ihrer aller Wert weit höher lebend anzusetzen als tot.«

»Also handelte Folcko vermutlich gegen die Vereinbarungen seines Auftraggebers.«

»Um es ganz deutlich zu sagen, Alyss, ich nehme an, dass Arndt wusste, mit welchem Schiff John reisen würde. Die Art, wie diese Kogge überfallen wurde, war geplant und sorgfältig durchdacht. Die früheren Überfälle der Vitalienbrüder waren vom Zufall gesteuert: Ein Schiff nähert sich den Inseln, falsche Leuchtfeuer locken es an den Strand, man nimmt, was man vorfindet. Bei diesem hier sind bereits drei friesische Seeleute in London an Bord gegangen, die den Kapitän auf hoher See überwältigten und das Kommando über das Schiff übernahmen.«

»Jemand hat die Friesen dazu gedungen? Es könnte Folcko selbst gewesen sein.«

»Könnte.«

»Arndt war zu der Zeit in Deventer, um Fisch zu kaufen.«

»Richtig. Und er hat Beziehungen zu den Friesenhäuptlingen.«

»Und nun hat er Köln verlassen.«

Marian sah seine Schwester an und verstand ihre Sorge. Auch er hatte sich seine Gedanken dazu gemacht.

»Es könnte sein, dass unser Vater nicht sehr klug gehandelt hat«, murmelte sie.

»Er konnte nicht anders handeln, fürchte ich.«

»Arndt wird vielleicht nicht mehr nach Köln zurückkommen, aber er kann auch in der Ferne Schaden anrichten.«

»Das kann er, und wir werden wachsam sein. Unser Vater ist ein von Grund auf ehrenwerter Mann, Schwesterlieb, und er mag noch immer davon ausgehen, dass auch der räudige Hammel von Arndt einen Rest von Ehre in seinem verrotteten Leib hat. Wir wissen es besser. Und, mein Lieb, John weiß es auch besser, glaube ich. Vertrau ihm.«

»Er ist verwundet und fern.«

»Und durchquerte bereits eine Hölle, die tiefer ist, als wir sie uns vorstellen können. Er hat sie nicht unbeschadet überwunden, aber seine Sinne sind dadurch schärfer geworden, weit schärfer als die unsrigen. Er wird gesunden, und er wird herkommen. Und er wird Arndt finden, wenn es nötig ist. Dann wird es nicht bei zwei Zähnen bleiben, die er verliert.«

»Ich habe noch immer Angst um ihn, Marian.«

Marian legte den Arm um seine Schwester und drückte sie an sich.

»Lass dir morgen von Tilo die Taten unserer Helden berichten, das wird dein Gemüt aufheitern.«

Sprach's und gähnte noch einmal einem Seeungeheuer gleich. Alyss verließ ihn, damit er der Ruhe pflegen konnte.

## 11. Kapitel

Neben all den wichtigen Neuigkeiten waren Inses Sorgen in den Hintergrund getreten, aber am nächsten Vormittag nahm Alyss sich ihrer wieder an.

»Der Mann mit dem Wolfsfell scheint ein außerordentlich zudringlicher Geselle zu sein. Wir werden darauf achten, Inse, dass du nicht mehr allein bleibst.«

»Frau Alyss, ich will nicht, dass er herkommt und auch noch Euch oder die Jungfern oder die kleine Lore in Gefahr bringt. Und Eure Haushälterin hat auch gesagt, ich ziehe das Böse an. Sie hat schon die Omen gedeutet.«

Alyss knurrte leise.

»Hilda ist manchmal ein bisschen abergläubisch, das darfst du nicht so ernst nehmen.«

»Ja, aber er ist hergekommen, und wenn Lore die Gänse nicht auf ihn gehetzt hätte, hätte er mir ein Leid getan. Ich gehe fort.«

»Unsinn, Inse. Wir passen schon auf dich auf.«

»Das ist zu viel von Euch verlangt. Ich muss mich verstecken, er spürt mich überall auf.«

Wieder hatte die junge Frau große, verängstigte Augen, und Alyss mutmaßte, dass sich hinter ihrer Furcht ein weiteres Geheimnis verbarg, das sie nicht offenbaren wollte. Scham vielleicht, weil dieser Mann möglicherweise ein ehemaliger, jetzt eifersüchtiger Liebhaber war. Ja, das war natürlich denkbar. Eifersucht war eine hässliche Leidenschaft, die in Gewalt ausarten konnte.

»Wir besuchen die Beginen, Inse. Ich bin sicher, dort kannst du einige Tage verbringen. Im Hof am Eigelstein bist du wirklich sicher, es werden keine Männer zu ihnen eingelassen – schon gar keine mit Wolfsmasken. Komm, begleite mich, wir wollen mit meiner Ziehschwester Catrin sprechen. Sie wird Rat wissen.«

Und natürlich auch von Marians und Tilos Rückkehr hören wollen.

Catrin war erfreut, Alyss zu sehen, und bot Inse auch sogleich das Kämmerchen neben dem ihren an. Dann ließ sie sich ausführlich berichten, was Alyss von Marian erfahren hatte.

»Deine Überlegungen werfen ein schreckliches Licht auf die Sache«, bemerkte sie, als Alyss verstummte. »Dass es zwischen den Brüdern van Doorne nicht zum Besten stand, das wusste ich ja, aber glaubst du wirklich, dass Arndt hinter den Überfällen auf die Schiffe steckte, die Roberts Tuche von England herbrachten?«

»Ich bin inzwischen bereit, alles Schlechte von ihm anzunehmen.«

»Mhm. Ja, Eifersucht ist eine Leidenschaft, in deren Boden der Samen der Gewalt keimt.«

Da Alyss noch vor Kurzem ganz Ähnliches gedacht hatte, nickte sie nur.

»Aber ich sehe auch etwas Gutes darin, Alyss«, fuhr Catrin in ihrer sanften Art fort. »Dein Bruder hat die Angst vor der Ferne überwunden, nicht wahr?«

»O ja, das hat er. Er ist ohne Zögern aufgebrochen, um John und Tilo zu helfen. Du hast recht, er hat jetzt, nach einem Jahr, seine Trauer begraben.«

»Begraben, aber sicher nicht vergessen. Genauso wenig wie ich. Aber man lernt, damit zu leben.«

»Du denkst noch oft an Robert?«

»Ja, ich denke oft an ihn. Und je länger ich ihn vermisse, umso mehr gestehe ich mir ein, Alyss, dass ich ihn geliebt habe. Wie dumm von mir, dass ich es ihm nie gesagt habe.«

Alyss legte ihre Hand über die von Catrin. Sie hatte es gewusst, und sie war sich sicher, dass ihre Gefühle erwidert worden waren. Aber Yskalt, der Friese, hatte Robert erschlagen. Yskalt war tot, und den wahren Grund für diese Tat hatte er mit in sein Grab genommen.

»Schon gut, Alyss. Das Leben geht weiter. Und wie ich vorgestern erfuhr, auch für die junge Frau, die ihr letztes Jahr zu uns gebracht habt.«

»Estella?«

»Richtig. Einer der Venedighändler brachte Botschaft von ihr und eine reiche Spende für den Konvent. Estella ist zu ihrer Familie zurückgekehrt, und auch ihre Wunden sind verheilt. Es heißt, sie wird sich neu vermählen. Doch ihre herzlichsten Grüße sendet sie Marianne, die sie so liebevoll gepflegt hat.«

»Ich werde es Schwester Marianne ausrichten.«

Ein Lächeln zuckte um Catrins Lippen.

»Das war schon ein rechtes Schelmenstückchen von deinem Bruder.«

»Es hat ihm neben den Kenntnissen der Geburtshilfe auch die Augen für die Eigenarten der Frauen geöffnet. Nicht das Schlechteste für einen Mann.«

»Nein, sicher nicht. Aber gefährlich war es dennoch, und ich bin froh, dass er sich jetzt nur noch mit Kräutertränken und Salben beschäftigt.«

»Das und sein Wissen um die *Anatomia* wird John zugutegekommen sein. Aber seid so gut, Catrin, lehrt ihn nicht die Kunde der giftigen Stoffe.«

»Er ist von hellem Geist, er wird mit oder ohne Elsas Hilfe darauf kommen. Und nicht alle Gifte töten, Alyss. Es kommt immer auf die Dosis an. In kleinen Mengen sind auch die stärksten Gifte Heilmittel.«

»Dann will ich darauf vertrauen, dass er sie mit dem richtigen Verstand einzusetzen weiß. Und nun lasse ich dich alleine, Catrin. Arbeit wartet. Ich muss einen Blick auf die Waren der Beutelmacherin Odilia werfen, die angeblich hübsche Taschen verkauft. Die Jungfern haben von ihr gehört.« Über Gislindis Andeutung, dass auch Magister Hermanus ein Interesse an der Händlerin zeigte, schwieg Alyss jedoch.

Sie gingen die Stiege hinunter und traten auf den Hof.

Catrin blieb vor der Tür stehen. »Odilia? Odilia, die Taschenmacherin?«

»In der Elstergasse ansässig.«

»Mhm, ja. Odilia. Ich habe von ihr gehört. Ihre Mutter war Hebamme; wir sind uns dann und wann begegnet. Sie starb vor – was weiß ich – wohl fünf oder sechs Jahren, aber ihre Tochter wollte ihren Beruf nicht erlernen. Sie hat einen Taschenmacher geheiratet, und dieses Handwerk scheint ihr Freude zu bereiten.«

»Dann will ich sehen, ob das, was ihr Freude macht, auch von guter Qualität ist. Die Jungfern bekommen zu Ostern neue Kleider, und neue Gürtel und Taschen mögen dazugehören.«

»Und du?«

»Ich? Ich habe genug Putz.«

»Ein neues Gewand erfreut jedes Frauenherz.«

»Das musst gerade du sagen, Catrin. Du trägst tagaus, tagein den grauen Beginenkittel.«

»Ach ja, aber manchmal...«

»Dann lass dir eins anmessen. Es ist dir ja nicht verboten.«

»Wer weiß, vielleicht.«

Mit einer ihr eigenen huscheligen Bewegung scheuchte Catrin die Vorstellung beiseite und öffnete das Tor zur Straße. Alyss gab ihr ein schnelles Küsschen auf die Wange und meinte: »Achtet gut auf Inse. Sie ist ähnlich verstört wie Estella, und irgendwie habe ich den Verdacht, dass sie eine Sache schamhaft verschweigt, die mit diesem seltsamen Verfolger zusammenhängt. Vielleicht vertraut sie sich dir an.«

»Dann berichte ich dir.«

Catrin schloss das Tor des Konvents, und Alyss machte sich auf den Weg zur Elstergasse, die nicht zu Unrecht nach den diebischen Vögeln benannt war. Auch anderes Geflügel bewohnte die engen Gassen dieser Gegend, gemeinhin wurden sie Schwalben genannt. Eigentlich hätte sie nicht unbegleitet dorthin gehen sollen, doch es war heller Tag, die Straßen belebt und sie eine angesehene Frau, die den Ruf einer ehrbaren Händlerin hatte. Den würde ihr Besuch bei der Beutelmacherin schon aushalten.

Doch darüber wusste ein kleiner Moralapostel anders zu urteilen, denn als sie in der Nähe des Berlichs angekommen war, kreuzte Lore ihren Weg, einen Packen Leinen über der Schulter.

»Lore?«

»Huh! Wohledle Frau Herrin, was macht Ihr denn hier? Und alleine? Das schickt sich aber nicht.«

»Nein? Nun, dann muss ich mir wohl eine Begleiterin mieten.«

»Geht nicht, muss das den Kanonen von Mariengraden abliefern.«

»Den Kanonikern wohl eher. Ich muss in die Elstergasse. Spare ich mir also deinen Lohn.«

»Ihr geht nich allein in die Elster, wohledle Frau Herrin. Das schickt sich gar nicht.«

»Aber ich muss zu Frau Odilia.«

»Quark. Die is keine Frau, die is ene Flitsch.«

»Und ich dachte, sie sei eine ehrbare Beutelmacherin.«

»Macht se och. Aber ihr Geld verdient sie nicht damit. Die Lingeweverin, die verschafft ihr die Freier. Muss ich wissen, wohledle Frau Herrin, bring ja grad deren Laken zu den Kannonien«, grinste Lore breit. »Also, geht nach Hause, wohledle Frau Herrin, schickt sich nicht hier für Euch.«

Alyss suchte eine Münze aus der Tasche an ihrem Gürtel und drückte sie der Päckelchesträgerin in die Hand.

»Dann will ich schicklich bleiben und heimgehen. Deine Auskünfte reichen mir auch schon.«

»Dacht ich's doch, dass Ihr ein vernünftiges Weib seid.«

Lore trottete um die nächste Biegung der Gasse, und Alyss sah ihr kopfschüttelnd nach. Für sie mochte es ja nicht schicklich sein, die verrufenen Gassen aufzusuchen, aber für Lore? Ein Gassenkind, aufgewachsen zwischen den Unehrlichen, den Bettlern, Dieben und Huren, den Ausgestoßenen, in Schmutz, Unwissenheit und Hunger. Und doch hatte sie überlebt, war flink und frech und nie um eine schlagfertige Antwort verlegen. John hatte gut daran getan, sie als Gänsehüterin zu bestellen. So konnte sie ihr wenigstens ein paarmal in der Woche ein anständiges Essen geben. Aber manchmal...

Resolut wandte Alyss sich Richtung Witschgasse. Sie konnte nicht alles Elend der Welt lindern.

Doch ihre neuen Erkenntnisse über die Taschenmacherin waren ihr hilfreich, als sie die Jungfern in ihrer Kammer aufsuchte. Hier waren die drei eifrig dabei, neue Cotten für sich zu nähen, aus leichtem, vollkommen weiß gebleichtem Leinen, wie es für den Sommer passen würde. Bunte Bänder lagen aufgerollt in einem Bastkorb, farbige Garnnocken in einem anderen, und fleißig huschten die Nadeln durch das Gewebe.

Alyss setzte sich dazu und ergriff ebenfalls ein halbfertiges Hemd. Auch sie brauchte neue Unterkleider. Das Sonnenlicht fiel durch die beiden offenen Fenster, und fröhlicher Vogelsang drang herein. Erfreuliche Einigkeit herrschte zwischen den Mädchen, und sie brachte das Gespräch auf die neuen Kleider.

»Lauryn hat einen rosenroten Stoff gefunden«, sagte Leocadie. »Ich würde ihn ja gerne mit weißen Seidenbändern aufputzen, aber sie will davon nichts wissen.«

»*Du* kannst Rosenrot und Weiß tragen, ich bin nicht – niedlich – genug dafür.«

»Leocadie ist auch nicht niedlich«, warf Hedwigis ein.

»Leocadie kann anziehen, was sie will, sie wird immer nur schön sein«, entgegnete Lauryn ohne Neid.

»Welche Farbe sollen denn die Borten haben, Lauryn?«

»Braun vielleicht?«

Leocadie verdrehte die Augen.

»Nein, Lauryn, bestimmt nicht«, sagte auch Alyss und besah sich das stämmige, blonde Mädchen. Hübsch, frisch und jung war sie und völlig uneitel. Aber Rosenrot würde ihr gut zu Gesicht stehen. »Was haltet ihr von Blattgrün? Und einem grünen Chapel?«

»Ja, das könnte gehen.«

Leocadies Zustimmung galt als Gesetz, weshalb Lauryn zufrieden nickte.

»Und du, Leocadie?«

»Ich habe... ich dachte...«

»Elfenbeinfarben, Frau Alyss, wird ihr Gewand.«

»Das wird sehr edel aussehen.«

»Ich habe kleine rosa Glasperlen gefunden, Frau Alyss. Damit möchte ich die Säume besticken. Darf ich?«

»Es ist deine Zeit, die du darauf verwendest. Aber ich glaube, das wird sehr schön werden.«

Hedwigis sagte: »Ich habe für mein blaues Kleid hellblaue Bänder ausgesucht, Frau Alyss. Und ich habe heute eine passende Tasche für den Gürtel gesehen. Ich würde sie gerne kaufen, aber ich hatte kein Geld dabei.« Sie druckste ein wenig herum. »Ich hätt's mir verdienen können. Aber dann wusste ich nicht...«

Alyss wurde hellhörig.

»Wart ihr bei der Beutelmacherin Odilia in der Elstergasse?«

»Ja, Frau Alyss. Aber wir waren zu dritt. Uns ist nichts passiert.«

»Und die Frau hat wirklich ganz ausgefallen schön bestickte Taschen«, meinte Leocadie. »Sie sollte sie besser auf dem Markt anbieten.«

»Sie weiß wohl schon, warum sie sie am Fenster verkauft. Wie, Hedwigis, hättest du dir das Täschchen erwerben können?«

»Da war eine Frau bei Odilia. Die hat mir gesagt, wenn ich bei ihr vorbeikäme, hätte sie Arbeit für mich.«

»Das war eine Leinenweberin, Frau Alyss«, erklärte Lauryn trocken.

»Ja, und ich kann doch gar nicht weben«, meinte Hedwigis. »Und Putz darf ich ja eigentlich auch gar nicht haben.«

»Weben, Hedwigis, wäre auch nicht die Arbeit gewesen, die die Leinenweberin für dich vorgesehen hat. Die Frau ist eine Kupplerin. Und Odilia eine ihrer Schlupfhuren. Ihr werdet, so schön die Taschen auch sein mögen, nie wieder in die Elstergasse gehen.« Während Leocadie und Hedwigis sie entsetzt anschauten, zuckte Lauryn nur mit den Schultern. »Hab euch ja gesagt, das schickt sich nicht.«

»Ja, aber Magister Hermanus war doch auch da«, murrte Hedwigis.

»Auch für ihn schickt sich das nicht«, antwortete Alyss kurz und nörgelte dann an Lauryns groben Stichen herum.

Das war wirkungsvoll, denn damit zog die Pächterstochter wieder den gutmütigen Spott der anderen auf sich, und schon wandte sich das Thema den bevorstehenden Osterfeiertagen und Gerlis' Hochzeit zu. Und der Frage, welche Blumen dann wohl blühen würden und wie man sie für Leocadie zu Haarkränzen binden sollte.

Tilo kam am späten Nachmittag von seinen Eltern zurück und hatte alle Erschöpfung von der langen Reise abgestreift. Er wirkte munter und geradezu übermütig und wurde noch einmal auf das Herzlichste empfangen. Dann aber wollte man Einzelheiten wissen, und da Alyss in diesem Fall ebenfalls dem Laster der Neugier erlag, erlaubte sie dem Hauswesen, alle unwichtigen Pflichten ruhen zu lassen und sich zur Feier des Tages im Saal, dem großen Wohnraum im ersten Stock, zu versammeln, nachdem die Tiere versorgt waren. Auch Hilda bat sie, den Herd zu verlassen und lediglich Brot, Butter, Käse und Fischpasteten auf den glänzend polierten Tisch zu stellen.

»Also, Tilo, wir hängen an deinen Lippen. Berichte uns von deiner ersten großen Fahrt«, forderte Alyss den jungen Helden auf.

Bedächtig strich sich besagter Held Butter auf das Brot und streute Salz darüber.

»Es war noch ein schöner Tag, als wir im November des vergangenen Jahres das Schiff nach England bestiegen«, hub er an.

»Tilo?«

»Ja?« Unbeirrt fuhr er fort. »Die Überfahrt war dennoch ein wenig rau, und ich hatte mit meinen Eingeweiden zu kämpfen.«

»Tilo!!«

»Das muss man doch erwähnen, wenn man genau sein will. Jedenfalls erreichte ich lebend die Themse, auf der wir gen London reisten. London ist eine große Stadt, noch größer und geschäftiger als Köln. Wir gingen von Bord...«

»Tiloooo!«

»Aber das gehört doch dazu, wenn man eine Geschichte erzählt. Von den Lagerhäusern und dem Stalhof – äh, das ist die Ansiedlung der deutschen Hansekaufleute, und dort haben wir...«

»Tiiilo!!!«

»Interessiert euch das nicht?«

Leutselig grinsend sah Tilo in die Runde.

Alyss sah sich bemüßigt einzugreifen.

»Doch, Tilo, das alles ist sehr wissenswert, aber wir alle möchten eigentlich, bevor Herold das Morgengrauen verkündet, wissen, wie du Master John und den Ritter gerettet hast.«

»Ach ja, diese nebensächliche Kleinigkeit...«

»Werdet ihr wohl auf eurem Platz sitzen bleiben. Frieder! Lauryn! Benefiz – aus!«

Während des kleinen Getümmels aß Tilo sein Butterbrot auf, und als sich das Protestgegrummel gelegt hatte, erzählte er weit ernsthafter.

»Als wir am zwölften des Monats März an Bord gingen, war die einzige Überraschung, dass wir nicht die einzigen Passagiere waren. Master John grüßte den Ritter ziemlich kühl, und der blieb auch ganz frostig. Aber sein Knappe Sigurt und George, ein Grafensohn, der zu Königin Bianca geschickt werden sollte, waren ganz umgänglich. Vor allem, als sie merkten, dass ich die englische Sprache beherrschte. Ich habe zwischen den beiden übersetzt und einiges über sie und Sir Arbo erfahren.«

»›Sör Arbo‹, hört euch den an!«

»Frieder, es reicht. Noch ein Einwurf, und du verbringst den Abend im Hühnerstall.«

»Mein ja nur...«

»Es ist die Anrede, die einem Ritter zusteht. Und der Kapitän, seine schleimige Seele mag Gnade vor dem Herrn finden, machte ein Gedöns um ihn, als sei er der Thronfolger persönlich. Aber gut, die drei ersten Tage war alles, wie es sein sollte, obwohl Master John einmal zu mir sagte, dass er das Gefühl habe, irgendetwas stimme nicht mit dem Schiff. Weshalb er mit dem Dolch unter dem Kissen schlief.

Es passierte aber nichts, bis wir am vierten Morgen nach oben an Deck kamen und den Kapitän mit aufgeschlitzter Kehle in seinem Blute liegen sahen, den ersten Bootsmann daneben, und am Ruder stand ein friesischer Seemann. Zwei weitere Friesen schlugen Master John von hinten nieder und banden mich in Fesseln. Es ging so schnell, dass wir uns nicht wehren konnten. Dann verschwanden die zwei nach unten und brachten kurz darauf den bewusstlosen Ritter und die beiden Knappen ebenfalls gebunden auf Deck.«

»Kam euch denn keiner zu Hilfe?«, fragte Merten.

»Der Besatzung lag daran, ihre eigene Haut zu retten. Schätze, die rechneten damit, freizukommen, wenn sie den Befehlen der Friesen gehorchten. Denen war es gleichgültig, unter wessen Befehl sie fuhren. Die Friesen wollten Master John und Herrn Arbo über Bord werfen, aber Sigurt, der ihre Sprache ein bisschen verstand, schrie sie an, dass die beiden reiche Männer von hohem Geblüt seien, was dazu führte, dass die drei den Gefangenen zwar einige derbe Fußtritte versetzten, dann aber miteinander disputierten und uns fünf schließlich in einen engen Lagerraum sperrten.«

Leocadie seufzte, und Lauryn fragte: »Hattest du nicht fürchterliche Angst, Tilo?«

»Wär schön, wenn ich jetzt sagen könnte, dass ich ganz kaltblütig geblieben sei, aber ehrlich, mir hing das Herz in der Bruche. Master John war der, der kaltblütig blieb, und Ritter Arbo zeigte auch kaum eine Bewegung seines Gemüts. Er befahl George, kein Wort über seine Herkunft zu verraten, sondern anzugeben, dass er ein jüngerer Sohn eines kleinen Landadligen sei, wenn er gefragt würde.«

»Was George demzufolge nicht ist?«

»Nein, Frau Alyss, er stammt aus königlichem Geschlecht.«

»Fette Beute«, meinte Merten.

»Wohl wahr. Fettere als Herr Arbo und Master John zusammen. Aber der Ritter wollte uns schützen, und da erwies es sich als ganz nützlich, dass der Kapitän ihn so hofiert hat. Jedenfalls ließen sie uns zunächst ungeschoren, obwohl es grässlich in dem engen Verschlag war und wir hungern und dürsten mussten. Aber nach zwei Tagen landete die Kogge, und wir wurden an Land getrieben. Es war aber nicht Kampen, wohin die Friesen das Schiff gesteuert hatten, sondern Marienhafe. Aber das erfuhren wir erst später. Sie warfen uns in einen dunklen Keller voller Ballen und Fässer, aber das war allemal bequemer als der enge Raum im Schiff. Sie nahmen uns die Fesseln ab, und endlich bekamen wir auch Wasser und Essen. Vermutlich waren sie sich ziemlich sicher, dass wir nirgendwohin fliehen konnten.«

»Was ihr aber doch konntet?«

»Erst mal nicht, Hedwigis. Wir wussten ja nicht mal, wo wir uns befanden und wer eigentlich unsere Entführer waren. Aber dann ergab es sich, dass ich etwas herausfand.«

Tilo war ein kunstfertiger Erzähler, befand Alyss und sah anerkennend zu, wie der Junge einen schrumpeligen Apfel zerteilte und einen Schnitz in den Mund steckte.

»Was, Tilo, fandest du heraus?«, fragte sie, um ihm Respekt zu zollen.

»Darf ich ein wenig ausholen?«

»Wenn du nicht bei Adam und Eva anfängst«, grummelte Frieder.

»Nein, bei denen nicht, sondern bei Estella und Yskalt.«
Die gespannte Aufmerksamkeit war ihm gewiss.

»Es brachte uns zweimal am Tag ein Mädchen Brot und Wasser. Eine dralle Maid mit dicken blonden Zöpfen und einem freundlichen Gemüt. Sie sprach ein paar Worte englisch und auch ein bisschen unsere Zunge, wenn auch mit schwerem Dialekt. Ich hatte auch einiges aufgeschnappt, Sigurt verstand sie einigermaßen, und so verwickelten wir sie in ein Gespräch, wann immer sie zu uns kam. Ich fragte sie so ganz nebenbei, ob sie sich an das südländische Mädchen erinnerte. Es war ein Tappen im Dunkeln, aber ich hatte Erfolg. Sie wusste, wen wir meinten, und offensichtlich hatte sie damals Mitleid mit dem verstörten Geschöpf gehabt, das von den Plünderern geschändet worden war. Master John, der sich die ganze Zeit schweigend verhalten hatte, merkte bei der Antwort auf und – er entfaltete seinen ganzen Zauber. Hui, wenn der will, kann der die Frauen betören! Wir waren dreckig und in Lumpen, aber er schaffte es, dass die Jungfer errötete und kicherte, wenn er sie nur ansah.«

Alyss biss sich auf die Zunge, um ihr eine Bemerkung zu verbieten, die Jungfernohren zum Glühen gebracht hätte. Beherrscht sagte sie: »Ja, er weiß Ränke zu schmieden.«

»Und wie! Er erwähnte Yskalt ihr gegenüber. Nicht den Mord, den er begangen hatte, sondern berichtete von seinem Tod. Ich habe nicht alles verstanden, aber er hat ihm wohl zu einem friedlichen Sterben verholfen. Kann das sein, Frau Alyss?«

»Ja, das hat er getan. Er hat die Mönche fortgeschickt, die ihn pflegten, und hat ihm von seiner eigenen Religion erzählt. Yskalt war ein Riese von einem Mann, doch ein Kind in seinem Geist. Ein Heide, der Trost bei seinen Göttern fand. Erlösung wird er nicht finden, aber das Sterben hat Master John ihm wohl erleichtert.«

»Er war ein Mörder«, fuhr der Hauspfaff scharf dazwischen.

»Ein Totschläger, Magister Hermanus. Fehlgeleitet, von geringem Witz, verbogen und verdorben von jenen, die seine Kräfte genutzt haben.«

»So ähnlich, Frau Alyss, hat Master John es auch gesagt. Er hat es einer Uralten so erzählt, die das Mädchen eines Tages begleitet hat. Es war die Großmutter von Yskalt, und als er geendet hatte, weinte sie.«

»Es war sehr gütig von Master John.«

»Gütig und nützlich, Leocadie. Denn danach begann die Alte zu erzählen.« Und nun blickte Tilo unsicher auf Alyss. Sie nickte.

»Du hast von deinen Eltern sicher gehört, was hier vorgefallen ist.«

»Ja, Frau Alyss. Und es ist gut so. Denn das haben wir von der alten Frau erfahren. Euer... der Arndt van Doorne ist kein Unbekannter bei den Friesen von Marienhafe. Er hat schon häufiger Geschäfte mit dem Häuptling Folcko gemacht. Und ich glaube, Master John hat sehr genau zugehört und sich lange leise mit ihr unterhalten.«

»Vielleicht wird er uns sagen, was er herausgefunden hat. Aber nun berichte uns noch, wie euch die Flucht gelang.«

»Es war danach nicht mehr so schwierig. Unsere Entführer waren sich wohl noch nicht einig, von wem sie wie viel Lösegeld erpressen konnten. Jedenfalls, nach zehn Tagen saßen wir noch immer in dem Lagerkeller, ohne dass sich jemand anderes als das Mädchen und die alte Vettel blicken ließ. Aber eines Mittags war die Maid nachlässig. Oder freundlich, wer weiß. Der Riegel der schweren Eichentür wurde nicht vorgeschoben. Wir warteten ziemlich atemlos, ob sie zurückkäme, aber es rührte sich nichts. Also schlich Herr Arbo sich nach draußen. Er – weil er sagte, er sei der kostbarste der Gefangenen, und ihm würden sie wohl am wenigsten tun. Er legte den Riegel vor und versteckte sich unter einem umgedrehten Fischerboot. Wir hörten abends die Männer, die uns bewachten, vorbeigehen, wie üblich den Riegel kontrollieren und wieder verschwinden. Ehrlich, mir war beinahe schlecht vor Aufregung. Wir wussten ja nicht, ob sie Arbo erwischt hatten oder nicht. Aber dann schob er leise den Riegel auf, und wir schlüpften in die dunkle Nacht hinaus.«

Leocadie seufzte.

»Ja, es war sehr tapfer von ihm. Er hatte sogar schon Erkundungen vorgenommen und führte uns zum Strand, wo sich einige Boote befanden. George sagte, so einen Ewer, wie er dort lag, könnte er steuern, wenn wir ihm hülfen. Wir waren gerade dabei, das Ding klarzumachen, als eine Gruppe Männer auftauchte. Die erkannten leider sofort, was wir vorhatten. Es war verdammt knapp. Wir hatten keine Waffen, die hatten Äxte und Messer. Aber der Ritter hatte einen schnell entwaffnet. Bah, was der mit einem kleinen Dolch anrichten kann.« Tilo schüttelte sich. »Master John kämpfte mit bloßen Fäusten. Die Friesen sind große, harte Männer, und er war nun schon seit Tagen hungrig und erschöpft. Aber das hättet ihr sehen müssen.

Der wurde zur Bestie! George und Sigurt zerrten derweil an dem Ewer, und ich versuchte, mich des Mannes zu erwehren, der mir ein Messer an die Kehle hielt. Das war ein klein wenig ungemütlich.«

Tilos Hand ging an seinen Hals, dann ließ er sie wieder fallen.

»Hat er dich verletzt?«, fragte Lauryn und rückte näher zu ihm.

»Ein bisschen angekratzt. Aber dann bemerkte John meine Lage, knallte seinem Angreifer den Stiefel ins Gemächt und brüllte: ›Arbo!‹ Der rammte seinem Gegner das Messer ins Auge, befasste sich dann mit dem Grunzenden von Master John, während der irgendwas mit dem Mann machte, der mich festhielt. Ich möchte nicht wissen, was, es hörte sich grauenhaft an. Aber dann sprang ihn ein weiterer an, und er wurde zu Boden gerissen. Wir mussten alle Kraft aufwenden, diesen Koloss von ihm herunterzureißen. Ritter Arbo spaltete ihm mit der Axt den Schädel. Anschließend konnte Master John den Arm nicht mehr bewegen und blutete aus einem Dutzend Wunden. Aber inzwischen hatten die Knappen den Ewer bereit gemacht, wir halfen Master John drauf und hissten Segel. Es war eine mondklare Nacht, und George kannte sich wirklich gut aus. Er wusste, welchen Kurs wir nehmen mussten. Ich half ihnen, so gut es ging, und Herr Arbo versuchte, Master John einigermaßen zusammenzuflicken. Tja, mehr ist da nicht zu sagen. Nach anderthalb Tagen trafen wir in Kampen ein, und Herr Arbo und die Knappen ritten weiter nach Deventer, um Master Johns Diener zu holen. Aber dann kam Herr Marian mit Peer.«

»Gut erzählt, Tilo. Aber ich bin sicher, es brennen deinen Zuhörern noch viele Fragen auf den Lippen.«

Tilo räkelte sich und sonnte sich in der Aufmerksamkeit. Bis spät in die Nacht hinein gab er Antworten. Doch Alyss beteiligte sich nicht weiter an der Runde, sondern suchte ihre eigenen Antworten in einem stillen Gebet in ihrer Kammer.

## 12. Kapitel

Marian war auf der Flucht.

Nicht vor Schurken und Verbrechern, sondern vor seinen Angehörigen. Seit seinem Eintreffen in Köln hatte er unablässig geredet, und seine Lippen fühlten sich wie ausgefranst an. Er suchte also sein Heil dort, wo es alle hinzog, die es nach Ruhe und Besinnung drängte, nämlich im Kloster. In der Infirmerie von Groß Sankt Martin half er dem Krankenbruder, Huflattich zu einem Aufguss zu verarbeiten, mit dem die Opfer der Frühlingserkältungen behandelt werden sollten. Die schlichte Tätigkeit mit dem Kraut brachte ihm die gewünschte Ausgeglichenheit, und als die Mönche sich zur Terz in der Kirche versammelten, machte er sich auf den Weg zu seiner Schwester. Dort erfuhr er, dass sie zusammen mit Tilo und dessen Vater zum Zollturm aufgebrochen war, um sich um die Ladung Tuche zu kümmern, die John mit dem ersten Schiff vorausgeschickt hatte. Er machte sich also ebenfalls zum Rhein auf, in der Hoffnung, hier möglicherweise auch den struppigen Diener des Tuchhändlers vorzufinden.

Reinaldus Pauli, Tilo und Alyss fand er vor, nicht jedoch den Handelsknecht. Immerhin hatte seine Schwester mit Paulis Hilfe die Formalitäten mit den Zöllnern und Schreibern bereits abgewickelt, und der Frachtkarren wurde unter Tilos Aufsicht mit den Ballen beladen.

»Ich lagere sie bei mir ein, Marian, der Speicher steht leer.«

»John wird nichts dagegen haben. Tilo gibt sich recht sachkundig, will mir scheinen.«

»Ja, er hat auf seiner Reise viel gelernt und viel davon auch behalten.«

Marian plauderte noch ein wenig mit seinem Onkel, als Geschrei vom Ufer her ertönte. Schon bildete sich eine Menschentraube um einen hölzernen Anlegesteg, und er entschuldigte sich bei Pauli, um nachzusehen, ob seine medizinischen Kenntnisse benötigt wurden. Doch als er sich den Weg durch die Arbeiter und Gaffer gebahnt hatte, erkannte er, dass man nicht einen Ertrinkenden aus dem Wasser geborgen hatte, sondern einen Leichnam.

Ausgeblutet.

Verständlich dies, denn ein langer Schnitt ließ seine Kehle aufklaffen.

»Das ist doch der Schnidder, der Hannes«, sagte einer der Umstehenden.

»Jau. Gestern hab ich noch ein Wams bei ihm bestellt. Mann, so schnell kann's gehen.«

»Der hat's selbst herausgefordert, sag ich euch.«

»Hat er?«

»Habt ihr das Gemunkel nicht gehört? Der soll ein Ketzer gewesen sein.«

»Das hier hat aber nicht der Henker vollbracht.«

»Nein, aber wer weiß, mit wem die Gottlosen im Bunde stehen.«

Angenehmes Gruseln im Angesicht des gewaltsamen Todes machte sich breit, und Marian zog sich unauffällig zurück.

»Was haben die aus dem Rhein gezogen?«, fragte Tilo ihn.

»Einen Ermordeten, angeblich einen Ketzer mit Namen Hannes Schnidder.«

»Schnidder?« Reinaldus Pauli rieb sich die Nasenwurzel. »Eigentlich ein ehrbarer Mann, zünftiger Schneider, soweit ich weiß. Etwas verschroben, aber ein Ketzer? Nun, soll sich der Vogt drum kümmern.«

»Soll er. Schwester mein, mein Magen knurrt, ich habe bereits ein reichliches Tagwerk vollbracht und gut ein Dutzend Schnupfnasen geheilt. Bekomme ich ein warmes Mahl bei dir?«

»Wenn du uns vorher hilfst, die Ballen zu entladen.«

»Von reiner Mildtätigkeit hältst du wohl nichts.«

»›Leicht erworbnes Gut
Schaffet Übermut‹,
wie schon der kluge Dichter Freigedank sagt.«

»Manchmal frage ich mich, ob es wirklich gut ist, wenn die Weiber lesen lernen«, murrte Marian und grinste seine Schwester dann an.

»Wenn ich mein Büchlein nicht Magister Hermanus geliehen hätte, würde ich es jetzt Gislindis geben.«

»Der Herr bewahre mich!«

Alyss lächelte.

Marian freute sich. Er liebte seine kluge Schwester, und dass sie sich mit Gislindis angefreundet hatte, gefiel ihm außerordentlich.

Natürlich half er, die Tuchballen in den Lagerspeicher zu bringen, und erhielt ein reiches Mahl am Mittagstisch. Mochte es auch Fastenzeit sein, in Alyss' Haus wurde nicht gehungert. Was immer die kirchlichen Regeln erlaubten, wurde aufgetischt und für manches auch eine passende Ausrede gefunden. Das Gänsefleisch, im eigenen Schmalz eingelegt, mit Apfelstückchen und Kräutern gewürzt, stammte schließlich von Wassertieren, verkündete Hilda. Diesem Argument verschloss sich auch der Hauspfaff nicht und strich sich die würzige Paste dick auf sein Brot.

Die Jungfern plapperten, nachdem Tilos Abenteuer weidlich durchgekaut worden war, wieder von Gewändern und Bändern, von der Zubereitung von Pasteten und Rezepten für Würzwein, Magister Hermanus mampfte schweigend, Frieder und Tilo kabbelten sich über die beste Art, Kaninchen zu jagen, und Alyss reichte Benefiz unter dem Tisch ein Stückchen Schmalzbrot.

»Schwesterlieb, ist dir aufgefallen, dass du zwar hübsche reinliche Maiden an deinem Tisch versammelst, aber die bärtigen Männer ihn nicht eben schmücken?«

Alyss' Kopf zuckte hoch.

»Bärtige Männer?«

»Ja, schau sie dir doch an, die beiden Recken.«

Alyss' scharfer Blick, der über Tilos und Frieders Wangen glitt, hätte eigentlich gereicht, den jungen Flaum zu entfernen, aber sie nickte zustimmend.

»Du willst sie mit dem Barbier bekannt machen?«

»Es scheint mir an der Zeit. Und da dieses Hauswesen derzeit kein männliches Haupt besitzt, sehe ich es als meine Aufgabe an, dies zu übernehmen. Oder möchtest du mit ihnen ins Badehaus gehen?«

Lauryn prustete und legte die Hand vor den Mund. Tilo biss sich auf die Lippen, und Frieder wurde blutrot.

»Nimm die bärtigen Recken mit. Wir werden uns schon ohne sie zu behelfen wissen.«

Gewöhnlich badete das Hauswesen in einem Zuber neben dem Küchenherd, die Annehmlichkeiten eines Badehauses gönnte sich lediglich Alyss einmal in der Woche und nahm dann und wann die Jungfern mit. Frieder, der auf dem Gut aufgewachsen war, hatte bisher noch kein Badehaus aufgesucht, Tilo hingegen war mit seinem Vater schon einige Male dort gewesen. Pitters Badehaus aber kannte auch er nicht.

Marian begrüßte den Bader, einen Freund seiner Eltern, herzlich und stellte ihm seine beiden neuen Kunden vor.

»Ich werde Mats Schlyffers rufen müssen, wenn ich mit den beiden Rauschebärten fertig bin«, murmelte Pitter dumpf, als er die Jünglinge gemustert hatte. Und dann grinste er über beide Backen. »Und Gislindis dazu?«

»Weder der eine noch die andere werden vonnöten sein, aber etwas Wein, um den jungen Herren die Angst vor deinen Messern zu nehmen.«

Frieder und Tilo wurden also sachkundig barbiert und sanken nach dieser männlichen Behandlung äußerst zufrieden in die große Wanne, in der Marian schon vor sich hin plätscherte. Ein Brett mit Bechern, eine Kanne leichten Weins und ein Körbchen Gebäck warteten auf sie, und eine Badermagd in geschürztem Leinengewand goss einen Kübel heißes Wasser nach. Marian sah, dass Frieder sie recht fachmännisch betrachtete. Als sie gegangen war, fragte er: »Stimmt es, dass die Badermägde auch Minnedienste anbieten?«

»Benötigst du derer?«

»Benötigt ein Mann derer nicht immer?«

»Nein.«

Frieder machte den Mund auf und dann, ohne etwas zu sagen, wieder zu.

»In London haben wir auch ein Badehaus aufgesucht«, meinte Tilo. »Es war größer als das hier, und Musikanten spielten auf. Und – na ja, die Mädchen…«

»Ich nehme an, John hat dich vor ihnen gewarnt.«

Tilo paddelte etwas verlegen mit seinen Händen im Wasser herum.

»Nicht so richtig. Also, er kannte zwei von ihnen. Oder so.«

»Nun, ich kenne die Badermägde hier, und von denen steht weder euch noch einem anderen Gast eine zur Verfügung«, erklärte Marian mit Nachdruck. Darauf achtete Pitter sehr gründlich, der den Ruf seines Hauses sauber halten wollte. Besser, die Jungs wussten noch nicht zu genau, dass aber genau dieses Badehaus eine Tür zum Hinterhof hatte, durch den man zu einem Haus kam, in dem andere Frauen ihre Dienste anboten.

»Aber warum eigentlich nicht, Herr Marian? Ich meine, mit den ehrbaren Jungfern dürfen wir ja nicht tändeln.«

»Aus gutem Grund, Tilo. Weil sie ehrbar sind und bleiben sollen.«

»Ja, aber man kann doch nicht so lange warten, bis man verheiratet ist.«

Marian schmunzelte in sich hinein. Mann konnte nicht immer, was Mann sollte. Vielleicht würde er den beiden doch irgendwann von der Tür zum Hinterhof erzählen müssen.

»Du wirst es dir noch lange verkneifen müssen, Tilo«, sagte Frieder und schnitt eine Grimasse. »Leocadie hast du mit der Schilderung von Ritter Arbos Großtaten wieder ordentlich Hoffnung gemacht.«

Betrübt schlürfte Tilo seinen Wein.

»Ja, ich bin blöd. Ich versteh die Weiber nicht. Lauryn lässt keine Gelegenheit aus, mich abzuküssen, und Leocadie nimmt mir jede Gelegenheit, mit ihr zu kosen.«

»Lauryn wird dich nicht mehr küssen, die ist jetzt verlobt. Mit Wulf, dem Stallmeister.«

»Ach ja?«

Das klang noch trübsinniger.

»Aber weißt du was, Tilo, ich kenn da so ein Harfeliesje unten in der Taverne am Rhein. Zu der nehm ich dich mal mit. Die hat Freundinnen…«

Während die beiden jungen Gockel ihre Erfahrungen mit Musikantinnen und englischen Bademaiden austauschten, hing Marian seinen eigenen Gedanken nach.

Seine Schwester musste sich seit Monaten mit dem Herzeleid der Jungfern herumschlagen; er erhielt hier gerade eine Kostprobe davon, wie es den Jünglingen erging. Und sein eigenes Herzeleid – das hatte er auch noch nicht vollständig überwunden. Bedauern flog ihn an. Die ärztliche Kunst vermochte viele Leiden zu lindern. Ein müdes Herz konnte mit bestimmten Tinkturen gestärkt werden, ein aufgeregtes mit anderen beruhigt. Doch das Herzeleid, das durch die Liebe entstand – dagegen war kein Kraut gewachsen. Auch wenn manche weisen oder geschäftstüchtigen Weiber ihren Kundinnen Liebestränke verkauften, nichts half je gegen die Schmerzen verlorener oder unerreichbarer Liebe.

Von hier aus wanderten seine Gedanken nach Kampen, wo sein Freund John nicht nur am Leib verwundet lag.

Das Einrichten der gebrochenen Knochen war eine äußerst schmerzhafte Prozedur gewesen, zumal John auch noch weitere Wunden an dem Arm erhalten hatte, und darum hatte Marian ihm einen Betäubungstrunk zubereitet. Natürlich hatte John sich geweigert, ihn einzunehmen, und es hatte Marian einiges an Überredung gekostet, ihm klarzumachen, dass er ihm damit die Arbeit erleichtern und sich nicht einer Schwäche hingeben würde. Erst als er ihm als Alternative anbot, ihn mit einem Knüppel bewusstlos zu schlagen, hatte John eingewilligt, das Gebräu zu trinken. Ja, John gab nicht gerne die Selbstbestimmung auf. Es bedeutete Vertrauen, und darum würde Marian niemandem, auch Alyss nicht, berichten, was er bemerkt hatte, als der Trank seine Wirkung entfaltete. In der Zeitspanne, in der John langsam wegdämmerte, hatte Marian ihm davon berichtet, wie sehr sich seine Schwester über den entflogenen Falken grämte. Und sich um ihn sorgte und Angst hatte. Als John dann einschlief, sah Marian die Feuchtigkeit unter seinen Lidern.

Herzeleid – bei John hatte es viele Gründe. Das der beiden Jungen, die hier mit ihm in der Wanne saßen, war nichtig dagegen. Die lustigen Harfelieschen und die Vögelchen in den Badehäusern würden es schnell lindern.

## 13. Kapitel

»Wohledle Frau Herrin, Ihr habt doch ein Händchen für das Viechzeug?«, fragte Lore mit einem strengen Blick auf Gog, der Hedwigis an die Schürze gehen wollte.

»Habe ich das? Eher scheinst du die Bezwingerin der Tiere zu sein.«

»Nöö, ich schäng nur mit denne. Das meine ich nicht. Ich mein, wenn se die Kränk kriegen.«

»Manchmal kann ich kranken oder verletzten Tieren helfen, das ist richtig. Ist denn hier eines krank?«

»Hier nicht. Aber, edle Frau Herrin, Ihr kennt doch den Staubmagister.«

Alyss musste einen Moment überlegen, dann drängte sich das Bild von Magister Jakob auf.

»Du meinst den Notarius?«

»Den Mann mit den Glasaugen, ja.«

»Und was hat der mit einem kranken Tier zu tun?«

»Der ist ganz neben der Kapp, wohledle Frau Herrin. Hab ihn gestern gesehen. Ganz krüz und quer ist der, wegen seiner Katz.«

Magister Jakob hatte Alyss einmal erzählt, dass er eine

Katze hatte, und erstaunlicherweise verhielt sich Malefiz ihm gegenüber recht vertraulich.

»Was hat die Katze denn, Lore?«

»De Fott zomaache tut se.«

Alyss zuckte bei diesem ziemlich derben Hinweis auf das Sterben zusammen. Aber dann fragte sie noch einmal nach: »Woran stirbt sie? Ist sie schon so alt?«

»Weiß nicht. Wollt's nur sagen, weil Ihr den Magister doch mögt.«

»Das war nett von dir. Ich gehe nachher bei ihm vorbei, wenn ich die Fässer... Ach was, die können auch Tilo und Frieder abliefern.«

Als sie die Schürze abgenommen und sich ein frisches, weißgebleichtes Tuch um die Haare gebunden hatte, fand sie Marian mit Hilda plaudernd am Herd vor.

»Ich habe dir einen Tiegel Wundsalbe mitgebracht, Schwester mein. Eine treffliche Mischung aus Schafgarbe und Hopfen und noch ein paar geheimen Zutaten.«

»Eine eigene Zusammenstellung?«

»Überwiegend Elsas Rezeptur, von Jan und Trine verbessert.«

»Er hat sie mir auf den wehen Zeh gestrichen, Herrin, und ich fühle mich schon viel besser«, meinte Hilda.

»Dann wird sie nützlich sein. Gib sie mir mit, Bruderlieb, vielleicht brauchen wir sie.«

»Ein Krankenbesuch?«

»Ungewöhnlicher Art vermutlich. Magister Jakobs Katze ist krank, ich will sie mir ansehen.«

»Ich begleite dich, wenn du magst. Deinem Falken habe ich ja auch den Flügel gerichtet.«

»Nur zu, deine Hilfe wird willkommen sein.«

Der Notarius bewohnte ein Haus hinter dem Alter Markt, und als er ihnen die Tür öffnete, stand Erstaunen in seinem Gesicht.

»Lore, Magister Jakob, berichtete mir, dass Eure Katze sterbenskrank ist und Ihr bedrückt darüber seid.«

»Ähm... das Kind ist ein Plappermaul.«

»Meine Schwester, Notarius, kennt sich mit kranken Tieren aus. Wenn Ihr es erlaubt, werden wir es uns ansehen.«

»Ähm... ja. Ja, das sollte man annehmen, wenn man die Tiere in Eurem Hof kennt. Tretet ein. Doch ich fürchte, der Patientin ist nicht mehr zu helfen.«

Eine rotbraune Katze lag in einem Korb, weiche Decken um sie herum, ein Schälchen Milch in bequemer Nähe. Doch als Alyss sich über sie beugte, sah sie, dass die weißen Nicklider schon zugefallen waren. Heiß und fiebrig fühlte sich das Tierchen an. Als sie über die Flanke strich, gab es ein wimmerndes Maunzen von sich.

»Hat sie sich verletzt, Magister Jakob?«

»Ich weiß es nicht, Frau Alyss. Sie schlendert gerne durch die Gärten, und da mag es wohl Dornen und Stacheln geben.«

»Oder andere Katzen, mit denen sie in Streit geriet. Wie lange leidet sie schon?«

»Drei Tage frisst sie nicht mehr, und seit gestern taumelt sie und fällt immer um.«

So tonlos wie üblich sprach der Notarius, aber Alyss hatte inzwischen gelernt, auch aus den monotonen Sätzen seine Stimmung herauszuhören.

Magister Jakob war todtraurig.

Sie tastete noch einmal ganz behutsam das Fell ab. Ihre Finger waren feinfühlig, und an einer Stelle fand sie ein Stückchen Schorf unter den Haaren.

»Marian, kannst du einen Abszess öffnen?«

»Bei einem Menschen, der von drei starken Männern festgehalten wird, ja, ich denke schon. Obwohl es besser ein Bader machen sollte.«

»Na, dann weißt du ja, welches Wissensgebiet du als Nächstes beackern kannst. Kannst du es, wenn ich sie ruhig halte?«

Er sah die kleine, schwer atmende Katze eingehend an.

»Ich habe großen Respekt vor diesen Jägern.«

»Ja, ich auch.«

»Nun gut. Magister Jakob, wir brauchen ein sehr, sehr scharfes Barbiermesser.«

»Das besitze ich – doch was wollt Ihr damit tun? Sie von ihrem Leiden erlösen?«

»So kann man es ausdrücken. Ich muss ein wenig Fell abschaben, um an die Stelle zu kommen, wo sich der Eiter unter der Haut gebildet hat. Dort muss ich einen Schnitt anbringen, damit er abfließen kann. Ich sage Euch gleich, Magister Jakob, es wird eine höllische Sauerei.«

»Wird sie... wird es ihr danach besser gehen?«

»Zumindest sind ihre Aussichten auf Genesung um einiges größer als jetzt.«

»Dann will ich das Messer holen.«

»Bringt ein paar alte Tücher und eine Schüssel Wasser mit.«

Alyss setzte sich auf den Boden, breitete Decke und Tücher über ihren Schoß aus und hob die leise maunzende Katze aus ihrem Korb. Sie war schlaff und wehrte sich nicht, als Alyss ihren Oberkörper fest in ein Leinentuch einwickelte und Marian die Hinterläufe bandagierte. Mit vielen gemurmelten Worten redete sie auf sie ein und streichelte ihren Kopf. Dann griff sie fester zu und überließ sich ganz ihren Gefühlen.

Ihre Gabe war ähnlich der von Marian – sie spürte die Schmerzen des leidenden Geschöpfes, auf das sie ihre Hände legte. Und die der kleinen Katze waren schlimm. Sie würden gleich noch etwas schlimmer werden. Sie wappnete sich.

Marian war schnell und geschickt, dennoch war es eine schreckliche Operation, und Magister Jakob verließ würgend den Raum. Doch er kehrte tapfer zurück und half, die beschmutzten Tücher fortzuräumen. Er sah aus, als ob er wackelige Knie hätte, und Marian führte ihn zu seinem Sessel.

»Lasst sie ein paar Tage im Haus, Magister Jakob. Die Wunde selbst ist nicht groß und müsste bald heilen, aber sie ist noch schwach, und das Fieber muss erst sinken.«

»Und kein Fastenessen für sie. Versucht es mit feingeschabtem Fleisch oder Wurstscheibchen. Katzen sind Leckermäulchen.«

»Ja, das werde ich tun.« Dann raffte er sich zusammen. »Es trifft sich, dass Ihr mich just aufgesucht habt, Frau Alyss, Herr Marian. Ich habe gewisse *quaestiones* angestellt und kann Euch die Auskünfte erteilen, um die Euer Herr Vater mich gebeten hat.«

»Die Ihr ihm sicher erteilen solltet.«

»Da sie Euch betreffen, fühle ich mich befugt, sie Euch ebenfalls mitzuteilen. Euer Herr Vater hat mich gebeten, mein Wissen um die Ehehindernisse zusammenzutragen. Das Studium der Rechtsschriften hat mir folgende Einsicht geschenkt.«

Damit erfuhren Alyss und Marian, dass Blutsverwandtschaft, geistliche Weihen, Impotenz und Kastration Ehehindernisse waren.

»Für Letzteres hast du ja neulich bedauerlicherweise nicht gesorgt«, murmelte Marian.

»Weiter gelten als Ehehindernisse die geistliche Verwandtschaft, Ungläubigkeit und die Ketzerei. Und die fehlende Weihe des Priesters, der die Trauung vorgenommen hat, das Interdikt oder Exkommunikation der Gemeinde, in der sie vollzogen wurde.«

»Mhm.«

»Gattenmord hingegen ist kein Ehehindernis.«

»Aha.«

»Eine Ehe kann aufgelöst werden, wenn ein Ehehindernis verschwiegen wurde.«

»Mhm.«

»Sie kann ebenfalls aufgelöst werden, wenn einer der Ehegatten in ein Kloster eintritt, sie gegen den Widerstand eines der Gatten geschlossen wurde oder ehewidriges Verhalten vorliegt. Darunter fällt Ehebruch, Misshandlung der Frau und Verschwendung der Güter. Auch der faktische Tod oder ein Zustand desselben, etwa in der Form der Gefangenschaft, führen zur Beendigung der Ehe.«

»Aha.«

»Wenn ich es richtig sehe, Frau Alyss, liegt im ersten

Augenschein keines der trennenden Ehehindernisse vor, oder, verzeiht mir die Frage – Ihr seid kinderlos –, vielleicht doch?«

»Ich hatte ein Kind.«

»Ah – nun… gut, dann müssen wir über die anderen Formen der Auflösung nachdenken. Wie steht es mit Verwandtschaftsbeziehungen zwischen Euren Familien bis ins vierte Glied?«

»Ich kenne die Familienverflechtungen der van Doornes nicht besonders gut, aber sowohl unsere Mutter als auch unser Vater haben eine breit gestreute Verwandtschaft hier in Köln.«

»Wir werden die Familienaufzeichnungen konsultieren, Schwesterlieb«, schlug Marian vor. »Möglicherweise kreuzen sich dort einige Pfade.«

»Prüft dies, es wäre die einfachste Lösung und der Nachweis schnell erbracht«, stimmte der Notarius zu. »Es ist das gängigste Verfahren, eine unliebsame Vereinigung aufzulösen. Bei allen anderen würde möglicherweise ein übler Ruch auch an Euch hängen bleiben, Frau Alyss, und die Beweise sind schwer zu erbringen.«

»Oder die Gründe müssten vor einem weltlichen Gericht standhalten.«

»Oder das, sofern Ihr Arndt van Doorne eines todeswürdigen Verbrechens anklagen könnt.«

»Die da sind?«

»Hochverrat, Mord und Totschlag, Kirchen-, Straßen- und Seeraub, Falschmünzerei, Kindstötung, Ketzerei… Befragt mich, wenn Euch dazu ein Gedanke ankommt.«

Marian nickte stumm, und da die Katze leise wimmerte,

stand Alyss auf und setzte sich zu ihr, um sie zu streicheln. Das Tierchen schnurrte vertrauensvoll, trotz der Schmerzen, die sie ihm zugefügt hatten. Sie sah zu Magister Jakob auf.

»Es widerstrebt mir, auch wenn ich ihm nicht wohlgesinnt bin, ihn dem Henker auszuliefern.«

»Dann erforscht die Familienzweige, Frau Alyss. Geht es ihr schlechter?«

»Nein, Magister Jakob, sie schnurrt leise. Und – seht, sie leckt etwas Milch von meinem Finger.«

Schon kniete er neben ihr, und Alyss rückte ein Stückchen zur Seite. Gerührt beobachtete sie, mit welcher Liebe der verstaubte Notarius seine Katze behandelte. Es gab wohl ansonsten wenig Zärtlichkeit in seinem Leben. Er schien es ganz seinen trockenen Pergamenten geweiht zu haben. Vielleicht würde ihn die Fürsorge auch für ein weiteres, höchst lebendiges Geschöpf noch mehr aufheitern, fiel ihr in diesem Augenblick ein.

»Magister Jakob, ich danke Euch, dass Ihr in meinen Angelegenheiten bereits so gründlich vorgegangen seid. Es kostet Euch sicher sehr viel Zeit, Euren *quaestiones* nachzugehen. Mir kam der Gedanke, dass Ihr in Eurem Haushalt gelegentlich etwas Hilfe brauchen könntet.«

»Ich habe eine Haushälterin, Frau Alyss, ein grimmes Weib mit hartem Besen.«

»Ohne Zweifel, Eure Stubenecken sind gut gekehrt.«

Er streichelte das Kätzchen noch einmal und sah sie dann an.

»Ihr stelltet die Frage nicht ohne Hintergedanken, Frau Alyss.«

Sie lächelte ihn an.

Marian hinter ihr sog die Luft zwischen den Zähnen ein.

Der Notarius blinzelte verdutzt.

»Lore, Magister Jakob, kümmerte es, dass Ihr besorgt über Eurer Katze Leid wart, und kam damit zu mir. Wenn das Tier gesund wird, habt Ihr dem Mädchen einen Dank abzutragen.«

»Euer Sinn für Gerechtigkeit ist bemerkenswert.«

Alyss erhob sich und meinte: »Gebt mir morgen oder übermorgen Nachricht, ob die Katze sich erholt. Ich habe nun mein Hauswesen wieder zu bändigen, das ich etwas überstürzt verlassen habe. Gehabt Euch wohl, Magister Jakob. Wir finden selbst hinaus.«

Und ähnlich wie er es häufig zu tun pflegte, verließ Alyss, Marian an ihrer Seite, sporntreichs das Haus.

»Was, Schwester mein, sollte das bedeuten? Er hat völlig recht, Hintergedanken hegtest du.«

»Einen kleinen. Er flog mich neulich an, als Lore mir eine Predigt über die Schicklichkeit hielt.«

»War sie dazu befugt?«

Alyss kicherte, wurde aber gleich wieder ernst.

»In gewisser Weise schon. Sie machte sich Gedanken darüber, dass ich in die Elstergasse wollte. Sie ist ein freches Gassengör, Marian, aber sie trägt ihr Herz am rechten Fleck. Ich wünschte, ich könnte etwas mehr für sie tun, als sie dreimal die Woche abzufüttern.«

»Schick sie zu den Beginen.«

»Oh.«

Die Beginen unterrichteten an vier Vormittagen in der Woche ein Grüppchen junger Töchter aus armen und ärmsten Familien in der Kunst des Lesens, Rechnens und Handarbeitens. Der Wert dieser Mädchen stieg beträchtlich durch ihre Kenntnisse, und oft heirateten sie bald ehrbare Handwerker oder Krämer.

»Ich hätte selbst drauf kommen können.«

»Hättest du. Aber dein Hirn scheute wohl den Gedanken daran, wie du diese unabhängige Streunerin zu ihrem Besten überreden könntest.«

»Ich werde sie an Händen und Füßen fesseln müssen«, meinte Alyss dumpf.

»Oder du überlässt es dem würdigen Notarius.«

»Eine blendende Idee!«

Alyss bat Marian, sich um das Nachvollziehen der Familienbande zu kümmern, denn sie hatte alle Hände voll mit ihrem Hauswesen zu tun. Zumal sie wieder einen Sündenfall zu ahnden hatte. Am Montagnachmittag hatten sich Frieder und Tilo, die eigentlich Weinfässer ausliefern sollten, auf Abwege begeben, die ihnen zwar ein reinliches Äußeres, nicht aber ein reines Gewissen bescherten.

»Wo kommt ihr her?«, herrschte sie die beiden an, als sie lange nach der Vesper den schweren Karrengaul durch die Hofeinfahrt lenkten.

Frieder, lavendelduftend, grinste, Tilo hatte den Anstand, milde zu erröten.

»Wir waren noch in einem Badehaus.«

»Ihr habt doch erst vor vier Tagen den Barbier aufgesucht. So stark ist euer Bartwuchs nun doch noch nicht.«

»Sagt das nicht, Frau Alyss. Mich juckte es gar mächtig.«

»Dich juckte etwas ganz anderes«, fuhr Hilda ihn an.
»Herrin, das schickt sich nicht.«

»Ja, den Eindruck habe ich auch. Bringt das Pferd in den Stall und kommt anschließend ins Kontor.«

Als sie den Raum betraten, in dem Alyss ihre Bücher führte und ihre Geschäfte abwickelte, sahen die beiden dann doch betreten aus.

»Ihr wart bei Pitter?«

Tilo druckste, Frieder betrachtete seine Stiefelspitzen.

»Also nicht bei Pitter.«

Kopfschütteln.

»In einer Badestube, die ihren Besuchern nicht nur heißes Wasser und Bartscheren anbietet?«

Kopfnicken.

»Welche?«

»An der Kolumbakirche«, nuschelte Tilo.

Die Gegend um Kolumba war zwar für ihre reichen Anwohner bekannt, doch im Nordwesten schloss sich ein recht zwielichtiges Viertel an, zu dem die Elstergasse und auch die Schwalbengasse gehörten. Aus dem Benehmen der beiden Delinquenten entnahm Alyss, dass es sich um ein Haus handeln musste, dessen weibliche Bedienstete den Besuchern zu allerlei sündigen Zeitvertreiben zur Verfügung standen. Sie hob die rechte Augenbraue.

»Ähm, ja, also…«, begann Frieder. Und plötzlich grinste er wieder. »Wisst Ihr, Frau Alyss, ein Mann muss es doch mal ausprobieren.«

Eigentlich amüsierte sie sich über die beiden jungen Strolche, und darum senkte sich ihre Augenbraue auch wieder.

»Woher habt ihr das Geld dafür genommen?«

»Nicht von Eurem Verdienst, Frau Alyss«, bemühte sich Tilo sofort klarzustellen.

»Eigentlich hatten wir gar nicht genug Münzen dabei«, murmelte Frieder nun auch wieder.

»Und für Gotteslohn waren die Schwälbchen nicht bereit, mit euch zu kosen, was?«

Kopfschütteln.

»Nun, dann braucht ihr diese Sünde nicht zu beichten.«

»Ihr seid nicht böse, Frau Alyss?«

»Nur darüber, dass ihr Zeit vertändelt habt.«

»Wir holen die Arbeit nach. Ehrlich!«

»Na gut. Dann seid ihr in Gnaden entlassen. Aber bitte keine Wiederholung solcher Ausflüge.«

»Nein, Frau Alyss.«

Sie stand auf, doch die beiden Jungen blieben stehen.

»Noch etwas?«

»Ja, Frau Alyss. Da war etwas. Ihr wisst doch, die Inse.«

»Die habt ihr hoffentlich dort nicht getroffen.«

»O nein. Aber ich glaube, ich habe den Mann dort gesehen, der ihr aufgelauert hat. Ohne Wolfspelz. Er war einer der Baderknechte, glaub ich.«

»Bist du sicher, dass du ihn erkannt hast?«

»Na ja, vielleicht. Er hatte ja den Wolfsschädel so wie eine Kapuze über seinen Kopf gezogen, als er hier in den Hof kam. Ich dachte nur, Ihr solltet es wissen.«

»Gut, dann weiß ich es jetzt. Und nun, Tilo, wirst du die fälligen Eintragungen ins Geschäftsbuch machen, und du, Frieder, kümmerst dich um den Falken und das brütende Weibchen, und dann muss Holz gehackt werden.«

Für Alyss war das Vergehen der jungen Männer damit erledigt, doch beim Abendessen kam das Thema noch einmal auf den Tisch. Diesmal war es Lauryn, die natürlich von dem Ausflug erfahren hatte und ihren Bruder rügte. Das wäre so weit noch im Rahmen geblieben, hätte sich der Hauspfaff nicht bemüßigt gefühlt, seit Langem mal wieder eine ausufernde Predigt über die Lasterhaftigkeit der Jugend zu halten. Alyss ließ ihn gewähren, zum einen, weil er sich in der letzten Zeit weitgehend zurückgehalten hatte, zum anderen, weil sie es als Strafe für die beiden Sünder erachtete, dass sie ihm zuhören mussten.

»Aber, Magister Hermanus, die Schwälbchen sind doch gar keine Sünderinnen«, flocht Frieder ein, als der Hauspfaff einmal Luft holte.

»Die Weiber, die der Unzucht frönen, sind alle Sünderinnen. Schon in der Bibel heißt es, dass die Huren ein Gräuel sind und der Verkehr mit ihnen unrein macht. Diese Weiber werden dereinst in der Hölle schmoren…«

»Schon, aber die Schwälbchen haben alle Ablassbriefe.«

Magister Hermanus verstummte für einen Augenblick.

»Stimmt doch, Tilo, das hat die Dirne gesagt. Der Pater Nobilis, der ist Pfarrer von Sankt Kolumba, der ist sehr nachsichtig mit den Huren.«

»Und uns habt Ihr gesagt, wir sollen keine Ablassbriefe kaufen, sondern unsere Strafe auf uns nehmen«, begehrte Hedwigis auf einmal auf. »Und die unzüchtigen Frauen brauchen dann nicht im Fegefeuer zu sitzen, aber wir schon.«

»Niemand verlangt von dir, dass du sündigst, Hedwigis«, bemerkte Alyss trocken.

»Sie sündigen alle!«, donnerte der Hauspfaff los. »Und auch Ihr habt oft genug mit begehrlichen Blicken...«

»Magister Hermanus, es reicht.«

»Euren Gatten habt Ihr des Hauses verwiesen, und Ihr empfangt seinen Sohn...«

»Magister Hermanus, Merten kommt, genau wie Ihr, zum Essen her. Weder ihn noch Euch, das müsst Ihr doch bemerkt haben, habe ich jemals mit lüsternen Blicken betrachtet.«

Lauryn neben ihr unterdrückte ein Kichern.

»Ihr habt den englischen Tuchhändler aufgenommen und Euch mit ihm lange Stunden im Kontor eingeschlossen. Ihr besucht alleine die Kaufherren der Stadt, angeblich um Euren Wein...«

»Und Ihr, Magister Hermanus, besucht die Taschenmacherin Odilia. Ganz sicher, um mit ihr stille Andacht zu teilen und fromm zu beten, nicht wahr?«

Stille Andacht herrschte nach diesen Worten in der Küche.

»›Wer in sein eignes Herze blicket, spricht von einem andern Arges nicht‹, rät uns der weise Dichter. Magister Hermanus, bringt mir das Büchlein mit den Versen des Freigedank morgen umgehend zurück. Es ist mir lieb und sehr viel wert, denn es beinhaltet große Weisheit.«

»Große Weisheit – hah! Ich muss mir Eure Unterstellungen nicht gefallen lassen. Und Eure unzüchtigen Gedanken auch nicht. Ich brauche Euch nicht, Frau Alyss!«, spuckte der Hauspfaff und schob so wütend die leere Schüssel von sich, dass der Löffel klappernd zu Boden fiel. »Ich bin auf diesen lasterhaften Haushalt nicht mehr angewiesen, dem

Herrn sei Lob und Dank. Ich habe eine wohlbezahlte Stelle, die ich antreten werde!«

Damit rauschte er hinaus.

Das lautstarke Gezeter der heidnischen Völker auf dem Hof beschleunigte seinen Abgang.

»Heilige Mutter Maria, was hat den denn gebissen?«, fragte die Haushälterin kopfschüttelnd.

»Gog und Magog. Oder das böse Gewissen.«

»Aber er besucht wirklich die Odilia«, sagte Hedwigis leise.

»Tut er. Und ich dachte, deshalb sei er in der letzten Zeit etwas verträglicher geworden«, murmelte Alyss.

»Vielleicht hat sie ihn nicht erhört?«

»Vielleicht hat er kein Geld?«

Frieder war weit pragmatischer, und Alyss neigte dazu, ihm beizupflichten. Doch das heimliche Leben des Hauspfaffen war kein geeignetes Thema für das Hauswesen, und so brachte sie Tilo dazu, von seinen Erlebnissen auf der Reise zu den englischen Wollwebern zu berichten.

## 14. Kapitel

Ächzend ließ sich John of Lynne von dem knorrigen Handelsknecht die Stufen zu der Kammer im Gasthaus hinaufhelfen. Seit drei Tagen waren sie unterwegs, und obwohl Peer ein Segelboot aufgetrieben hatte, damit er nicht zu Pferde reisen musste, war die Fahrt anstrengend gewesen. Sein Arm war geschient und fest bandagiert, die Wunden heilten allmählich, aber noch immer überkamen ihn heftige Fieberschauer, und er fühlte sich zerschlagen und ungewohnt schlapp. Natürlich zeigte er es nicht, aber Peer sandte ihm dann und wann einen wissenden Blick. Auch wenn er seine Hilfe nicht aufdrängte, bemerkte er doch, dass der Mann sich Sorgen machte. Darum hatten sie an der Feste Zons angelegt und das Gasthaus am Fluss aufgesucht.

»Legt Euch nieder, Master John, ich sorge dafür, dass uns ein Essen gebracht wird.« Peer verzog sein faltiges Gesicht zu einem Lächeln. »Krankenessen, Master John, nicht Fastenspeise.«

»Hör auf, so ein Getue um mich zu machen«, murrte John und mühte sich mit seinen Stiefeln ab. Einarmig war das nicht eben einfach. Peer wartete einen Moment, dann griff er zu und half dem Tuchhändler.

Der knurrte Unflätiges in seiner Sprache.

»Ihr sollt den Namen des Herrn nicht missbrauchen, auch in Eurer Zunge nicht, Master John.«

»Ich habe ein Gebet gesprochen, nicht geflucht.«

»Hübscher Tonfall für ein Gebet. So, jetzt helfe ich Euch auch noch aus dem Wams. Und keine weiteren Gebete, wenn ich bitten darf!«

Schweigend ließ John es geschehen und war dann doch froh, als er sich auf das Bett legen konnte. Sie hatten eine Kammer für sich alleine bekommen – klingende Münze machte es möglich. Das Haus war gut geführt, das Leinen sauber, die Matratze roch nach frischem Stroh, und die Decke war nur an wenigen Stellen geflickt. Der Laden vor dem kleinen Fenster war offen, das Abendlicht fiel herein, und die Geräusche der Hafenstraße klangen zu ihm herauf. Zons war ein Zollort, er selbst hatte schon einige Male hier Halt gemacht, um seine Waren kontrollieren zu lassen. Auch das Gasthaus war ihm nicht unbekannt.

Peer brachte Brot, Schinken, Suppe, Bier und nötigte ihn zum Essen. Die Speisen waren frisch und reichlich und schmeckten gut, aber er musste sich zwingen, die Hand zum Mund zu führen. Schließlich räumte der Handelsknecht das Geschirr zusammen und meinte, er wolle sich noch eine Weile im Ort umsehen. John nickte und ließ sich in die Polster sinken.

Eine kurze Strecke nur noch bis nach Köln. Morgen würden sie sie zurücklegen.

Und dann weitersehen.

O ja. Nach Hause kommen …

Er dämmerte erschöpft ein.

»John?«

Mühsam öffnete er die Augen. Das war nicht Peers raue Stimme.

»John?«

Ein Handlicht flackerte in der Dunkelheit. Sein Schein fiel auf ein struppiges Gesicht.

»Du?«, fragte John überrascht.

»Ja, ich. War nicht so schwer, dich zu finden. Nach ein paar Umwegen.«

John schüttelte den Schlaf ab und richtete sich auf. Sie waren alleine in der Kammer. Entweder war Peer noch nicht zurückgekehrt, oder er hatte sie verlassen.

»Dein Begleiter verbringt die Nacht auf dem Boot.«

John nickte. Es war besser, sie unterhielten sich alleine.

»Was weißt du?«

»Ich hörte in Kampen von dem Überfall und machte mir so meine Gedanken. Zumal ich ein bekanntes Gesicht am Zoll dort gesehen hatte. Ich reiste dem Mann hinterher.«

»Nach Köln.«

»Richtig. Wo es, soweit ich es beurteilen kann, zu einer Auseinandersetzung von apokalyptischen Ausmaßen kam.«

»Ich hörte ebenfalls davon. Marian kam und flickte mich zusammen.«

»Er brach zwei Tage vor mir auf. Weshalb er den weiteren Verlauf der Angelegenheit nicht kennen konnte.«

»Was geschah weiter?«

»Arndt van Doorne verließ die Stadt wie befohlen. Doch nicht weit. Er fand Unterschlupf bei einem Weib in Riehl. Die Witwe, bei der er auch letztes Jahr die Tuchballen lagerte, die er unrechtmäßig erworben hatte. Sie ist seine Buhle. Von dort wickelte er noch ein Geschäft ab. Er kaufte ein Haus in der Stadt, von welchem krummen Verdienst auch immer. Ein Winkeladvokat stand ihm zur Seite. Ich werde noch herausfinden, was für einen Schelmenstreich er damit ausführte.«

»*Ich* werde es herausfinden. Morgen bin ich in der Stadt.«

»Lass dir Zeit. Er ist anschließend nach Norden gereist. Rat mal, wohin.«

»Ist nicht schwer. Zu den Friesen, nehme ich an.«

»Zu Folcko, nach Marienhafe. Ich war ihm dicht auf den

Fersen. Er war enttäuscht, seine Beute ausgeflogen zu finden.«

»Wir ließen die Gerfalken noch frei, bevor wir flohen.«

Der Struppige lachte leise.

»Er begnügte sich mit den anderen Waren, die das Schiff geladen hatte, Wolle und Tuche, die er nach Bremen bringen wird, um sie dort zu verkaufen. Ein neuer, etwas tumber Knecht begleitet ihn.«

»Wer?«

»Edward. Ich fand ihn ebenfalls in Marienhafe. Er machte sich Sorgen um dich, hatte Erkundigungen eingezogen und war zu einem ähnlichen Ergebnis gekommen wie ich.«

John nickte. Sein Hausverwalter in Deventer war ein kluger Kopf, der ihn früher auf seinen Fahrten begleitet hatte, seit einem Jahr aber seine Geschäfte in der Hafenstadt für ihn abwickelte. Dass er den tumben Knecht spielte, rechnete er ihm hoch an.

»Bleib du in Verbindung mit ihm.«

»So war es vorgesehen. Und du bleibst, wenn möglich, einige Wochen in Köln.«

»Einige, aber nicht zu lange. Ich habe noch etwas in King's Lynne zu klären, das keinen Aufschub duldet. Wie erreiche ich dich?«

»Mhm, schwierig. Zunächst gehe ich nach Deventer, um auf Nachrichten von Edward zu warten. Aber dann hängt es davon ab, was van Doorne als Nächstes plant. Und nach Köln möchte ich nicht so oft kommen. Es gibt dort einige sehr scharfsichtige Menschen.«

John schnaubte zustimmend.

»Ich werde mir etwas einfallen lassen, John.«

»Ich auch, aber nicht mehr heute Nacht. Dieses Fieber weicht mein Hirn allmählich auf.«

»Du brauchst einen Fiebertrank oder wenigstens ein paar Stunden Schlaf. Ich lasse dich jetzt alleine. In deiner Tasche findest du einen ausführlichen Bericht.«

»Danke, mein Freund.«

»Danken musst nun gerade du mir nicht. Schlaf, und hüte dann die, die wir lieben.«

»Mhm.«

Leise knarrten die Stiegen, als der Struppige das Haus verließ.

John hing seinen Gedanken nach, und darüber schlief er endlich wieder ein.

Und träumte von einem brütenden Falkenweibchen.

## 15. Kapitel

Alyss band die Triebe der Reben auf, und hin und wieder warf sie einen Blick zu den Apfelbäumen am Ende des Weingartens. Sie hätte gerne auch die Zweige am Spalier hochgezogen, aber sie wollte das brütende Falkenweibchen nicht aufstören. Frieder sorgte getreulich dafür, dass es frisches Fleisch ganz in der Nähe fand, genau wie er den verletzten Falken in seinem Verschlag fütterte. Der allerdings wurde immer unleidlicher, und sie überlegte, ob sie es wagen konnte, den bandagierten Flügel zu befreien. Eigentlich sollten fast drei Wochen genug sein, um das Gelenk heilen zu lassen.

Mit einem letzten Zupfen am Bast befestigte sie den langen Trieb an seinem Pfahl und wandte sich energischen Schrittes dem Verschlag zu.

Jerkin begrüßte sie mit einem Schnabelhacken, und selbst beruhigende Worte zeigten keine Wirkung mehr bei ihm. Ja, es war an der Zeit, ihn seinen Flügel probieren zu lassen. Sie zog den Handschuh über, und mit der anderen Hand stülpte sie ihm geschwind das Häubchen auf. Er zappelte und krallte nach ihr.

»Frieder, hilf mir mal!«

Frieder kam herbei, zog ebenfalls seinen Handschuh an, und gemeinsam hielten sie den Vogel so fest, dass Alyss, ohne bis aufs Blut gehackt zu werden, die Leinenbinden durchtrennen konnte. Kaum waren sie abgefallen, schlug Jerkin kräftig mit den Flügeln. Das Häubchen flog im hohen Bogen auf den Hof.

»Sieht aus, als ob er ihn wieder bewegen kann.«

»Ja, sieht so aus. Hier, deine Atzung, Jerkin.«

Etwas besänftigt griff der Vogel nach dem Fleisch und schlang es hinunter.

»Und nun auf die Faust, Jerkin. Erprobe dein Gefieder.«

Alyss ging ein paar Schritte mit ihm über den Hof und gab ihm mit einer leichten Bewegung die Erlaubnis, sich zu erheben. Der Falke schlug mit den Fittichen und segelte dann zu Boden. Herold, der martialische schwarze Hahn, stolzierte mit einem kriegerischen Krähen auf ihn zu.

Das beschwingte ihn, den Flügel zu erproben.

Alyss und Frieder schauten ihm nach, als er über die Rebstöcke glitt.

»Ich hoffe, er kommt wieder.«

»Ruft ihn, Frau Alyss.«

»Gib mir das Federspiel.«

Frieder reichte es ihr, und gemeinsam gingen sie in den Weingarten. Alyss ließ den gefiederten Balg an der Schnur kreisen und rief den Namen des Falken. Sehr hoch war er nicht aufgestiegen, und tatsächlich kam er auf ihren Handschuh zurück. Frieder gab ihm Fleisch, und sie ließ ihn noch einmal aufsteigen.

»Hol du ihn zurück.«

»Ja, Frau Alyss.«

Sie sah den eifrigen Jungen an. Auch er wirkte in den letzten Tagen wieder gelöster, mochten Tilos Gesellschaft oder die abenteuerlichen Ausflüge in die Badehäuser der Grund sein oder einfach die Zeit, die so manche Wunden heilte.

Der Falke gehorchte auch ihm, und sie ging, um ihren Handschuh abzulegen. An dem Verschlag fand sie Magister Jakob stehen, der dem Vogel am wolkigen Himmel nachschaute.

»Er ist geheilt und kann wieder fliegen. Wie geht es Eurer Katze?«

»Sie hat mir heute Nacht meine Schlafmütze geraubt und sie in ihren Korb verschleppt.«

»Ich hoffe, Ihr seid befugt, sie dafür mit Milchentzug nicht unter zwei Tagen zu bestrafen.«

»Dazu, Frau Alyss, mag ich befugt sein, doch bringe ich es nicht über mich.«

»Sie ist also wohlauf?«

»Das ist sie, und für Euch habe ich hier ein – mhm – Bändchen, das Euch – mhm – gefallen mag. Ich – mhm – übe mich gelegentlich in der Übersetzung lateinischer Texte.«

Der Tonfall des Notarius war zwar wie immer gleichförmig, aber die Verlegenheit war deutlich zu hören. Alyss nahm das in festes Leder gebundene Büchlein und schlug es auf. In allerschönster, sehr klarer Schrift stand auf der ersten Seite, dass es sich um die »Naturalis historia« handelte, die Naturgeschichte, die Plinius der Ältere verfasst hatte.

»Es ist nur ein Auszug eines sehr gelehrten Werkes, Frau Alyss. Jener Teil, der sich mit den Tieren beschäftigt.«

»Das ist wahrlich ein kostbares Geschenk, Magister Jakob, und ich werde es sorgfältig studieren.«

»Tut es, doch nun möchte ich Euch um einen Rat bitten, Frau Alyss.«

»Wenn ich denn einen für Euch habe?«

»Dieses Kind, das Eure Gänse hütet…«

»Lore.«

»Lore, so hörte ich, wohnt unten am Fischmarkt bei ihrer Schwester und deren Mann, einem Ruderknecht. Eine armselige Gegend von üblem Geruch, wie ich feststellen musste.«

»Tagelöhner, Tretmühlenarbeiter, Lastkärrer erhalten einen kargen Lohn.«

»So ist es. Und sie ist darauf angewiesen, sich ihr Brot selbst zu verdienen.«

»Was sie eifrig tut.«

»Doch das Geld nimmt ihr der Mann ab, sowie er ihrer habhaft wird.«

Alyss knurrte leise und fragte dann: »Sie hat keine Eltern mehr, nehme ich an.«

»Nein, ihr Vater war ein Karrenschieber, starb vor Jahren schon, die Mutter vor deren fünfe.«

»Ein nicht unübliches Los in diesen Kreisen.«

»Nein. Und auch nicht, dass der Ruderknecht sie vor zwei Jahren geschändet hat.«

Alyss missbrauchte den Namen des Herrn aufs Herzhafteste. Sie hatte schon so etwas Ähnliches vermutet, als sie Lore in den Zuber zum Baden gesteckt und ihr wahres Alter erkannt hatte. Dass ihre Lumpen, ihre kurzen Haare und das schmuddelige Gesicht von ihrem Geschlecht ablenken sollten, war klar, dass sie die Aufmerksamkeiten der Männer zu fürchten gelernt hatte, auch. Aber dass ein Angehöriger, ein Mann, in dessen Obhut sie leben musste, ihr einen Tort angetan hatte, war schrecklich.

»Sie sollte dort weg«, sagte sie nach einem weiteren Knurren.

»Ich stimme Euch in diesem Punkt zu, Frau Alyss. Doch scheint das Kind auch wehrhaft zu sein: Der Kerl ging bei dieser Tat fast seiner Männlichkeit verlustig.«

»Er wird es nicht noch einmal versucht haben.«

»Nein, stattdessen prügelt er sie.«

»Wie seid Ihr in den Genuss dieses Wissens gekommen?«

»Ein Besuch im Badehaus – an der Marspforte, ein löbliches Unternehmen.«

»Ich kenne Pitter. Und Susi.«

Der Notarius nickte.

»Die Gassenkinder wissen viel, und gegen Lohn sind sie bereit, dieses Wissen preiszugeben.«

»Ich machte selbst schon Gebrauch davon.«

»Der Charakter des Kindes Lore ist dennoch bemerkenswert sauber geblieben, wenngleich ihre Sprache der eines schmutzigen Lumpen ähnelt. Ich habe beschlossen, meiner christlichen Pflicht Genüge zu tun und sie auf den rechten Pfad zu geleiten.«

»Ich bewundere und achte Eure Entscheidung.«

»Ich habe wenig Erfahrung mit jungen Menschen, Frau Alyss. Ihr hingegen seid von jungem Volk umgeben.«

»So will ich Euch raten, Magister Jakob, doch wie Ihr bei Lore durchsetzt, was für sie nützlich ist, das muss ich Euch überlassen. Wie Ihr schon sagtet, sie ist wehrhaft, und sie ist auch sehr unabhängig. Ich hielte es für den Anfang gut, wenn Ihr sie überreden könntet, bei den Beginen am Eigelstein dem Unterricht beizuwohnen. Frau Clara und Frau Catrin kennt Ihr ja bereits.«

Frieder brachte den Falken zum Verschlag und setzte ihn auf seinen Sprenkel. Der Notarius beobachtete diesen Vorgang schweigend und meinte dann: »Auch er ist ein freies, wehrhaftes Tier und kommt dennoch zurück.«

»Zur Hand, die ihn füttert.«

»Dies gilt es zu bedenken.«

Malefiz stromerte herbei, umkreiste Magister Jakobs Gewandsaum und schielte verlangend zu dem Vogel hoch.

»Auch eine Katze ist ein eigensinniges Tier, wehrhaft und auf seine Freiheit bedacht«, sagte Alyss. »Und kehrt zurück, zur Hand, die sie… füttert?«

»Auch dies, Frau Alyss, gilt es zu bedenken.«

»Bedenkt. Aber rechnet auch damit, dass Eure Hand Kratzer abbekommen wird.«

Der Notarius nickte und meinte dann unvermittelt: »Haben Eure Nachforschungen in der Familienangelegenheit Früchte getragen?«

»Noch nicht, mein Bruder forscht ihnen nach.«

»Gut, sendet Nachricht, sowie Ihr Gewissheit habt.«

Damit wandte er sich zum Gehen.

Doch Alyss war zufrieden mit dem, was sie für Lore erreicht hatte.

Und der Falke flog auch wieder.

In diesem Augenblick kam Tilo schnaufend durch das Tor gelaufen.

»Frau Alyss, Master John ist da. Er ist bei meiner Mutter!«

Diesmal führte Alyss den Namen des Herrn mit innigem Dank.

Stumm.

Laut sagte sie: »Dann werde ich ihm alsbald ausrichten, dass seine Tuche hier im Speicher lagern.«

»Hab ich ihm schon gesagt. Aber er kann sich im Augenblick nicht drum kümmern. Er ist ziemlich klapperig, Frau Alyss. Und meine Mutter hat schon nach Herrn Marian geschickt.«

»Das ist sicher nützlich.«

»Und sie meint, Ihr solltet auch kommen.«

»Es kümmern sich genug Leute um ihn.«

Tilo zeigte ein kleines Lächeln.

»Könnt noch einer mehr sein.«

»Mal sehen.«

Alyss fand jedoch an diesem Tag keine Zeit mehr, ihre Tante und ihren Gast aufzusuchen. Die Osterfeiern standen bevor, und Einkäufe mussten getätigt werden, die Gewänder der Jungfern, ihr eigenes und eines für Lore mussten noch aufgeputzt werden, die jungen Männer sollten neue Stiefel bekommen, und viele andere Dinge mehr waren zu regeln.

Doch am nächsten Vormittag ging sie mit sich zu Rate und befand, dass sie eine kurze Weile aus ihrem Tagesablauf abzwacken konnte, um zu Frau Mechtild zu gehen und ihren Gast zu begrüßen.

»Dein Bruder war eben noch bei ihm«, sagte ihre Tante, als sie sie durch die Eingangshalle ihres stattlichen Hauses führte.

»Wie geht es Master John?«

»Er schläft, aber Marian ist guter Hoffnung, dass er sich alsbald erholt haben wird.« Und dann lächelte Frau Mechtild sie an. »Geh, setz dich eine Weile zu ihm. Es wird ihn aufmuntern, ein bekanntes Gesicht zu sehen, wenn er erwacht. Er hat sich so große Mühe gegeben, nicht nach dir zu fragen.«

»Warum hätte er es sollen?«

»Warum ist er hergekommen?«

»Um Tilo zurückzubringen und seine Tuche zu verkaufen«, entgegnete Alyss trocken.

»Na, natürlich. Oben, zweite Kammer, die auf den Hof hinausführt.«

Er schlief in einem breiten, hohen Lager, das von den Betttruhen umgeben war. Der bestickte Vorhang war zurückgezogen, und das Morgenlicht fiel auf sein Gesicht. Gleichmäßig atmend lag er auf dem Rücken, die Decke bis zur Brust hochgezogen, der verbundene Arm ruhte auf dem weißen Leinenhemd. Seine Haare waren lang geworden und fielen in Locken auf das Kopfpolster. In seinem wettergebräunten Gesicht flimmerten blonde Bartstoppeln.

Alyss nahm sich ein Kissen und setzte sich auf die Bettumrandung neben ihn.

Er rührte sich nicht. Wenigstens schien er kein Fieber mehr zu haben, und der tiefe Schlaf war nun das beste Heilmittel für ihn.

Zumindest für seine körperlichen Wunden.

Die anderen – sowohl Marian als auch Tilo hatte ihr einiges erzählt, das sie ahnen ließ, welcher Art die Wunden waren, die man ihm vor Zeiten auf ganz andere Weise zugefügt hatte.

Er wirkte dennoch sanfter in seinem Schlummer, nicht der furchtlose Kämpfer, der sich gegen einen ganzen Haufen Friesen zu wehren wusste, nicht der Spötter, der mit seiner aufreizenden Männlichkeit augenzwinkernd prahlte, nicht der kühle Kaufmann, der mit scharfem Auge Qualität und Preis zu beurteilen wusste.

Vor langer Zeit einmal, noch vor ihrer Geburt, als ihr Vater noch ein Mönch bei den Benediktinern von Groß Sankt Martin war, hatte ihre Mutter an seinem Krankenlager gesessen, nachdem er von einem gewalttätigen Prior fast zu Tode gegeißelt worden war. Diese Begebenheit hatte der alte Infirmarius Alyss einmal in bewegten Worten geschildert. Pater Ivo, wie sich der Herr vom Spiegel damals nannte, war dem Sterben nahe gewesen, er hatte sich aufgegeben, aus Verzweiflung ob der Taten, die man ihm zur Last gelegt hatte. Damals hatte ihre Mutter erfahren, dass man ihn einst als Ketzer verurteilt hatte, ihn, den großen Gelehrten, und dass nur sein Eintritt in den Orden ihn davor bewahrt hatte, auf dem Scheiterhaufen verbrannt zu werden. Er hatte widerrufen, auf die eindringlichen Bitten seiner Mutter hin, doch das mönchische Leben hatte ihn verbittert und ihm allen Mut genommen. Frau Almut aber war es gelungen, die alten Schmerzen zu lindern und ihm die Kraft zu geben, nicht nur ins Leben zurückzukehren, sondern auch aus den klösterlichen Banden freizukommen. Er war zurückgekehrt als der Herr des Hauses, ein Patrizier, ein Handelsherr, das Oberhaupt seiner Familie. Er war ein harter Mann, unbedingt gerecht, ehrenhaft und oft schroff in seinen Worten. Doch er hatte einen unendlichen Sinn für die komischen Seiten des Lebens. Das größte Vergnügen, das Marian und sie und auch ihre Mutter Almut empfanden, war, wenn sich die Fältchen in seinen Augenwinkeln kräuselten, weil ihn eine ihrer schlagfertigen Erwiderungen auf seine barschen Worte aufs Höchste erheiterte.

John war ihm ähnlich, wenngleich schmeichlerische Worte ihm wie Honigseim von den Lippen troffen und das Lächeln ihm gar zu leicht fiel. Dahinter aber verbarg sich auch eine Bitternis, die der des ehemaligen Paters Ivo gleichkam.

Tilo hatte auf seiner Reise mit ihm eine weitere Facette seines Wesens kennengelernt, die John bisher nie oder nur in kleinen Bruchstücken preisgegeben hatte. Sie hatten die Tuchweber in Norfolk aufgesucht, dort ihre Waren eingekauft und waren dabei auch nach King's Lynne gekommen, wo John ein Haus besaß. Doch gastfreundlich war dieses Heim nicht.

»Sie kleidet sich wie eine Nonne«, hatte Tilo berichtet. »Eine weiße, kalte Nonne in weißem Leinen mit einem kalten, weißen Gesicht und kalten, blassen Augen. Sie spricht nur im Flüsterton und bewegt sich wie ein Geist auf Rollen.«

Johns Weib hatte das Gebäude zu einem Kloster gemacht, ein karges, nüchternes Heim, in dem weder bunte Vorhänge noch weiche Polster geduldet waren. Schon gar nicht schwanzlose Spitze oder mausende Kater, krakeelende Hähne oder heidnische Gänse. Auch junge Leute lebten dort nicht, sondern nur zwei ältliche Aufwärterinnen und ein paar verschüchterte Mägde. Männer betraten dieses Haus nicht, lediglich ein Priester und John hatten Zutritt.

»Aber er sucht seine Räume dort nicht auf, Frau Alyss, sondern spricht mit seinem Weib nur aus schicklicher Entfernung in der Halle. Über das Geld, das sie für den Haushalt und ihre Gaben an die Kirche benötigt«, hatte Tilo ihr schaudernd berichtet.

Margaret, so hieß Johns Gattin, war von seiner Mutter als geeignete Frau für ihn ausgewählt worden, und vor elf Jahren hatte er sie geheiratet. Kinder waren dieser Ehe nicht entsprossen, was nicht an Johns Männlichkeit lag, sondern daran, dass Margaret der festen Überzeugung war, dass Kinder durch inständiges Beten empfangen wurden. Die Ehe der beiden war nie vollzogen worden, das hatte John Alyss einmal in einem Ausbruch von Verbitterung gestanden.

Doch die lieblose Verbindung zu einer Frau, die weltfremd und vermutlich von gestörtem Gemüt war, bildete nur einen Teil der schmerzhaften Wunden, die John in seinem Inneren mit sich trug. Weit mehr belastete ihn, so vermutete Alyss, die Tatsache, dass sein Vater ihn verstoßen hatte. Auch hier hatte Tilo das eine oder andere aufgeschnappt, teils von den Tuchwebern, die in Johns Heimat lebten, teils von den Händlern und Kaufleuten, mit denen er seine Geschäfte abwickelte.

John war der Sohn eines englischen Adligen in Norfolk. Schon vor Jahren hatte es da offensichtlich häufige Auseinandersetzungen zwischen ihm und seinem standesbewussten Vater gegeben. Der vertrat die Ansicht, dass Adel sich nicht mit Handel vertrug, und nahm es seinem Sohn übel, dass er einen Teil des Familienvermögens in eine Handelsgesellschaft investieren wollte, um den Pächtern die Möglichkeit zu geben, ihre Wolle direkt über sie zu verkaufen. Das war vermutlich ein so unsinniger Gedanke nicht, denn King's Lynn war eine der Hansefaktoreien, über die diese Geschäfte abgewickelt wurden. Doch sein Vater, so munkelte man, war strikt dagegen. Er verwendete das Geld dafür, weiteren Grundbesitz zu erwerben, und warf seinem Sohn »seelenloses Profitstreben« vor.

Alyss betrachtete den Schlafenden.

Eigensinnig, willensstark, aber auch klug und besonnen.

Vermutlich war er auch seinem Vater ähnlich.

Zwei gleich starke Männer würden immer um Vorherrschaft und Macht kämpfen.

Aber es gab noch eine weitere, weit schwerwiegendere Auseinandersetzung zwischen Vater und Sohn. Hierzu wusste Marian inzwischen mehr, denn in den beiden Tagen, in denen er den fiebernden John in Kampen gepflegt hatte, hatte dieser in seiner Benommenheit einiges gesagt, das ihr Bruder vermutlich in den richtigen Zusammenhang gestellt und entsprechend gedeutet hatte.

Johns Vater war ein Bewunderer der Lollarden. Marian hatte ihr erklärt, dass diese Männer Anhänger des Bischofs Wycliffe waren, der sich für eine Übersetzung der Bibel in die Landessprache stark gemacht und die Vormachtstellung des Papstes in Frage gestellt hatte. Das allerdings machte sie in den Augen der Kirche nun wirklich zu wahren Ketzern. Sie wurden rigoros verfolgt, und einer der erfolgreichsten Ketzerjäger war ausgerechnet Henry Despenser, Bischof von Norwich. Johns Vater wurde denunziert, gefasst und im Jahre 1394 eingekerkert. Angeblich sollte John ihn an Despenser verraten haben, doch Marian glaubte das nicht, und auch Alyss wagte zu bezweifeln, dass John, bei allen Zerwürfnissen zwischen ihm und seinem Vater, zu einer solch hinterhältigen Tat fähig gewesen wäre. Abgesehen davon waren seine Ansichten zu Kirche und Glauben auch bedenklich freigeistig.

John seufzte im Schlaf, und Alyss' Finger taten, was sie eigentlich gar nicht wollte – sie strichen ihm sacht über Stirn und Wange.

»Engelsflügel«, flüsterte John und schlug die Augen auf. »Zartes Gefieder streifte mich.«

»Ihr habt von Schwälbchen geträumt, nicht von Engeln«, korrigierte Alyss ihn streng.

»Von einem Engel, der sanft meinen siechen Leib berührte.«

»So weit, dass der Todesengel Euch holen will, ist es mit Euch noch nicht gekommen.«

»Was wisst Ihr schon von meinem Leid, Mistress Alyss«, klagte er jämmerlich.

»Genug, dass ich erkenne, wann ein Mann Mitleid heischt.«

»Verdiene ich Euer Mitgefühl nicht, Mistress Alyss? Habe ich nicht Euren jungen Freund mit heilen Knochen heimgebracht?«

»Auf allerlei Umwegen, Master John.«

»Die nicht ich gewählt habe. Und glaubt mir, die herbe Obsorge Eures Bruders hat mich durch ein Tal der Pein gehen lassen. Vor allem diese Tränke, die er mir verabreicht hat...«

Er schüttelte sich und zog eine Grimasse.

»Ja, er weiß bittere Kräuter zu mischen, ganz anders als die süßen Liebestränke, die Ihr mit Euren Buhlen teilt.«

»Ach, eine süße Buhle, von deren Lippen ich trinken könnte. Ja, die würde mir zur Heilung gereichen.«

Schamlos grinste John sie an.

»Frau Mechtild wäre es nicht recht, wenn Ihr die Schwälbchen in ihr Haus holtet.«

»Darum also sitzt Ihr hier bei mir?«

»Ich sitze hier, weil ich Klage zu führen habe, Master John.«

»Wie konnte ich Euch Anlass zur Klage geben? Weil Ihr Euch nach meiner überwältigenden Männlichkeit verzehrtet?«

»Strunzbüggel!«

»Ach, Ihr wisst so wundervoll zu schmeicheln, Mistress.«

»Fühlt Ihr Euch geschmeichelt, wenn man Euch der Prahlerei bezichtigt?«

»Prahlte ich? Gewiss nicht mit meiner Männlichkeit, Mistress Alyss. Gebt mir die Gelegenheit, Euch zu überzeugen, und Ihr werdet mir wirklich schmeicheln.«

»Besser, ich nehme Euch nicht beim Wort, Master John. Ihr könntet, schwach wie Ihr seid, doch noch dem Todesengel in die Hände fallen. Nein, Klage habe ich darüber zu führen, dass Ihr über die Gänse, die Ihr mir überbracht habt, falsche Versprechungen machtet. Sie legen keine goldenen Eier, Master John!«

»Nicht? Dann will ich mein Geld zurück!«

»Und was ist mit meinem Ausfall an Gewinnen daraus? Magister Jakob wies mich darauf hin, dass mir drei goldene Eier pro Tag zustehen. Nur darum haben die Gänse noch nicht die Bratröhre besucht.«

John drehte sich mit einem Ächzen auf die Seite und versuchte sich aufzurichten. Alyss schob ihm den Arm unter die Schultern, unterstützte ihn und schob ihm ein Polster in den Rücken.

»Scheint, dass es mit der überwältigenden Männlichkeit doch noch nicht so weit her ist«, murmelte er.

»Der Falke hat gestern seinen Flügel erprobt und sich in die Lüfte aufgeschwungen.«

»Ihr macht mir Hoffnung, Mistress Alyss.«

»Dann habe ich meine gute Tat für heute getan, Master John. Die Pflichten rufen, das Hauswesen kräht, Ostern steht vor der Tür. Morgen ist Karfreitag, und ärmliches Fastenessen wird in meinem Haus gereicht. Kommt, wenn Ihr Euch kräftig genug fühlt.«

»Gerne Mistress Alyss – ein weiterer Anreiz, nicht mit dem Todesengel zu tändeln.«

Alyss warf einen Blick zu der offenen Tür, der Schicklichkeit wegen hatte sie sie nicht geschlossen. Doch auf dem Flur war alles still, und so beugte sie sich vor und gab John einen zarten, flüchtigen Kuss auf seine stoppelige Wange.

»Engelsflügel«, flüsterte er.

Sie lächelte ihn an.

John seufzte.

## 16. Kapitel

Die junge Witwe wirkte weniger von Trauer zerrissen als hilflos. Gislindis, die ihren Vater in die Schneiderwerkstatt begleitet hatte, um wie üblich das Sprechen für ihn zu übernehmen, setzte sich zu ihr, nachdem sie Mats die Scheren übergeben hatte, die er schärfen sollte.

»Ihr habt zwei gute Gesellen, Frau Debba. Sie gehen sehr sorgsam mit dem Handwerkszeug um«, sagte sie, um sie zu einem Gespräch zu verlocken. Stumm herumsitzen lag ihr nicht.

»Ja, sie sind fleißig. Aber es ist schwer für uns.«

»Aber die Zeit für neue Kleider ist jetzt da, Ostern, bald Pfingsten, da werden die Leute schon zu Euch kommen.«

Mit hängenden Schultern schüttelte die Witwe den Kopf.

»Kommen nicht zu uns. Das Gemunkel will nicht aufhören, und sie haben Angst.«

Gemunkel war Gislindis' Lebenselixier. Sie wusste daher, was das Weib von Hannes Schnidder meinte, der vor einigen Tagen mit durchschnittener Kehle aus dem Rhein gezogen worden war. Ein Ketzer sollte er gewesen sein.

»Es ist doch gewiss nichts Wahres dran an dem, was sie sagen, Frau Debba.«

»Nein, ganz gewiss nicht. Nein, er war ein gottesfürchtiger Mann. Er ging jeden Sonntag zur Messe. Und sogar jeden Monat zur Beichte zu Pater Nobilis. Ja, das tat er. Und seine Buße hat er auch gewissenhaft getan.«

Nun schnupfte sie doch auf und wischte sich mit dem Ärmel über das Gesicht. Vor der Tür sang der Schleifstein, und die Gesellen saßen eifrig stichelnd nebenan in der Werkstatt.

»Er ist als Erlöster gestorben«, nuschelte die Witwe. »Aber ich und das Kind, wir werden im Fegefeuer schmoren.«

Gislindis betrachtete das junge Weib, älter als zwanzig Jahre mochte sie kaum sein. Die dritte Frau des Schneiders war sie, und ein Säugling lag schlummernd in der Wiege am Kamin.

»Ja, das sollte Euch doch ein Trost sein, dass er so eifrig für seine Verfehlungen gebüßt hat«, murmelte sie.

»Ja doch, ja doch. Obwohl – er beging immer neue. Es hat ihn betrübt, aber er konnte es nicht lassen. Und ich muss nun damit leben.«

Hannes Schnidder hatte als Handwerker einen tadellosen Ruf, erinnerte sich Gislindis. Und so oft sie ihm begegnet war, wenn sie seine Scheren schärften, war er höflich gewesen und hatte pünktlich gezahlt. Seine Sünden musste er in der Heimlichkeit begangen haben. Die Neugier zupfte an Gislindis' Kittel.

»Auch Ihr könnt ebenfalls beichten und erlöst werden, Frau Debba.«

Die Witwe schnupfte noch mal und schüttelte, hochrot im Gesicht, den Kopf.

Aha.

Hin und wieder war Schweigen die beste Form des Fragens.

Es half auch hier. Mit gesenktem Kopf murmelte Debba vor sich hin: »Er... er hat sich nicht an die Gebote gehalten. Ich meine, an den Fasten- und Feiertagen und so.« Und dann schluchzte sie: »Mein Kind hat er sogar an einem Karfreitag gezeugt!«

Gislindis war vertraut mit vielerlei Frauen – ehrbaren Weibern, leichtfertigen Weibern, Schlupfhuren und Dirnen. Sie wusste, dass es kirchliche Verbote gab, an den Feiertagen und den Bußtagen ehelichen Verkehr zu haben, weshalb viele Männer freitags und samstags die Huren aufsuchten. Solche Art von Heuchelei war ihr nicht fremd.

»Euer Mann hat diese Verfehlung gebeichtet. Warum tut Ihr es nicht?«

»Ich... ich kann doch nicht mit einem Priester...«

»Ein Priester wird oft genug derartige Beichten hören«, erwiderte Gislindis trocken. »Nehmt die Buße auf Euch, und dann ist es gut. Das hat Euer Gatte selig doch auch getan, nicht wahr?«

»Ja, aber er ist erlöst worden. Weil, er hat doch den Leib Christi berührt.«

Mit dieser Aussage konnte Gislindis wenig anfangen. Die christliche Religion war ihr zwar vertraut, die Feinheiten der kirchlich vorgeschriebenen Religionsausübung aber fand sie überwiegend befremdlich. Sie verließ dieses Thema und ging zu der Wiege, um das Kind zu betrachten. Es war niedlich und wohlgestalt und blubberte in seinem friedlichen Schlummer.

»Gislindis?«

»Ja, Frau Debba?«

»Ihr... Ihr habt den Ruf, dass Ihr das Schicksal lesen könnt.«

»Habe ich den?«

Es lag Verlangen in den Augen der Witwe, und Gislindis sah die Gelegenheit, eine Silbermünze zu verdienen. Die Zukunft der jungen Frau war leicht zu deuten.

Kurz darauf, zufrieden mit der Aussicht, bald wieder einen Mann zu finden, zahlte diese dann auch, und da Mats Schlyffers mit seiner Arbeit fertig war, verabschiedete Gislindis sich von ihr. Zusammen mit ihrem Vater machte sie an einem Badehaus Halt, um dort die Barbier- und Aderlassmesser mitzunehmen. Bader Pitter gab ihnen einmal wöchentlich einen Teil seiner Bestecke mit, was sie für ihn einnahm. In seiner Badestube achtete man darauf, die Männer nicht mit schartigen Klingen zu barbieren und die kleinen Operationen mit schnellen, sauberen Schnitten vorzunehmen. Damit begründete sich sein guter Ruf. Mats würde die Messer in der Werkstatt schleifen. Hier hatte er einige feinere Schleifsteine als die, mit denen er auf dem Markt arbeitete. Sie selbst half ihm mit der Ausbesserung der Griffe oder der Scheiden.

Zu Hause angekommen setzte sich der Schleifer auch sogleich an seinen Tisch und schärfte die Messer. Gislindis nahm sich einige lose oder geborstene Handgriffe vor, um sie auszuwechseln. Dabei dachte sie, wie üblich, über alles nach, was sie im Verlaufe des Vormittags so aufgeschnappt hatte. Der Karfreitag stand vor der Tür, und allenthalben hatten die Priester viel zu tun, denn vor dem Tag des Herrn wollte alle Welt ihre Sünden loswerden. Sie selbst fühlte kein Bedürfnis danach. Ihre Mutter Ronya war eine Fahrende gewesen, sie hatte selten die Kirche besucht, und ihre Religion war eine ganz eigene Mischung aus Wunderglauben und einer Vorstellung von Geistern, die in der Natur lebten. Mats ging zwar zur Kirche und vor allem gerne zu Prozessionen, aber er erfreute sich wohl nur an dem Prunk, der dabei entfaltet wurde. Da er nur wenig sprechen konnte, hatte sie von ihm auch keine Unterweisung im christlichen Glauben erhalten. Oft hielten auf dem Markt Wanderprediger ihre Reden, und wenn sie gute, spannende Geschichten zu erzählen wussten, dann hörte Gislindis ihnen auch zu. Meist aber sprachen sie von Sünde und Laster und Höllenstrafen – dann hörte sie weg. Es interessierte sie nicht, was nach dem Tod mit ihr geschehen würde. Sie war von viel zu lebenslustiger Natur, um sich vor einem Fegefeuer und Höllenqualen Angst machen zu lassen. Das hatte ihre Mutter auch immer mit einem Lachen abgetan, und die Vorstellung, Ronya könne von irgendwelchen Teufeln gezwickt werden, schien ihr absurd. Eher zwickte ihre Mutter die Teufel.

Andererseits glaubten viele Menschen daran und lebten in beständiger Furcht davor, irgendetwas falsch zu machen. Ehelichen Verkehr am Freitag zu pflegen, beispielsweise. Was für ein Gott konnte das sein, der in die Ehebetten schielte?

Aber nun, das war wohl so. Eine andere Frage beschäftigte Gislindis mehr und machte ihr auch etwas Angst. Das Wort Ketzer gefiel ihr nicht, und ihr gefiel auch nicht, dass man einem ehrbaren Mann wie Hannes Schnidder die Kehle durchgeschnitten hatte, weil er angeblich ein Ketzer war. Was war ein Ketzer? Ein Sünder, sicher, und zwar einer, der sich einer ganz besonders großen Sünde schuldig gemacht hatte, denn immer wieder hatte sie die Prediger gegen ketzerische Gedanken wettern hören. Diese Menschen, die in den Ruf gerieten, Ketzer zu sein, schienen gegen ein ganz wichtiges Gebot der Priester zu verstoßen. Gislindis legte den Beingriff nieder, in dem sie gerade eine Klinge befestigen wollte. Wen könnte sie zu einem solchen, offenbar nicht ungefährlichen Thema befragen? Sie hatte viele Freunde, kannte unzählige Kunden ihres Vaters, aber es waren wenige gelehrte Menschen darunter.

Außer Frau Alyss – ja, die war klug und gebildet und besaß Bücher. Und natürlich Herr Marian.

Gislindis nahm das Messer wieder auf und passte es in den Griff ein. Er würde an diesem Wochenende sicher nicht kommen; das Osterfest verbrachte er bestimmt im Kreis seiner Familie. Aber sie würde nächste Woche auf dem Markt Ausschau nach ihm halten. Oder noch heute?

Als sie an den Auftrag dachte, den sie am Nachmittag zu erledigen hatten, wurde ihr ein wenig flau im Magen. Der Majordomus derer vom Spiegel hatte Mats ausrichten lassen, sie mögen zu ihnen kommen, um Werkzeuge aus dem Haus und der Küche zu schleifen. Gislindis war sich sicher, dass ihr peinlicher Zusammenstoß mit der edlen Dame im Weingarten bei Frau Alyss die Ursache dieser Aufforderung war. Sie hatte es heiter aufgenommen, Frau Alyss' Mutter, aber Gislindis schämte sich noch immer dafür, dass sie sich so in einem Menschen hatte täuschen können.

Mats hatte ein bisschen seltsam dreingeschaut, weil sie ihr zweitbestes Kleid angelegt und die Zöpfe wie sonntags zu einer Krone aufgesteckt hatte, nur weil sie in einen Patrizierhaushalt gebeten worden waren. Aber dann hatte er gelächelt, ihr die Wange gestreichelt und »Marian?« gesagt.

»Wenn ich seinen Eltern begegnen sollte, Mats, dann sollen sie mich wenigstens nicht für ein schmuddeliges Gassengör halten.«

»Üsche Mächen!«

»Ja, Mats, ich bin ein hübsches Mädchen. Vor allem aber bin ich jetzt auch ein sauberes. Lass uns gehen.«

Der Majordomus ließ sie in den Hof hinter dem hohen Steinhaus an der Ecke zum Alter Markt ein. Stallungen und Schuppen bildeten ein Viereck, in dessen Mitte der Brunnen aufragte. Mats stellte den Karren mit dem Schleifstein daneben und haspelte einen Eimer Wasser hoch. Ein Knecht brachte allerlei Äxte, Scheren, Sicheln und Messer aus dem Schuppen und legte sie vor Mats auf den Boden.

Während Gislindis die Werkzeuge sortierte, hörte sie aus dem geöffneten Fenster des Hauses eine bekannte Stimme. Frau Almut schien sich im Kontor aufzuhalten, das ebenerdig auf der Hofseite lag.

»Rufin, du hast die Weinfässer nicht ausgeliefert? Dann solltest du dich aber schleunigst auf den Weg machen.«

Sie hörte sich ungehalten an.

»Frau Almut, das geht doch nicht. Es ist doch – Ostern

wollte ich zu Hause sein. Und Zündorf liegt auf der anderen Rheinseite.«

»Bitte?«

»Ihr habt doch ein Familienessen ...«

»Rufin, wenn du am Montag, als ich dir die Anweisung gab, aufgebrochen wärst, wärst du heute bereits zurück gewesen. Hat es Probleme mit den Zugpferden gegeben oder was?«

»Nein, Frau Almut, nur ...«

»Gibt es heute Probleme mit den Karrenpferden?«

»Nein, Frau Almut.«

»Dann mach dich auf die Beine.«

»Aber Frau Almut ...«

Eine tiefe Männerstimme mischte sich in die Auseinandersetzung ein.

»Neffe, du hast Schwierigkeiten, deine Aufträge auszuführen?«

»Euer Weib, Oheim, will, dass ich am heiligen Karfreitag Wein ausliefere. Das ist nicht rechtens.«

»Nicht? Ist heute Karfreitag?«

»Nein, aber, Oheim ...«

»Der Herrgott mag mich in seiner unendlichen Weisheit zu deinem Oheim bestellt haben, Neffe, das hinderte ihn aber nicht daran, mich auch zum Oberhaupt meines Handelshauses zu machen. Also mäßige deine Sprache und befolge ohne Zögern, was immer man dir aufträgt.«

»Aber es war Euer Weib, das mir den Auftrag gab.«

»Mein Weib, die Herrin dieses Hauses, führt ebenso ein Siegel, wie ich es tue. Und du nicht, Neffe. Also bewege deinen breitgesessenen Hintern unverzüglich in die Stallungen und lass den Karren anschirren. Unsere Kunden erhalten pünktlich ihre Lieferung, auch wenn du dazu die Nacht durchfahren musst. Und wenn du zurückkommst, Neffe, dann werden wir uns einmal gründlich über deine Rechte und Pflichten in diesem Haus unterhalten. Bei dem Osteressen will ich dich allerdings nicht sehen. Du bist fett genug. Raus!«

Mats grunzte vergnügt, und Gislindis schauderte.

»Der Herr ist ungehalten.«

Mats nickte und nahm eine Axt von ihr entgegen. Er wollte den Schleifstein in Bewegung setzen, doch Gislindis legte ihm die Hand auf den Arm, denn eben gerade sagte der Herr vom Spiegel barsch: »Weib, dieses Teiggesicht kann und will ich nicht wieder in meinem Kontor sehen.«

»Aber Ivo, Ihr wolltet unter Euren Neffen nach einem Nachfolger Ausschau halten.«

»Dieses weiche Gedärm von einem Plattwurm wird es gewiss nicht werden. Herrgott, wann wird sich mein Sohn endlich besinnen?«

»Falls und wenn es an der Zeit ist, Ivo. Ihr habt selbst zugestimmt, dass er die Heilkunst erlernt.«

»Hab ich, hab ich.«

Der Schleifstein kreischte los, und Gislindis erntete einen vorwurfsvollen Blick von ihrem Vater. Er schätzte es nicht, wenn sie lauschte. Sie nickte und nahm von der Haushälterin einen Korb mit Küchenmessern entgegen. Eine Weile arbeitete sie Hand in Hand mit Mats, doch dann zuckte sie plötzlich zusammen. In den Hof trat eine hochgewachsene Gestalt in einem silbergrauen, mit schwarzem Samt besetzten Gelehrtengewand. Und ihre Sinne erzitterten, denn von dem Herrn strömte Macht aus wie von einem Kandelaber das Licht.

Er kam auf sie zu, und Mats hielt den Schleifstein an.

»Schleifer, tu dein Werk weiter. Ich möchte mit deiner Tochter sprechen, wenn du es erlaubst.«

Mats nickte und bedeutete Gislindis zu gehen.

»Folge mir, Kind.«

Beklommen ging Gislindis hinter dem Herrn vom Spiegel her und wurde in ein geräumiges Kontor geführt, in dem vier Schreibpulte und eine Unzahl von Dokumentenrollen und gebundenen Büchern auf den Borden lagen. Sie hatte schon in Frau Alyss' Kontor gesessen, aber dieses hier ließ sie ahnen, wie umfangreich die Geschäfte derer vom Spiegel waren.

»Ich hörte, Kind, dass du deinem Vater eine Stütze bist.«

»Ja, wohledler Herr. Er kann ja nicht recht sprechen.«

Der Herr setzte sich in einen Scherensessel und bedeutet ihr, sich ebenfalls niederzulassen. Sie zog sich einen Schemel heran und hoffte, dass das Gewitter nicht allzu heftig über sie hereinbrechen würde.

»Er hat einen guten Ruf, sagt mir mein Weib, und darum hat sie ihn herbestellt. Hast du auch einen guten Ruf, Kind?«

»Wohledler Herr, ich bemühe mich. Ich weiß, ich tanze und singe manchmal auf dem Markt, und das mag einigen nicht schicklich erscheinen. Aber es juckt mich so in den Beinen.«

»Ein lästiges Gefühl.«

»Ja, Herr, und ein Erbe meiner Mutter. Herr, Ihr müsst wissen, sie war eine Fahrende. Aber sie war mir eine gute Mutter und hat sich voll Liebe um Mats gekümmert.«

»Ich mache dir die Herkunft deiner Mutter nicht zum Vorwurf.«

Dann sah er sie lange prüfend an. Gislindis versuchte dem Blick seiner kühlen grauen Augen standzuhalten, aber dann senkte sie doch die Lider und betrachtete ihre gefalteten Hände. Wusste der Herr, dass sein Sohn sie dann und wann besuchte?

»Unter den Fahrenden gibt es Frauen, die mit besonderen Diensten aufzuwarten wissen. Auch von dir heißt es, dass du deinen Kunden gegen Silber das Schicksal aus der Hand liest. Stimmt das, Kind?«

Gislindis schluckte. Es hatte schon Leute gegeben, die sie deswegen eine Zaubersche nannten. Aber was nützte es, den Herrn anzulügen? Er würde doch alles in Erfahrung bringen, was er wissen wollte.

»Ja, wohledler Herr, ich lernte von Ronya, die Linien der Hand zu deuten.«

»Und, sagen sie etwas über das Schicksal aus?«

Diese Frage hatte sie nicht erwartet.

»Sprich nur, Kind, es interessiert mich wirklich.«

Gislindis atmete tief ein und versuchte, ihm ihr Zögern nicht anmerken zu lassen.

»Nun, wohledler Herr, die Linien sagen etwas, aber meist ist es die Hand selbst, die das Schicksal preisgibt. Ein samtiges Pfötchen verrät ein anderes Dasein als eine borkige Kralle, eine angstverschwitzte Patsche anderes als eine narbige Faust.«

»Klug beobachtet. So sagst du den Fragestellern nur, was sie ohnehin schon wissen?«

»Weiß denn jener im Reichtum, dass er ein Wohlleben

führt, oder ein brutaler Raufer, dass er im Kerker enden wird? Dass schmierige Finger den Besitzer in Bedrängnis bringen werden und fleißige Hände Verdienste erwerben?«

Der Herr nickte, und es schien Gislindis, dass es mit einem Anflug von Wohlwollen geschah.

»So verhilfst du ihnen zur Einsicht. Oder rätst du ihnen auch?«

»Einsicht birgt ihren Rat in sich, Herr. Aber oft ist es besser, man sagt etwas, an das der Fragesteller sich halten kann. Aber… ich bin vorsichtig, Herr. Nicht jeder Rat ist wohlgelitten.«

»Wohl wahr, Kind, und von beeindruckender Weisheit. Und was siehst du noch, wenn du die Hand eines Menschen hältst?«

»Den Menschen selbst, Herr, seine Kleider, seine Züge, seine Augen.«

»Sein Herz und seine Seele?«

Gislindis zuckte bei diesen sanft ausgesprochenen Worten zusammen. Das konnte gefährlich werden.

»Wer sieht schon die Seele eines Menschen?«, murmelte sie.

Der Herr vom Spiegel tat etwas vollkommen Unerwartetes. Er beugte sich vor und reichte ihr seine Linke, die Handfläche nach oben gedreht.

»Verdiene dir eine Münze, Kind.«

»Wohledler Herr…«, stammelte sie.

»Angst?«

»Herr!«

»Kind, ich möchte es wissen. Sei ganz ohne Furcht. Was immer du sagst, es wird in diesem Raum bleiben.«

Zögernd nahm sie die Hand in die ihre. Wieder erfasste sie ein Schauder von Ehrfurcht.

Dann aber konzentrierte sie sich auf die Linien, die ein langes, erfülltes Leben gezeichnet hatte. Und wie es manchmal bei ihr war, selten nur und bei wenigen Menschen, sah sie. Und was sie sah, erfüllte sie mit grenzenlosem Frieden.

Leise begann sie zu sprechen.

»Ihr habt gelitten und habt daraus Weisheit erlangt, Herr. Ihr habt die Tiefen gesehen, die schwärzer als die Nacht sind, und ein Licht, das heller als der Tag leuchtet. Herr, Ihr seid hart gewesen und habt die Gabe der Gnade empfangen.« Sie schloss die Augen und ließ sich überfluten von dem, was sie fühlte.

Und plötzlich wusste sie, was den wohledlen Herrn bewegte.

»Euer Sohn, Herr, bereitet Euch Sorgen. Doch seid getrost. Er findet seinen Weg, denn er ist von Eurem Blut und von Eurem Geist. Er hat die ersten Schritte zur Einsicht bereits getan, doch noch ist seine Angst vor Euch größer als der Mut, sich seinem Erbe zu stellen. Aber er wird es auf seine Weise tun. Lasst ihm die Wahl.«

Sie öffnete die Augen wieder und sah den grauen Blick auf ihrem Gesicht ruhen.

»Herr, die Menschen mögen Euch fürchten, denn Ihr verbergt es trefflich. Doch wer Euch kennt, bemerkt es irgendwann. Ihr habt ein gutes Herz.«

»Habe ich das? Es stolperte schon einmal.«

»Das Ende ist dem Menschen vorbestimmt, auf die eine oder andere Weise, Herr. Doch Ihr wisst, dass ich das nicht meinte.«

»Nein, Kind, das meintest du nicht.«

Sie sah noch einmal auf die Hand in der ihren. Und ein scharfer Stich von Schmerz durchfuhr sie.

»Hütet Euch vor dem Mann aus dem Dunkel«, entfuhr es ihr.

»Kind?«

»Ja?«

»Was sahst du?«

Verwirrt ließ sie seine Hand los.

»Ich weiß es nicht.«

Der Herr vom Spiegel nickte nur.

»Dann werde ich tun, was du mir rietest. Dein Lohn, Kind.«

Er legte ihr eine Goldmünze in die Hand, die sie fassungslos anstarrte.

»Herr.«

»Du hast mir viel von deiner Zeit geschenkt. Ich glaube, der Schleifstein ist verstummt. Geh nun und hilf deinem Vater.«

Er verließ den Raum, und verwirrt folgte Gislindis ihm.

# 17. Kapitel

Am späten Abend desselben Tages begleitete Marian einen lustig vor sich hin singenden Bader vom Neuen Markt Richtung Waidmarkt. Marian hatte den Nachmittag bei den Apothekern verbracht, einiges über die alchemistischen Künste gelernt und beherrschte nun das Lösen und Binden von mineralischen Stoffen. Zumindest ein wenig – er konnte Salze in Wasser lösen und sie wieder auskristallisieren lassen –, ein kleines Wunder. Dann aber hatten sich zwei Freunde von Jan van Lobecke eingefunden, ebenjener junge Bader und ein alter Zahnbrecher. Trine hatte ihren Würzwein und – was noch schlimmer war – ihren destillierten Kräuterwein ausgeschenkt, und über dem beschwingten Fachgesimpel hatte Marian die Zeit vergessen. Vielleicht auch, weil die köstlichen Tränke ein wenig sein Hirn vernebelten. Als er aufgestanden war, hatte er bemerkt, dass er, genau wie der Bader, etwas unsicher auf den Beinen war. Der Zahnbrecher hingegen war härter im Nehmen gewesen, auch war sein Heimweg nicht allzu lang. Der Jüngere hingegen wohnte in der Gegend vom Waidmarkt, und darum hatte Marian beschlossen, dass sie sich gegenseitig Stütze sein sollten. Entweder vertrieb ihnen die kühle Nachtluft die Schwaden aus den Köpfen, oder er würde anschließend bei Alyss an die Tür klopfen und um ein Nachtlager bitten.

Nach einer Weile half die nächtliche Kühle, doch als Marian den jungen Mann an dessen Haus abgesetzt hatte, überkam ihn eine gewaltige Müdigkeit, die ihn fast an einer Hauswand gelehnt hätte einnicken lassen. Mit letzter Anstrengung raffte er sich auf und machte sich mit schlurfenden Schritten auf den Weg zur Witschgasse.

Die Nacht war finster, dicke Wolken bedeckten den Himmel, und nur hier und da fiel ein spärlicher Lichtschein aus den Fenstern einiger Häuser. Zwei der Nachtwachen mit Laternen in der Hand beäugten ihn misstrauisch, hielten ihn aber nicht an, da er sie nur müde grüßte und weder zu johlen oder zu randalieren begann. Dann hatte er es endlich geschafft und schwankte in die Toreinfahrt, die nicht verschlossen war. Das Hauswesen war zu dieser Stunde noch nicht in die Federn gekrochen.

Er stieß mit dem Fuß gegen etwas Weiches und stolperte. Murmelte einen milden Fluch und schaute nach unten.

Ein Bündel lag da.

Blutgeruch stieg ihm in die Nase.

Die Müdigkeit verflog. Er bückte sich, erkannte ein blutverschmiertes Gesicht und sprang auf. Mit großen Schritten eilte er zur Eingangstür und donnerte mit den Fäusten dagegen.

Sie öffnete sich, und er stand Frieder gegenüber, der ihn warnend anblitzte, Benefiz knurrend an seiner Seite. Doch als er ihn erkannte, stieß er hervor: »Herr Marian! Ein Unglück?«

»Ein Unglück, ja. Meine Schwester...«

Alyss stand schon hinter Frieder.

»Ein Verletzter in der Toreinfahrt.«

»Bring ihn rein.«

»Frieder, hilf mir.«

Zusammen mit dem Jungen hoben sie das Geschöpf auf

und trugen es in die Küche. Hilda legte eine Decke auf den Boden, und vorsichtig betteten sie es darauf.

»Ein Weib.«

»Ein Weib. Lebt es noch, Marian?«

Er kniete nieder, doch sein Kopf war noch immer nicht klar.

»Bin betrunken, Schwesterlieb, ich brauche einen Eimer kaltes Wasser für meinen Kopf.«

»Tilo!«

Der half Marian auf und brachte ihn im Hof zum Brunnen. Zwei Schaff eisiges Wasser halfen ihm, seine Sinne wieder beisammen zu bekommen, und tropfend kehrte er in die Küche zurück.

»Inse«, sagte Alyss erschüttert.

»Inse? Aber ich dachte, du hättest sie bei den Beginen untergebracht.«

»Da hat sie wohl ihr Verfolger gefunden. Mein Gott, Marian, kannst du ihr helfen?«

»Ich versuche es.«

Doch das Blut quoll dunkel und träge aus einer Stichverletzung in ihrer Brust, und der Puls der jungen Frau wurde flacher und flacher.

»Frieder, hol Pater Henricus. Eil dich«, hörte Marian seine Schwester sagen und nickte.

»Der Hauspfaff wohnt näher.«

»Der war heute nicht zum Essen da.«

Mit Polstern und Kissen versuchten sie, es der Sterbenden neben dem Herd bequem zu machen, und nach einer Weile flatterten ihre Lider.

»Liebes, du bist bei uns und in Sicherheit«, sagte Alyss

zu ihr und streichelte ihr die schmutz- und blutverklebten Haare.

»Ketzer«, flüsterte Inse. »Sterben.«

»Aber nein, mein Lieb«, sagte auch Marian. »Der Herr ist mit dir, und er vergibt dir deine Sünden. Die Heilige Mutter Maria bittet für dich und geleitet dich in den Frieden. Der Herr segnet und behütet dich, und sein Antlitz ruht voll Gnade auf dir.«

Er schlug das Kreuz über sie, und als ihr Kopf zur Seite fiel, schloss er sanft ihre Lider.

Dann weinte er.

Und mit ihm das Hauswesen.

Alyss führte Marian sanft, aber bestimmt aus der Küche und geleitete ihn in ihrer Kammer auf die gepolsterte Bank am Fenster. Hier blieb er, von Schmerzen wie gelähmt, in der Dunkelheit sitzen und rang mit seinen Dämonen. Etwas mehr als ein Jahr war es her, dass er ebenso hilflos, ebenso verzweifelt neben einer verblutenden Frau gekniet hatte, unfähig, ihr zu helfen. Nur dass das junge Weib damals seine Geliebte gewesen war. Eine Frau, die er auf der Handelsreise nach Spanien kennengelernt hatte und die er, allen Widerständen zum Trotz, mit in seine Heimat hatte nehmen wollen. Sie waren auf der Fahrt zurück überfallen worden, ein entsetzliches Gemetzel hatte stattgefunden, bei dem er selbst lebensgefährlich verletzt worden war. Seine Geliebte aber war gestorben, und das hatte sein Herz taub werden lassen.

Die Schrecken jener Nacht durchlebte er nun noch einmal, und diesmal haderte er noch mehr mit seiner Unfähigkeit. Hatte er doch wegen dieses entsetzlichen Erlebnisses entschieden, sich zum Heiler ausbilden zu lassen, hatte Geburtsheilkunde, Knocheneinrenken und nun Arzneikunde gelernt, und dennoch war wieder ein Leben unter seinen Händen erloschen.

Von unten drangen die Geräusche und Stimmen zu ihm hoch, Türenschlagen und Stiegenknarren. Aber er konnte sich nicht aufraffen, aus der dunklen Kammer zu treten und seine Hilfe anzubieten. In seine eigene Finsternis versunken blieb er sitzen und starrte vor sich hin.

Irgendwann spürte er den Arm seiner Schwester, der ihn umschlang und ihn an sich zog. Sein Kopf lag an ihrer Brust, und er hörte ihren Herzschlag, stark, gleichmäßig, tröstlich. Ihre Finger fuhren durch seine Haare, und allmählich drangen ihre leise gemurmelten Worte zu ihm durch.

»Henna und Della, die Klagefrauen der Beginen, haben sie mitgenommen. Sie bringen sie in ihre Kapelle. Pater Henricus hat sie begleitet und auch ihre Meisterin. Tilo hat die Harnischmacherin aus dem Bett geholt. Mach dir keine Vorwürfe, Marian. Du hättest Inse nicht mehr helfen können, keiner hätte ihr mehr helfen können, Bruderlieb.«

Langsam richtete er sich auf. Ein Lämpchen beleuchtete den kleinen Altar in der Zimmerecke, auf dem die geschnitzten Gestalten von Maria und Joseph standen. Joseph hatte den Arm um sie gelegt und schaute in Marias schelmisch nach oben gewandtes Antlitz. Es war eine ungewöhnliche Darstellung, von Meisterhand geformt, und dass die Gesichter der beiden denen ihrer Eltern glichen, war kein Zufall.

»Ich war trunken.«

»Selbst nüchtern, Bruder, kannst du Sterbende nicht ins Leben zurückrufen.«

»Sie hatte Angst.«

»Sie wurde verfolgt, ja. Und offensichtlich nicht von einem aufdringlichen Freier, sondern von ihrem Mörder.«

Er knetete seine Hände, lockerte sie wieder und schaute zu dem Altar hin. Manchmal zweifelte er an Gottes Gnade. Manchmal grollte er Gottes Willen, denn er brachte unnötiges Leid über seine Kinder. Einige Male hatte er ihn schon verflucht. Und nun sah er die beiden Figuren dort stehen. Mochte er an Gottes Willen und seiner Gnade zweifeln, an der seiner Eltern zweifelte er nie.

Er fürchtete sie nur gelegentlich.

Aber das war etwas ganz anderes.

Aus dieser Furcht schöpfte er Kraft, und darum straffte er nun seine Schultern und fragte: »Warum ist sie hergekommen, Alyss? Hast du es herausgefunden?«

»Ja, Catrin kam mit den Totenwäscherinnen. Sie hat die Pförtnerin befragt und herausgefunden, dass ein Bote gekommen war. Die Beginen waren zu der Zeit in der Kirche; nur Inse wollte nicht mitgehen, um sich nicht in der Öffentlichkeit zu zeigen. Sie glaubte sich im Hof sicherer. Aber der Bote ließ ihr ausrichten, sie möge unbedingt hierherkommen, es gehe um Leben und Tod, und ich hätte verzweifelt nach ihr gerufen.«

»Wer war der Bote?«

»Wir werden es herausfinden. Die Pförtnerin kannte ihn nicht. Aber er begleitete Inse, damit sie nicht alleine durch die Straßen gehen musste.«

»Ihr Mörder?«

»Oder ein Helfer. Sie hatte es fast bis hierhin geschafft, Marian. Er überfiel sie keine zweihundert Schritt von hier. Frieder hat die Blutspur verfolgt, die sie hinterlassen hat, um sich hierher zu retten.«

»Und keiner hat es bemerkt.«

»Nein, aber es muss kurz vorher passiert sein. Das Blut war noch nicht trocken.«

»Wäre ich nicht so trunken gewesen, wäre ich rechtzeitig da gewesen.«

»Wärest du nicht trunken gewesen, wärest du nach Hause gegangen und nicht hierhergekommen. Und dann wäre Inse einsam und ungetröstet in meiner Toreinfahrt gestorben.«

Alyss' Stimme klang hart, und er zuckte zusammen.

»Ja, wahrscheinlich.«

»Sicher. Und eines der Mädchen hätte sie wahrscheinlich morgens gefunden. Marian, wir können nicht ändern, was nicht in unserer Macht liegt. Ich weiß, warum du dir die Schuld gibst, aber weder das eine noch das andere Leben zu erhalten lag in deiner Macht. Aber du hast John geholfen, und er wird seinen Arm bald wieder verwenden können. *Das* lag in deiner Macht.«

»Du hast recht, Schwester mein, und mein Verstand stimmt dir zu.«

»Aber dein Herz ist schwer und deine Seele voller Schatten. Ich verstehe dich. Und dennoch, Marian, du hast ihr in ihren letzten Atemzügen noch Frieden geschenkt. Ihre Seele zumindest hast du geheilt.«

»Anmaßung.«

»Nein, Pater Henricus hat es gutgeheißen. Ein jeder, Marian, darf Gottes Segen spenden.«

Etwas zuckte in seiner Erinnerung auf, und er schüttelte, wie um es herauszubringen, seinen Kopf. Dann fiel es ihm ein.

»Wieso Ketzer? Was hat sie damit nur gemeint?«

»Das haben wir uns auch schon gefragt. Es ist sehr seltsam, nicht wahr? Jetzt, da wir wissen, dass der Mann, der sie verfolgt hat, kein verschmähter Freier war, wirft das ein seltsames Licht auf diese Frage. Aber ich kann mir einfach nicht vorstellen, dass die sanfte Inse eine Ketzerin war. Sie hat ihre Gebete immer sehr inniglich verrichtet, und auch Catrin sagte, sie hat oft in der kleinen Kapelle gebetet.«

»Ihr Mann?«

»Oh, verdammt, den habe ich ganz vergessen. Oliver Schwertfeger – er hält sich auf einer Burg auf der anderen Rheinseite auf. Man muss ihn benachrichtigen.«

»Morgen, und nicht du.«

»Du auch nicht. Wir werden einen Boten finden. Und – warum sollte jemand *sie* umbringen, wenn ihr Mann in den Ruf eines Ketzers gekommen ist? Nein, dahinter muss etwas anderes stecken.«

»Und das herauszufinden willst du nun zu deiner Angelegenheit machen, Schwesterlieb?«

Alyss seufzte.

»Nein, das ist nicht meine Aufgabe. Oder besser – es liegt nicht in meiner Macht. Lassen wir es gut sein, Marian. Ich richte dir das Bett nebenan.«

Wieder einmal wachte Marian im Haus seiner Schwester auf, und im hellen Morgenlicht schwanden auch die Schatten der nächtlichen Ereignisse. Als er in die Küche trat, war das Hauswesen bereits abgefüttert und alle Spuren des abendlichen Geschehens beseitigt. Im Kessel fand er noch einen Rest Grütze und auf dem Tisch einen Topf mit Honig.

Benefiz, der am Herd gelegen hatte, stand auf und begrüßte ihn mit einem leisen Kläffen. Malefiz schlich betreten weg, als Marian ihn belustigt ansah. Er hatte mit dem Spitz das Lager geteilt, was zu entdecken offensichtlich seine Würde beeinträchtigte.

Nach ein paar Happen süßer Grütze öffnete Marian die Tür zum Hof. Natürlich, alle waren ausgeflogen, die Karfreitagsmesse zu besuchen. Seine Schwester hatte ihn jedoch schlafen lassen – nun, einmal Messeschwänzen würde sein Seelenheil verkraften.

Die Sonne schien hell auf das Geviert, in dem das Geflügel eifrig Körner pickte, ein lauer Wind bog die Zweige mit dem jungen Laub, die über die Mauer des Nachbargrundstücks reichten, vielstimmiges Vogelzwitschern erfüllte die Luft. Der weiße Falke spreizte sein Gefieder, als Marian an dem Verschlag vorbeiging.

»Du möchtest fliegen, Jerkin? Ja, das kann ich verstehen. Na, wollen wir beide es miteinander versuchen?«

Marian hatte oft zugesehen, wie Alyss oder Frieder den Vogel auf die Faust genommen hatten, er zog sich den Handschuh an und band die Fußfesseln los. Jerkin hüpfte auf seinen Arm und ließ sich zum Weingarten tragen.

»Dann auf, mein Junge«, sagte Marian und warf den Arm hoch. Der Falke stieg auf und stieß dabei einen rauen Schrei aus.

Er beobachtete ihn eine Weile und schlenderte dann die

Rebreihen entlang zur Mauer. Dort lehnte er sich an und blinzelte in den Sonnenschein. Benefiz kam angehechelt und umtanzte ihn, aber auf ein sanftes »Sitz!« ließ er sich an seiner Seite nieder und legte seinen Kopf auf Marians Stiefel.

Die beschauliche Stimmung tat ihm gut, stellte er fest. Und die Schrecken der Nacht waren so weit verblasst, dass er sich wieder vernünftige Gedanken dazu machen konnte. Sicher, es war weder seine noch Alyss' Angelegenheit, den Überfall auf Inse zu klären und den Mörder zu finden. Dafür waren der Vogt und seine Leute zuständig, und er war sicher, dass seine Schwester den Vorfall bereits gemeldet hatte.

Dennoch nagten diese letzten Worte an ihm.

Ketzer.

Inse war keine Ketzerin. Also meinte sie vielleicht, dass ihr Mörder ein Ketzer war?

Eine bemerkenswerte Annahme.

Ketzerei war ein schweres Verbrechen, doch machte es aus einem Menschen gleichzeitig einen brutalen Mörder?

Dummes Zeug, befand Marian. Ein Ketzer war nach gängiger Auslegung ein Mensch, der einem Irrglauben anhing. Genauer gesagt, einer, der die Wahrheit des christlichen Glaubens nicht anerkannte. Die Inquisition hatte ein strenges Augen auf derartige Umtriebe, weil man annahm, dass jemand, der nicht dem festen Glauben anhing, auch die weltliche Obrigkeit nicht achtete.

Ebenfalls dummes Zeug, befand Marian. Vor allem, weil das, woran ein Mensch in seinem Herzen glaubte, nicht so einfach an seinem Handeln und seinen Worten abzulesen war. Warum sollte jemand, der nicht der christlichen Wahrheit anhing, Hostien schänden oder ins Weihwasser pinkeln und sich damit auffällig machen? Es steckte etwas anderes dahinter, und da Marian der Sohn seines Vaters war, folgten seine Gedanken auch Pfaden, die über die Grenzen des üblichen Denkens hinausgingen.

*Cui bono?* Eine der wichtigen und grundsätzlichen Fragen musste man beantworten. Wer hatte den Nutzen davon, einen anderen auf Grund seiner Worte und seines Handelns Ketzer zu nennen? Natürlich jene, die sich im Bewusstsein der Wahrheit wähnten.

Wissen ist Macht, Wissen um die alleingültige Wahrheit ist große Macht.

Die Kirche übte große Macht aus, und sie achtete streng darauf, ihr Wissen nur an bestimmte Personen weiterzugeben.

Die auch wiederum damit ihre Macht ausübten.

Macht übt man damit aus, dass man Regeln aufstellt und deren Einhaltung überwacht.

Und bei Übertretung Strafen verhängt.

Von denen, und hier stieg gallige Verachtung in Marian auf, man sich gerne mit Geld freikaufen durfte. Oder musste.

Was waren die Priester heute anderes als die Schriftgelehrten zu Jesu Lebzeiten? Waren sie nicht auch Männer, die nach Buchstaben und Gesetz ihr eigenes Recht ausübten? Die Regeln, die sie selbst aufgestellt hatten, nicht Moses, nicht Jesus, nicht die Apostel. Und die sich anmaßten, jene, die anders dachten als sie, zu Verbrechern zu erklären?

Jesus hatte gegen die Schriftgelehrten und Pharisäer aufbegehrt, hatte Menschlichkeit gepredigt und ihre Heuchelei und Rechthaberei angeklagt. Dafür wurde er als Verbrecher verurteilt und starb am Kreuz.

Heute, an Karfreitag, gedachte die christliche Welt dieser Tat.

Keiner aber sah, dass die Zustände sich nicht geändert hatten. Würde Jesus heute auf Erden wandeln, man würde ihn als Ketzer bezeichnen, schloss Marian seine Überlegung und schnaubte aus bitterer Erheiterung ob dieser *conclusio*.

»Aber das klärt noch immer nicht, was Inse mit dem Ketzer gemeint hat, Benefiz«, sagte er, und der Hund sah treuherzig zu ihm auf. »Aber nach allen mir bekannten Regeln bin ganz sicher auch ich einer. Und du ebenfalls, mein Freund, denn du hast die ganze Fastenzeit über Fleisch gefressen.«

»Klöff!«

»Gut, dass du gestehst. Und dieser Vogel da auch«, erklärte er und wies auf den Falken, der eine Taube geschlagen hatte und sie eben verschlang.

Er zog den Handschuh wieder über und rief Jerkins Namen. Mehrmals, dann folgte der Falke ihm auf die Faust und ließ sich, gesättigt, zu seinem Verschlag zurücktragen.

Als Marian in die Küche trat, wirtschaftete Hilda bereits mit Töpfen und Pfannen, denn mochte der Kreuzigungstag des Herrn ein Fastentag ohnegleichen sein, hungern sollte niemand. Ein ganzer Stockfisch war in reines Leinen eingebunden und gegart worden, Töpfe mit Fruchtmus standen bereits auf dem Tisch, aus Teig waren Küchlein aller Art geformt, im Kessel blubberte eine Gemüsesuppe, und in der Pfanne siedete das Öl, in dem gekräuterte Brotscheiben knusprig gebraten wurden. Sie verbreiteten einen appetitanregenden Duft, und als die Haushälterin nicht hinsah, stibitzte er eine Scheibe davon und verdrückte sich damit ins Kontor.

## 18. Kapitel

Die Karfreitagsmesse war bewegend gewesen, doch sie hatte lange gedauert, und Alyss samt ihrem Hauswesen knurrte der Magen, als sie endlich die Kirche verlassen konnten. Immerhin hatten die Gesänge und Gebete ihre von den Ereignissen der Nacht aufgewühlten Gemüter beruhigt, und vor allem die jungen Leute in ihrer Obhut gewannen dem gewaltsamen Tod nun eher seine dramatischen als seine traurigen Seiten ab. Heftige Spekulationen machten getuschelt die Runde. Sie schritt nicht ein; das Thema würde sich so schneller verflüchtigen, als wenn sie es verböte.

Am reich gedeckten Mittagstisch fand sie neben ihrem Bruder auch Merten vor, der natürlich auch von dem Überfall gehört hatte und nun begierig den Schilderungen lauschte. Wer zu Alyss' Erstaunen wieder nicht anwesend war, war Magister Hermanus. Doch sie klagte nicht darüber, denn seine ausschweifenden Bußpredigten hätten ihnen vermutlich den Appetit verdorben. Es fragte auch zunächst sonst niemand nach ihm, und sie ließ sich, um von dem nächtlichen Überfall endlich abzulenken, von Merten berichten, was er in den Tagen, seit sie ihn mit dem Verkauf ihrer Weine beauftragt hatte, erreicht hatte.

Sie hatte sich nicht sonderlich viel von seinem Einsatz versprochen, aber so wie es aussah, hatte er tatsächlich etliche neue Kunden angesprochen und würde auch nach Ostern einige Fässer Wein ausliefern. Auch ihm aber fiel die Abwesenheit des Hauspfaffen auf.

»Er hat uns am Montag zu verstehen gegeben, dass er eine neue, gut bezahlte Arbeit gefunden hat. Ich nehme an, dort wird er auch ausreichend verköstigt«, erklärte Alyss ihm.

»Nun ja, als Mesner hatte er ja kaum etwas zum Leben und noch weniger zum Sterben, wie es scheint. Was für eine Aufgabe übernimmt er?«

»Das hat er uns nicht verraten. Sag mal, Merten, ich habe mich nie recht erkundigt, wie er eigentlich zu diesem Hauswesen gehört. Weißt du etwas darüber? Du kennst ihn sicher weit länger als ich.«

»Nicht genau, Frau Alyss. Lasst mich überlegen. Ich erinnere mich nur daran, dass er, als meine Mutter den Arndt van Doorne heiratete, bereits die Domschule besuchte.« Merten grinste. »Er muss damals ungefähr so alt gewesen sein, wie Tilo oder Frieder jetzt sind, und war schon genauso gefräßig wie heute noch. Er kam sonntags zu uns zum Essen.« Dann überlegte er eine Weile. »Ja, er ist der Sohn eines Bruders von van Doornes Mutter. Also ein Vetter von Robert und Arndt, richtig?«

»Ein Vetter, genau.«

»Jetzt fällt es mir wieder ein – ach, das ist eine Gelegenheit, die ich nutzen sollte, Frau Alyss. Der Vater von Magister Hermanus war Gutspächter von St. Gereon, draußen in Merheim. Ich glaube, der alte Mann lebt nicht mehr. Der älteste Sohn, Jens Husmann, führt inzwischen das Gut, hörte ich letzthin. Ich werde bei ihm vorbeifahren und ihm Euren Wein anbieten.«

»Wenn du glaubst, dass er ein zuverlässiger Kunde ist.«

Merten widmete sich dem Stockfisch und den Kräuterkrusten, und Marian fragte: »Merheim? Das kommt mir bekannt vor. Nein, ich meine nicht den Ort.«

»Der Ritter von Merheim, er hat den Weingarten von Arndt gekauft«, sagte Alyss. »Aber da muss es keinen Zusammenhang geben. St. Gereon ist ein reiches Kloster und hat vermutlich Liegenschaften in Merheim, die von den Pächtern dort bewirtschaftet werden.«

»Mhm – ja. Fällt mir noch was ein«, sagte Merten. »Hermanus war nach der Domschule Gehilfe bei einem Dorfpfarrer. Ein paar Jahre lang, aber kurz bevor Arndt Euch heiratete, wurde er Mesner von Lyskirchen. Ein, zwei Jahre vorher, denke ich.«

»Ich kenne ihn nur als Mesner. Das mag immer noch besser sein als Pfarrgehilfe.«

»Vielleicht. Jedenfalls wirkte er auf mich irgendwie heruntergekommen. Erst seit er hier im Haushalt durchgefüttert wurde, hat er angefangen, große Reden zu schwingen.«

Polternd stürmte Lore in die Küche und stand schnaufend vor dem Tisch.

»Wohledle Frau Herrin, ich hab mich verspätet. War die Hölle los in den Gassen, und jetzt hab ich einen Hunger!«

Das Samträupchen über Alyss' linkem Auge erhob sich, und die Päckelchesträgerin verstummte und scharrte mit den Füßen.

»Ähm, verzeiht, wohledle Frau Herrin.«

Das Räupchen blieb, wo es war; atemlose Stille herrschte.

»Ja. Ähm, es war wegen dem Magister. Un singer Katz.«

»Was gibt es zu Magister Jakobs Katze zu sagen, Lore?«

»Nichts, äh... Also... na ja, ich hab... mhm... ich hab mit ihr gespielt. So mit einem Garnknäuel.«

»Und darüber die Zeit vergessen.«

»Ja, wohledle Frau Herrin. Weil doch die Glocken heute nicht läuten und so.«

»Ah?«

Das Räupchen senkte sich unmerklich.

»Und dann fiel es dem wohledlen Herrn Notarius wieder ein, dass Freitag ist.«

»So?«

»Und ich die Gänse hüten muss. Und dann, wohledle Frau Herrin, knurrte mein Magen. Ganz laut!«

Das Samträupchen rutschte an seinen Platz, und ein kleines Funkeln lag in Alyss' Blick.

»Ja dann. Setz dich und iss mit uns, Lore. Anschließend kümmerst du dich um Gog und Magog.«

»Danke auch, edle Frau Herrin.«

Hilda schöpfte bereits Suppe in eine Schüssel, und Lauryn reichte dem Mädchen mit einem kaum unterdrückten Kichern den Korb mit Brot.

»Dann hat sich das Kätzchen also wieder erholt«, sagte Marian. »Das freut mich zu hören.«

Lore nickte mit vollen Backen.

»Ich werde in den nächsten Tagen den Magister auch noch einmal aufsuchen.«

Alyss wusste zwar, dass er es nicht unbedingt der Katze wegen tun würde, sondern sich mit dem Notarius über die möglichen Ehehindernisse beraten wollte, doch sie schwieg darüber vor den anderen. Was sie planten, war nicht für die Ohren der Öffentlichkeit bestimmt. Sie lenkte das Hauswesen nun sehr erfolgreich damit ab, dass sie über die Einladung zu Gerlis' Hochzeit sprach. Die Feier ihrer Eheschließung mit dem Herrn van Auel zu Lohmar würde auf dessen Rittergut stattfinden, und dazu war eine längere Anreise notwendig.

»Unsere Eltern werden uns einen Wagen und Pferde von Villip schicken«, sagte sie. »Leocadie, mein Bruder und ich werden um die Mittagszeit am Tag vorher aufbrechen, damit wir am Abend dort eintreffen. Ihr seid also Hildas Herrschaft unterstellt, und ich verlange, dass ihr ihrem Wort gehorcht.«

»Ja, Frau Alyss.«

»Lore, könntest du drei Tage helfen, die Tiere zu versorgen? Natürlich nur gegen Extralohn.«

»Ja, wohledle Frau Herrin. Kann ich. Wenn die Hilda mir ordentlich zu essen gibt.«

»Achte darauf, Hilda. Käferwecken vor allem solltest du in der Vorratskammer haben.«

»Ich werde besonders dicke Kakerlaken hineinbacken«, brummte die Haushälterin. »Ganz knackige!«

Lore prustete.

»Ob wohl der Ritter ... Hat man inzwischen Nachricht von Herrn Arbo gehört?«, fragte Leocadie zaghaft.

»Ich nicht. Marian, Tilo, habt ihr etwas von ihm gehört?«

»Nein, bisher nicht. Soll ich mich bei den Benasis' nach ihm erkundigen?«

»Wenn Ihr das tun könntet«, flüsterte Leocadie.

»Na, dann werde ich das morgen tun, Leocadie. Tilo, wie geht es Master John? Du hast deine Eltern doch sicher heute in der Kirche getroffen.«

»Ja, Herr Marian, doch Master John hat sie nicht begleitet. Aber er hat das Bett wieder verlassen und gestern im Kontor die Bücher durchgesehen.«

»Richte ihm doch bitte aus, Tilo, dass unsere Eltern ihn am Ostersonntag erwarten«, sagte Marian, und wieder eilte das Samträupchen an seine erhobene Stelle.

»Tun sie das, Bruder mein?«

»Tun sie.«

John war bei seinem letzten Aufenthalt Frau Almut und dem Herrn vom Spiegel bereits begegnet, und Alyss hatte den Eindruck, dass ihre Eltern Gefallen an ihm gefunden hatten, wenngleich ihr Vater ihn nicht eben liebenswürdig behandelt hatte. Aber Verbindlichkeit war nicht die Stärke des Allmächtigen. Eine gewisse Achtung jedoch vermeinte sie damals auf beiden Seiten verspürt zu haben.

Übermorgen würde sie ihn also wiedersehen.

Alyss unterdrückte ein Seufzen. Aber nur ein ganz kleines. Dann wandte sie sich entschlossen an Lore, die ihre Schüsseln inzwischen geleert hatte und nun zu den Törtchen und dem Fruchtmus griff.

»Du hast Magister Jakob doch nicht nur wegen seines Kätzchens aufgesucht, nicht wahr?«

»Nö, der wollte was von mir.«

»Und was? Ein juristisches *commentatio*? Ein rechtliches *consilium*?«

»Nein, nichts Unsittliches. Ehrlich nicht. Der nicht. Der ist in Ordnung. Ich hab ihm ein paar Decken geflickt und Polster gestopft und so. Für Geld. Kann ich auch.«

»Wunderbar, das zu hören. Solche Arbeiten liegen hier auch immer an.«

»Find ich aber nicht gut.«

»Gegen Geld und Futter?«

»Das wär schon in Ordnung, aber der will, dass ich zu den Bejinge geh. Und zu den Betschwestern will ich nicht.«

Alyss sah, wie ihr Bruder sich auf die Lippen biss.

»So viel beten die Beginen aber gar nicht. Oder sollst du zum Beten zu ihnen?«

»Nö, aber das werden die schon so wollen.«

»Sie bringen aber den armen Töchtern auch das Lesen bei. Und das Rechnen. Und wissen viele Geschichten.«

»Hat er auch gesagt. Aber ich glaub's nicht.«

»Warst du denn schon mal bei den Beginen?«

»Ich war bei den Nonnen, denen von Ursula. Drei Tage, als ich mal die Kränk hatte. Hat mir gelangt.«

»Die Köchin der Beginen führt eine reiche Küche«, murmelte Marian.

»Ja, Bruder, da hast du recht. Sie backt wundervolle Honigkuchen, nicht wahr?«

»Und die Schmalzbrote, erinnerst du dich – mit ganz viel knusprigen Grieben drin.«

»Ach, wenn ich nicht so satt wäre. Aber die Erinnerung an die fetten Würste, ja, da läuft mir das Wasser sogar jetzt im Mund zusammen.«

»Und diese Quarkspeisen...«

Lauryn stimmte in die Lobpreisung mit ein.

»Ich hab mal von Frau Catrin eine Schinkenpastete bekommen, so saftig, so köstlich...«

»Stimmt, die gesottenen Hühnchen in Safransoße«, schwärmte nun auch Frieder. »Hilda, Eure Kochkunst in allen Ehren, aber die waren köstlich.«

»Und diese gefüllten Klöße mit brauner Butter«, seufzte Tilo.

»Und die Eierpfannkuchen mit Pflaumenmus und dicker Sahne.« Hedwigis verdrehte vor Genuss die Augen.

»Ja, und das Früchtebrot mit Honig, das ist eine unübertroffene Leckerei.«

»Und die Mädchen dürfen nach dem Unterricht dort zum Essen bleiben. Allerdings wird dabei ein Tischgebet gesprochen«, ergänzte Alyss.

Lore hatte mit immer größer werdenden Augen von einem zum anderen geblickt.

»Ihr wollt mich för de Jeck halde, oder?«

»Warum sollten wir? Überzeug dich einfach selbst, Lore. Du darfst mich morgen zu Frau Catrin begleiten, wenn ich Frau Gerlis' Hochzeitsgeschenk bei ihr abhole.«

»Ich muss nicht beten?«

»Du musst nicht beten.«

»Versprochen?«

»Versprochen.«

»Gut, dann komm ich mit. Aber jetzt muss ich zu den Gänsen.« Lore stand auf und stob zur Tür. Doch dann blieb sie doch noch einmal stehen, drehte sich um und sagte: »Danke fürs Essen.«

»Was hat das Mädchen nur gegen das Beten?«

»Soll ich raten, Merten? Schlechte Erfahrungen mit Priestern.«

»Autsch. Magister Hermanus und seine Sermone.«

»Die wohl weniger.«

Karfreitag hin, Karfreitag her, die Arbeit auf dem Hof ruhte nicht. Die Tiere mussten versorgt, Essen vorbereitet und die Stuben gekehrt werden. Außerdem wollten die Jungfern und Alyss sich die Haare waschen.

Während sie sich am Brunnenrand niederließ und Leocadie ihr die Zöpfe aufflocht, klapperten in Alyss' erbsenzählerischem Hirn ein paar eigensinnige Zahlen durcheinander. Sie betrafen den Magister Hermanus. Mertens Mutter, Lisa de Lipa, hatte van Doorne vor nunmehr zwanzig Jahren geheiratet. Damals war Hermanus so alt gewesen wie Frieder heute. Also war er jetzt so Mitte dreißig. Er hatte die Domschule besucht, danach wurde er Pfarrgehilfe. Junge Männer besuchten die Domschule, bis sie ungefähr zwanzig waren, deshalb mochte er um das Jahr herum, als Lisa de Lipa starb, zu dem Dorfpfarrer gegangen sein. Diese Stelle hatte er vor sieben Jahren verlassen, um Mesner zu werden. Wann und wo hatte er denn seinen Magistertitel erworben? Dazu gehörte ihres Wissens ein Studium der freien Künste, oder? Aber nun ja, sehr genau hatte Merten den Werdegang Hermanus' wohl nicht verfolgt. Und eigentlich könnte sie sich die Neugier auch sparen, denn wenn er nun wirklich eine gut bezahlte Stelle bekommen hatte, würde er nicht mehr so häufig das Hauswesen besuchen.

Leocadie schäumte ihr die Haare mit venezianischer

Seife ein, und der zarte Duft von Lavendel und Rosmarin umgab sie. Malefiz kam mit einer Maus im Maul aus dem Stall getrottet, Herold, der schwarze Hahn, stolzierte mit seinen Hennen über den Hof, Hilda trug einen Korb mit Eiern zur Küche und blieb neben ihr stehen.

»Die Jungfern müssen übermorgen Osterwasser holen, Herrin.«

»Müssen sie das, Hilda?«

»Ja, das müssen sie. Wir müssen die Küche reinigen.«

Die Haushälterin sah so grimmig entschlossen aus, dass Alyss nickte. Sie verstand in diesem Fall durchaus, was Hilda damit sagen wollte. Nicht, dass sie die seltsamen Zaubersprüche und Omen der abergläubischen Frau jemals ernst genommen hatte. Weder förderten in Wecken versteckte Erbsen die Fruchtbarkeit, noch bedeutete ein schwarzer Kater, der sich den Schwanz leckt, dass Unheil über das Haus käme, wie sie behauptet hatte, als sie Inse das erste Mal mitbrachte. Aber ein Mensch war in der Küche gestorben, eines gewaltsamen Todes. Und das bedurfte eines Zeichens, um die Erinnerung daran zu löschen. Den Brauch des Osterwasserschöpfens kannte Alyss natürlich. Auf dem Gut in Villip hatte sie, als sie ein ganz junges Mädchen war, auch in der Osternacht mit den Dorfjungfern eine reine Quelle aufgesucht und das Wasser in Kannen gefüllt. Es hieß, dass es Schönheit und Gesundheit schenkte, und Lauryns Mutter hatte immer einen Krug davon in der Vorratskammer aufbewahrt. Doch hier in der Stadt hing man dem Brauch nicht an. Aus guten Gründen.

»Sie werden es schwerlich aus dem Rhein schöpfen können«, wandte sie ein.

»Nicht aus dem Rhein, aber oben aus dem Weidenbach«, sagte Hilda.

Alyss nickte. Das wäre eine Möglichkeit. Am Bachtor trat der Duffesbach in das Stadtgebiet ein. Dort lag sein Lauf am Pantaleon noch zwischen weidenbewachsenen Ufern, sein Wasser war klar und sauber. Dann erst verwendeten es die Gerber und Färber, sodass es mit roter Lohe und blauem Waid verunreinigt in den Rhein floss.

»Aber, Hilda, ich werde mitgehen. Es treibt sich ein Mörder in den Gassen herum. Die Mädchen dürfen nicht ohne Schutz sein.«

Die Haushälterin sah betreten drein.

»Daran habe ich nicht gedacht... Ihr dürft Euch auch nicht in Gefahr begeben, Herrin.« Und dann reckte sie ihr Kinn. »Ich werde dafür sorgen, dass sie sicher sind.«

»Wie, Hilda? Wirst du uns mit dem Bratspieß bewaffnet begleiten?«

»Lasst das meine Sorge sein.«

»Na gut. Spül mir die Haare aus, Leocadie. Ihr wollt die euren auch noch waschen. Und Lore könnte ebenfalls etwas Seife auf ihrem Kopf vertragen.«

»Sie wird wieder kratzen und beißen.«

»Dann stopft ihr einen Käferwecken zwischen die Zähne.«

# 19. Kapitel

Hilda hatte, wie es ihre gläubige Art war, mit ihren Freunden die Osternacht in der Kirche durchgewacht, das Hauswesen jedoch war in die Federn gekrochen. Aber noch bevor der Hahn martialisch das Morgengrauen kündete, rüttelte die Haushälterin leicht an Alyss' Schulter.

»Die Jungfern sind schon wach und bereit, Herrin«, flüsterte sie.

Schweigend stieg Alyss aus dem Bett und warf sich ihr Gewand über die Cotte. Es war klamm und kühl, und so nahm sie auch ein wollenes Umschlagtuch und legte es sich um die Schultern. Einige Locken hatten sich aus dem Zopf gelöst, und sie warf ihn sich zauselig, wie er war, über den Rücken. Kaum einer würde zu dieser frühen Stunde ihre Aufmachung sehen.

Die Jungfern warteten unten in der Küche auf sie, alle drei mit warmen Tüchern um die Schultern. Leocadie hielt den Deckelkrug in der Hand, den die Haushälterin für das Osterwasser vorgesehen hatte; auch die beiden anderen Mädchen trugen Tonkrüge. Sie sahen noch ein wenig verschlafen aus, aber Hilda hatte ihnen aus Zweigen mit jungem Grün, gelben Schlüsselblumen und blauen Veilchen Kränze geflochten, die sie mit einem Lächeln auf ihre offenen Haare setzten.

Schweigend machten sie sich auf den Weg. Schweigen war geboten, denn der Glaube an die Wirksamkeit des österlichen Wassers war daran gebunden, dass es in stiller Andacht geschöpft wurde. Plapperwasser war zu nichts nütze, hatte Hilda ihnen eindringlich klargemacht.

Die Straßen waren dunkel, doch aus den hohen Fenstern der Kirche Maria Lyskirchen fiel goldener Lichtschein. Auch hier wachten die Gläubigen und erwarteten den Tag der Auferstehung des Herrn. Kühl wehte ein feuchter Dunst vom Rhein durch die Gasse, die nach den Rotgerbern benannt war. Dicht an dicht standen die Häuser, und unter ihnen verlief in einem alten Kanal der Duffesbach. Eine Katze kreuzte auf leisen Pfoten ihren Weg, Ratten huschten an den Hauswänden entlang. Hier und da drang der Schein eines flackernden Nachtlichts durch die Ritzen der hölzernen Läden. Dann wichen die Häuser links von ihnen den ersten Weingärten von Pantaleon, und schließlich bogen sie auf einen Pfad zwischen Wiesen und Felder ab. Hier plätscherte der Bach wieder in seinem ursprünglichen Bett, und an seinen Ufern tauchten die alten Weiden ihre biegsamen Äste in sein sprudelndes Nass. Nebel hatte sich über dem feuchten Grund gebildet, aber dennoch nahm Alyss wahr, dass sie nicht alleine waren. Für einen Augenblick beschlich sie Angst, dann erkannte sie ein Grüppchen junger Mädchen, die ebenfalls mit Krügen zum Bach strebten. Weitere folgten, schweigend, leise, mit Blüten bekränzt, andächtig. Dort knieten schon welche an einer flachen Uferstelle, andere warteten geduldig, bis ihre Krüge gefüllt waren. Lächelnd machten sie einander Platz.

Alyss legte den drei Jungfern nacheinander die Hand auf die Schultern und nickte ihnen zu. Sie selbst wollte hinter ihnen stehen bleiben und darauf achten, dass sich niemand ihnen näherte.

Während die Mädchen sich in die Wartenden einreihten, ließ sie den Blick über die Umgebung schweifen. Der Nebel wurde lichter, heller in der anbrechenden Dämmerung. Sie lauschte in die Stille, doch keine der jungen Frauen ließ auch nur einen Laut hören. Der Bach gluckerte, ein leichter Windhauch raschelte in den Weiden, Flügelrauschen erfüllte die Luft.

»Buhuhuuu«, rief der nachtjagende Uhu.

Sie sah auf zu ihm, und er umkreiste sie.

»Buhuhuuu!«

Ein Uhu besuchte manchmal ihren Weingarten. Und wenn sie schlaflos nächtens im Hof umherwanderte, führte sie Gespräche mit ihm. War es der Nämliche?

Sie wickelte den Umhang um ihren Arm und streckte ihn aus.

Mit einem mächtigen Flügelschlag landete der Vogel darauf und faltete seine Schwingen zusammen. Seine goldenen Augen blickten sie weise an, doch auch sie, die sie gerne mit ihm geredet hätte, hielt sich an das Schweigegebot. Er schien es zu verstehen, und als sie ihm mit einem Armschwung half aufzusteigen, flog er mit einem letzten »Buhuhuu!« davon.

Alyss sah ihm nach, zutiefst berührt durch das Vertrauen dieses nächtlichen Jägers. Als sie ihren Blick wieder dem irdischen Treiben zuwandte, schrak sie zusammen.

Männer standen da. Schweigend, drohend.

Der warnende Schrei blieb ihr in der Kehle stecken.

Aus dem wabernden Dunst kam einer der Männer näher.

Sie wich zurück.

Stolperte über eine Wurzel.

Wurde aufgefangen und lag in Johns Arm.

Er sah zu ihr nieder und schüttelte lächelnd den Kopf. Dann ließ er sie los und trat wieder zurück. Verwirrt musterte sie die anderen Männer.

Und verstand.

Die Wächter der Jungfern.

Sie verschmolzen wieder mit dem Nebel.

Erleichtert atmete sie ein und schaute zu ihren Schutzbefohlenen. Sie hatten nichts bemerkt. Leocadie beugte sich mit der ihr eigenen Anmut über das Gewässer und füllte den Deckelkrug. Lauryn folgte ihr und dann Hedwigis. Alle drei kamen lautlos wieder zu ihr, und Alyss wies auf den Weg zurück.

Ebenso schweigend, wie sie gekommen waren, traten sie den Heimweg an. Über dem Rhein färbte sich der Himmel rot, und als sie ihr Haus erreicht hatten, ergoss die Sonne ihr Licht verschwenderisch über den Ostermorgen.

In der Küche dampfte Wasser in dem großen Kessel, und Hilda nahm dankend die Krüge entgegen.

»Nehmt Euer Bad, Herrin, und auch ihr, Jungfern«, sagte die Haushälterin und wies Tilo an, den Zuber am Herd zu füllen. Dann scheuchte sie ihn hinaus. Alyss legte ihr Gewand ab und stieg dankbar in das warme Wasser. Hilda goss ein paar Tropfen des kostbaren Osterwassers hinzu und murmelte irgendeinen abergläubischen Spruch dazu.

Ob das Osterwasser ihr nun große Schönheit schenken würde oder nicht, das war Alyss recht gleichgültig, die Wärme aber tat ihren durchfrorenen Gliedern gut. Als sie sich gewaschen hatte, hüllte sie sich in die bereitgehaltenen Tücher, und die Mädchen stiegen nacheinander in die

Bütt. Sie selbst ging in ihre Kammer hinauf, um für die Ostermesse ihr neues Gewand anzulegen. Aus safrangelber Seide war es, schimmernd und mit feinen Goldornamenten an Ausschnitt und Ärmeln versehen. Catrin hatte diese Borten für sie gestickt, ebenso wie die Beginen die seidenen Bordüren hergestellt hatten, die sie Gerlis zur Hochzeit überreichen würden. Ihre geflochtenen Haare steckte sie zu einem festen Kranz auf, und da sie, genau wie ihre Mutter, Hauben nicht sehr schätzte, schlug sie geschickt eine schwarzgoldene Sendelbinde wie einen muselmanischen Turban um ihr Haar und ließ das fransenbesetzte Ende über ihre Schulter fallen.

Das Schweigen war nun gebrochen, und als sie die Stiege nach unten ging, hörte sie schon fröhliches Geplapper. Hübsch sahen die Mädchen aus, und das lag nicht nur an dem Bad im Osterwasser, sondern auch an ihren rosigen Wangen und ihren heiteren Mienen. Auch Frieder und Tilo hatten sich eingefunden und prunkten in neuen Wämsern.

»Gehen wir zur Kirche und anschließend zu meinen Eltern«, sagte Alyss. Und zu Hilda gewandt: »Du nimmst dir den Rest des Tages frei, und auch Peer brauche ich heute nicht.«

»Ja, Herrin. Ich will nur noch das Haus reinigen. Ihr wisst schon.«

»Tu, was getan werden muss, Hilda, und bade auch in Osterwasser, damit du uns alle an Schönheit überstrahlst.«

»Ihr sollt darüber nicht lästern«, murrte Hilda, aber dann lächelte sie doch. »Könnt aber nicht schaden, so ein paar Tröpfchen.«

»Und hiervon auch ein oder zwei«, meinte Alyss und

reichte ihr die Phiole mit dem Duftwasser, das Marian ihr geschenkt hatte.

Die Ostermesse war erhebend, und als die Glocken ihr machtvolles Geläut wieder über die Stadt erschallen ließen, fühlte Alyss sich so leichten Herzens wie seit Tagen nicht mehr. Freundlich grüßte sie ihre Bekannten, ließ sich bewundernde Worte zu ihrem Gewand und ihren liebreizenden Begleiterinnen sagen, verschenkte ihre seltenen Lächeln hier und da und führte ihr Trüppchen dann zum Haus am Alter Markt.

Im großen Saal war die lange Tafel reich geschmückt. Weißes Leinen bedeckte den Tisch, Silberplatten und Pokale funkelten, ein mächtiger Tafelaufsatz, eine Handelskogge aus Kristall und Silber, glitzerte im Sonnenlicht, das durch die kunstvoll verglasten, hohen Bogenfenster fiel. Die Familie und einige enge Freunde hatten sich versammelt, um das Ostermahl einzunehmen, und Alyss sah ihren Vater im Kreis einiger junger Männer stehen. Seine Robe war heute aus lichtgrauer Seide, und für einen Augenblick flog sie der Gedanke an, dass er der menschlichen Schwäche der Eitelkeit frönen könnte. Doch sie verwarf diese Vermutung schnell. Er kleidete sich seinem Stand gemäß, und dass er kostbarste Stoffe wählte, billigte sie ihm gerne zu. Viel zu lange hatte er die kratzige schwarze Kutte der Benediktiner getragen. Doch das silbrige Gewand und das goldfarbene ihrer Mutter, die neben ihm stand und eben mit einem kleinen Lächeln zu ihm aufsah, gemahnte sie doch sehr an die beiden geschnitzten Gestalten auf ihrem Hausaltar. Fünfundzwanzig Jahre dauerte ihre Ehe nun schon, und es schien, als verknüpfe beide ein leuchtendes Band von Vertrauen und Zuneigung, das durch nichts zerstörbar war.

»Haben die Maiden das Wasser ohne etwas zu verschütten nach Hause gebracht, Mistress Alyss?«, fragte sie eine wohlbekannte Stimme, und sie drehte sich um.

John, in feinstem dunkelblauem Tuch, die Haare und den Bart sauber gestutzt und duftend wie ein ganzer Rosenbusch, stand neben ihr. Den linken Arm trug er noch in einer Schlinge, doch unter seinen verhangenen Lidern war sein Blick klar und scharf.

»Sie schwiegen fein still und achteten sorgfältig auf ihre Behältnisse, Master John.«

»Und Ihr, Mistress Alyss, badetet in jenem geweihten Nass, denn Eure Schönheit erglänzt wie die morgenfrische Ostersonne über einem grünenden Feld.«

»So machte ich Euch bisher den Eindruck eines wolkenverhangenen Tages über dürren Weiden?«

»Weder wolkenverhangen noch dürr, aber gelegentlich etwas schmuddelig. Vor allem, wenn Ihr im Weingarten gewirkt habt. Doch tröstet Euch, Mistress Alyss, Eure innere Schönheit können auch Schlamm und Staub nicht überdecken.«

»Eure Schmeicheleien entzücken, Master John. Und wie es scheint, habt auch Ihr die zarten Händchen einer Badermagd Euer ruppiges Äußeres glätten lassen. Nur bedauerlich, dass Euer Inneres davon keinen Gewinn trug.«

»Es bedarf, Mistress Alyss, nicht deren Behandlung, doch die Eure macht aus meinem Charakter den eines weißgelockten Osterlammes.«

»Das Lamm wird geopfert, und als ein Opfer seid Ihr mir nie erschienen, Master John.«

»Ich bin aber ein Opfer meiner Sehnsüchte, Mistress Alyss, und wenn ich Euch begegne, kaum mehr Herr meiner Sinne.«

»Dann scheint Ihr derer nicht allzu starke zu haben.«

Marian trat hinzu und schlug John auf den gesunden Arm.

»Umgarnt er dich wieder mit vollmundigen Schmeicheleien, Schwesterlieb?«

»Er übt sich darin, und wie flüssiger Honig triefen sie ihm von den Lippen. So wie Benefiz beim Anblick eines Wurstzipfels zu sabbern beginnt, wecken die Frauen bei ihm den Geifer.«

»Er ist noch schwach, Alyss, und kaum dem Schmerzenslager entstiegen. Er war schon vor dem Morgengrauen auf den Beinen.«

»Das will ich würdigen. Danke, Master John, dass Ihr über uns gewacht habt. Aber woher wusstet Ihr von unserem Gang?«

»Euer *houskeeper* sandte Jung Tilo zu mir, Mistress Alyss, der mir von dem Vorhaben berichtete und um Schutz bat.« John lächelte sie jetzt nicht mehr neckend, sondern verständnisvoll an. »Mir ist dieses Wasserschöpfen vertraut, Mistress Alyss. Auch in meiner Heimat besuchen die Maiden die heiligen Quellen, und die *younglings* behüten sie.« Dann grinste er wieder. »Oder versuchen sie zu schrecken, sodass sie ihr Schweigen brechen.«

»Nun, geschreckt habt Ihr mich«, brummte Alyss.

»Aber gequietscht habt Ihr nicht.«

»Ich quietsche nie.«

»Nein, Tochter, das hast du noch nie getan. Selbst als kleines Kind nicht.«

Der Herr vom Spiegel war hinzugetreten, und Alyss beugte ihr Knie vor ihm. Auch John verneigte sich achtungsvoll, und das Auge des Allmächtigen ruhte mit Wohlgefallen auf ihm.

»Ihr habt eine schwierige Überfahrt gehabt und Verluste zu beklagen, Tuchhändler.«

»Geringere, als zu fürchten stand, my Lord. Zehn Gerfalken haben ihre Freiheit zurückerhalten, doch das Leben Eures Neffen und die meisten Tuche sind gerettet.«

Der Herr vom Spiegel nickte und wandte sich dann wieder an seine Tochter.

»Du hast heute Morgen einem heidnischen Brauch gehuldigt, sagte man mir.«

»Ja, Herr Vater.«

»Missbilligt Ihr dies, my Lord?«, fragte John ruhig.

»Ich halte ein Bad in sauberem Wasser und das Reinigen des Hauses für gesünder als Wachen, Fasten und Geißeln, Tuchhändler.«

»So gedenkt Ihr nicht nach kirchlichem Brauch der leiblichen Auferstehung, my Lord?«

»Mag sein, dass Jesus leiblich auferstanden ist, ich halte diesen Zustand nicht für erstrebenswert. Wenn ich mir vorstelle, dass ich all den Idioten wiederbegegnen soll, deren Umgang ich in diesem Leben gemieden habe, zweifle ich an der Sinnfälligkeit des ewigen Lebens.«

»Ihr habt Euch über jemanden geärgert, Herr Vater!«, stellte Alyss nüchtern fest.

»Natürlich. Dieser fettwanstige Neffe dort, den deine Mutter mir als Nachfolger ans Herz gelegt hat, ist entgegen meiner Weisung hier erschienen. Kaum mehr als einen Kuhfladen hat er im Hirn, aber er sieht sich schon als Herr des Hauses vom Spiegel.«

»Oh, Rufin, ja. Aber ich glaube, er hat weniger als Kuhfladen im Hirn, wenn er sich Euch widersetzte. Sperrt ihn in den Stall mit Wasser und Brot.«

»Ein kluger Rat von Mistress Alyss, my Lord. Doch wenn Ihr nicht am Tage des Gerichts auferstehen wollt, was erwartet Ihr dann nach Eurem Tode?«

»Dass man meine Gebeine in ein gemütliches Grab bettet und in Ruhe verrotten lässt.«

Alyss, die dieserart Äußerungen gewohnt war, unterdrückte ein aufsteigendes Lachen. Ihr Vater hatte so seine ganz eigene Meinung über den Glauben und insbesondere die Kirche und deren Vorschriften. Dass sich derzeit, wie er letzthin gesagt hatte, zwei alte Männer um die Stellvertretung Gottes auf Erden wie die räudigen Hunde um einen saftigen Knochen zankten, bewies ihm nur wieder, dass Menschen, nicht Gottes Werke das Fundament der Kirche bildeten. Sie nahm ihm diese Haltung ab, er hatte genug an Bigotterie, Simonie, Geschäftemacherei und Verrat am eigenen Leib erfahren. John hingegen kannte ihn nicht so gut, und das Schicksal seines eigenen Vaters mochte ihn betroffen machen. Darum überraschte es sie nicht, dass er leise mahnte: »My Lord, sprecht nicht zu laut über Eure Vorstellung von der Auferstehung.«

»Stört Euch ein ketzerisches Wort, Tuchhändler?«

Ein bitteres Lächeln zuckte um Johns Lippen.

»Mich nicht, my, Lord.«

Der Herr vom Spiegel nickte.

»Einige Schriften Eures vortrefflichen Bischofs Wycliffe habe ich inzwischen studiert.«

»Eure Ansichten dazu würde ich gerne hören. Doch sollten wir Disputationen dieser Art in Eurem Turmzimmer führen, my Lord, wo die Ohren nicht so groß und spitz sind.«

»Hier sind nur Ohren, die meiner Familie gehören.«

»Ja, my Lord. Aber nicht meiner.«

Der Herr vom Spiegel musterte John mit einem langen Blick unter seinen schwarzen Brauen.

»Dann will ich darauf Rücksicht nehmen, John of Norwich.«

Sprach's und ging.

Und Alyss sah, dass John vollkommen erstarrte.

»Nie, John, solltet Ihr den Fehler machen, unseren Vater zu unterschätzen«, mahnte Marian, der schweigend zugehört hatte.

»Offensichtlich tat ich dies. Woher...?«

»Er hat viele Verbindungen, John. Aber seid getrost, was immer er von Euch weiß, er wird es für sich behalten. Nicht einmal wir wussten, dass er Euch mit einem Namen nennen kann.«

»Aber dass er es tat, Master John, mögt Ihr als Achtung werten«, fügte Alyss hinzu.

John schien jetzt wieder aus seiner Erstarrung zu erwachen und schüttelte den Kopf.

»Er sollte nicht so reden, Marian. Auch zu Familienohren gehören gelegentlich verräterische Lippen. Und wie ich hörte, sind erst vor kurzem hier in Köln zwei Morde begangen worden, bei denen Ketzer ins Spiel gebracht wurden.«

»Lasst uns auch darüber nicht hier sprechen, John. Seht, da steht die schöne Jungfer Leocadie und wünscht so sehnlichst das Wort an Euch zu richten. Heitert sie auf mit einer kleinen Geschichte über ihren tapferen Ritter.«

»Einer schönen Maid werde ich diese Bitte nicht abschlagen können.«

John verbeugte sich in Leocadies Richtung, und Alyss gab ihr den Wink, näher zu treten.

Schön war sie wahrhaftig, graziös und lieblich anzusehen, wie sie in ihrem elfenbeinfarbenen Kleid auf sie zukam.

»Maid Leocadie, kein Osterwasser könnte Euren Liebreiz noch erhöhen.«

Leocadie senkte die Augen und errötete hinreißend.

»Master John, ich freue mich, Euch bei Gesundheit zu sehen.«

»Noch ein wenig flügellahm, aber guten Mutes.«

»Wir hörten über die Vorkommnisse Eurer Heimreise.«

»Dramatisch, doch nicht tödlich. Ich war der einzige Dummkopf, der sich eine Verletzung zuzog. Sir Arbo und die beiden *knaves* sind heil davongekommen.«

»Danke, Master John. Und, Master John?«

»Ja, Maid Leocadie?«

»Tilo hat berichtet, dass Sir Arbo Euch geholfen hat zu fliehen. Wäre es wohl möglich, Master John, diese Tat vor meinem Großvater zu erwähnen?«

»Um Sir Arbos Ehre in seinen Augen wiederherzustellen, Maid Leocadie?«

Die Jungfer errötete noch tiefer, aber Alyss bewunderte ihren Mut. Sie sah John aufrecht in die Augen.

»Seine Ehre hat er nie verloren, Master John.«

»Wahrscheinlich nicht, Maid Leocadie, doch sein Stolz war zu groß. Aber er hat bewiesen, dass er ein tapferer Mann ist und bereit, Verantwortung für andere zu tragen. Das will ich gerne schildern, wenn ich Gelegenheit dazu finde.«

»Danke, Master John.«

Die Diener betraten nun den Saal und brachten die Speisen herein. Man versammelte sich um die lange Tafel, Herr und Herrin des Hauses an den Ehrenplätzen, neben ihnen Alyss und Marian. Der Herr vom Spiegel gab John den Wink, sich ebenfalls zu ihnen zu setzen.

Alyss nahm zwischen ihrer Mutter und Catrin Platz und wurde von beiden mit herzlichen Worten begrüßt.

»Was hat übrigens Rufin verbrochen, dass unser Vater eine Wiederbegegnung am jüngsten Tag mit ihm ablehnt?«, fragte Alyss Frau Almut mit einem Blick auf den fettleibigen jungen Mann, der sehr viel weiter unten an der Tafel saß.

»Er lehnte vor allem die heutige Begegnung ab, Alyss, und ich muss sagen, auch mich macht der junge Laffe ärgerlich. Mehr aber noch ärgere ich mich über mich selbst, denn ich hatte diesen Ochsenkopf deinem Vater als möglichen Nachfolger in seinem Handelshaus vorgeschlagen, damals, als sein Herz so einen heftigen Sprung tat. Ich dachte, er könne ihm einige Last abnehmen.«

»Aber das tut er nicht?«

»Er tut sich nur wichtig. Und peinlicherweise kam dein

Vater neulich hinzu, als der Tropf einen Auftrag von mir nicht erledigen wollte, weil er fürchtete, nicht rechtzeitig zum Ostermahl zurück zu sein.«

»Diese Verfehlung aber, Frau Mutter, seid Ihr doch selbst in der Lage zu rügen.«

»Natürlich. Aber Rufin beging das Ungeschick, in Ivos Beisein zu bemerken, dass die Anweisung nur von einem Weib käme.«

»*Nur.* Ich verstehe. War der Allmächtige wortgewaltig?«

»In seiner schönsten Form. Jung Rufin nahm die Farbe erbrochenen Haferschleims an und trollte sich.«

»Zäh muss er dennoch sein, dass er sich heute hertraute.«

»Weniger zäh als verfressen.«

»Ah, ja, derer gibt es viele. Für eine Nachfolge kommt er wohl nicht mehr in Frage?«

»Er wird Köln vermutlich in Kürze verlassen und zu seiner Mutter zurückkehren. Wie ich hörte, bist du ebenfalls von einem ewig hungrigen Tischgast befreit, Alyss.«

»Ah, ja, Frau Mutter. Ihr hörtet davon? Ich weiß wenig, nur dass Magister Hermanus eine reicher gedeckte Tafel als die meine gefunden hat.«

»Nun, dein Vater berichtete mir vorgestern beiläufig, dass der Ratsherr de Flemalle eine Empfehlung für Magister Hermanus als Schreiber vorliegen hat. Ich weiß aber nicht, ob er ihn eingestellt hat.«

Alyss nahm sich von den gebutterten Rübchen, und Frau Almut widmete sich dem Lammbraten. Als Tilo ihr Wein nachschenkte, wandte sie sich an ihren Gatten und fragte ihn nach Hermanus und den Ratsherrn.

»Ja, er sagte, er wolle prüfen, ob der Magister geeignet

sei«, antwortete der Herr vom Spiegel kurz. »Es gab da wohl noch eine Frage zu seiner Ausbildung. Aber mehr weiß ich nicht darüber.«

»Ich fragte mich letzthin auch einmal, wann und wo unser Hauspfaff seinen Magistertitel erwarb«, sagte Alyss mehr vor sich hin, aber ihr Vater hörte es dennoch.

»Bei den Fraterherren in Deventer. Das war es, was der Ratsherr überprüfen wollte.«

Marian sah zu John hin und fragte: »Ihr kennt Euch in Deventer gut aus. Wisst Ihr etwas über die Fraterherren dort?«

»Nein, Marian, ich komme mit Kaufleuten und Kapitänen, mit Tuchmachern und Falknern zusammen, nicht mit gelehrten Herren. Aber ich werde mich erkundigen, wenn Ihr es wünscht, my Lord.«

»Bietet dem Ratsherrn Eure Dienste an, Tuchhändler. Mich berührt es nicht, wo ein Hauspfaff seinen Titel erwarb.«

»Aber Herr Vater, es wird Euch sicher interessieren, wie Tilo und Master John den Friesen entkamen, nicht wahr?«

»So wie du es fragst, Tochter, sollte ich wohl bestrebt sein, es zu erfahren.«

»Ja, Herr Vater. ›Denn wer weiß, was dem Menschen nützlich ist im Leben, in seinen kurzen Tagen, die er verbringt wie ein Schatten?‹«

»Der Prediger, Tochter, hat wie immer recht. Sprecht also, Engländer.«

»Wenn Ihr es wünscht, my Lord.«

Und dann hing die ganze Gesellschaft an Johns Lippen, denn er verstand, seine Geschichte farbenprächtig zu erzählen. Selbst jene, die sie bereits kannten, lauschten hingebungsvoll, und mancher Happen Braten wurde kalt in den Schüsseln.

Alyss hatte von Tilo schon viel erfahren, doch auch für sie gab es einiges, was neu war. So malte John besonders das Drama aus, das sich abspielte, als die Friesen auf dem Schiff die beiden Knappen und Tilo gefangen genommen und mit ihren Messern bedroht hatten. Sie nahm an, dass John hier seine eigene Rolle verschwieg, wohl aber berichtete, wie Ritter Arbo versuchte, die Jünglinge zu schützen, indem er sich selbst als Geisel anbot.

Ein schneller Blick zu Leocadie überzeugte sie, dass die Jungfer auf eine solche Schilderung begierig gewartet hatte.

»Er hat sich als tapferer Mann bewährt, my Lord, doch auch ihn packte nach den langen Tagen der Gefangenschaft in dem finsteren Keller die Niedergeschlagenheit. Und hier muss ich Jung Tilo loben, Master Pauli«, sagte er zu Tilos Vater gewandt. »Obwohl Euer Sohn selbst von Angst und Zweifeln geplagt war, verstand er doch auch, dass seine Angehörigen sich in großer Furcht um ihr Leben befinden mussten. Sir Arbo, der von Tag zu Tag mutloser und niedergedrückter wurde, erinnerte er daran, dass die Maid Leocadie sich in weit größerer Sorge um ihn befinden müsse. Das gab ihm schließlich seine Kraft zurück, und er half uns in selbstloser Weise, dem Kerker zu entkommen.«

Leocadie seufzte.

Der Herr vom Spiegel brummte.

»Mein Misstrauen, my Lord, das ich gegen Sir Arbo hegte wegen seines Verhaltens gegenüber dem Mörder Yskalt, habe ich abgelegt, denn ich habe viele Stunden mit ihm gesprochen in jenen finsteren Tagen. Er hat aus Menschlichkeit gehandelt, nicht aus böswilligem Vorsatz.«

»Doch sein Stolz überwog seine Ehre.«

»Er zeigte Einsicht, my Lord. ›Schau, das habe ich gefunden‹, spricht der Prediger, ›eins nach dem andern, dass ich Erkenntnis fände.‹«

Die ersten winzigen Kräuselfältchen bildeten sich um die Augen des Herrn, und Alyss atmete auf. Wenn nun ihr Vater noch die Bibel zitierte, dann mochte Leocadies Glück bald nichts mehr im Wege stehen.

»›Und ich richtete mein Herz darauf, dass ich lernte Weisheit und erkennte Tollheit und Torheit‹«, grummelte Ivo vom Spiegel. »Ihr wollt mir weismachen, dass ich mich in ihm getäuscht habe?«

»Wie könnte ich, my Lord? Euer Urteil ist unbestechlich und Eure Weisheit ohnegleichen.«

»Spötter!«

»Herr Vater...«

»Schon gut, schon gut. Kind?«, fragte er zu Leocadie gewandt.

»Ja, wohledler Herr.«

»Du hängst noch immer mit großer Treue an dem Ritter?«

Noch einmal bewunderte Alyss Leocadies Haltung. Sie mochte bleich sein und zittern, aber sie hielt dem durchdringenden Blick ihres Großvaters stand.

»Nun gut, wenn er bei der Hochzeit seiner Schwester nächste Woche anwesend ist, will ich noch einmal mit ihm sprechen.«

»Danke, wohledler Herr.«

»Und nun wollen wir es halten, wie der Prediger uns rät, und uns wieder dem Mahl zuwenden: ›Denn ein Mensch, der da isst und trinkt und guten Mut hat bei all seinen Mühen, das ist eine Gabe Gottes.‹«

Zufrieden mit der Entwicklung widmete Alyss sich den gesottenen Eiern in Kräutern und Bärlauch und trank von dem goldenen Wein in ihrem Pokal. Der Kohelet, die Schriften des Predigers Salomo, war ihres Vaters liebste Bibelstelle. Er ergötzte sich an den oft mieselsüchtigen Sprüchen, und wann immer Frau Almut, Marian oder sie selbst die Notwendigkeit sahen, ihn aufzuheitern, dann zitierten sie aus diesem Werk. John schien es instinktiv begriffen zu haben, und das freute sie.

Eine Weile lauschte sie nur dem Geplauder, dann lenkte Catrin zu ihrer Linken ihre Aufmerksamkeit auf sich.

»Ich weiß, Liebes, du bist jetzt ganz zufrieden, und es dauert mich, dass ich doch noch eine kleine schmerzliche Begebenheit berühren muss.«

»Na, was denn, Catrin? Ich bin gegen vieles gewappnet.«

»Ja, darum wage ich es jetzt. Oliver Schwertfeger kam gestern Abend noch zu uns.«

»Ei wei, Inses Ehemann.«

»Ja, er war zutiefst betroffen und wäre am liebsten direkt zu dir gestürmt. Aber ich habe ihn auf den morgigen Tag vertröstet.«

»Ich werde ihm wenig helfen können, Catrin.«

»Nein, wenig, nur seine Fragen beantworten. Er war erschüttert.«

»Verständlich. Aber nun lass uns von andern Dingen sprechen.«

»Lore vielleicht?«

»Oh, Lore. Sicher, gerne.«

Catrin lachte leise ihr zurückhaltendes Lachen.

»Ein widerborstiges Kind, doch nicht ohne Witz. Wir haben sie gestern noch eine Weile dabehalten und mit Mühe davon überzeugen können, dass wir unsere Tage nicht betend auf Knien verbringen. Sie ist neugierig, nicht ungeschickt mit den Fingern…«

»Ich fürchte, dann und wann auch in fremder Leute Taschen…«

»Möglich, doch in den unseren nicht. Die Küche hat ihr gefallen, doch den Webstühlen der Seidweberinnen gönnte sie nur einen abfälligen Blick. Die Wachstäfelchen und der Abakus, der im Schulzimmer lag, schienen ihre Neugier indes wieder geweckt zu haben.«

»Lasst sie ein wenig die Buchstaben deuten lernen, aber, Catrin, vielleicht sollte sie eurer Köchin zur Hand gehen.«

»Und die Vorratskammer dabei plündern?«

»So sehr viel passt in den Magen eines Mädchens nicht hinein. Und wenn sie erst einmal ein paar Tage hintereinander satt geworden ist, mag sich ihre Gier auch legen.«

»Ja, das sollte man bedenken. Sie ist mit einfachem Essen zufrieden. Es wird uns nicht schaden, ihr das eine oder andere Schmalzbrot zu bereiten.«

»Wie geht es Frau Clara? Hat sie ihren Anfall von Frühlingsschnupfen überwunden?«

»Nachdem wir ihr alle Vorbereitungen zur Osterfeier abgenommen haben – natürlich.«

»Eine der wundersamen Heilungen, die mein Bruder immer so gerne erzielen möchte.«

»Bei Frau Clara ist er schon erfolgreich gewesen. Sie liebt sein gewinnendes Wesen.«

»Wer tut das nicht, Catrin? Wer tut das nicht?«

## 20. Kapitel

Gislindis fand ebenfalls das gewinnende Wesen des jungen Herrn Marian als angenehm, ja, sie musste sich selbst sogar zur Zurückhaltung mahnen, denn seit sie seine Eltern kennengelernt hatte, war ihr erstmals die ganze Bedeutung seines Standes aufgegangen.

»Du siehst bedrückt aus, Gislindis«, stellte ihre Freundin, eine Federputzerin, fest, die neben ihr in der Prozession durch die Weingärten ging. Mats zuliebe hatte sich Gislindis dem Emmausgang angeschlossen, den die Pfarrkirche ihres Sprengels jedes Jahr an Ostermontag durchführte.

Gislindis setzte ein Lächeln auf.

»Nur ein wenig in Gedanken, doch bedrückt nicht. Wer könnte an einem solchen Frühlingstag bedrückt sein?«

»Nein, kann man nicht, denn der Herr Jesus ist auferstanden und seinen Jüngern begegnet. Jedes Mal, wenn ich hier mitgehe, denke ich, dass ich ihn auch mal treffe.« Und dann kicherte die Federputzerin, ein lebensfrohes Mädchen. »Oder wenigstens meinen Zukünftigen.«

»Ich dachte, der Drahtbinder sei es, von dem du neulich sprachst.«

»Vielleicht. Aber es gibt Hübschere. Den Oliver Schwertfeger. Der wird jetzt wieder ein Weib suchen, wenn die Trauerzeit herum ist. Oder dein Verehrer zum Beispiel. Der feine Patriziersohn.«

Womit Gislindis wieder bei ihrem leisen Unbehagen angekommen war.

»Mein Verehrer ist er nicht. Uns trennt zu viel – die Tochter einer Fahrenden und der Erbe eines edlen Herrn.«

»Die Mutter deines feinen Herrn war eine einfache Begine, und der Vater, munkelt man, ist einst als Ketzer verurteilt worden. Hat sich wohl irgendwie rausgewunden. Die edlen Herrn haben da so ihre Möglichkeiten.«

»Und doch war er Ratsherr und ist ein reicher Handelsherr und ein ehrenwerter Mann. Sein Sohn wird dereinst sein Erbe antreten.«

»Ändert nichts daran. Begehren tut er dich dennoch, denn welcher Mann würde einem Weib Bücher mit Gedichten schenken, wenn er nicht eine Absicht dahinter hegte?«

»Nützt mir's was?«

»Ein hübscher Mann zum Kosen ist immer nützlich. Du musst nur aufpassen, dass du nicht mit einem kleinen Bastard sitzenbleibst. Aber selbst da kennst du genug Frauen, die dir aushelfen können.«

Sie erreichten die letzte der Stationen, an denen der Priester, der die Gruppe führte, zum Gebet aufrief, und Gislindis blieb ihrer Freundin die Antwort schuldig.

Sich selbst nicht.

Nein, Herr Marian war kein Mann zum Tändeln und Kosen. Er stammte aus einer einflussreichen und wohlhabenden Familie und hatte sie immer mit Achtung behandelt.

Selbst seine Küsse schmeckten nach Ehre. Wenn auch süss wie die Honigkuchen, die er ihr brachte. Sie war sich selbst nicht ganz sicher, was er mit seinen Besuchen bezweckte. Ja, ihr das Lesen und Schreiben beibringen, das tat er, doch sie gab ihm dafür ihr Wissen, das sie von überall her aufschnappte. Es war wohl am besten, wenn sie ihr Verhältnis zueinander wie ein freundschaftliches Geschäft betrachtete.

Leider, seufzte eine heimliche Gislindis, und sie verbat dieser Verräterin umgehend den Mund.

Mats sang aus voller Kehle den Wechselgesang mit, wenn nicht in Worten, so doch in Lauten. Ihr Vater fand wie immer grosses Vergnügen an den Gottesdiensten unter freiem Himmel. Und dieser würde auch noch nach dieser letzten Station mit der Erteilung eines grossen Ablasses enden. Als sie weiterzogen, entschuldigte Gislindis sich bei ihrer allzu neugierigen Freundin und schloss sich Mats an. Doch als sich die Gemeinde in der Kirche Sankt Maria zum Ablass versammelte, flüsterte sie ihm zu, dass sie sich auf den Heimweg machen wolle, um ihm ein reichhaltiges Essen zu bereiten. Er nickte fröhlich, und sie stahl sich unauffällig aus der Gruppe.

Es war kein weiter Weg von der Kirche zu ihrem Häuschen an der Burgmauer, und die Strassen und Gassen waren wenig belebt. Beschwingt schritt sie aus und plante in Gedanken schon, wie sie aus den jungen Möhrchen, dem Löwenzahn, dem Bärlauch, dem Stückchen Schweinefleisch, dem reifen Käse und dem weissen Brot, das vom Ostertag übrig geblieben war, eine Pastete herstellen würde. Da sie dabei nicht auf ihre Umgebung achtete, überraschte sie der Mann im schmucken Wams und hoch aufgebundenen Schnabelschuhen.

»Wie kommt's, dass ein so schönes Kind wie du alleine durch die Straßen wandert?«, sprach er sie an und passte seine Schritte den ihren an.

»Ein Kind nicht und nicht ohne Wehr, Herr«, beschied sie ihn kurz.

»Eine Messerschleiferin ist das sicher nicht, doch musst du dich gegen mich nicht wehren. Schutz biete ich dir.«

»Gegen wen oder was wollt *Ihr* mich schützen?«

Gislindis fiel wieder ein, wo sie den Mann schon einmal gesehen hatte. Im Hof bei Frau Alyss. Nur deshalb hielt sie ihre scharfe Zunge im Zaum.

»Ich schütze dich gegen die schlimmen Buben, meine Hübsche, wenn wir gemeinsam in der Schenke einen Wein trinken.«

»Ich trinke keinen Wein in einer Schenke, Herr.«

»Doch, doch, er wird dir munden.«

Der Mann drängte sie auf die andere Seite der Gasse, um sie dazu zu bringen, ihm hinunter zum Rhein zu folgen. Verärgert blieb Gislindis stehen, sah ihn mit einem kalten Blick an und fauchte kurz: »Verschwindet.«

»Nicht doch, Liebchen!«

Er griff nach ihren Hüften und wollte sie an sich ziehen.

Gislindis schlug ihn mit der flachen Hand ins Gesicht. Nicht zu fest, sondern nur als Warnung.

Er lachte nur und packte sie härter.

Sie wurde nun ernsthaft wütend. Mit einem harten Aufstampfen trat sie ihm auf den Spann seines Fußes. Das Glöckchen an der Spitze seines Schnabelschuhs klingelte empört, und er grunzte: »Aua!«

Damit fasste er ihre Handgelenke und zerrte sie zu sich.

»Du willst es rauer, Dirne?«

»Nein, das möchte die Maid nicht, *young fellow*.«

Gislindis sah eine Hand auf der Schulter ihres Angreifers, und wie es schien, wirkte diese wie eine der Eisenklammern, mit denen die Kräne die Quadersteine zum Turm des Domes hochwuchteten. Der junge Mann drehte sich wütend um und stutzte.

»Sieh an, der Master John auf der Suche nach einem Schwälbchen. Lasst nur, Master Englischmann, dieses Vögelchen gehört mir. Aber es flattern mehr als genug in der Stadt herum, und heute ist ihr Gefieder frisch geputzt und duftend.«

»Geht nach Hause, Maid Gislindis«, sagte John ruhig und hielt weiterhin die Schulter des anderen fest. Sie wollte diesem Befehl eben folgen, als der Mann John fest auf den linken Arm in der Schlinge schlug. Der gab einen leisen Schmerzenslaut von sich, dann wurden seine blauen Augen unter den verhangenen Lidern kalt wie Eis. Wie eine Peitsche schoss seine Rechte vor und krachte auf das Kinn ihres Bedrängers. Er ging zu Boden.

»Das, Merten de Lipa, solltet Ihr nicht noch einmal versuchen. Ich mag flügellahm sein, aber für solche *pantaloons* wie Euch reicht noch immer *ein* gesunder Arm. Maid Gislindis, wohin führte Euch Euer Weg?«

»Nach Hause, Herr. Zur Burgmauer.«

»Nehmt meinen Schutz an.«

»Wenn Ihr mir verratet, was ein *pantaloon* ist«, antwortete sie mit einem Zwinkern in Richtung Merten, der sich eben aufrappelte.

Er berührte leicht ihren Ellenbogen und führte sie fort.

»Oh, manchmal fehlen mir die Worte Eurer Sprache. Ein Spaßmacher vielleicht, wie bei den Gauklern.«

»Ah, ein Hanswurst. Ja, das mag passen. Nur, ich traf ihn schon bei Frau Alyss.«

»Ja, dort ist er oft zu Gast.«

Der trockene Tonfall weckte Gislindis' Neugier augenblicklich.

»Ein gern gelittener Gast?«

»Von manchen.«

Gislindis ging eine Weile schweigend neben ihrem großen, blonden Begleiter her.

»Die Jungfern, natürlich. Er ist ein ansehnlicher Mann. Aber Frau Alyss ...«

»Er ist ihr Stiefsohn. Und er arbeitet jetzt für sie.«

»Mhm.«

Sie hatten das Häuschen erreicht, und Gislindis blieb stehen, um die Tür zu öffnen.

»Ihr wart nicht zufällig in der Nähe«, stellte sie dann fest.

»Nein, nicht zufällig.«

»Wollt Ihr mit eintreten?«

»Nein, Maid Gislindis. Das wäre nicht schicklich.«

Sie lächelte ihn an.

»Dann danke ich Euch, Master John. Gebt Acht auf sie.«

»Was glaubt Ihr wohl, warum ich unterwegs war«, murmelte er und verbeugte sich zum Abschied.

## 21. Kapitel

Nach Emmaus war auch das Hauswesen gewandert, von der Witschgasse zu Klein Sankt Martin, von dort den Rhein entlang zur Pfarrkirche an Groß Sankt Martin, die der heiligen Brigitte geweiht war, dann zu Sankt Maria im Pesch am Dom. Die letzte Station aber war die Gastwirtschaft Zum Adler, deren Wirtin wie jedes Jahr an Ostermontag einen gewaltigen Festschmaus für ihre vielköpfige Familie und ihre engsten Freunde ausrichtete. Ein ganzes Schwein drehte sich auf dem Bratspieß, aus dem Backes wurden beständig neue Brote, Kuchen und Pasteten geholt, in Kesseln dampften Suppen, Krüge mit schäumendem Bier machten die Runde – eine Spezialität der Frau Franziska, die sich ausgezeichnet aufs Brauen verstand. Aber auch Fässer mit Wein wurden angezapft, und Honigwasser wurde ausgeschenkt. Holz- und Tonschüsseln wurden gefüllt und begeistert geleert, fettige Finger abgeleckt, dicke Brotscheiben in Soßen getunkt. War das Familienessen im Hause vom Spiegel am Vortag auch von höchster Qualität gewesen, das Silber schimmernd, das Kristall blinkend – hier ging es lautstärker und unbekümmerter zu. Ein Dutzend Kleinkinder krabbelten zwischen Bänken und Tischen herum, Jungfern saßen tuschelnd beieinander, junge Männer heckten Schabernack aus, und die gesetzteren Herrschaften tauschten Klatsch und Tratsch. Alyss beobachtete, dass Leocadie heiter mit Stina schwatzte, Lauryn mit dem kleinen Jungen der Tochter eines Nordmanns spielte und sogar Hedwigis ihre hochnäsige patrizische Abstammung vergessen hatte und sich mit einigen Gleichaltrigen einem komplizierten Fadenspiel widmete. Sie selbst hatte sich mit Fygen, einer Tavernenwirtin, höchst angeregt über die Güte der wasserabweisenden friesischen Tuche unterhalten, ein neues Rezept für Würzwein erhalten und wurde nun auf den letzten Stand des Zuwachses in Frau Franziskas quirliger Familie gebracht.

»Sieben Enkelchen habe ich nun. Sieben, und keines verloren, Frau Alyss, und die Stina wird nun doch heiraten. Einen Nagelschmied, gerade fertig mit seiner Lehre und nun bei seinem Vater in der Werkstatt. Ein kräftiger Mann, und sie wird mir weitere Enkel schenken. Na, ziemlich bald, denke ich, weshalb sie noch diesen Monat an die Brautpforte tritt.«

»Woraus ich schließen könnte, dass sie guter Hoffnung ist.«

»Tja, passiert den jungen Mädchen schon mal, und ich und der Simon haben ihr ordentlich die Ohren lang gezogen. Da hat sie es zugegeben. Danach hat der Simon dann den Nagelschmied besucht.«

»Mit oder ohne Schmiedehammer?«

Franziska kicherte.

»Mit den bloßen Fäusten. Aber die sind fast so gut wie der Hammer. Der Junge kam mit einem blauen Auge hier an und hat ganz anständig um Stinas Hand gebeten.«

Frau Franziska schwatzte weiter, hielt dabei ein Auge auf die Kinder, und Alyss versuchte, die leise Wehmut zu verdrängen, die ihr dieser Anblick bescherte. Noch immer musste sie an den kleinen Terricus denken, der, kaum dass er laufen konnte, gestorben war. Im Rhein ertrunken, weil die Amme unaufmerksam gewesen war.

»Nicht doch, Frau Alyss, nicht doch«, unterbrach die Adlerwirtin ihr Geplapper und streichelte ihre Hand. »Da schwätz ich und schwätz und vergesse, was Euch widerfahren ist. Aber hört, das wird Euch aufmuntern.«

Und dann folgte eine launige Erzählung, wie Börn versucht hatte, ein widerspenstiges Maultier zu beschlagen, und bei diesem Versuch beinahe selbst das Hufeisen angezogen bekommen hatte.

Auf diese Weise verstrich der Nachmittag, und als die Dämmerung hereinbrach, wurden weitere Spieße mit gebratenen Hühnern hereingetragen, ein leicht angetrunkener Nordmann stimmte das erste Trinklied an, Leocadie war neben einem müden Kleinkind eingeschlummert, und Hilda, die in der Küche mitgeholfen hatte, setzte sich mit einem kleinen Stöhnen neben Alyss.

»Ich bin so satt, Herrin! Ich weiß nicht, wie ich nach Hause kommen soll.«

»Die Hühner riechen verlockend, aber ich fürchte auch, dass ich meinen Anteil den anderen überlassen muss.«

»Habt Ihr bemerkt, Herrin, dass Frieder und Tilo verschwunden sind?«

»Nein, aber sie werden sich mit den Adler-Jungen in der Schmiede herumtreiben.«

»Oder in der Braustube.«

»Dann werden wir sie bis morgen hier liegen lassen. Der Kater wird ihnen genügend Strafe sein.«

»Ihr solltet ihnen besseres Benehmen beibringen, Herrin, dazu hat man sie Euch anvertraut.«

»Morgen wieder, Hilda, morgen. Heute bin ich zu träge dazu.«

Doch die Trägheit schüttelte sie in diesem Moment ab, denn ein lautes Knallen schreckte die Gemeinschaft auf.

Der Esel schrie, Hühner gackerten aufgeregt, drei Hunde bellten wie von Sinnen, Kinder juchzten, und wieder krachte es. Blaue Funken stoben über den Hof. Dann rote, dann gelbe.

»Trines Feuerzauber«, sagte Alyss beruhigt und zog die Haushälterin zurück auf ihre Bank. »Harmlos und ein Vergnügen, das man den jungen Leuten und den Kindern gönnen sollte.«

»Harmlos? Teufelswerk, wenn Ihr mich fragt.«

»Ach nein, kleine Säckchen mit Schwefel und Schwarzpulver und irgendwelchen Ingredienzien gefüllt.«

Ein grünes Blitzen zuckte auf, dann eine purpurne Flamme.

»Na ja, sieht hübsch aus.«

»Ja, und bevor die Lustbarkeiten noch weitere Höhen erklimmen, werden wir die Jungfern einsammeln und nach Hause gehen. Die Jungs mögen sich ruhig noch ein wenig vergnügen.«

Hedwigis, Lauryn und Leocadie, Letztere ein wenig verschlafen, stimmten gefügig zu heimzugehen, und Harro Peddersen, ein wohlbeleumundeter Tuchhändler, erklärte sich bereit, sie zu begleiten. Franziska aber hielt Hilda und Alyss noch eine Weile auf, weil sie ihnen unbedingt noch ein Rezept für ihr Rebhuhn auf Weinkraut erklären musste.

So kam es, dass Alyss mit ihrer Haushälterin alleine durch die dunkler werdenden Gassen eilte.

Zwei Tage hatten die Menschen gefeiert – mit prachtvollen Messen, jubelndem Chorgesang, himmelhochjauchzender Freude, wenn nicht über die Auferstehung des Herrn, so doch bestimmt über das Ende der Fastenzeit. Neue Kleider waren getragen und bewundert worden, Familien waren von nah und fern zusammengekommen, Neuigkeiten ausgetauscht und viele Becher Wein und Bier getrunken worden.

Satte Müdigkeit lag über der Stadt.

Am nächsten Tag würde die Arbeit weitergehen; an diesem Abend herrschte Ruhe auf den Straßen.

Und weil es so still war, sprachen auch Alyss und Hilda nichts, während sie langsam zwischen den schweigenden Häusern nach Hause gingen.

Sie waren gerade vom Alter Markt in die Marspforte eingebogen, als ein unterdrückter Schrei sie beide zusammenfahren ließ.

»Was war das?«, flüsterte Hilda.

»Ein Mensch, der sich erschrocken hat, würde ich sagen.«

Alyss sah sich um.

Nichts.

Aber sie beschleunigten beide ihre Schritte.

Ein Keuchen, rennende Füße.

Von links aus der Budengasse kam eine Gestalt gelaufen.

Verfolgt von einem riesigen Wolf.

Hilda erstarrte.

Alyss hielt inne.

Der erste Mann stolperte, der Wolf auf zwei Beinen stürzte zu ihm.

Verzweifelt zerrte Alyss an Hildas Arm, aber die blieb wie gelähmt stehen.

Etwas blitzte auf.

Ein weiterer, halb erstickter Schrei.

Alyss bückte sich und hob einen Stein auf.

Warf.

Traf.

Der Wolf drehte sich zu ihr um. Sein Gebiss leuchtete im Dunkeln auf.

Sie warf den nächsten Stein.

Der Wolfsmann zuckte zusammen.

Sein Opfer rappelte sich auf, trat ihm an die Schienbeine. Etwas fiel klappernd zu Boden. Der Mann floh.

Der Wolf bückte sich, drehte sich zu Alyss um.

Er stieß ein langes Heulen aus, gefolgt von einem grässlichen Lachen.

»Hilda, weg hier!«

Alyss schlug der Haushälterin ins Gesicht. Endlich löste diese sich aus der Starre und begann zu rennen. Sie folgte ihr, doch immer wieder drehte sie sich um. Der Wolfsmann blieb weiter zurück. Aber er hatte wohl eine andere Gasse genommen, schon hörten sie wieder sein Heulen und das furchtbare Gelächter.

Hildas Angst schien ihr Flügel zu verleihen, sie rannte um ihr Leben. Alyss versuchte, mit ihr Schritt zu halten, und verfluchte das viele Essen, das sie zu sich genommen hatte. Als sie in die Witschgasse einbogen, war die Haushälterin fast hundert Schritt vor ihr. Sie stürmte in die Hofeinfahrt und warf das Tor zu. Als Alyss es erreichte, war bereits der Riegel von innen vorgelegt.

Hinter ihr heulte der Wolfsmann.

Mit beiden Fäusten trommelte sie an das Tor.

»Hilda, mach sofort auf. Hilda!«

Nichts rührte sich.

Sie schlug abermals an das Tor.

»Lauryn, Hedwigis, Leocadie!«

Oben ging ein Fensterladen auf.

»Frau Alyss?«

»Lauryn! Mach das Tor auf. Es ist jemand hinter mir her.«

Lauryn verschwand umgehend, und gleich darauf quietschte der Riegel von innen.

Alyss trat ein, warf das Tor wieder hinter sich zu und legte den Riegel wieder vor.

»Was ist passiert, Frau Alyss?«

»Gleich.«

Alyss rang noch immer nach Atem und kochte vor Wut. Sie stürmte in die Küche, und richtig, hier drückte sich die Haushälterin an die Wand, die Hände an die Brust gedrückt, die Augen weit aufgerissen.

»Was fällt dir ein, mir das Tor meines eigenen Hauses zu verschließen, Hilda?«, fauchte Alyss.

»Das Tor? Macht das Tor zu!«, keuchte Hilda und wollte an ihr vorbei.

»Bleib hier.«

»Muss das Tor zumachen. Der Wolf kommt!«

»Das Tor ist verriegelt, Hilda«, sagte auch Lauryn und hielt die Haushälterin am anderen Ärmel fest.

»Der Wolf wird uns zerfleischen. Der Teufel hat ihn geschickt. Die Hölle hat ihre Dämonen losgelassen.«

»Quatsch. Beruhige dich!«

»Beruhigen? Ihr wisst nicht, was ich weiß. Das ist das Omen!«

»Hilda, du bist von Witz und Sinnen!«

»Ihr habt das Böse angelockt. Es wird über uns kommen und uns vernichten. Schließt das Tor, um Gottes willen, schließt das Tor und betet.«

Hilda riss sich los und wollte wieder aus der Küche stürmen.

Alyss nahm den erstbesten Krug und schüttete ihr das Wasser über den Kopf.

Das half.

Hilda blieb tropfend stehen. Dann sah sie den Krug in Alyss' Hand und jammerte: »Das Osterwasser. Ihr habt das gute Osterwasser verschüttet.«

»Es hat seinen Zweck erfüllt«, knurrte Alyss sie an. »Was ist nur in dich gefahren, Hilda?«

Die Haushälterin war ruhiger geworden und nahm von Lauryn ein Tuch entgegen, um sich Gesicht und Haare abzutrocknen. Auch Leocadie und Hedwigis hatten sich eingefunden und standen stumm am langen Esstisch.

»Das war ein Werwolf«, flüsterte Hilda schließlich. »Das war der Werwolf, den diese Inse hergelockt hat, so wahr mir Gott helfe.«

»Das war ein Mann mit einem Wolfsfell. Ein Mörder, vielleicht, doch kein Unhold.«

»Doch, Herrin, das ist einer der Unhold. Sie sagen's auf dem Markt schon. Er geht nächtens um und reißt die Menschen.«

Die Jungfern rückten näher zusammen.

»Hilda, Inse ist durch Messerstiche verletzt worden, nicht durch Wolfszähne. Das hast du mit eigenen Augen gesehen. Dieser Mann vorhin hatte wahrscheinlich auch ein Messer in der Hand. Es ist wahr, es geht ein Bösewicht um in den Gassen, der sich mit einem Wolfspelz verkleidet. Aber er ist ein Mensch, kein Dämon. Nimm endlich Vernunft an. Deine abergläubischen Trugbilder sind einem anständigen christlichen Weib nicht würdig.«

Hilda hielt den Mund und zerrte an dem feuchten Leinentuch in ihren Händen.

»Frau Alyss hat recht, Hilda. Es ist ein heidnischer Aberglaube, das mit den Werwölfen. Wir sollten solche Geschichten nicht glauben«, sagte auch Lauryn. »Und nun geht zu Bett, Hilda, was immer noch zu tun ist, machen wir hier.«

Alyss, nun wieder ruhiger, legte der verstörten Haushälterin den Arm um die Schultern und flüsterte ihr ins Ohr: »Geh rüber zu Peer, er wird dich vor allen bösen Geistern beschützen.«

Verblüfft sah Hilda auf.

Alyss lächelte.

»Es bleibt nichts verborgen unter der Sonne.«

»Oh. Mhm. Na dann.« Sie legte das Tuch über die Bank. »Aber der Riegel bleibt vor dem Tor.«

»Der Riegel bleibt vor dem Tor.«

## 22. Kapitel

Inse war am Dienstagmorgen zu Grabe getragen worden, und Marian hatte an der Beerdigung teilgenommen. Noch immer lastete auf ihm die Trauer darüber, dass er ihr nicht hatte helfen können. Doch sein Verstand hatte sich allmählich damit abgefunden.

Es war eine ungewöhnlich große Trauergemeinde, die sich auf dem Lichhof eingefunden hatte, weniger wohl, weil die schüchterne Inse so viele Freunde gehabt hatte, sondern weil die Umstände ihres Todes so dramatisch gewesen waren. Oder auch, weil Oliver, der Schwertfeger, wieder zurück war. Marian fiel auf, dass ungewöhnlich viele junge Frauen anwesend waren, und nicht wenige warfen verstohlene Blicke auf den Witwer.

Ein gut aussehender Mann, ohne Frage – die Arbeit am Amboss hatte ihm breite Schultern verliehen, doch wirkte er nicht klobig, sondern geschmeidig wie die Klingen, die er zu fertigen wusste. Seine Züge waren ebenmäßig, kühn und ausdrucksvoll, seine Kleider von makellosem Sitz und seine Haltung selbstsicher.

Nachdem die letzten Gebete gesprochen waren und sich die Anwesenden zum Leichenschmaus versammelten, machte sich Marian auf den Weg zur Burgmauer. Eigentlich hätte er seine Studien bei dem Infirmarius von Groß Sankt Martin fortsetzen sollen, doch stand ihm an diesem schönen Aprilmorgen nicht der Sinn danach, sich schwefeligen Dämpfen in einem dunklen Laboratorium auszusetzen.

Außerdem hatte er Gislindis am Samstag nicht aufsuchen können, wie er es gewöhnlich tat, um ihr die Lektionen im Lesen und Schreiben zu erteilen, und den kommenden Samstag würde er in Lohmar bei Gerlis' Hochzeit verbringen.

Er hoffte sie zu Hause anzutreffen, denn auf dem Alter Markt hatte Mats' Schleifstein an diesem Tag nicht gesungen. Aber um die Mittagszeit würde sie wohl das Essen richten.

Sie öffnete ihm auch wirklich die Tür, sah einen Moment überrascht aus und ließ ihn dann eintreten. Auf dem mehlbestäubten Tisch lag ein Teigklumpen, den sie eben geknetet hatte.

»Backtag, schöne Gislindis?«

»Sonst immer am Montag, aber gestern waren wir nach Emmaus.«

»Natürlich. Ein herrlicher Tag für einen solchen Gang.«

»Ja, Herr Marian. Doch was führt Euch heute hierher?«

Sie wirkte anders als sonst, stellte Marian fest. Ihr üblicher neckender Ton fehlte. Er hatte mit einer Schmeichelei antworten wollen, doch dann entschied er sich ebenfalls für eine nüchterne Antwort.

»Eure Lektionen, Gislindis. Ein Feiertag mag Euch gegönnt sein, doch bin ich am nächsten Samstag mit meiner Familie zu einer Hochzeit eingeladen, sodass Ihr sie noch einmal versäumtet.«

»Ich habe die Hände voll Mehl, Herr, und muss nachher die Brote zum Backes bringen.«

»Ja, ich sehe, der Augenblick ist nicht gut gewählt.«

»Ich habe aber geübt, die Buchstaben zu schreiben, und auch das Lesen fällt mir ein bisschen leichter.«

»Wo habt Ihr Euer Buch? Dann schreibe ich Euch eine nächste Lektion hinein, an der Ihr üben könnt. Was haltet Ihr davon?«

»Ja, tut das. Das Buch liegt auf der Werkbank, in das weiße Leinen gewickelt. Der Schreibkasten steht daneben.«

Marian zog sich einen Schemel zur Werkbank und sann einen Moment darüber nach, welcherart Text er seiner Schülerin zur Aufgabe machen konnte. Gerne hätte er eines der Lieder der großen Sänger gewählt, die er aus den Büchern seiner Schwester kannte, aber das kam ihm plötzlich unpassend vor. Die hohe Minne einem Weib zu singen, das neben ihm Brotteig knetete – nein, das gelang ihm nicht. Aber er besann sich auf die Bibel, und wie von selbst formten sich plötzlich die Worte Salomos über das Lob der tüchtigen Hausfrau.

»Sie geht mit Wolle und Flachs um und arbeitet gerne mit den Händen. Sie ist wie ein Kaufmannsschiff, ihren Unterhalt bringt sie von ferne. Sie steht vor Tage auf und gibt Speise ihrem Hause...«

»Ihr schreibt so geschwind und so gewandt«, murmelte Gislindis, als er die Feder schließlich abwischte.

»Und Ihr knetet das Brot ebenso geschwind und gewandt. Das müsste ich auch erst lernen.«

»Das steht einem edlen Herrn nicht an.«

»Ebenso wenig wie die Schreibkunst einer Frau, Gislindis? Ich muss, wenn ich bei den Apothekern lerne, in Kesseln und Tiegeln rühren und klebrige Massen zu kleinen Kügelchen formen, Flüssigkeiten mischen und kochen, Kräuter zupfen und Pulver im Mörser herstellen.«

Jetzt lächelte sie endlich wieder.

»Nun, dann müsst Ihr ja nur noch lernen, wie man Hühner rupft und Fische ausnimmt, und schon wird Euch jede Köchin als Gehilfen einstellen.«

»Ja, der Umgang mit feinen Messerchen will noch geübt werden, und wenn ich die Arzneikunst beherrsche, werde ich einen Bader zu meinem Lehrherrn nehmen, um das Operieren zu erlernen. Ein wenig habe ich diesen Chirurgen schon abgeschaut, und es hat so viel geholfen, dass ich eine Katze von einem bösen Abszess befreien konnte.«

»Die Bader und Barbiere benötigen besonders feine Messer, denn die Haut des Menschen ist zäher, als sie aussieht.«

»Ja, es verlangt Mut, jemandem ins lebende Fleisch zu schneiden.«

»Dann achtet darauf, dass die Klingen, die Ihr verwendet, immer scharf geschliffen sind.«

»Ich weiß, an wen ich mich zu wenden habe.«

Gislindis nickte und teilte den Teig, um ihn zu Laiben zu formen.

»Ihr habt mit Eurem Wissen Euren Freunden geholfen, Herr Marian.«

»Habe ich das?«

»Dem englischen Tuchhändler doch. Leider wurde sein gebrochener Arm gestern wieder verletzt.«

»Gislindis?«

»Er stand mir bei, als mich... jemand belästigte.«

»Gut, dass Ihr es mir sagt. Ich werde ihn nachher aufsuchen und den Schaden begutachten. Wer war der Jemand, der Euch zu nahe trat?«

»Ein Hanswurst.«

»Sicherlich, aber mir sagt Euer Ton, dass ich ihn kennen sollte.«

Gislindis zuckte mit den Schultern.

»Wenn Ihr mit Master John sprecht, erfahrt Ihr es sowieso. Es war Merten, der Stiefsohn Eurer Schwester.«

»Stiefsohn von Arndt van Doorne, Gislindis. Und kein Hanswurst, sondern ein Tagedieb und Schmarotzer, wenn Ihr mich fragt. Wenn er Euch behelligt hat, auch noch ein Taugenichts. Doch Alyss lässt oft Gnade walten, da Arndt ihn nicht eben väterlich behandelt hat.«

Seinen Vorsatz, dem jungen Gimpel zukünftig noch etwas mehr Aufmerksamkeit zu schenken, verschwieg Marian ihr. Er hegte eine instinktive Abneigung gegen Merten, wenngleich er nicht genau begründen konnte, woran das lag. Ein Leichtfuß war er, aber gewandt und unterhaltsam, doch hatte er im vergangenen Herbst Hedwigis heimlich umworben, was der Jungfer nicht gut bekommen war. Marian hielt ihn für intrigant, aber nun hatte er begonnen, sich einigermaßen ernsthaft im Weinhandel zu betätigen. Dass er Gislindis aber belästigt hatte, ließ die Waagschale sich wieder zur Seite des Misstrauens senken.

Um von Merten abzulenken, sagte er daher: »Inse wurde heute zu Grabe getragen.«

Gislindis ließ die Hände über dem Brotteig ruhen.

»Ja, Herr Marian. Und Ihr grämt Euch darob.«

»Ich sollte es nicht tun, denn es gibt auch für Heiler Grenzen ihrer Macht.«

»Ja, so ist es, Herr Marian.« Sie lächelte ihn wieder an. »So wie es auch für Ratgeber Grenzen gibt.«

»Wem konntet Ihr nicht raten, kluge Gislindis?«

»Eurem Vater, Herr Marian.«

»Meinem Vater?«

»Ich traf ihn vergangene Woche, Mats schärfte im Hof die Werkzeuge, und der wohledle Herr gewährte mir die Gunst seiner Aufmerksamkeit.«

»Er bat Euch, aus seiner Hand zu lesen?«

Gut, warum nicht? Der Allmächtige hatte es sicher nicht getan, um daraus seine Zukunft gelesen zu bekommen. Mit leisem Missbehagen fragte Marian sich, was sein Vater alles über ihn wusste und worüber er nie sprach. Denn offensichtlich hatte Gislindis seine Neugier geweckt.

»Das tat er. Wundert Ihr Euch?«

»Nein. Er handelt oftmals ungewöhnlich.«

»Er ist ein ungewöhnlicher Mann. Aber...« Gislindis formte einen weiteren Laib und legte ihn in den Korb neben sich.

»Was, Gislindis, bedeutet das ›Aber‹?«

»Ich lese aus den Linien der Hand, das habe ich Euch schon erklärt. Und ich lese aus der Beschaffenheit der Hand, der Haltung und den Augen, vor allem aber auch aus den Fragen, die mir die Ratsuchenden stellen, auch das habe ich Euch erklärt.«

»Ja, Gislindis, und es hat mir eingeleuchtet.«

»Manchmal, Herr Marian, sehe ich mehr als das«, flüsterte sie. »Nur ganz selten. Bitte, schweigt darüber.«

»Natürlich.« In den Ruf einer Zauberschen kam kein Weib gerne. Aber dass Gislindis möglicherweise eine ähnliche Gabe besaß wie er, hatte er schon oft vermutet. So wie er die Schmerzen der Leidenden mitfühlen konnte, mochte sie die geheimen Wünsche und Ängste der Ratsuchenden fühlen. Und ebenso wie er diese Gabe mit tiefstem Schweigen hütete, tat sie es mit der ihren.

»Ich glaube, Eurem Herrn Vater droht eine Gefahr.«

Marian fuhr von seinem Schemel auf.

Dann setzte er sich wieder. Es hatte keinen Sinn, Schrecken zu zeigen oder gar Unglauben. Ivo vom Spiegel war kein Mann, der zur Vorsicht neigte.

»Eure Warnung mag einen guten Grund haben, Gislindis. Ich hoffe, er hat sie sich zu Herzen genommen.«

»Er sagte so.«

»Aber Ihr wisst nicht, was ihm droht?«

»Es war ein kurzes Bild, ein Aufblitzen nur, Herr Marian. Und das Gefühl von Bedrohung.«

»Was für ein Bild?«

Schaudernd sagte Gislindis: »Ein Mannwolf.«

»Ein Mannwolf?«

»Ich weiß, es klingt seltsam, und ich habe schon darüber nachgedacht, Herr. Es glauben einige, dass es Männer gibt, die sich bei Vollmond in Wölfe verwandeln.«

»Ja, einen solchen Glauben gibt es.«

»Es wird erzählt, dass Inse von solch einem Wolfsmann umgebracht wurde. Es war Vollmond in jener Nacht.«

»So etwas erzählt man sich also.«

»Ja, sehr leise, Herr Marian. Und voller Zagen.«

»Sie wurde nicht von Wolfszähnen zerrissen, sondern mit einem Messer erstochen. Doch sie wurde schon zuvor von einem Mann verfolgt, der ein Wolfsfell trug, an dem der Schädel des Wolfes wie eine Maske gearbeitet war.«

»Dass es ein gewöhnlicher Mann war, will man aber nicht glauben.«

»Nein, ein Werwolf ist eine weit schaurigere Gestalt als ein gemeiner Mörder. Und der sich hinter dieser Maske verbirgt, wird nichts dagegen tun, dass man dieses Gerücht verbreitet, denn es lenkt von ihm selbst ab.«

»Es ist ein alter, sehr alter Glauben an die Warge und die Wölfe. Und auch die, die eifrig zur Kirche gehen, glauben an sie.«

»Glauben gibt es in vielfältiger Form.«

»Ja ... aber doch nur einen richtigen, nicht wahr?«

»Sagt man. Und was glaubt Ihr, Gislindis?«

Sie legte den letzten Brotlaib in seinen Korb und wischte sich die Hände an einem Tuch ab.

»Credo in unum Deum, Patrem omnipotentem,
Creatorem coeli et terrae.
Et in Iesum Christum,
Filium eius unicum,
Dominum nostrum ...«

»Das leiert Ihr wunderschön herunter, Gislindis.«

Sie verstummte und sah ihn entsetzt an.

»Aber das muss man doch sagen.«

»Ja, sollte man. Und woran glaubt Ihr wirklich, weise Gislindis?«

»Warum wollt Ihr das wissen, Herr Marian?«

»Weil Eure Mutter eine Fahrende war.«

Gislindis presste die Lippen aufeinander.

Marian sah ihr in die Augen und erklärte: »Und weil ich, im Gegensatz zu den Priestern, einen anderen Glauben als den der Kirche respektiere.«

»Ihr seid Eures Vaters Sohn«, antwortete sie leise. »Ich vertraue Euch, warum auch immer. Ich habe manchmal Angst vor meinen Gedanken, Herr Marian. Aber ich will Euch verraten, woran ich glaube. Ich glaube, was ich sehe, und was ich sehe, ist, dass Macht das Leben bestimmt. Wer immer zu mir kommt, Herr Marian, und sein Schicksal aus seiner Hand gelesen haben will, den verlangt es nach Macht über dieses Schicksal. Ob Erfolg in Geschäften, die Liebe eines anderen Menschen, Kinder, Erbschaft, Gesundheit, Rache... Es läuft alles darauf hinaus, Macht über sich und andere zu haben.«

»Gibt es diese Macht?«

»Manche kaufen sie, manche buhlen darum, andere erkämpfen sie sich oder leiden dafür. Einige wenige vertrauen ihr. Euer Vater besitzt sie.« Sie verstummte und schien zu überlegen. Dann sagte sie: »Manchen wird sie gegeben, manche erlangen sie. Woher sie kommt, weiß ich nicht.«

»Das ist die schlechteste Antwort nicht, Gislindis. Womöglich die weiseste überhaupt.«

»Aber eben nicht die, die die Priester hören wollen. Herr Marian, ich habe Angst um Euren Vater, denn man sagt, er sei ein Ketzer gewesen.«

»Ja, einst hat man ihn der Ketzerei angeklagt.«

»Ich bin nicht gelehrt, Herr Marian, ich bin unwissend. Was tun Ketzer so Schreckliches, dass sie des Todes sind?«

»Mein Vater hat sich gegen die Sitte aufgelehnt, dass Kirchenämter, die Befreiung von Gelübden, ja sogar die Befreiung von Sünden, mit Geld gekauft werden können. Das haben ihm jene Mächtigen der Kirche übel genommen, die diese Geschäfte zwar machen, sich aber den Anschein großer Frömmigkeit und christlicher Gesinnung geben wollten.«

»Der Hannes Schnidder war ein Ketzer, weil er mit seinem Weib an den Buß- und Feiertagen das Lager geteilt hat.«

»Wie bitte?«

»Hannes Schnidder, der Mann, den man mit durchgeschnittener Kehle aus dem Rhein gezogen hat. Hörtet Ihr nicht davon?«

»Doch. Ich war sogar dabei, als man ihn aus dem Wasser zog. Nur – eine solche Tat macht aus einem Mann noch keinen Ketzer, allenfalls einen Sünder.«

»Er muss also noch etwas anderes getan haben.«

»Mag sein, doch auch hier erfreut sich das Volk an Gerüchten. Allerdings, Gislindis – auch Inse starb mit dem Wort ›Ketzer‹ auf den Lippen. Und das finde ich nun plötzlich bedenkenswert.«

»Inse? Niemals. Sie ist ein frommes Weib gewesen.«

»Und ihr Mann, der Schwertfeger Oliver?«

»Ein Weiberheld.«

»Ein prächtiges Mannsbild. Ich sah ihn heute bei der Beerdigung.«

»Er hat Inse aus Mitleid geheiratet. Sie waren Nachbarn, und als Inses Mutter starb, stand sie ganz alleine da.« Gislindis lächelte bitter. »Sie hat sich in ihn verguckt, aber nicht gemerkt, dass er seinen Lebenswandel nicht geändert hat. Er hat seine Liebchen weiterhin besucht.«

»Auch ein Sünder, aber wohl kein Ketzer.«

»Davon hörte ich nichts sagen.«

»Dann wird es uns ein Rätsel bleiben, was ihre letzten Worte bedeuteten.«

»Soll ich mich umhören, Herr Marian?«

»Nein, lasst es auf sich beruhen. Aber wenn Ihr etwas von Arndt van Doorne hören solltet, dann teilt es mir mit.«

»Er hat die Stadt verlassen.«

»Was nicht heißt, dass er nicht noch ein Unheil in die Wege geleitet hat. Mein Vater hat ihn zu einer Schliere Hühnerkacke gemacht, und ich habe ihm zwei Zähne ausgeschlagen. Er wird auf Rache sinnen.«

»Und einen Mannwolf auf ihn hetzen.«

»Einen Mörder.«

»Herr Marian, lasst mich Eure Hand sehen.«

»Um zu prüfen, ob auch mir Unheil droht?«

»Ja, Herr Marian.«

»Beschwert Euch nicht damit, schöne Gislindis. Den Dolch, den ich im Wams trage, hat Euer Vater geschliffen. Und nun helfe ich Euch, die Brote zum Backes zu bringen, denn ich habe Euch lange genug von Euren Pflichten abgehalten.«

»Geht Salben rühren, Herr Marian, und Pillen rollen und überlasst das Brotbacken den Frauen. Das schickt sich nicht für Männer.«

Er lachte, doch als er das Haus verließ, fragte er sich plötzlich, warum er ein Weib, das Brot buk, so ungeheuer begehrenswert fand.

## 23. Kapitel

Brot wurde am Dienstagnachmittag auch im Hof in der Witschgasse gebacken, und Alyss begutachtete die knusprigen Laibe, die Hilda aus dem Backes holte. Eine unnötige Prüfung, denn wie immer war das Mehl von guter Qualität gewesen, zweimal gesiebt, um den Steingries der Mahlsteine zu entfernen, der Sauerteig war gut aufgegangen, die Kruste gleichmäßig gebräunt.

Im Lagerraum machten Tilo und John Bestandsaufnahme der Tuchballen, die sie von England hergebracht hatten, Frieder besserte laut hämmernd die Stalltür aus, hinter der ein bedrohliches Bellen erklang. Da Benefiz den peitschenden Schwanz des Katers schweigend belauerte, musste das Bellen eine andere Ursache haben.

Beherzt und ohne Furcht vor möglichen Wolfsmännern schob Alyss Frieder zur Seite und trat in den Stall.

Ein Mann war es, der das Geräusch verursachte, kein Wolf, und er lehnte von Husten gebeutelt an der Flanke des Karrengauls und rang um Atem.

»Peer?«

Ein Keuchen war die Antwort.

Alyss trat näher und nahm den knorrigen Handelsknecht am Arm. Sie schnupperte. Er roch wie ein ganzer Gänsebraten.

»Peer, komm nach draußen, hier im Heustaub hört der Husten nicht auf.«

»Ja, Herrin«, röchelte er und ließ sich nach draußen ziehen. Doch der Hustenkrampf wurde dort nicht viel besser.

»Pferd... Hufeisen...«

»Das Pferd hat ein loses Hufeisen und muss zum Schmied. Ich denke, das wird Frieder alleine hinbekommen. Du gehst zu Bett.« Alyss schnüffelte noch mal. »Was für eine Arznei ist das?«

»Gänseschmalz, Herrin... Hilda gegeben...«

»Uh, besser, du kommst Gog und Magog nicht in die Quere. Sie werden dich noch für ihresgleichen halten. – Frieder?«

»Ja, Frau Alyss.«

»Bring den Gaul zum Adler, und während Simon sich um das Beschlagen kümmert, suchst du die Apotheke am Neuen Markt auf und bittest Jan um ein Hustenmittel. Ein besonders starkes. Und ohne Gänseschmalz.«

»Ja, Frau Alyss.«

Es zeigte sich, dass es Peer so schlecht ging, dass er sich ohne Widerworte zu Bett begab. Alyss schickte die Haushälterin mit einer heißen Brühe zu ihm und kümmerte sich dann um ihre Bücher im Kontor. Es hatte sich einiges an Aufträgen ergeben, eine Lieferung weißer Pelze der Gebrüder Brouwer war eingetroffen, musste gezählt, der Preis berechnet und schließlich die Ausgaben des Haushalts nachgetragen werden. Über dieser ihr erbsenzählendes Gemüt befriedigende Tätigkeit verging eine ganze Weile, dann hörte sie Hufgeklapper im Hof und folgerte daraus, dass Frieder seinen Auftrag ausgeführt hatte. Unter ihren Fingern flogen die Kugeln des Abakus noch einmal hin und her, dann hatte sie ein erfreuliches Endergebnis errechnet.

Sie war sparsam, aber nicht geizig. Vor allem aber war sie genau in ihren Aufzeichnungen, seit sie die Bücher von Geschäft und Haushalt getrennt führte.

»Wer mit Not zu seinem Gut gekommen,
dem wird es nicht so leicht genommen«, sagte sie zufrieden die Worte des bescheidenen Dichters Freigedank vor sich hin.

Und die Zufriedenheit verschwand augenblicklich und machte einem leisen Groll Platz.

Magister Hermanus war noch immer nicht wieder aufgetaucht und hatte ihr das kostbare Buch auch noch nicht zurückgegeben.

Sie schlug die Registerbände zu und beschloss, den Hauspfaff höchstpersönlich aufzusuchen. Zum einen war sie neugierig, ob er tatsächlich für den Ratsherrn de Flemalle als Schreiber tätig war, zum anderen wollte sie ihren Dichter zurückhaben.

Entschlossen stand sie auf und verließ das Kontor. Doch kaum hatte sie die Tür zum Hof geöffnet, als ein lauter Knall sie zurückzucken ließ. Herold stieß einen schrillen Kriegsruf aus, die Hennen flatterten federnstiebend durcheinander, Hilda hatte einen Korb mit Eiern fallen lassen, Gog und Magog schnatterten empört, und Benefiz suchte ihren scharfen Schnäbeln kläffend auszuweichen.

Wieder knallte es.

»Frieder!«, schrie Alyss.

Der stand mitten auf dem Hof, hielt eine brennende Lunte in der einen und einige der mysteriösen Knallbeutel in der anderen Hand und lachte wie irre.

Wieder krachte es, und ein grüner Blitz fuhr Malefiz unter den Schwanz. Kreischend schoss er auf das Dach des Hühnerstalls.

»Frieder!« Alyss rannte auf ihn zu, rutschte beinahe auf den zerbrochenen Eiern aus und riss ihm stolpernd die Leinensäckchen aus der Hand. »Bist du des Wahnsinns?«

Frieder verbrannte sich die Finger an der Lunte und warf sie von sich.

Sie landete in Jerkins Verschlag.

Das Stroh fing augenblicklich Feuer.

John kam mit langen Schritten aus dem Lagerraum, gefolgt von Tilo.

»Wasser!«, befahl er kurz und tauchte den Eimer in die Tränke. Mit einem Schwung kippte er es in den Verschlag. Tilo haspelte schon den nächsten Eimer aus dem Brunnen und reichte ihn Alyss.

John aber packte Frieder mit einem gnadenlosen Klammergriff im Nacken und zwang ihn auf die Knie.

»Hier bleibst du sitzen, *youngling*. Und wage es nicht, dich zu rühren, bis ich es dir erlaube.«

Tilo und Alyss hatten das Feuer gelöscht, aber der Falke saß mit durchweichtem Gefieder auf seinem Sprenkel, ein Bild des Jammers. Als Alyss den Verschlag öffnete, hackte er nach ihr.

»Lasst mich, Mistress Alyss, ich kümmere mich um den Vogel.«

Dankbar für dieses Angebot trat sie zurück und betrachtete den Delinquenten. Er kniete mit gesenktem Kopf vor ihr, die Ohren heftig gerötet. Natürlich verstand sie ihn. Trines Knallbeutel hatten ihn gestern beeindruckt, und vermutlich hatte er ihr bei seinem Besuch in der Apotheke noch einige abgeschwatzt. Die Folgen jedoch hatte er nicht bedacht.

Nun, dazu hatte er jetzt Zeit. Sie wandte sich ab und kehrte ins Haus zurück, wo Hilda vor sich hin schimpfend in der Küche werkelte.

»Schick Lauryn und Hedwigis auf den Markt, Eier kaufen«, schlug sie vor.

»Lasst die Jungfern nicht alleine durch die Straßen gehen.«

»Hilda, es ist heller Tag, und auf dem Buttermarkt wird sie kein Meuchelmörder überfallen.«

Die Mädchen hatten ebenfalls keine Befürchtungen, den nahegelegenen Markt aufzusuchen, und Alyss selbst machte sich auf den Weg zu Maria Lyskirchen, in deren Pfarrhaus Magister Hermanus als Teil seines Lohnes als Mesner und Schulmeister eine karge Dachkammer bewohnte.

»Der ist nicht da«, beschied sie die Pfarrhaushälterin kurz und unfreundlich. Sie war ein rotgesichtiges Weib mit Händen wie rohe Schinken, mit denen sie einen Besen umklammert hielt, als wolle sie jeden unliebsamen Besucher von der Schwelle fegen.

»Wir vermissen ihn seit einigen Tagen, Frau. Wisst Ihr, wo ich ihn finde?«

»Was geht Euch das an? Magister Hermanus braucht keinen Besuch von jungen Weibern.«

»Mäßigt Euch. Der Magister ist ein Verwandter und üblicherweise täglich zu Gast an unserem Mittagstisch.«

»Ach, Ihr seid das Weib von van Doorne.«

Die Pfarrhaushälterin schien nicht zu merken, was sie mit dieser Aussage bewirkte, doch hätte sie in Alyss' Augen gesehen, wäre sie vermutlich zurückgeschreckt. Aber auch der kalte Ton, mit dem Alyss ihr antwortete, zeigte seine Wirkung.

»Ich bin Alyss vom Spiegel. Weinhändlerin und Sieglerin. Ich stehe einem Hauswesen vor, Weib. Ich bin in Sorge um unseren Hauspfaff. Außerdem hat er ein kostbares Buch von mir entliehen, das ich zurückverlange.«

»Dann geht hoch und holt es Euch«, grummelte die Frau und ließ sie eintreten.

Eine schmale, knarrende Stiege führte nach oben, und eine Tür aus rohen Brettern lehnte unverschlossen in einem verzogenen Rahmen. Sie klemmte, als Alyss sie aufzog, und als sie den elenden Raum vor sich sah, schüttelte sie den Kopf. Kein Wunder, dass Hermanus so oft es ging in ihrer Küche saß. Hier standen ein schmales Bett mit einem modrig riechenden Strohsack und einer verschlissenen Decke, ein wackeliger Schemel und eine Truhe. An einem Wandhaken hing die fellgefütterte Jacke, die sie ihm zu Weihnachten genäht hatten, ein Paar ausgetretene Schuhe standen darunter. Auf der Truhe lagen aber zwei Bücher. Das eine war ihre Abschrift der Sprüche des Freigedank, das andere sein zerlesenes Brevier, aus dem ein Pergament herausragte. Auf der Truhe hatte sich eine Staubschicht gebildet, das Wasser in der Schüssel war vertrocknet und hatte einen Schmutzrand hinterlassen, der Nachttopf stank.

Offensichtlich war Hermanus schon einige Tage nicht mehr in diesem Raum gewesen. Alyss nahm den Freigedank an sich und konnte der Neugier nicht Herr werden. Konnte das Pergament in dem Gebetbuch ihr einen Hinweis auf sein Verbleiben geben?

Sie zog es hervor und las staunend, dass es sich um einen Ablassbrief handelte.

Warum hatte Hermanus den erworben? Das war die erste Frage, die sie sich stellte, die zweite, weit erstaunlichere lautete: Warum hatte er weder das Brevier noch diesen Ablass mitgenommen, wohin immer er gegangen war? Hatte er womöglich einen Unfall gehabt?

Sorgsam steckte sie das Pergament wieder in das Gebetbuch und verließ den Raum. Der missgelaunten Haushälterin trug sie auf, Hermanus auszurichten, er möge sich umgehend bei ihr einfinden, wenn er wieder auftauchte.

Sie selbst, beschloss sie, würde in den nächsten Tagen bei dem Ratsherrn de Flemalle vorstellig werden und sich nach ihm erkundigen. Mehr jedoch nicht, immerhin war der Hauspfaff ein erwachsener Mann, der seine eigenen Entscheidungen traf. Dass er aus dieser jämmerlichen Behausung sang- und klanglos ausgezogen war, mochte sie ihm nicht verdenken. Und – vielleicht waren ihm das Brevier und der Ablass als Secretarius nicht mehr so wichtig.

Mit ihrem Buch strebte sie nach Hause zurück. Im Hof kniete Frieder noch immer regungslos, doch nur wenige Schritt entfernt belauerten Gog und Magog ihn und stießen immer wieder zischend ihre langen Hälse vor. Allerdings trauten sie sich nicht näher an den Jungen heran, denn Benefiz der Getreue saß neben dem Jungen und knurrte jedes Mal, wenn der Gänserich näherzukommen wagte.

John, der das angesengte Weidengeflecht des Verschlages ausgebessert hatte, trat hinzu und meinte: »Jerkin hat sich beruhigt, aber ich habe ihm für eine Weile die Freiheit gelassen, Mistress Alyss. Ich rufe ihn nachher zurück.«

»Danke, Master John.«

Lauryn, die den Marktgang offensichtlich unbeschadet überstanden hatte, gesellte sich zu ihnen und wies auf die Gänse.

»Sie haben ihn gezwickt«, sagte sie leise. »Aber er hat sich nicht gerührt. Darum habe ich den Spitz zu ihm gelassen, Frau Alyss.«

»Schon recht.«

»Muss er noch lange da knien, Master John?«

»Bittest du um Gnade, Maid Lauryn?«

Sie sah zu ihm auf.

»Master John, mein Bruder ist ungestüm und unbedacht, aber nicht bösen Willens. Und, Master John, manchmal fehlt uns unser Vater. Er wusste ihn zu zähmen, doch nicht mit harten Strafen, sondern mit harter Arbeit. Faul ist Frieder nicht, müsst Ihr wissen.«

»Nein, Master John, faul ist er nicht. Aber er kommt schnell auf dumme Gedanken.«

»So bittet auch Ihr, Mistress Alyss?«

»Ihr habt die Strafe verhängt, Master John, nur Ihr könnt sie wieder aufheben.«

Er nickte und trat zu dem Jungen, legte ihm die Hand auf die Schulter und sagte leise etwas zu ihm. Überrascht hob Frieder den Kopf und errötete wieder. John ließ die Hand auf seiner Schulter und sprach weiter auf ihn ein. Plötzlich schniefte Frieder und wischte sich verlegen mit dem Ärmel über das Gesicht. John half ihm auf die Beine und stützte ihn auf seinem Weg zu der Bank, die an der Hauswand stand. Dort setzten sie sich nieder, und Alyss folgte dem Wink, sich zu ihnen zu gesellen.

»Verzeiht, Frau Alyss«, sagte Frieder und sah sie mit geröteten Augen an. »Ich habe Mist gemacht.«

»Stimmt. Und du bist bestraft worden, hast Buße getan und bereust, nicht wahr?«

»Ja, Frau Alyss.«

»Dann ist es vergessen.«

»Danke, Frau Alyss.«

»Was, Mistress Alyss, wird eigentlich Jung Frieders Aufgabe sein, wenn er Eure strenge Lehrzeit beendet hat und Euch verlässt?«

»Er wird auf das Gut meines Vaters zurückkehren, Master John. Dort wird sich eine Aufgabe für ihn finden.«

»Wie alt bist du, *youngling*?«

»Fünfzehn, Master John.«

»Wie lange sollst du bei Mistress Alyss bleiben?«

»Bis nächstes Jahr, Master John. Danach hätte mein Vater mich in die Lehre genommen. Aber jetzt…«

»Jetzt ist ein anderer Pächter zuständig. Auch mit ihm wird man eine Regelung finden, Frieder, wenn es an der Zeit ist.«

Der Junge nickte und sah unglücklich auf seine Füße.

»Könntet Ihr den jungen *scallywag*[2] ein paar Monate entbehren, Mistress Alyss?«

»Seine Lausbübereien bestimmt, seine arbeitsamen Hände – darüber müsste ich nachdenken. Warum fragt Ihr?«

»Weil mir der Gedanke gekommen ist, dass Frieder im rechten Alter ist, einige Zeit in meiner Hütte in Norwich zu verbringen. Es ist sehr einsam dort im Wald, und zur Ge-

---

[2] Lausbub

sellschaft hätte er nur einen alten Mann. Aber mir hat einst die Zeit mit ihm großen Gewinn gebracht.«

»Master John?«

Eine seltsame Bewegung klang in Frieders Worten mit. John lächelte ihn an.

»Tilo hat dir von dem Falkner erzählt?«

»Ja, Master John. Oh, Master John...«

»Ich entnehme Euren Worten, Master John, dass Ihr den Jungen zum Falkner ausbilden lassen wollt?«

»Er hat eine gute Hand mit Jerkin bewiesen. Und Derrik Falconer hat eine gute Hand mit ungebärdigen jungen Männern.«

»Seine Mutter sollte dem zustimmen, aber ich halte das für einen guten Gedanken.«

»Frau Alyss!« Leuchtende Augen strahlten sie an.

»Also gut, wir werden sehen. Und nun – tragen dich deine Beine wieder?«

»Sie kribbeln wie in einem Ameisenhaufen, aber es geht wieder.«

»Dann mach dich an die Arbeit. Die Reben wachsen, und es sind Triebe aufzubinden.«

»Ja, Frau Alyss. Sogleich!«

Er sprang auf und lief stolpernd zum Weingarten.

Alyss aber blieb neben John sitzen.

»Das wird seinen Ehrgeiz beflügeln«, sagte sie.

»Er vermisst die Hand seines Vaters. Ohne Führung gerät man leicht auf Abwege.«

»Ihr habt eine besonnene Art, mit jungen Männern umzugehen.«

»Er trauert mehr, als er zugibt.«

»Ich weiß.«

John streckte die Beine aus und betrachtete das Leben auf dem Hof. Benefiz hatte sich sofort wieder an Frieders Fersen geheftet, Malefiz beschnüffelte misstrauisch den reparierten Verschlag des Falken, und Herold hütete wieder seine Hühnerschar.

»Wann reist Ihr wieder nach England, John?«

»Im Mai.«

»Nächsten Monat also.«

»Ich habe Verpflichtungen, Mistress Alyss.«

»Ich weiß.«

»Nein, Mistress Alyss, das wisst Ihr nicht.«

»Und Ihr sagt es nicht.«

»Ich komme wieder, Mistress Alyss. Zur Weinlese. Werdet Ihr Geduld haben?«

»Sollte ich?«

Sie fühlte seinen verhangenen Blick auf sich ruhen, erwiderte ihn aber nicht. Eine gefährliche Wärme machte sich in ihr breit. Als er ihr im vergangenen Herbst die Brautkrone zurückgebracht hatte, waren sie beide nahe daran gewesen, eine kaum verzeihliche Sünde zu begehen. Seither hatte sie alle sehnsüchtigen Gedanken auf härteste Weise zurückgedrängt. Er war verheiratet, sie war es ebenfalls. Es gab keine Erfüllung sehnsüchtiger Wünsche. Besser, man ließ sie gar nicht erst zu.

»In jenem dunklen Keller in Marienhafe, my Mistress, habe ich oft von Euch geträumt. Das Buch, das Ihr mir mitgegeben habt, es ging auf See verloren. Aber die Lieder der Minne, die es enthielt, habe ich mir zu eigen gemacht. Ich werde Euch Wiedergutmachung leisten.«

»Es war nur ein Buch.«

»Ihr liebt die Bücher.« Er wies auf den Band, der noch immer neben ihr auf der Bank lag.

»Sie sind mir teure Freunde. Doch ist der Verlust eines Buches nichts gegen den Verlust eines Lebens. Indes, Ihr lebt und solltet Eure Gedanken hüten, Master John.«

»›Gedanken, die sind völlig frei,

das kann die Welt nicht ändern.

Da ist auch großes Sehnen bei,

das ich vom Herzen schmerzlich sende.‹[3]

So singt der Dichter, my Mistress. Warum also sollte ich sie hüten? Ihr tut es doch auch nicht.«

»O doch, Master John, ich hüte sie.«

»Dann muss ich mich der Hoffnungslosigkeit anheimgeben.«

Er hörte sich ernst an, und sie presste die Hände im Schoß zusammen. Schließlich biss sie sich auf die Unterlippe, sah auf zu ihm, fand eine dringliche Frage in seinen Augen und flüsterte: »Nein.«

»Danke, my Mistress.«

Sie schüttelte die allzu trauliche Stimmung jedoch ab und richtete sich auf.

»Ich war vorhin in Magister Hermanus' Wohnung – er scheint seit Tagen nicht mehr dort gewesen zu sein. Mein Buch habe ich allerdings bei ihm wiedergefunden.«

»Auch ein Freund, den Ihr vermisst?«

»Den Freigedank ja, den Hauspfaff nicht so schmerzlich, wie ich sollte.«

---

[3] Dietmar von Eist

»Er hat ja auch kein so gewinnendes Wesen wie ich.«

»Gut, dass Ihr Euch dessen bewusst seid, Master John. Aber auch wenn er ein frömmelnder Besserwisser ist, hoffe ich doch nicht, dass ihm ein Unglück widerfahren ist. Solltet Ihr etwas über ihn hören oder ihn sehen, gebt mir Nachricht.«

»Das werde ich tun. Ich habe auch bereits einen Bekannten nach den Fraterherren von Deventer gefragt, wo er das Studium zum Magister betrieb. Ich werde in einigen Tagen Auskunft haben.«

»Das wär nicht notwendig gewesen.«

»Nein, aber ich hatte den Eindruck, dass Eure Neugier damit befriedigt würde.«

»Es geht mich nichts an.«

»Aber wissen möchtet Ihr es doch.«

»Ihr untergrabt meine Tugend, Master John.«

»Mit Freuden, Mistress Alyss.«

Er erhob sich und verbeugte sich vor ihr.

»Die Glocken läuten zur Vesper, Mistress Alyss. Ich rufe jetzt Euren Falken zurück, und danach habe ich ein paar Gewandschneidern versprochen, sie aufzusuchen.«

»Ein ehrbares Vorhaben.«

»Ihr wisst nicht, wo wir uns treffen wollen.«

»Das lässt mich den Ort erahnen, Master John, denn meine Tugend habt Ihr ja bereits untergraben.«

Sie sah ihm nach, aber irgendwie glaubte sie plötzlich nicht mehr, dass er jetzt die Schwälbchen besuchen würde.

## 24. Kapitel

Der April hetzte einen Graupelschauer durch die Stadt, und Marian legte ein weiteres Scheit Holz in den Kamin. Launisch war das Wetter, beinahe so launisch wie die Frauen, dachte er grämlich. Der letzte Besuch bei Gislindis hatte ihn die halbe Nacht beschäftigt. Sicher, sie war freundlich gewesen und hatte seine Fragen ausführlich beantwortet, aber auf eine ihm schwer erkennbare Weise war sie unzugänglicher gewesen als zuvor. Sie hatte bisher so eine leichtherzig tändelnde Art gehabt – nicht unschicklich, das nicht, aber ein wenig neckend, lockend, mehr versprechend als einlösend. Nein, es lag auch nicht an den ungewöhnlich ernsthaften Fragen, über die sie miteinander gesprochen hatten – das war sogar ein ganz neuer, überaus reizvoller Zug an ihr gewesen. Es war diese unsichtbare Mauer, die sie errichtet hatte. Was war passiert?

Marian war nicht nur ein begabter Heiler, er verstand sich auch darin, Gefühle wahrzunehmen. Und darum war seine Nacht ein wenig unruhig gewesen.

Eben weil er auch ehrlich sich selbst gegenüber war. Diese Ehrlichkeit hatte ihn dazu bewogen, sich die Frage zu stellen, warum Gislindis ihm nicht aus dem Kopf ging.

Die Antwort war der Grund für seine Grämlichkeit.

Doch mit dem Läuten der Glocken zur None trat sein Freund und Lehrer Fabio in die Bibliothek, und er war ganz dankbar, seinen Geist mit den Verwinkelungen der arabischen Sprache quälen zu können.

Gleich darauf kam er sich dann auch schon vor wie ein Sechsjähriger, der eben das Abc zu verstehen versuchte.

Immer wieder malte Fabio Schriftzeichen auf die Wachstafel, Marian entzifferte sie Laut um Laut und sprach dann die Worte aus, der er vermeinte gelesen zu haben.

»Daneben«, sagte Fabio wieder einmal und deutete auf einen falschen Begriff.

Er versuchte es noch einmal, diesmal mit einem anderen Vokal zwischen den Konsonanten.

»Auch nicht.«

»Du machst es mir aber auch widerlich schwer, Fabio. Woher soll ich, beim Barte des Propheten, wissen, wie dieses Wort ausgesprochen wird?«

»Versuch, es in den Zusammenhang des Satzes zu stellen.«

»Uh...!«

Marian buchstabierte den ganzen Satz durch und nickte dann.

»Gut es kann nur ›Frosch‹ bedeuten. Jetzt verrate mir, wie man dieses glitschige Tierchen auf Arabisch ausspricht!«

Fabio tat es und legte den Griffel beiseite.

»Du machst gute Fortschritte, und für heute soll es mal genug sein.«

Mit einem gespielten Seufzer lockerte Marian die Schultern und schenkte ihnen beiden einen Apfelwein ein.

Sie saßen in der Bibliothek des Hauses derer vom Spiegel, einem geräumigen Zimmer mit hohen Borden an den Wänden, auf denen die Werke lagen und standen, die Generationen von Spiegels auf ihren weiten Reisen erworben hatten. Alte Schriftrollen, ja sogar Papyrusblätter, Codices und einige auf Papier geschriebene Werke versammelten sich hier. Prunkvolle Einbände neben schlichten, abgenutzte neben neuen. Es roch ein wenig muffig, wenn die Fenster lange geschlossen waren, aber das gehörte für Marian zu der heimeligen Atmosphäre dieses Raumes dazu. Fabio, elf Jahre älter als er und ein Iberienkaufmann, der als Junge in Spanien aufgewachsen war und dort viel mit den Mauren zusammengekommen war, versuchte ihm seit einigen Monaten die arabische Sprache in Wort und Schrift beizubringen, denn Marian hatte es sich in den Kopf gesetzt, medizinische Schriften in der Originalsprache lesen zu wollen. Er hatte ein gutes Ohr für fremde Zungen, aber diese zwar wunderschön anzusehende Schrift empfand er als schwer zu erlernen.

Doch da er zäh und Fabio geduldig war, würde es ihm irgendwann gelingen.

Hoffte er zumindest.

»Wie laufen die Geschäfte, Fabio?«

»Unvermindert gut. Ich erhielt von meinem Vater Nachricht – und eine lange Liste von Waren, die ich hier zusammenstellen soll.«

»Wieder Schellen und Nadeln, Scheren und Messer?«

Das waren die Handelswaren, die die Kölner gegen Seide, Korallen und Spezereien – hier den besonders teuren und begehrten Safran – tauschten.

»Das Übliche. Und Knöchelchen.«

»Natürlich – Knöchelchen.«

Ein überaus beliebtes und gewinnbringendes Handelsprodukt waren die Knöchelchen aus Köln, deren Wert weniger in ihrem Material, als vielmehr in ihrer Heiligkeit lag.

Fabios Vater Esteban war ein seit Jahrzehnten hoch angesehener Reliquienhändler, der vor gut zwanzig Jahren als Handelsvertreter des Hauses vom Spiegel in Zaragoza lebte. Er wickelte für Ivo vom Spiegel die Geschäfte mit den üblichen Waren ab, den schwunghaften Handel mit den wundertätigen Gebeinen und Devotionalien betrieb er jedoch auf eigene Rechnung.

»Ich weiß, Marian, du lächelst darüber.«

»Nein, das tue ich nicht, Fabio. Ich glaube zwar nicht daran, dass deine alten Knochen mir zu mehr Glück im Leben verhelfen würden, aber andere tun das sehr wohl. Und wer bin ich, dass ich jemandem den Trost verwehren wollte, den er in dem Schutz eines Heiligen findet.« Er fügte mit einem Lächeln hinzu: »Meine Mutter trägt eine Träne Mariens an einem Goldkettchen um den Hals, und sie schwört darauf, sie hülfe ihr, mit der Muttergottes zu sprechen.«

»Frau Almut ist eine ganz besondere Frau, Marian. Ich glaube, die kleine Perle braucht sie nicht. Die Heilige Jungfrau hält sowieso ihre schützende Hand über sie.«

»Doch nicht immer über ihre Zunge.«

»Das mag wohl stimmen. Aber hilft da die Träne?« Marian grinste.

»Vielleicht verhindert sie einfach Schlimmeres.«

»Ah ja...«

»Was hat dein Vater diesmal im Gegenzug zu liefern?«

»Oh, Verschiedenes. Vor allem aber Mumien.«

»Was bitte?«

»Mumien, einbalsamierte Leichen aus Ägypten. Werden stark von den Apothekern und Medizinern nachgefragt. Wusstest du das nicht?«

»Nein. Zumindest Jan hat nie davon gesprochen und auch der Infirmarius nicht. Was sollen die denn bewirken?«

»So viel ich verstanden habe, werden sie zu Pulver zermahlen und unter der Bezeichnung *mumia vera aegyptiaca* als Heilmittel eingesetzt.«

Marian war sich nicht ganz sicher, ob er lachen oder entsetzt sein sollte.

»Aber – einbalsamierte Menschen?«

»Heiden, Marian, Heiden.«

»Ich mag ja ein wenig geschmäcklerisch klingen, aber für mich – Menschen.«

Fabio lachte trocken auf.

»Auch die heiligen Gebeine waren Menschen. Christen allerdings, weshalb man sie in goldene Reliquiare steckt und nicht zu Salben verarbeitet.«

»Ähm – ja.« Und dann überwog doch die Neugier. »Hast du solche Mumien bei dir im Lager?«

»Sicher. Komm die Tage doch mal vorbei, dann kannst du sie untersuchen.« Und dann sah Fabio Marian prüfend an. »Mein Vater erkundigte sich nach dir. Er fragt, ob du im nächsten Jahr wieder auf Handelsfahrt gehst. Du hast einen sehr guten Eindruck auf ihn gemacht.«

»Er auf mich auch, doch – nein. Ich gehe nicht mehr auf Reisen, Fabio. Ich will Heiler werden, und das kann ich am besten hier.«

»Ich weiß nicht... Aber gut, es ist deine Entscheidung.«

Fabio erhob sich und verabschiedete sich von Marian, der mit starrer Miene auf den Folianten schaute.

Einige Zeit später stand er auf und trat zum Fenster. Hier, im zweiten Geschoss des herrschaftlichen Hauses, konnte er das Treiben auf dem Alter Markt beobachten, doch das war nicht sein Ansinnen, obwohl er das Fenster geöffnet hatte. Der Graupelschauer hatte sich verzogen, kühl, doch noch nicht kalt wehte ihn die Luft an, geschwängert mit den Gerüchen der Stadt. Nicht alle waren unangenehm. Frischgebackenes Brot, Holzkohlenfeuer und der Duft von Geräuchertem überlagerten heute die moderigen Schwaden aus den Abwässern und Sickergruben. Es war eine ihm gewohnte Mischung, er schenkte ihr keine Aufmerksamkeit. Sein Geist wanderte über andere Märkte, dort, wo die Luft heißer, die Farben bunter, die Würze strenger, manchmal doch auch lieblicher war.

Eine Hand legte sich schwer auf seine Schulter, und er zuckte zusammen.

»Nun, mein Sohn, rekapitulierst du deine Lektion?«, fragte eine tiefe Stimme ihn in maurischen Worten. Augenblicklich verdrehte Marians ansonsten so geschmeidige Zunge sich in seinem Mund, und mühsam suchte er nach einer passenden Erwiderung in gleicher Sprache. Sein Vater hatte oft diese Wirkung auf ihn. Er stammelte eine Antwort, die sich selbst in seinen Ohren schwerfällig und falsch anhörte.

»Vielleicht würde dir ein gebürtiger Maure dafür die Ohren abschneiden, da du es an einer gewissen Höflichkeit mangeln lässt, aber ich entnehme deinen Worten, dass du dich bemühst, die ungewohnten Laute zu zähmen«, erwiderte sein Vater in vertrautem Deutsch und verstärkte den Druck auf seiner Schulter. »Bist du mit deinem Lehrer zufrieden?«

»Ja, Herr Vater. Er ist sehr nachsichtig mit mir.«

»Dann ist er der falsche Lehrer.«

Marian schwieg.

»Oder du lernst schneller, als er erwartet.«

»Ich weiß es nicht. Ich bin noch immer nicht in der Lage, die medizinischen Schriften zu entziffern.«

»Ich glaube auch nicht, dass der Reliquienhändler dir das entsprechende Vokabular beibringen kann. Er hat die Kenntnis der maurischen Sprache auf den Märkten erworben, du aber brauchst die Stimme der Gelehrten.«

»Ich bin noch weit davon entfernt, mich mit ihnen messen zu können, Herr Vater. Meine Fähigkeiten erschöpfen sich in Sätzen wie ›Der Frosch hüpft in den Teich‹ und ähnlich tiefschürfenden Aussagen.«

»Das wird sich mit der Zeit ändern. Wenn du so weit bist, wende dich an mich. Ich werde dir einen Lehrer suchen, der dich mit den feineren Aspekten der Sprache vertraut macht. Oder sollte gar ich dich selbst unterrichten, Sohn?«

Marian unterdrückte ein Schaudern, doch sein Vater bemerkte es.

»Nein, nicht wahr? Ich habe die philosophischen Werke studiert, das wird dir in der Medizin nicht helfen. Wie bedauerlich, dass Georg Krudener uns verlassen hat. Er wäre der richtige Mann für dich gewesen. Er hat viele Jahre als Adlatus eines maurischen Arztes zugebracht, und sein Wissen war selten umfangreich.«

An den schrulligen Apotheker erinnerte Marian sich gut. Sein Tod vor zehn Jahren hatte ihn und seine Schwester sehr betrübt, denn er war ihnen immer ein guter Freund gewesen. Lebhaft waren ihm die kandierten Kirschen im Gedächtnis, die er ihnen als Kinder zugesteckt hatte.

»Ja, er wäre genau der Richtige gewesen«, sagte Marian. »Ich denke oft an ihn.«

»Ich auch, mein Sohn. Was mich darauf bringt, dass ich dir die Schriften geben sollte, die er mir vermacht hat. Alchemistisches Wissen, astrologisches und natürlich auch vieles über Arzneien. Du wirst sie irgendwann lesen und verstehen können.«

Marian drehte sich zu Ivo vom Spiegel um.

»Das ist sehr großzügig von Euch, Herr Vater. Danke.«

»Nein, mein Junge, nur sinnvoll. Du kannst damit mehr anfangen als ich. Vor allem, da du dich jetzt den Kräutern und mineralischen Heilmitteln zuwendest.«

»Nicht nur den Kräutern und Mineralien, Herr Vater. Soeben lernte ich, dass der menschliche Leichnam selbst zu Arzneien verarbeitet wird.«

»Quacksalberei, was? Das Fett Gehenkter kommt mir nicht ins Haus.«

»Nein, aber vielleicht die *mumia vera aegyptiaca*? Denn just da hat sich eben ein weites Studienfeld eröffnet. Dank Fabio.«

Ivo vom Spiegel überlegte einen Augenblick, aber dann bildeten sich kleine Fältchen um seine Augen.

»›Ihre Gebeine werden zerstreut bis zur Pforte des Todes, wie wenn einer das Land pflügt und zerwühlt.‹«

»Äh – ja, wie es in den Psalmen heißt?«

»Richtig. Doch du wirst dich doch nicht mit dem unehrlichen Volk gemein machen, mein Sohn?«

Marian spürte die Röte in seinen Wangen aufsteigen.

»Wie meint Ihr das, Herr Vater?«

»Diese Reliquienhändler sind auch nichts anderes als Totengräber«, murrte der. »Auch wenn diese modrigen Gebeine im Ruch der Heiligkeit stehen.«

»Immerhin, so versicherte mir Fabio, waren die *mumia* Heiden.«

»Eine bemerkenswerte Betrachtungsweise. Begleite mich, Sohn, ich will den Abt von Groß Sankt Martin aufsuchen, und du kannst den Infirmarius nach den Heilkräften der vertrockneten Heiden befragen.«

Der Infirmarius wusste tatsächlich von der *mumia*, wenngleich er weder über das Pulver noch über das Rohmaterial verfügte. Aber er fand einen Folianten, in dem die Herstellung und Verwendung des Mumienpulvers beschrieben wurde. Wie sich in den konsultierten Schriften zeigte, hatte schon zwei Jahrhunderte zuvor der arabische Arzt Abd al-Latif die harzähnlichen Substanzen aus dem Inneren einbalsamierter Leichen verwendet. Das Erdpech, mit dem sie einbalsamiert waren, erwies sich als wirkungsvolle Zugsalbe bei Verwundungen.

»Man könnte auch das Erdpech als solches nehmen«, meinte Marian, der sich noch immer nicht mit den pulverisierten Leichen anfreunden konnte.

»Natürlich. Auch gewöhnlicher Teer hat eine ähnliche Wirkung.«

Der Infirmarius ließ sich über dessen Wirkungsweise aus, aber Marian verfolgte seinen eigenen Gedankengang. Die Arzneikunde, soweit er es bisher betrachtet hatte, fußte auf Beobachtungen – man probierte ein Mittel aus, verfolgte die Wirkung und legte dann fest, wozu es dienlich war. So wurde es dann überliefert, mündlich, manchmal schriftlich. Dabei schien aber jeder, der das Mittel anwendete, noch sein eigenes Scherflein beizutragen. Der eine schwor darauf, dass man es bei Vollmond verabreichen musste, der Nächste wollte die Wirkung nur in Verbindung mit bestimmten Gebeten erkennen, ein anderer behauptete, nur beim Klang der Glocken entfalte es seine Heilkraft, und vielerlei andere Anweisungen waren ihm schon begegnet. Vor allem aber, und da musste er seinem Vater recht geben, arbeiteten Quacksalber gerne mit dem Grauen, das ihren Mitteln anhaftete. So mochte denn auch die *mumia* allein durch ihre schaurige Herkunft als wirksam, möglicherweise sogar magisch erscheinen.

Eine Weile disputierte er mit dem Infirmarius über seine Gedankengänge, dann riefen die Glocken die Mönche zur Komplet. Er bedankte sich bei ihm und ging, um seinen Vater bei Abt Lodewig abzuholen.

Der Herr vom Spiegel jedoch wartete schon an der Pforte mit dem ehrwürdigen Vater auf ihn, und gemeinsam verabschiedeten sie sich. Marian wollte seinem Vater durch das Tor folgen, aber ein kleines Schnauben des Abtes ließ ihn noch einmal innehalten.

»Ich kann es manchmal nicht fassen, Marian, wenn er mich mit ›ehrwürdiger Vater‹ tituliert. Ich habe so lange als Novize vor Pater Ivo gezittert, dass mir ganz unwirklich zu Mute wird.«

»Dennoch meint er es ernst, ehrwürdiger Vater, denn er spricht auch ansonsten nur so über Euch. Und das mit Achtung.«

Lodewig nickte und schlug das Kreuz über ihn.

»Der Herr sei mit dir.«

»Danke.«

Dann eilte er sich, um seinen Vater einzuholen. Weit war der Weg von Groß Sankt Martin zum Haus derer vom Spiegel nicht, und in der dunklen Lintgasse hatte er ihn fast erreicht.

Wie aus dem Nichts erschien eine Gestalt. Sie sprang auf Ivo vom Spiegel zu.

Marian stieß einen Warnschrei aus.

Sein Vater drehte sich um.

Der Angreifer holte aus.

Etwas flirrte durch die Luft.

Der Mann griff sich an die Kehle.

Röchelte.

Sank ganz langsam in die Knie.

Eine weitere Gestalt trat aus einer Türnische dicht neben dem Herrn vom Spiegel.

Marian erreichte seinen Vater ebenfalls.

Und staunte.

»Gislindis?«

Dann sah er auf den Mann am Boden. Ein Messer steckte in seiner Kehle.

Sein Vater keuchte und drückte sich eine Hand auf das Herz.

»Stützt ihn, Gislindis.«

»Sicher. Herr, lehnt Euch an mich. Ich bin kräftig genug.«

Marian nestelte seine Gürteltasche auf und zog die Phiole heraus, die er immer bei sich trug.

»Herr Vater, ein paar Tropfen. Bitte.«

Es schien dem Herrn vom Spiegel nicht so schlecht zu gehen, wie er befürchtet hatte. Er musterte das kleine Fläschchen und streckte die Hand danach aus. Marian löste den Stopfen und reichte es ihm.

»Igitt«, sagte der Herr und gab es zurück. Dann betrachtete auch er den Mann zu seinen Füßen.

»Der Angriff galt mir, nehme ich an.«

»Es sah so aus.«

Marian beugte sich vor und fragte: »Dies Messer ist das Eure, Gislindis?«

»Ja, Herr.«

Doch Ivo vom Spiegel schüttelte den Kopf und sagte: »Nein, Kind. Du bist nie hier gewesen. Geh zu meinem Haus und bitte mein Weib, sich um dich zu kümmern.«

»Nein, Herr, ich bleibe.«

»Kind, tu, was man dir befiehlt!«

»Gislindis, man gehorcht dem Herrn vom Spiegel unwidersprochen. Geht. Erzählt meiner Mutter, was vorgefallen ist. Aber keinem anderen.«

Gislindis ließ den Herrn vom Spiegel widerstrebend los, lief aber dann wirklich durch die Gasse zum Alter Markt.

»Und nun, Marian?«

Marian verschlug es kurzfristig die Sprache. Dann besann er sich jedoch und raffte seinen Witz zusammen.

»Nun stören wir die Mönche bei der Komplet, Herr Vater. Und für Euch finden wir einen Sessel, in den Ihr Euch setzen könnt.«

»Beides gute Vorschläge.«

»Ein Wort vorher noch, Herr Vater.«

»Ja, mein Sohn. Ich bin von deinen Fähigkeiten mit dem Messer überrascht.«

»Ähm – ja, ich auch. Aber was sein muss, muss eben sein.«

Kurz darauf war ein Novize zum Turm geschickt worden, um die Wachen zu holen, Lodewig hatte den Herrn vom Spiegel in seine Wohnung geleitet, der Infirmarius stand an seiner Seite, und der Turmmeister, der umgehend herbeigeeilt war, ließ sich von Marian den Vorfall schildern.

Gislindis wurde nicht erwähnt, aber Marian hatte, bevor sie das Kloster betreten hatten, das Messer aufgehoben, das der Mörder fallen gelassen hatte. Ein Barbiermesser, höllisch scharf und geeignet, einem Mann die Kehle durchzuschneiden.

»Findet heraus, wer der Schurke war, Turmmeister«, sagte Marian. »Ein Bader vielleicht, wenn man dieses Messer betrachtet.«

»An ein Barbiermesser zu kommen ist keine Schwierigkeit«, meinte der Turmvogt.

»Mag sein. Gestattet, dass ich es behalte. Ich werde auf meine Weise nachforschen.«

»Das ist nicht Eure Aufgabe, Herr.«

»Ich wünsche es, Turmmeister«, sagte sein Vater kurz angebunden. »Und nun waltet Eures Amtes. Sohn, begleite mich nach Hause.«

»Aber, wohledler Herr...«

»Der wohledle Herr hat ein schwaches Herz und muss ruhen«, wandte der Infirmarius ein und machte ein großes Getue darum, Ivo vom Spiegel aus dem Sessel zu helfen.

»Schwaches Herz«, grollte der leise, spielte aber die Scharade mit. Doch kaum waren sie in der Gasse, machte er sich von Marian los und schritt energisch aus.

Während der Herr vom Spiegel vom Majordomus sofort in seine Räume geleitet wurde, zog es Marian in die Küche. Seine Vermutung erwies sich als richtig. Hier in dem von mehreren Kerzen erleuchteten Raum saßen Gislindis und seine Mutter am Tisch und wurden von der Köchin umflattert. Frau Almut sah ihn fragend an, als er eintrat.

»Unversehrt, doch grollend über den Turmvogt.«
»Dann ist er wohlauf.«
»Und bedarf Eurer behutsamen Fürsorge, Frau Mutter. Vielleicht auch Eures vortrefflichen Würzweins.«
»Ich kümmere mich darum. Gislindis, mein Kind, ich danke Euch für die Nachricht. Mein Sohn wird Euch nach Hause geleiten. Oder wenn Ihr zu müde seid, wird Euch hier ein Bett gerichtet.«
»Ich werde nach Hause gehen, wohledle Dame. Mein Vater macht sich Sorgen.«
»Gut. Marian, nimm einen der Knechte mit. Mir will die Nacht nicht gefallen.«
»Gleich, zuvor benötige auch ich eine Stärkung«, sagte er und griff nach dem Honigkuchen, der in dem Korb auf den Tisch lag.

Frau Almut nickte, scheuchte die Köchin endgültig aus der Küche, ergriff den Krug mit dem Würzwein und verließ den Raum.

»Was, vielliebe Gislindis, trieb Euch um Christi willen zu dieser Stunde alleine nach Groß Sankt Martin?«

Sie hatte die Hände um ihren Becher gelegt und starrte hinein.

»Ich habe einen Mann getötet.«

»Ihr habt ein Leben gerettet.«

»Warum – o mein Gott –, warum wollte er Euren Vater umbringen?«

»Ein reicher Mann in einer dunklen Gasse – für manchen mehr als genug ein Grund.«

Marian legte das Barbiermesser auf den Tisch.

»Was ist das?«

»Damit wollte er ihn töten. Findet heraus, Gislindis, wem es gehört.«

Sie war bleich, und ihre Hände zitterten ein wenig, aber sie betrachtete das Messer.

»Ja, Mats oder ich finden es heraus, Herr Marian.«

»Danke, und nun noch einmal – warum wart Ihr zur Stelle, meine liebste Freundin?«

»Ach, Herr Marian...« Sie sah ihn verwirrt an. Doch dann fing sie sich. »Ich sehe manchmal. So wie ich die Bedrohung für ihn sah. Ich wollte mich dem verschließen, aber dann bekam ich Angst. Ich wollte zu Euch, hierher. Doch unterwegs... wählte ich, ohne es zu wollen, einen anderen Weg. Und war da.«

Marian legte seine Hand auf ihre.

»Gut, dass Ihr gesehen habt, weise Gislindis.«

»Ihr liebt Euren Vater sehr, Herr Marian.«

»Ja, das tue ich. Aber ich fürchte ihn auch.«

»Ihm gebührt beides, Liebe und Ehrfurcht.«

Die Tür öffnete sich, und der geliebte und gefürchtete Mann trat ein.

»Mein Kind«, sagte er zu Gislindis und wies sie an, sitzen zu bleiben. »Wir haben deine Gegenwart verschwiegen. Mein Sohn hat das Messer geworfen, das den Mörder traf.«

»Ja, wohledler Herr. Danke.«

»Dank nicht mir. Doch, mein Kind, wann immer du einen Wunsch hast, den zu erfüllen in meiner Macht liegt, komm zu mir. Oder nenn ihn meinem Weib, meiner Tochter oder meinem Sohn, gleich welcher Art er ist.«

»Wohledler Herr...«

Der Herr vom Spiegel beugte sich vor und küsste ihre Stirn.

»Kehr jetzt heim, Kind, und Maria, die streitbare Mutter, möge über deine Wege wachen.«

Bis vor ihrer Haustür schwieg Gislindis. Dann flüsterte sie: »Ich werde nie einen Wunsch an ihn herantragen. Möge Gott verhüten, dass ich je der Versuchung erliege.«

»Wie Ihr wollt, Gislindis. Doch wie Ihr selbst gesagt habt, er besitzt Macht.«

»Ebendarum. Gute Nacht, Herr Marian.«

»Gute Nacht, schöne Gislindis.«

## 25. Kapitel

Der Lord ist überfallen worden? Und Ihr, Mistress Alyss, habt einen wolfsgestaltigen Mörder mit Steinen beworfen? Habe ich das alles richtig verstanden?«

Alyss hatte den Eindruck, dass John eisige Wellen aus Wut verströmte.

Sie standen zu dritt in ihrem Kontor. Marian hatte sie gleich morgens aufgesucht und John, der sich im Tuchlager aufhielt, mit dazugebeten, um Bericht über den Vorfall am vergangenen Abend zu erstatten.

»Wir sind sonders unbeschadet davongekommen, Master John«, antwortete Alyss kühl.

»Zu knapp, Mistress Alyss.«

»Mache ich Euch Vorwürfe, dass Ihr Euch von Seeräubern habt überwältigen lassen, Master John?«

»Ich bin ein Mann.«

»Mein Vater auch.«

Sie starrten einander wütend an, und Marian schüttelte den Kopf.

»Schwesterlieb, deine Tändelei mit dem Wolfsmann hast du auch mir verschwiegen.«

»Und? Hättest du etwas daran ändern können?«

»Nein. Aber zukünftig werden wir etwas daran ändern.«

»Quark! Der Mann, der unseren Vater angegriffen hat, ist tot. Er wird es nicht noch einmal wagen, den Allmächtigen zu morden.«

»Aber der Wolfsmann lebt. Er hat Inse verfolgt und getötet, einen Unbekannten angegriffen und dich nun ebenfalls verfolgt.«

»Dann fang ihn und jage ihm auch ein Messer in die Kehle!«

»*Ich* werde ihn suchen und vernichten, Mistress Alyss.«

»Heilige Jungfrau, was seid ihr für Helden!«

Alyss setzte sich und sah von einem zum anderen.

Marian log.

Warum log Marian?

Sie kannte ihren Bruder viel zu gut, um die feinen Zeichen nicht zu deuten.

»Was verschweigst du, Bruder?«, fragte sie ungehalten.

»Nichts.«

»Doch. Ist unser Vater verletzt? Bereitet sein Herz ihm Probleme? Sprich!«

»Was, Marian, ist wirklich geschehen?«, herrschte ihn nun auch John an.

»Nur, was ich euch erzählte.«

»Du lügst, Bruder mein. Glaub mir, ich kenne dich.«

»Wenn Mistress Alyss das sagt, glaube ich ihr. Die Wahrheit, Marian. Nur so können wir die Gefahr abwenden.«

»Es hat nichts damit zu tun.«

»Doch. Wen willst du schützen?«

Marian rieb sich die Augen. Er sah müde aus, befand Alyss. Doch was Wunder, die Nacht war wohl nicht eben ruhig für ihn gewesen.

»Ja, ich muss jemanden schützen. Doch nur einen Helfer, keinen Übeltäter.«

»Einen Freund, der dabei war gestern Abend?« Alyss schnaubte. »Ich werde Mutter fragen.«

»Verdammt, verdammt!«

»Flucht nicht, Marian. Handelt es sich um etwas, das die Ehre Eures Vaters verletzt?«

»Nein. Ach...«

»Sag es uns.«

»Schwört Ihr zu schweigen?«

»Marian...!

»Was fragt Ihr?«

Seufzend setzte sich Marian nun auch auf die Bank am Fenster.

»Gislindis. Sie warf das tödliche Messer.«

»Ei wei.«

»Unser Vater wollte nicht, dass der Turmmeister es erfährt.«

»Ein weiser Mann, der Lord.«

»Ich frage jetzt nicht, warum Gislindis bei euch war. Gut. Von mir wird das nie jemand erfahren, aber ich bin ihr dankbar.«

John schien sich auch beruhigt zu haben und setzte sich auf einen Tuchballen.

»Es treiben ein oder mehrere Männer ihr Unwesen in der Stadt.«

»Ohne Zweifel. Das war schon immer so und wird in jeder großen Stadt so sein, Master John. Oder ist London ein tugendhafter Ort, an dem alle einander in christlicher Liebe begegnen?«

»Ja, da habt Ihr natürlich recht, Mistress Alyss. Verbrecher gibt es überall. Aber wie oft seid Ihr hier selbst und in Person so häufig betroffen gewesen wie in den letzten Tagen?«

Darin lag etwas Wahres. Seit sie Inse hinter den Heringsfässern versteckt gefunden hatte, war einiges geschehen, das sich mehr und mehr bedrohlich entwickelt hatte.

»Der Hannes Schnidder«, murmelte Marian.

»Wer?«

»Der Mann, den sie aus dem Rhein gezogen haben.«

Alyss schluckte.

»Ihm war die Kehle durchgeschnitten worden.«

»Richtig. Und genau dazu eignet sich ein Barbiermesser.«

»Du glaubst, es war der Wolfsmann, der auch Inse… Aber sie hatte Stichwunden.«

»Und ihre letzten Worte waren ›Ketzer‹ und ›sterben‹. Schnidder nennen die Gerüchte einen Ketzer.«

»Und Euer Vater, Marian…«

»Ja, er ist gelegentlich unbedacht. Verdammt, es will mir nicht gefallen, was Ihr hier mutmaßt.«

»Mir auch nicht, mein Freund.«

»Es ist ein sehr loses Fädchen, das ihr hier spinnt«, warf Alyss ein. »Wenn wir denn schon in eine solche Richtung denken, dann lasst uns bei dem bleiben, was wir wirklich wissen.«

»Ja, Mistress Alyss, das ist ein kluger Rat. Und Euer gradlinig denkendes Hirn sollte unsere Gefühle zähmen. Dann nennt die Tatsachen, wie sie sich uns darbieten.«

Sie überlegte eine Weile und zählte dann auf: »Inse begegnete dir, Marian, schon vor Arndts Heimkehr. Sie floh vor einem Verfolger.«

»Richtig. Ich glaubte, ein aufdringlicher Geck verfolgte sie.«

»Wenige Tage später fand ich sie bei dem Heringshändler, wo sie sich vor dem Wolfsmann versteckte.«

»Auch richtig. Und an dem Tag, als ich mit Tilo heimkehrte, suchte der Mann sie hier im Hof auf. Frieder lief ihm nach, doch er entkam.«

»Zwei Tage später, als wir Eure Tuche verzollten, Master John, wurde im Hafen der Schnidder gefunden. In der Woche darauf, am Gründonnerstag, wurde Inse erstochen. Und am Ostermontag sahen Hilda und ich, wie ein Wolfsmann einen Unbekannten überfiel. Gestern wurde unser Vater angegriffen, der Mörder starb.«

Die beiden Männer sahen sie schweigend an. Dann sagte John: »Am Emmaustag wurde Maid Gislindis belästigt.«

»Was?«, fuhr Marian auf.

»Nicht von dem *werewolve*. Von Merten.«

»Was?«, fuhr Alyss auf.

»Bemerkenswert«, sagte Marian ruhig. »Ihr seht Zusammenhänge?«

»Der Tote war nicht Merten, oder, Bruder mein?«

»Nein, den Toten kannte ich nicht.«

»Was wollt Ihr denn damit sagen, Master John?«

»Tatsachen aufzählen. Vielleicht sagen, dass es nicht nur einen gibt, der Frauen verfolgt und Männer umbringt.«

»Wir wissen nicht, ob derjenige, der Inse tötete, der Wolfsmann war. Wir haben es nur angenommen. Das stimmt, Master John.«

Marian lachte einmal trocken auf.

»Unser Merten handelt gelegentlich mit Pelzen. Ein hübsches Wolfsfell mag er zur Verfügung haben. Und die Freude daran, harmlose Weiber zu erschrecken, die traue ich ihm auch zu. Die Gecken, mit denen er gewöhnlich zusammen ist, hecken gerne solche Streiche aus.«

»Und die Gerüchte, die sich damit unter den abergläubischen Leuten verbreiten, mögen jene mit Genuss verfolgen. Stimmt, Marian. Wenn das so ist, scheint der Schabernack gelungen. Doch wer tötete dann Inse und warum?«

»Wer tötete Schnidder, und wer versuchte es bei Eurem Vater? Wer war der Mann – und war es ein und derselbe?«

Alyss löste den Schleier und fuhr sich durch die Haare, wie sie es immer machte, wenn die Gedanken in ihrem Kopf zu wirr wurden.

»Nun wissen wir gar nichts mehr«, stöhnte sie schließlich.

»Das ist besser, als einer Einbildung nachzulaufen«, meinte Marian. »Wir haben den Toten, und im Turm wird man herausfinden, wer er ist. Selbst wenn niemand sich traut zuzugeben, dass er ihn kennt, haben wir das Messer. Mats Schlyffers kümmert sich darum.«

»Gut. Ja, das ist eine gute Maßnahme.«

»Und Ihr verlasst für einige Tage die Stadt, Mistress Alyss. Auch das ist gut.«

»Ich bleibe hier, Schwesterlieb.«

»Nein, Marian. Wir begleiten unsere Eltern.«

»Geht mit ihnen, Marian. Ich habe ein Auge auf die Maiden. Auch auf die Eure. Und ich werde meine Erkundigungen einziehen.«

»Ihr müsst Eure Geschäfte abwickeln, John«, wandte Marian ein.

»Es kommt auf ein paar Tage nicht an. Ich möchte wissen, wer Mistress Alyss in Schrecken versetzt hat. Wenn es einer der *wastrels* war, werde ich ihn finden.«

»Und ihn in Schrecken versetzen?«

»Darauf könnt Ihr Euer schönes Haar verwetten, *my black merle*[4].«

»Ich wäre so gerne dabei, John«, sagte Marian sehnsüchtig.

»Ich hebe Euch einen auf.«

»Gut. Wir werden am Montag wieder zurück sein. Wir beide, Marian, werden auf unseren Vater achten und darauf sehen, dass er keine unbedachten Worte äußert. Mir will die Sache mit den Ketzern immer noch nicht gefallen.«

»Tut das, Mistress Alyss, denn mir gefällt sie auch nicht. Mein Vater...«

»Ich weiß, Euer Vater geriet ebenfalls in diesen Ruf.«

»Es liegt etwas Böses in dieser Art von Verrat. Nun, ich halte auch dazu die Augen offen. Doch nun erlaubt mir, mich zu entfernen, Mistress Alyss. Geschäfte und Pflichten warten.«

Als er sie verlassen hatte, blieben die Geschwister noch zusammen im Kontor.

»Der Allmächtige hat Gislindis angeboten, ihr jeden Wunsch zu erfüllen, wenn sie ihn denn äußert. Achte darauf, Schwesterlieb.«

»Sie wird sich eher die Zunge abbeißen, als das zu tun.«

»So sagt sie.«

»Dann müssen wir eine andere Lösung finden, wie man es ihr lohnen kann, dass sie sein Leben gerettet hat.«

»Denk darüber nach, Alyss. Von mir wird sie nichts annehmen.«

»Sie nicht, aber ihr Vater vielleicht?«

---

[4] Amsel

»Ja, der. Aber Gold wird ihn misstrauisch machen. Er ist ein ungeheuer genügsamer Mensch, dem der Verdienst reicht, den er mit seiner Hände Arbeit erwirbt.«

»Dann muss er mehr und besser bezahlte Arbeit bekommen.«

»Mhm. Ja, kein schlechter Vorschlag. Gut zahlende Kundschaft. Empfehlungen. Ich werde mit dem Majordomus sprechen.«

»Und ich mit meinen Kunden.«

Hilda polterte an der Tür.

»Herrin!«

»Komm rein, Hilda.«

»Da ist der Pfarrer von Lyskirchen. Er will Euch sprechen.«

»Führ ihn in den Saal hoch, Hilda, und bring ihm Kuchen und Wein. Pfarrer pflegen immer hungrig zu sein. Ich komme gleich.«

Hilda zog die Tür wieder zu.

»Fütter den nicht auch noch an, es reicht, dass du den Hauspfaff verköstigst.«

»Der hat schon seit zwei Wochen keine Atzung mehr bei uns bekommen. Ich habe den Verdacht, dass der Lyskirchener ihn ebenfalls vermisst. Es ist schon ein wenig seltsam, was der Magister so treibt. John meint, er könnte nach Deventer gegangen sein, aber das glaube ich nicht. Vielleicht besucht er seinen Bruder in Merheim.«

»Hat er da einen?«

»Sagt Merten zumindest. Fällt mir gerade ein, Marian – du hast doch für Magister Jakob die Familienaufzeichnungen durchgesehen.«

Ihr Bruder hob die Schultern.

»Ohne großen Erfolg, Schwesterlieb. Leider. Der räudige Hammel van Doorne scheint keine Stallgenossen in unseren Kreisen zu haben.«

»Darauf hatte ich auch keine große Hoffnung gesetzt. Aber steht möglicherweise über Hermanus' Abstammung etwas darin?«

»Kaum. Die van Doornes haben offensichtlich die Kunst des Lesens und Schreibens nicht beherrscht, sie haben keine Aufzeichnungen.«

Alyss richtete ihren Schleier wieder. Dann sah sie Marian nachdenklich an.

»Ich hoffe, der Hauspfaff ist nicht auch das Opfer eines Meuchlers geworden.«

»Wenn dieser Mörder Ketzer jagt, dann dürfte Hermanus der Letzte sein, auf den er es abgesehen hat. So verbissen dogmatische Kirchentreue wie ihn gibt es wenige.«

»Na ja, das stimmt auch wieder. Ich höre mal, was der Pfarrer zu sagen hat.«

»Und ich – mhm – werde mal einen Besuch machen.«

Alyss nahm an, dass er Gislindis aufsuchen würde, und schenkte ihm ein kleines Lächeln. Dann begab sie sich nach oben in den Wohnraum, der den Familienfeiern und den hohen Gästen vorbehalten war.

Wie erwartet tat sich der Pfarrer bereits an den Mandelküchlein gütlich, die Hilda ihm zum Wein hingestellt hatte. Doch legte er das Gebäck nieder, als sie eintrat.

»Frau Alyss, danke, dass Ihr mich empfangt.«

Sie setzte sich in den zweiten Scherensessel am Kamin und betrachtete ihren Besucher. Er war ein weichlicher

Mann mit schütterem Haar, das unter seinem Barett grau hervorlugte.

»Was führt Euch zu mir, Dominus?«

Es zeigte sich, dass der Pfarrer zu den weitschweifigen Zeitgenossen gehörte, und Alyss musste sich einen ziemlich langen schwülstigen Erguss anhören, bis der würdige Herr zu seiner Frage kam. Sie galt, wie erwartet, Magister Hermanus. Auch der Pfarrer war inzwischen besorgt, eher aber verärgert darüber, dass sein Mesner ohne Grund seinen Pflichten nicht nachkam, und glaubte, bei ihr Auskunft über seinen Verbleib zu erhalten. Er zerrte an ihrer Geduld und ihrem Verständnis, während er ein Mandelküchlein nach dem anderen in sich hineinstopfte und behaglich den Wein schlürfte. Er hätte sich in ihren Augen schon ein paar Tage früher um seinen Adlatus kümmern können, aber mit der Fürsorge war es bei ihm offensichtlich nicht weit her. Er klagte nur, dass die Aufgaben in der Kirche nicht erledigt würden und er gar selbst einige der Schüler zum Ausfegen der Räume habe anstellen müssen.

Sie ließ ihn noch eine Weile schwafeln und meinte dann: »Ich bedaure, Euch nicht weiterhelfen zu können. Sollte Magister Hermanus sich bei uns einfinden, schicke ich ihn zu Euch. Aber nun muss ich mich meinen Pflichten widmen.«

Sie stand auf, und da der Korb mit Gebäck leer war, tat er es widerstrebend auch. Mit einem Kopfnicken hielt sie ihm die Tür auf und geleitete ihn ohne ein weiteres Wort nach unten.

»Hilda, der Herr Pfarrer wünscht zu gehen. Gib ihm einen Honigkuchen als Wegzehrung mit«, rief sie in die Küche und drehte ihm verärgert den Rücken zu.

Im Hof war es lebendig geworden, weit lebendiger als sonst.

Drei schöne Pferde standen vor dem Stall, der den stämmigen Karrengaul beherbergte, und ein stattlicher Mann unterhielt sich mit Lauryn.

Wulf, der Stallmeister von Villip, war eingetroffen.

Der war immerhin ein angenehmerer Besucher als der Pfarrer, und sie ging zu ihm, um ihn zu begrüßen.

»Ja, Herrin, auf Geheiß Eures Herrn Vaters bringe ich die Pferde, damit Ihr standesgemäß zur Hochzeit der edlen Dame reisen könnt. Ich werde Euch selbst begleiten.«

»Das freut mich zu hören.« Alyss strich dem braunen Wallach über die weiche Nase. Er war ihr Lieblingspferd, und wann immer sie sich auf dem Gut aufhielt, machte sie ihre Ausritte mit ihm. »Meinen Eltern und meinem Bruder hast du sicher auch Reittiere gebracht.«

»Natürlich, Herrin. Doch ich hoffte, einige Zeit hier verbringen zu dürfen, um mich mit Lauryn zu unterhalten.«

Lauryn hatte sich bescheiden still verhalten, sich aber keinen Schritt von der Stelle gerührt.

»Das soll euch beiden vergönnt sein. Lauryn, hast du deine Aufgaben erledigt?«

»Ja, Frau Alyss. Wir haben alles vorbereitet, und Hedwigis hat sich bereit erklärt, heute die Hühner zu füttern. Peer geht es auch wieder besser, er wird sich um die Pferde kümmern.«

»Nun, dann nehmt euch frei für den Rest des Tages. Aber zum Abendessen seid bitte zurück.«

Als Alyss aber mit dem Falken auf dem Arm zum Weingarten ging, sah sie Tilo, der mit ungewöhnlich grimmiger Miene den Boden unter den Rebstöcken aufhackte.

»Ein umgänglicher Mann, der Stallmeister«, bemerkte sie, als der Falke sich in die Luft erhoben hatte. »Sicher ein guter Gatte für Lauryn.«

»Mhm.«

»Für Leocadie stehen die Aussichten auch gut, dass ihr Ritter wieder in Gnaden aufgenommen wird.«

»Mhm.«

»Hedwigis hat sich in der letzten Zeit sehr bemüht, ein nettes Mädchen zu werden.«

Tilo ließ die Hacke sinken und richtete sich auf.

»Ihr werdet bestimmt auch für sie einen achtbaren Mann finden, Frau Alyss.«

»Ich suche nach keinem, Tilo. Darum werden sich ihre Eltern kümmern.«

»Dann ist ja gut.«

»Warum bist du dann so knurrig, Tilo?«

»Ich bin nicht knurrig.«

Der Falke kam nieder und schlug ein kleines Tier am Boden. Alyss rief ihn zurück und gab ihm ein Stückchen Fleisch aus der Futtertasche. Tilo hatte sich in Leocadie vernarrt, schon am ersten Tag, als er in das Hauswesen kam. Sie aber hatte ihn zwar immer freundlich, aber in ihrer verträumten Art nachlässig behandelt. Lauryn hingegen hatte sich in Tilo verguckt, was er zwar nach und nach wohl bemerkt hatte, sie wiederum aber nur mit nachlässiger Freundlichkeit behandelte. Alyss hätte es im Grunde gerne gesehen, wenn die beiden jungen Leute zueinander gefunden hätten, denn sie wünschte sich für die kluge und umsichtige Lauryn eine bessere Verbindung als eine zu einem Stallmeister, so ansehnlich der auch war. Natürlich wurden Ehen verabredet und nicht nach Neigung geschlossen. Aber Neigung war eine so schlechte Voraussetzung nicht. Lauryns Mutter hatte etwas überstürzt gehandelt, als sie ihre Tochter Wulf versprochen hatte. Das war ihre Meinung. Falls sie noch irgendetwas für die Jungfer tun konnte, dann würde sie diese Verbindung verhindern. Aber dazu brauchte sie Tilo.

Dass er auf Wulfs Erscheinen mit schlechter Laune reagierte, machte ihr Hoffnung. Vielleicht hatte er seine kalbsäugige Bewunderung für die schöne Leocadie nun endlich überwunden.

»Wie haben denn deine Eltern deine Reise nach England aufgenommen? Du hast ihnen doch sicher nicht nur von dem Überfall und der Befreiung berichtet, Tilo«, sagte sie, als sie den Falken wieder in die Lüfte geschickt hatte.

»Och, der Vater hat sich vieles ganz genau schildern lassen. Vom Stalhof und von den Werkstätten der Tuchweber und so. Ich kann jetzt auch viel besser die Qualitäten beurteilen, Frau Alyss, seit ich gesehen habe, wie dort die Garne gesponnen und gewebt werden.«

»Wird er dich fürderhin die Handelsreisen durchführen lassen?«

Tilo sah dem Falken hoch im Licht nach. Es lag Sehnsucht in seiner Miene.

»Wär schön. Ich habe ihn noch nicht gefragt.«

»Das nächste Mal wird Frieder John begleiten. Einen von euch jungen Männern brauche ich hier, aber wenn du magst, kannst du wieder mit Peer nach Speyer fahren. Die Pelze müssen verkauft und Wein eingekauft werden.«

»Ja, das wäre nett.«

»Aber lieber würdest du nach England gehen.«

Er wandte sich von dem Falken ab.

»Ja, Frau Alyss, das würde ich. Der Tuchhandel – ich weiß nicht, es liegt mir vielleicht im Blut. Ich mag die Stoffe und die Art, wie sie hergestellt werden. Aber selbstverständlich fahre ich für Euch nach Speyer.«

»Hauptsache, auf Reisen gehen, nicht wahr?«

Ein bisschen ertappt schaute Tilo auf seine Füße.

»Das liegt in der Natur der Männer«, sagte Alyss. »Aber es tut einem Mann gut, wenn er ein Heim hat, zu dem er zurückkehren kann.«

»Ja, gewiss.«

»Und ein Weib hat, das sich in der Zwischenzeit um dieses Heim mit Sachverstand kümmert.«

»Ja, Frau Alyss. So wie Ihr.«

»Denk mal darüber nach, Tilo. Du bist noch jung, aber die Zeit vergeht schnell.«

»Was möchtet Ihr, Frau Alyss?«

»Dass du ein gutes Weib findest. Eines mit Vernunft und Herzenswärme.«

»Und nicht mit Schönheit und feinem Benehmen. Die sind für Ritter.«

»Bist du bitter darüber?«

»Nein, Frau Alyss. Nicht mehr. Ich wünsche Leocadie Glück.«

»Dann ist gut. Und nun öffne dein Herz für die, die dir zugeneigt sind. Dass wir uns richtig verstehen – nicht die Badermaiden.«

Jetzt lachte Tilo endlich.

## 26. Kapitel

Nach der Sext am Freitag machte sich die Kavalkade auf den Weg nach Lohmar. Marian, Alyss, ihre Eltern, Leocadie, Wulf und ein weiterer Stallknecht ihres Vaters ritten zur Fähre am Rhein, um sich übersetzen zu lassen. Die Fähre, eine große Holzplattform, die in der Mitte des Flusses verankert war, schwang sich, durch die Strömung getrieben, langsam in einem großen Halbkreis von einem Ufer zum anderen. Der launische April hatte beschlossen, ihre Reise angenehm zu gestalten, die Sonne ließ sich durch die Wolken blicken und beleuchtete das junge Grün der Bäume, hinter dem die Türme des Klosters von Deutz aufragten. Obstbäume schimmerten in ihren weißen Blütenschleiern, die Luft war klar, noch kühl, aber weit von dem fauligen Brodem entfernt, den der Rhein Ende des Sommers auszudünsten pflegte. Glitzernd eilten die kleinen Wellen an ihnen vorbei, hier und da dümpelten Fischerboote, die Wassermühlen klapperten an ihren Ankerstellen. Schnelle Segler teilten mit schäumendem Bug die Wasser, flussaufwärts treidelte eines der schweren Handelsschiffe.

In Deutz saßen sie wieder auf und folgten dem Lauf des Rheins nach Süden.

Alyss ritt mit Marian hinter ihren Eltern, und mit Freude bemerkte sie, dass ihr Vater trotz seiner siebzig Jahre noch immer ein stattlicher Mann war. Er trug nicht sein würdiges Gelehrtengewand, sondern eine kurze Houppelande und hohe Stiefel, genau wie Marian auch.

»Er hat es ohne Schwierigkeiten für sein Herz überstanden, nicht wahr?«

»Ja, Schwester mein, und ich bin froh darum. Aber die Phiole mit dem Herzelixier habe ich mir wieder neu befüllen lassen und trage sie bei mir.«

»Hat man schon etwas vom Turm gehört?«

»Nein, oder besser, ich weiß es nicht. Ich hatte gestern anderes zu erledigen.«

»Du wolltest einen Besuch machen. Hat man dich mit Gnaden aufgenommen?«

»Erst als ich meinen Tribut an süßen Wecken, klebrigem Quittenmark und schwerem Wein entrichtet hatte.«

»Sie ist ein Naschmäulchen?«

»Mäulchen? Gierschlund wäre passender.«

»Sprechen wir von ein und derselben Frau, Marian?«

Er grinste.

»Oh! Wem, lieb Brüderlein, schmiertest du Honig ums Maul?«

»Einem prachtvollen Weib, voll derbem Witz und scharfer Zunge, doch zahnlos und vom Alter krumm.«

»Dennoch machtest du sie dir gefügig?«

»Mäßig, aber es reichte, ihr zu entlocken, was ich wissen wollte.«

»Was da war?«

»Ein wenig über deinen Hauspfaff.«

»Oh.«

»Ich vermeinte gespürt zu haben, dass seine Abwesenheit dir Sorgen bereitete, auch wenn du ihn nicht sonderlich vermisst.«

»Bedenken, ja, und nenne es ein ungutes Gefühl.«

»Das wird nicht besser, wenn ich dir berichte, was ich erfuhr.«

»Sprich – du warst bei Trude de Lipa, wenn ich deine Beschreibung richtig deute.«

»Genau, bei der Mutter jener Frau, die Merten das Leben geschenkt hat.«

»Mein mutiger Bruder!«

Vor einem Jahr hatte Alyss ebenfalls Mertens Großmutter, ein zänkisches Weib von giftigem, hinterhältigem Gemüt, aufgesucht, um Auskünfte zu einer komplizierten Angelegenheit zu erhalten. Die Alte mochte halb lahm und buckelig sein, doch sie ernährte sich von Klatsch und Tratsch ebenso wie von süßem, weichem Gebäck und hatte nicht nur eine scharfe Zunge, sondern sich auch überaus scharfe Augen und Ohren bewahrt. Und da sie ebenso viele Schlechtigkeiten bei anderen vermutete wie jene, die sie selbst in der Lage war auszubrüten, hatte Alyss damals einige bemerkenswerte Aufschlüsse erhalten. Ein paar bittere Wahrheiten über sich selbst hatte sie als Dreingabe bekommen.

»Ich war gewappnet, und, Schwesterlieb, ein hübscher junger Mann macht auch ihre Zunge milder.«

»Aha.«

»Nun ja, geschmeichelt hat sie mir nicht.«

»Aber gebissen auch nicht. Willst du mir anvertrauen, was du erfuhrst?«

»Natürlich. Sie hat ganz schön herumgeschnüffelt, die Trude. Von Arndts Abgang wusste sie und auch von seinen Schandtaten. Es hat sie wohl nur wenig überrascht. Dass er auch die Mitgift ihrer Tochter einst durchgebracht hat, hat sie jedenfalls nicht vergessen.«

»So wird sie keine Messe für ihn lesen lassen.«

»Eher einen Fluch über ihn legen. Aber sie hat auch ansonsten ein ausgezeichnetes Gedächtnis, und an Hermanus erinnerte sie sich. Sogar an die verwinkelten Verwandtschaftsbeziehungen. Ich will versuchen, sie dir darzulegen.«

»Nur zu. Er ist der Sohn eines Onkels von Arndt, so weit bin ich schon gekommen.«

»Richtig. Arndts Mutter hatte einen Bruder, Carl Husmann. Seit Generationen sind die Husmanns Pächter von St. Gereon und bewirtschaften das Gut in Merheim. Carl zeugte mehrere Kinder, aber nur zwei Söhne darunter. Der älteste, Jens, erbte das Amt des Pächters. Die Mädchen wurden alle ganz gut verheiratet und Herman schon mit jungen Jahren in die Klosterschule geschickt.«

»Immerhin sorgte man also für eine Ausbildung.«

»Ja, und danach ging er zur Domschule. In der Zeit besuchte er häufig die Trude de Lipa und fraß sich bei ihr durch. Sie war ganz froh, die alte Vettel, als er die Schule verließ und Gehilfe bei dem Pfarrer von Buchheim wurde.«

»Das erwähnte Merten auch. Und wann ging er nach Deventer?«

»Gar nicht, Alyss.«

»Ah ja!«

»Kein Magisterstudium bei den Fraterherren, Schwesterlieb. Er beging im Alter von sechsundzwanzig Jahren stattdessen eine schwere Sünde. Im Jahre des Herrn 1394 schwängerte er eine Magd und suchte vor ihr und den parochialen Strafen Zuflucht bei seinem Bruder Jens Husmann, der inzwischen das Gut übernommen hatte.«

»Jetzt wird die Angelegenheit aber richtig aufregend. Erzähl weiter, Marian. Hat ihn sein Bruder aufgenommen und ihm dann ein Amt gekauft?«

»O nein, weit entfernt davon. Dem Jens Husmann muss er gnadenlos lästig gefallen sein – nun, du kennst den frömmelnden Moralprediger ja. Erlöst wurde der Pächter von ihm durch den gütigen Arndt van Doorne, der sich Hermanus' annahm und ihm die Stelle als Schulmeister und Mesner in der Pfarre von Lyskirchen verschaffte.«

»Wie?«

»Wusste Trude nicht, aber mit Geld ist alles möglich.«

»Mit Geld oder Waren – ja. Sein Weinhandel lief damals noch recht gut. Nur – wie ist er dabei an den Magistertitel gekommen?«

»Vielleicht hat er ihn einfach erfunden?«

»Ich hätte den Pfarrer fragen sollen, ob er ihm eine Urkunde vorgelegt hat«, sinnierte Alyss.

»Ich vermute, dass der Ratsherr de Flemalle etwas Ähnliches zu sehen wünschte.«

»Weshalb unser Hermanus nach Deventer gereist ist, um dort ein solches Dokument zu erwerben, und diese Unternehmung natürlich nicht allenthalben verkündet hat.«

»Könnte sein. Ich nehme an, so war auch Johns Gedankengang dazu.«

»Nun, dann wird Hermanus beizeiten wieder auftauchen. Fragt sich nur, woher er das Geld für die Reise und den – Erwerb – des Titels hat.«

»Soll ich raten?«

»Arndt? Warum sollte er sich ihm gegenüber noch einmal großzügig erweisen?«, fragte Alyss.

»Merten? Trude de Lipa?«

»Die Trude bestimmt nicht, die sitzt auf ihren Kröten. Fragen wir ihn, wenn er wieder in Köln ist. Immerhin hat er ja auch genügend Münzen zusammengekratzt, um sich der Schlupfhure Odilia gefällig zu machen.«

»Ich dachte, er setzt für die Schwälbchen Schreiben auf und wird dafür *in natura* entlohnt?«

»Wohl nicht nur. Nicht nur Lore wusste davon, auch Hedwigis hat ihn bei der Taschenmacherin gesehen. Und er hat – hach richtig –, er hat ein Minnegedicht in seinem Brevier gehabt.«

»Oh, Hauspfaff auf Freiersfüßen?« Marian lachte und zitierte dann:

»Auf Minne und Gewinne

stehn aller Welt die Sinne;

Gar süß ist das Gewinnen,

noch süßer als alles Minnen.«

»Der kluge Dichter Freigedank, ja, ja. Er lässt mich gar vermuten, dass unser Hauspfaff auch an unredlichen Lohn gekommen ist. Was den Ablassbrief umso mehr erklärt.«

»Besitzt er einen solchen?«

»O ja.«

»Nun, dann weiß er wenigstens, dass er gesündigt hat.«

Sie ritten, jeder in seine Gedanken versunken, weiter, bis Wulf und der Reitknecht ankündigten, dass sie im Gasthaus zu Porz eine Rast einlegen würden.

Es war ein hübsches Wirtshaus, ihr Kommen angekündigt und eine geschäftige Wirtin bereit, ihnen mit ihren Annehmlichkeiten zu Diensten zu sein. Ein bisschen steif ließ Alyss sich von Marian vom Pferd helfen und reckte die Glieder. Ihre Mutter tat ebenso und lächelte ihr zu.

»Wir reisen viel zu selten, nicht wahr?«

»Dreimal im Jahr nach Villip, das ist nicht genug, um sich an den Pferderücken zu gewöhnen. Aber der Wallach hat einen sanften Gang, und es ist ein schöner Tag.«

Sie traten in den Gastraum und wurden trefflich bewirtet. Alyss setzte sich zu ihrer Base Leocadie, die wieder bleich war und müde Augen hatte. Was ihre Schönheit nur vergrößerte. Doch sie rührte lediglich in ihrer Schüssel mit dem wunderbar gewürzten Lammragout herum und zerbröselte eine Brotscheibe.

»Iss, Leocadie. Sonst fällst du vom Pferd und machst dein Gewand schmutzig. Und schmutzig willst du deinem Ritter doch nicht unter die Augen treten«, versuchte Alyss sie aufzumuntern.

»Wenn er denn kommt.«

»Ich bin sicher, dass er kommt. Er liebt seine Schwester sehr.«

»Ja, ich weiß, und sie spricht sehr liebevoll von ihm.«

Alyss hatte Leocadie in ihren jammervollsten Tagen mit Gerlis zusammengebracht, die sich freundlich der Jungfer angenommen hatten. Jetzt legte sie der Jungfer den Arm um die Taille und zog sie an sich.

Überrascht sah Leocadie sie an. Alyss mochte eine gerechte Hausherrin sein, liebevolle Gesten zeigte sie selten. Aber die zerbrechlich wirkende Leocadie weckte eine seltsame Verbundenheit in ihr. Das Mädchen hatte Angst, war aufgeregt, erwartungsvoll und unsicher.

»Iss, Liebelein, auch wenn es dir nicht schmeckt.«

Gehorsam führte Leocadie den Löffel zum Mund und schaffte es, die ganze Schüssel zu leeren. Danach waren ihre Wangen wieder ein wenig rosiger, und als die Pferde bereit standen, lächelte sie sogar ein bisschen.

»Bis zur Vesper sind wir in Lohmar«, versprach Marian ihr, als er ihr auf das Pferd half.

Den zweiten Teil der Reise hielt sich Alyss an der Seite ihrer Mutter und Leocadies, Marian ritt mit ihrem Vater voraus.

## 27. Kapitel

John war froh, dass Marian ihm erlaubt hatte, den Verband von seinem Arm zu entfernen. Noch war seine alte Kraft nicht wiederhergestellt, aber er konnte ihn nun endlich wieder bewegen. Während er ihn übte, dachte er gründlich nach, wie er die Zeit, in der die Geschwister die Stadt verlassen hatten, für seine Nachforschungen nutzen konnte. Es gab verschiedene Personen, denen er Fragen stellen wollte, manche davon sicher unbequem.

Mit den freundlichen wollte er beginnen.

Am Freitagnachmittag schlenderte er also über den Alter Markt, grüßte hier einen Gewürzhändler in seinem Gaddemen, dort eine Bandkrämerin mit lustigen Augen, da einen Schneidergesellen, der Tuche für seinen Meister auswählte. Er kannte inzwischen schon eine ganze Reihe Kölner, denn er war ein umgänglicher und geselliger Mann, wenn er wollte. Die einflussreichen Gaffeln Windeck und Himmelreich hatten ihn als Gast willkommen geheißen, zur Gaffel der Schneider pflegte er gute Beziehungen, und selbst mit den Sarwörtern hatte er Bekanntschaft geschlossen, denn die Kölner Harnische waren ein beliebtes Ausfuhrgut, das sich in seinem Heimatland gewinnbringend absetzen ließ.

Der Markt war belebt, das Frühjahr brachte die ersten Gemüse ins Angebot. Junge Möhren, Rübstiel, Bärlauch, kleine Zwiebeln, weißer Rettich, herzblättrige Melde und zarter Kohlrabi wurden an den Ständen der Kappesbauern angeboten. Und da nun die Fastenzeit vorbei war, erwartete auch wieder gackernde Hühner oder trübsinnige Kaninchen in Weidenkäfigen ihr baldiges Ende. Die Garköche mit ihren Wagen boten heiße Würste oder Fleischpasteten an, deren Duft sich zwischen den Buden der Besenbinder und Töpfer, Stiefelmacher und Kerzenzieher ausbreitete.

Weder Besen noch Kerzen suchte John indes, sondern er lauschte auf den Gesang des Schleifsteins oder den seiner heiteren Künderin. Schon hörte er ihre fröhlichen Verse.

»Es singt und klingt Mats' Schleifstein,
er schärft die Messerklingen fein.
Ins schwere Tuch dringt mühlos ein.
Die Scherenschneide blank und rein.«

Da war Gislindis, die heute in der Nähe der Gewandschneider die Dienste ihres Vaters anpries.

Nicht dass sein Dolch der Künste des Messerschleifers bedurfte – John achtete darauf, dass er stets eine glänzend scharfe Klinge aufwies. Dennoch zog er ihn aus der Scheide an seinem Gürtel und trat zu ihr hin. Mit dem Griff zuerst reichte er ihr das Messer.

»Prüft bitte, ob er den Schleifstein besuchen sollte, Schlyfferstochter.«

»Wie Ihr wünscht, Master John.« Sie nahm das Messer und betrachtete die spiegelnde Klinge. »Ein feines Stückchen Metall und unserer Aufmerksamkeit nicht bedürftig. Doch Ihr seid es, werter Herr.«

»Habt Ihr mir Dienste anzubieten?«

Ein keckes Wimpernflattern brachte ihn zum Schmunzeln. Sie war ein hübsches Weib, verlockend ihre lächelnden Lippen, verwirrend jedoch ihre hellen Augen. Er nahm den Dolch wieder entgegen und senkte ihn in sein Futteral.

»Weisung wünsch ich, Raterin.«

»Für Münzen sagt mein Mund Euch Rat, für Silber künde ich das Schicksal.«

Er öffnete die linke Faust und ließ das Silber in der Sonne aufblitzen. Gislindis wies auf den Schemel neben dem schrillenden Schleifstein, und als er Platz genommen hatte, setzte sie sich zu seinen Füßen und nahm seine Hand in die ihre.

John hatte schon einmal erlebt, wie sie Alyss aus der Hand gelesen hatte, und machte sich seither seine eigenen Gedanken über die junge Frau. Sie hörte und sah sehr viel, doch er war zu dem Schluss gekommen, dass sie auch über ein sehr altes, heidnisches Wissen verfügte. Auch in seiner Heimat gab es Künderinnen, die Einsichten innehatten, die gewöhnlichen Menschen versagt blieben. Sie wirkten im Geheimen, denn die bigotte Priesterschaft sah es nicht gerne, wenn andere als sie mit höheren Mächten in Verbindung traten. Aufmerksam beobachtete er das hübsche Weib, das seine schwielige Hand betrachtete und dann mit zarten Fingerspitzen die Linien darin nachfuhr. Ein Kribbeln durchfuhr ihn bei der leisen Berührung. Dann sah er in ihre schillernden Augen, und der Schauder verstärkte sich.

»Ein Bad wird Euch wohl bekommen, Master John. Sucht das Haus an der Kolumbakirche auf. Die Mägde dort sind willig, und die Knechte verstehen sich aufs Barbieren.«

Das war vermutlich ein höchst nützlicher Hinweis, sagte sich John und wollte ihr die Hand entziehen. Sie hielt sie fest.

»Der Falke hat ein Weib gefunden, es brütet im Weingarten.«

Diese Aussage entsprach oberflächlich sicher der Wahrheit. Er brauchte nicht zu raten, welchen Falken sie meinte. Oder doch?

»Eure Hand ist noch nicht bereit, den harten Dienst zu tun, der sie geformt hat, Master John. Ihr werdet andere Kräfte einsetzen müssen, um das Falkenweibchen zu schützen. Ihr besitzt auch diese, denn Euer Geist ist ebenso scharf geschliffen wie Euer Dolch.«

Er nickte. Es war keine Frage, wen sie mit dem Falkenweibchen meinte.

»Ist sie in Gefahr?«

»Ihr wisst es.«

»Wo ist er?«

»Wo Euer struppiger Diener ihn beobachtet.« Und dann vertiefte sich das Schillern ihrer Augen, und es verwandelte sich in ein stürmisches Meer voller Abgründe. »Er ist nicht alleine, eine größere Arglist wirkt in ihrem Heim.«

»Wer?«

»Ich sehe es nicht.«

Sie schloss die Augen.

Sie ahnte also nur etwas. Das tat er auch.

Dann sah sie ihn wieder an, die Augen klar und rein und in eine weite Ferne gerichtet.

»Ihr werdet Vergebung finden, Sohn des Nordvolks.«

Kalte Schauder liefen jetzt über seinen Rücken. Sanft entzog er seine Linke ihrem schlaffen Griff. Dann nestelte er aus seinem Beutel eine goldene Münze, legte sie ihr in die Hand und schloss ihre Finger darüber.

»Habt Dank, weise Raterin.«

»Für nichts...«, murmelte sie.

»Für alles.«

Er erhob sich, erstand eine Pastete bei einem Händler und strebte dem Rheinufer entgegen. Der Anblick von Wasser war es, den er brauchte. Das Meer wäre ihm lieber gewesen, aber der breite Strom half ihm auch beim Nachdenken. Er suchte sich ein wenig belebtes Plätzchen, das er kurz vor dem Frankenturm fand. Hier ankerten keine Niederländer mehr, sondern nur ein paar Fischerkähne dümpelten an ihren Mooringpfählen. Möwen umflatterten ihn, als er sich auf die Kaimauer setzte, ein majestätischer Schwan missachtete ihn, und eine Handvoll Enten ließen sich zu seinen Füßen nieder, als er einige Krümel verstreute.

Gislindis' erster Rat, ein Badehaus aufzusuchen, entsprang sicher nicht seinem unreinlichen Aussehen. Er suchte häufig die Bäder auf, nicht, wie er manche glauben lassen wollte, um die Aufmerksamkeiten der Badermägde zu genießen, sondern weil er sich gerne im heißen Wasser entspannte und dort auch allerlei Bekanntschaften schließen und Neuigkeiten hören konnte. Pitters Badestuben waren ein Treffplatz höchst respektabler Bürger, seine Wannen und die Schwitzkammer sauber, der Wein kühl und fruchtig und die Mahlzeiten zwar schlicht, aber bekömmlich. Das Badehaus an Kolumba kannte er nicht durch eigene Anschauung, aber da Gislindis es ihm genannt hatte, würde er dort vermutlich eine Spur finden. Die des Barbiermessers voraussichtlich, das der Angreifer verloren hatte. Dieser Fährte würde er am Nachmittag folgen, vorsichtig und mit Bedacht. Doch beunruhigte ihn sein Vorhaben wenig; mit Verbrechern würde er fertig werden.

Weit mehr Besorgnis verursachte ihm der Hinweis auf das Falkenweibchen. Mistress Alyss war in Gefahr. Nicht in einer direkten vermutlich, doch auf eine unterschwellige Art. Arndt van Doorne mochte zwei Zähne verloren und die Stadt verlassen haben, aber Ärger konnte er noch immer verursachen. Bisher hatte John keine Nachricht von seinem Diener bekommen, was zunächst einmal bedeutete, dass sich Arndt wohl nicht auf unlauteren Wegen der Stadt genähert hatte. Allerdings hatte er vor seinem Aufbruch ein Geschäft getätigt, das es zu untersuchen galt. Die Witwe in Riehl und der Winkeladvokat mussten noch aufgesucht werden. Allerdings konnte das warten, bis der Meuchelmörder erkannt und der Beweggrund seines Handelns aufgedeckt war. Denn möglicherweise war er nur der Handlanger eines anderen.

Viel mehr als dies aber gab der Hinweis auf die Arglist in Alyss' Hauswesen John zu denken. Welche böse Saat hatte van Doorne dort hinterlassen? Und hier glühte plötzlich ein Fünkchen in seinem Verstand auf. Der Hauspfaff war verschwunden. Ein unangenehmer Geselle, ein Frömmler und Heuchler, ein missgünstiger Schmarotzer und zu allem auch noch ein Verwandter van Doornes. Welcher Unrat verbarg sich hinter seinem Verschwinden?

Ketzerjäger.

Das war ein Begriff, mit dem John recht viel anfangen konnte. Es passte zusammen – ein Mann, der wie Magister Hermanus ein klerikaler Besserwisser und Rechthaber war, erkannte in allen freidenkenden Mitmenschen seine Feinde, seine Bedrohung. Er selbst hatte schon Dispute mit ihm erlebt, und wenn der Hauspfaff auch bei harter Maßregelung klein beigab, so mochte in ihm doch die Rache schmoren. Er war einer derjenigen, die immer allen anderen die Schuld für das eigene Versagen gaben.

Ein Salzhändler, mit dem er schon einige Male zusammen gereist war und der in Deventer sein Heim hatte, wollte John Nachricht überbringen, wann und auf welche Weise Hermanus seinen Magistertitel erworben hatte, doch der war erst am Dienstag abgereist, und die Botschaft würde nicht vor Mitte der nächsten Woche, vermutlich aber später, eintreffen. Obwohl John sich die Antwort schon fast vorstellen konnte – einen Magister Hermanus würden die Fraterherren nicht kennen. Der Mann war so bar jeder Bildung. Was jedoch eine Gefährlichkeit nicht ausschloss.

Es wäre besser, er würde so bald wie möglich seinen Aufenthaltsort herausfinden.

Aber es gab noch einen zweiten Mann, der in Mistress Alyss' Heim oft zu Gast war, und auch den wollte John näher in Augenschein nehmen. Er stand ebenfalls in Beziehung zu van Doorne – sein Stiefsohn Merten, der auch ein ausgemachter Schmarotzer war und sich mit allerlei Geckenvolk herumdrückte. Ob er von Grund auf bösartig war oder nur ein eitler, verzogener Gimpel, das galt es zu prüfen. John vertraute jedoch oft auf sein Gefühl, und etwas sagte ihm, dass dieser Merten zumindest sein eigenes Wohl immer höher schätzte als das anderer, und nichts, was er tat, entsprang vermutlich edleren Motiven. Weshalb er Mertens Anerbieten, Mistress Alyss im Weinhandel zu helfen, misstraute. Was heckte der junge Laffe aus? Doch das zu ergründen würde Zeit brauchen, und viel hatte er nicht davon. Er musste zurück nach England, um einige grundlegende Dinge in seinem Leben zu klären. Umso mehr nun, da Gislindis ihm mit ihrer letzten Weisung die Flamme der Hoffnung entzündet hatte.

Würde er Vergebung finden?

Es gab wenig, das er sich mehr ersehnte.

Es gab eigentlich nur eins, das er mehr ersehnte.

John warf dem majestätischen Schwan den Rest seiner Pastete zu, und der schnappte mit vollendeter Würde das Bröckchen aus der Luft.

Marian würde sich um Merten kümmern müssen, beschloss er. Er hingegen würde dem Magister nachspüren, sowie er ein Bad genommen hatte.

Das Badehaus an der Kolumbakirche erwies sich als weniger heruntergekommen als befürchtet. Allerdings gehörten die Besucher einer anderen Schicht an als die bei Pitter. Nicht ehrbare Handwerker und Händler, gesetzte Matronen mit ihren Töchtern planschten in den Wannen, sondern junge Gecken, vorlaute Lehrlinge, einige fremdländische Reisende und vor allem ganz offensichtlich etliche Angehörige der Klöster, die mit lüsternen Blicken die jungen Frauen musterten, die entweder in Begleitung der Jünglinge in den Wannen saßen oder als Badermägde aus Wein- und Bierkrügen die Becher füllten. Ein humpelnder Knecht wies ihn an, wo er seine Kleider ablegen konnte, führte ihn dann in die Schwitzkammer und bot ihm an, ihn zu barbieren. Er nahm das Angebot an, doch erwies sich der Mann nicht eben als begnadeter Bartkratzer. Zweimal zog er Blut mit dem schartigen Messer. John wehrte nach dem zweiten Schnitt weitere Dienste ab.

»Deine Fingerfertigkeit in Ehren, doch sind mir zarte Weiberhände lieber, die das Messer führen. Ist eine von euren Mägden darin gewandt genug?«

»Darin und in vielen anderen Fingerfertigkeiten«, meinte der Knecht grinsend. »Doch verlangen sie einen Aufpreis für ihre Künste. Bei mir bekommt Ihr das Bartscheren umsonst.«

»Für hohe Kunst bin ich bereit zu zahlen. Schick mir eins der Mädchen.«

Mit einer übertriebenen Verbeugung verschwand der Knecht, doch er schwankte und stieß am Türrahmen an. Ein gezischter Fluch entwischte ihm. John sah ihm nach. Offensichtlich hatte der Mann eine frische Verletzung an seinem Bein davongetragen. Das war zumindest der Beachtung wert. Vielleicht erwies sich die Badermaid dazu als auskunftsfreudig. Während er auf sie wartete und die beiden kleinen Wunden betupfte, betrachtete er die anderen Gäste in der Schwitzkammer. Einem schwabbeligen jungen Mönch, dessen eine Hand unter dem kurzen Hemd einer Badermagd verschwunden war, standen wohl nicht nur wegen der Hitze, die der Ofen verbreitete, die Schweißperlen auf dem hochroten Gesicht, ein knorriger Alter hingegen gerbte sein Fell mit Birkenruten und schaute dabei den beiden mit vorquellenden Augen zu. Zwei jüngere Männer hatten sich aneinandergelehnt und verbreiteten Weindunst. Vermutlich versuchten sie, einen dumpfen Kater auszuschwitzen.

Eine junge Frau, drall, doch ansehnlich, trat zu ihm.

»Ich bin Rika. Der Joos sagt, Ihr möchtet barbiert werden, werter Herr?«

Sie musterte seine Wangen und dann den Rest seines Körpers, der bis auf das Tuch um seine Hüften bloß war.

»Barbiert, ohne weiteres Blutvergießen, und anschließend möchte ich die Muskeln gewalkt bekommen. Könnt Ihr das?«

Sie kicherte.

»Kommt auf die Muskeln an, werter Herr.«

»Die des Rückens, *lass*.«

»Das wird sich machen lassen.«

Sie vollendete weit geschickter das Werk des Bartscherens; danach legte er sich bäuchlings auf die Bank, und die Baderin rieb sich mit duftendem Öl die Hände ein. Sie verstand auch dieses Geschäft, und sie verstand es auch zu schwatzen. Vor allem, als er sie nach dem humpelnden Baderknecht fragte. Der war wohl nicht ihr allerbester Freund.

»Der Joos – pfff. Der ist ein Raufer. Hat sich wohl neulich erst wieder in Händel verwickeln lassen. Drei Tage war er ganz weg, und der Besitzer wollte ihn schon rauswerfen. Aber sein Bruder hat für ihn gebeten.«

»Hat er hier in der Badestube eine Schlägerei angefangen? Das ist nicht gut für den Ruf des Hauses.«

»Nein, nein, nicht hier. Die Brüder gehen oft in die Tavernen unten am Hafen. Raues Volk da.«

Sie walkte seine linke Schulter und wurde etwas vorsichtiger, als sie die verblassende Wundnarbe sah.

»Ihr seid auch nicht ohne Schrammen, werter Herr.«

Er sagte nichts dazu, sondern grunzte nur leise. Manchmal war es besser, die anderen reden zu lassen. Und das tat Rika dann auch. Sie schimpfte über die beiden Baderknechte, die ihr und den anderen das Leben schwer machten. Nicht nur, weil sie mit den Frauen grob umsprangen, sondern vor allem, weil sie unzuverlässig waren.

»Der Theis ist seit Mittwoch nicht mehr aufgetaucht, und der Joos ist maulfaul, wenn man ihn fragt, wo er bleibt. Ich denke, der Bader wird sie beide bald loswerden wollen. Obwohl – wahrscheinlich fürchtet er sich vor ihnen.«

»Der Herr vor seinen Knechten?«

»Ich tät's auch, werter Herr. Die zwei sind grobe Kerle, wenn man dem Geschwätz glauben kann.«

Es brauchte nur noch wenige aufmunternde Laute, und John wurde der Gerüchte um die Brüder Theis und Joos teilhaftig. Beide hausten in zwei Kammern in einem Haus in derselben Straße, Halbkeller, wie sie viele der Handwerkerhäuser besaßen, billigste Unterkünfte für jene, die sich nicht mehr leisten konnten oder wollten. Ein paar leichtsinnige Schwälbchen hatten sich dorthin verirrt und waren mit reichlich blauen Flecken und Prellungen zurückgekommen. Seither wurden geflüsterte Warnungen weitergegeben, sich von den beiden fernzuhalten. Aber dennoch ließen sich ein paar Huren, meist ältere, die keine ordentlichen Freier mehr fanden, von ihnen verkuppeln.

»Seit wann sind die denn hier schon Baderknechte?«, fragte John, als das Geplapper versiegt war.

»Weiß nicht genau – zwei, drei Jahre ungefähr. Ja, mag zwei Jahre her sein. Sie sagten, sie wären von Jülich.«

»Und warum sind sie nach Köln gekommen?«

»Keine Ahnung, werter Herr. Soll ich Euch jetzt die Haare waschen?«

John hatte genug von ihr erfahren, mehr wusste die Baderin wohl auch nicht, und so ließ er die Seife bringen. Waschen tat er sich lieber selbst, doch goss er sich mit ihrer Hilfe noch zwei Kübel lauen Wassers über den Leib und lehnte weitere Behandlungen ab.

»Schad drum, Herr«, sagte sie grinsend. »Mit Euch hätte es mir mehr Freude gemacht als mit solchen da.« Sie wies mit dem Kinn auf den schwabbeligen Mönch, der nun ermattet an der Wand lehnte.

»So gottesfürchtig bin ich nicht.«

Er verließ den Raum, um seine Kleider wieder anzulegen, und entlohnte die Badermagd reichlich.

Die kühle Luft fuhr ihm durch die feuchten Haare, und das Brennen der kleinen Schnittwunden an seinem Kinn ließ allmählich nach. Gemächlich wanderte er zu seinem nächsten Ziel – Pitters Badehaus.

Der Besitzer selbst kam ihm entgegen und begrüßte ihn mit einem äußerst kritischen Blick.

»Master John, habt Ihr die Konkurrenz besucht oder Euch selbst beim Barbieren verstümmelt?«

»Selbst kann ich es besser, doch meine Linke ist noch nicht behänd genug. Aber die Badestube an Kolumba besuchte ich aus gewichtigen Gründen und nicht der Reinlichkeit wegen, Pitter.«

»Wollt Ihr dennoch in die Bütt springen?«

»Nein, geweicht worden bin ich lange genug. Ich habe Fragen.«

»Gut, dann kommt mit.«

Den Badestubenbesitzer Pitter hatte John seit seinem ersten Aufenthalt in Köln schätzen gelernt. Der schmächtige, drahtige Mann war, wie er wusste, ein Freund derer vom Spiegel, und schon sein Freund Robert, Mistress Alyss' Schwager, hatte ihn bei ihm eingeführt. Nicht nur, dass er sehr erfolgreich sein Unternehmen führte, aus seiner Vergangenheit als Päckelchesträger hatte er auch noch immer ausgezeichnete Beziehungen zu dem Jungvolk in den Straßen Kölns, das sich als Fremdenführer, Boten oder Gepäckträger sein Brot verdiente. Nachrichten aller Art kamen so zu ihm, die er, in Erinnerung an seine Hungerjahre, mit Naturalien entlohnte. Wer immer eine nützliche Botschaft zu ihm brachte, konnte mit einem Quark- oder Speckbrot, einem Apfel oder einer Wurst rechnen.

Es kamen sehr viele nützliche Botschaften zu Pitter!

Der Bader führte John in seine Wohnung oberhalb des Badehauses und reichte ihm unaufgefordert einen Becher Met.

»Schwierigkeiten, Master John?«

»Wie kommt Ihr darauf?«

»Der Herr vom Spiegel...«

»Wurde mit einem Barbiermesser angegriffen.«

»Nicht aus meinem Haus.«

»Nein, vermutlich von einem Barbier aus dem Kolumbaviertel, Theis mit Namen.«

Pitter kratzte sich hinter seinen großen Ohren.

»Übler Kerl.«

»Ihr kennt ihn?«

»Kennen? Nein. Aber ich weiß von ihm und seinem Bruder.«

»Joos, beide aus Jülich. Vor zwei Jahren hier in Köln angeschwemmt worden.«

»So kann man es ausdrücken, Master John. Angeschwemmt wie ein Stück Dreck im Hafen. Sie haben sich hier vorgestellt und wollten sich als Knechte bei mir verdingen. Ich habe ihnen ein bisschen auf den Zahn gefühlt. Ein Mann hat schließlich an seinen Ruf zu denken.«

John nickte und trank von dem kühlen Met.

»Hat mir nicht gefallen, was die mir erzählt haben.«

»Und was war das?«

»Die beiden sind, bevor sie Baderknechte wurden, Söldner gewesen. Erst bei unserem Erzbischof, dann bei dem Wilhelm von Jülich. Theis, der Ältere, ist dann vor drei Jahren bei einem Feldzug des Herzogs verwundet worden. Joos hat ihn nach Jülich geschafft, wo es einem Bader gelungen ist, seine Verletzungen zu heilen. Mit dem Waffendienst aber war es für ihn vorbei, und darum verdingten sich die beiden als Knechte in jener Badestube.«

»Nun, das mag doch recht sinnvoll gewesen sein.«

»Hörte sich zunächst so an. Aber, Master John, zu mir kommen viele Leute – auch solche, die schon mal in Jülich waren. Freiwillig sind die Brüder nicht hierhergekommen.

Theis und Joos sind wegen einiger Gewalttaten der Stadt verwiesen worden, berichtete man mir.«

»Sie haben auch jetzt diesen Ruf, zumindest bei den *barbermaiden*.«

»Sie raufen und saufen im Hafen herum und prügeln die Huren, die sie verschachern. Übles Volk. Doch warum sollten sie den Herrn vom Spiegel überfallen haben?«

»Das, Pitter, ist die Frage.«

Wieder kratzte sich Pitter hinter seinem großen Ohr. »Für Geld.«

»Von wem?«

»Das, Master John, ist die Frage.«

»Wer läuft nachts mit einem Wolfsfell durch die Gassen und erschreckt die Leute?«

»Ein Tunichtgut. Die Jungs haben ihn auch schon gesehen. Er macht ihnen Angst. Seht Ihr eine Verbindung?«

»Ich weiß es nicht. Inse, die Harnischmacherin, wurde von ihm verfolgt. Und sie wurde erstochen.«

»Erstochen oder die Kehle durchschnitten?«

»Marian sprach von Stichwunden.«

»Er wird den Unterschied kennen.«

»Es sind ihrer zwei.«

»Es sind ihrer zwei, und einer hat ein verletztes Bein, der andere ist seit Mittwoch nicht mehr aufgetaucht. Marian hat den Mann, der den Lord bedroht hat, getötet. Seine Leiche wurde von den Wachen abgeholt.«

»Dann sollte ich wohl mal im Turm vorbeischauen und den Toten in Augenschein nehmen.«

»Das wäre hilfreich. Ich glaube nicht, dass Joos seinem Bruder diesen Dienst erweist.«

»Schwerlich.«

»Müsste man noch herausfinden, ob einer von ihnen ein Wolfsfell mit dem Schädel des Raubtiers daran besitzt.«

»Müsste man. Wo wohnen die Brüder?«

John sagte es ihm, und Pitter rieb sich diesmal die Nase.

»Ich hör mich mal um.«

»Würdet Ihr das für mich tun?«

»Klar!«

Pitter grinste, und John sah plötzlich in ihm den gewitzten Päckelchesträger, der er vor über zwanzig Jahren gewesen sein musste.

»Ihr findet mich bei dem Tuchhändler Pauli oder bei Frau Alyss.«

»Ich weiß.«

»Danke, Pitter.« Und dann grinste John ebenfalls. »Ich lade Euch auf ein Essen im Adler ein.«

»Wird Euch teuer kommen. Ein Mann muss an seinen Magen denken.«

Trotz dieses heiteren Abschlusses des Gesprächs war John noch immer nachdenklich. Er schlenderte von der Marspforte Richtung Witschgasse, wich einigen Viehtreibern aus, die ihre Herden zum Heumarkt trieben, einer Sänfte, in der ein Ratsherr sich zum Rathaus tragen ließ, einigen kichernden Weibern, die Wäschekörbe schleppten, zwei Wachen mit Hellebarden und grimmigen Gesichtern, die von Gassenjungen verspottet wurden, und bog dann in die Straße ein, in der das Hauswesen sein Heim hatte. Die vier Gänse schossen auf ihn zu, als er durch die Toreinfahrt in den Hof trat, und eine schrille Stimme rief sie zur Ordnung.

Was genau das rothaarige Geschöpf da drohte, vermochte er nicht zu verstehen. Die deutsche Zunge beherrschte er inzwischen recht gut, aber diese drastischen Ausdrücke waren ihm dennoch nicht geläufig. Sie zeigten jedoch eine Wirkung auf Gog und sein Volk Magog. Die Gänse watschelten zum Hühnerstall, von dessen Dach Malefiz fauchend nach unten drohte.

»Ist noch nicht Zeit zum Abendessen, Herr Master John«, beschied Lore ihm mit einem misstrauischen Blick.

»Nicht? *Good gracious*, und ich sterbe vor Hunger.«

»Ich könnt Euch zeigen, wo die Käferwecken sind«, vertraute Lore ihm an. »Aber verpfeift mich nicht.«

»Niemals.«

»Dann kommt. Und passt auf, dass es keiner merkt!«

Belustigt machte sich John also zum Komplizen einer Futterdiebin, die höchst geschickt durch die kleine Fensteröffnung kletterte, hinter der sich offensichtlich die Vorratskammer befand. Ihre Beute jedoch war von unerwarteter Genügsamkeit. Zwei süße Wecken nur, und einen davon reichte sie ihm.

»Ich nehm nie mehr, als ich brauch«, vertraute sie ihm an und biss in den weichen Wecken.

»Man sollte auch nie in die Hand beißen, die einen füttert, *lass*.«

»Die Frau Alyss ist großzügig. Und bei den Bejinge krieg ich auch zeesse.«

»Zeesse? Wie schmeckt das?«

»Gut.«

»Und was ist das?«

»Versteht Ihr nicht, was? *Zu essen.*«

»Oh, ich muss noch so viel lernen.«

»Mhm.«

Ernsthaft nickte Lore. Und großzügig, wie sie manchmal sein konnte, fragte sie: »Was wollt Ihr denn wissen, Herr Master John?«

»Zum Beispiel, wo der Magister Hermanus zu finden ist.«

»Der Hauspfaff? Warum fragt Ihr mich?«

»Weil du spitze Ohren hast.«

Verdutzt fasste sich Lore an dieselben.

»Äh – ja?« Dann nickte sie. »Äh – oh. Ich versteh. Ja. Der Hauspfaff. Der ist ene Schwaatmuul. Und ene Heuchler. Habt Ihr mal in der Schwalbengass nachgefragt?«

»Besucht er die?«

»Sischer dat. Und die Schlupfhoor Odilia.«

»Ist er bei ihr untergekrochen?«

»Is schon seit fast zwei Wochen weg, der Hauspfaff.« Lore sah nachdenklich den Gänsen nach, die unter Gogs Führung zum Weingarten watschelten.

»So lange würde keine Hure ihn aufnehmen, meinst du.«

»Mhm. Denk ich. Das würde ganz schön was kosten.«

»Wo könnte er sonst hingegangen sein?«

»Weiß nicht. Soll ich mich umhören?«

»Wenn es nicht zu viel Mühe macht?«

Eine weitere kleine Münze fand ihren Weg in ein williges Händchen.

John hätte sie gerne auch noch nach dem Wolfsmann gefragt, aber da wurden Stimmen in der Hofeinfahrt laut, und mit einem Schürreskarren voller Säcke erschienen Tilo und Frieder. Hilda öffnete die Küchentür und wies sie an, Mehl und Erbsen in die Vorratskammer zu bringen. Dann bemerkten die jungen Männer John und begrüßten ihn lautstark.

»*Younglings*, ich muss mit euch reden.«

»Worüber, Master John?«

»Über Mord.« Befriedigt sah John, dass dieses Thema ihm ungeteilte Aufmerksamkeit zuteilwerden ließ. »Begleitet mich in eine Schenke.«

»Aber Hilda …?«

»Wird Verständnis für die Schwächen der Männer haben.«

Die Haushälterin grummelte zwar etwas von Sündenpfuhl und Versucher unschuldiger Seelen, aber ließ sie, wenn auch mit Ermahnungen, ziehen.

»Zum Adler, Master John?«

»Nein, Frieder, nicht zum Adler. Wir gehen zum Kleinen Kriegsmart.«

»War ich noch nie«, sagte Frieder.

»Ist eine denkwürdige Ecke«, klärte ihn Tilo, der Kölner Tuchhändlersohn, auf. »Da haben die Wollweber 1371 gegen die Städtischen gekämpft. Muss ein gewaltiges Schlachten gewesen sein.«

Den ganzen Weg über hörte John den beiden Jünglingen zu, die sich in blutigen Einzelheiten der denkwürdigen Weberschlacht ergingen. Doch heute, über dreißig Jahre später, waren die Blutflecken fortgespült und die Schreie der Sterbenden verklungen. Das Brauhaus aber hatte seine Türen geöffnet, und er lotste seine beiden Begleiter in die gut besuchte Schenke. Vor allem Tuchhersteller – Weber, Filzer, Färber und andere Handwerker aus diesen Gewerben – waren hier zu Gast. Er kannte den Wirt, ein paar Gesichter, doch würden sie hier weit ungestörter sein als im Adler, dessen vorwitzige Wirtin sich nur zu gerne an ihren Tisch setzen und ihren Gesprächen lauschen würde.

Das Bier war gut, der Eintopf nicht minder, die Ecke, die er gewählt hatte, lag im Halbdunkel, und so begann John seine Ausführungen.

»Ihr glaubt also, dass diese Brüder die Mörder sind, zumindest von dem Hannes Schnidder, und versucht haben, den Herrn vom Spiegel umzubringen?«, fragte Tilo schließlich. »Aber von Inse nicht, und mit dem Wolfsmann haben sie auch nichts zu tun?«

»Nein, ich habe nur aufgezeigt, was ich herausgefunden habe. Schlüsse zu ziehen bin ich noch nicht in der Lage. Aber vielleicht könnt ihr mir weiterhelfen.«

Tilo nickte und berichtete: »Inse ist nicht mit einem Barbiermesser erstochen worden. Sie blutete aus mehreren Stichwunden, und Herr Marian hat versucht, die eine unter ihrem Herzen zu verbinden.«

»Was für ein Stümper«, grollte John.

»Warum, Master John?«

»Wenn man einen Menschen töten will, dann sollte man nur einmal zustechen.«

»Vielleicht hat sie sich gewehrt?«

»Warum hat sie niemand um Hilfe schreien gehört?«

»Das, Tilo, wundert mich auch«, meinte Frieder.

Tilo trank aus seinem Becher und sah dann hinein. Verlegen, wie es John erschien. Er nahm ihm die Antwort ab. Der Junge hatte sich bei dem Überfall auf See tapfer verhalten.

»Sie muss stumm und wie gelähmt vor Angst gewesen

sein. Und als er sie für tot liegen gelassen hat, mochten ihre Kräfte nur noch gereicht haben, sich zum Tor zu schleppen, wo Marian sie fand.«

»Ja, Angst macht stumm«, nuschelte Tilo.

»Warum nur ist sie aber von den Beginen zu Frau Alyss gegangen, und das in der Dunkelheit, Master John? Sie wusste doch, dass jemand sie verfolgt.«

»*Dammit!* Das habe ich vergessen. Wir brauchen den Boten, der ihr bei den Beginen die Botschaft überbrachte.«

»Einer der Päckelchesträger. Pitter oder Lore könnten es herausfinden.«

»Wenn es einer von denen war und nicht einfach nur irgendein *wastrel*, der sie für kleinen Lohn holte, verschwand und keine Fragen stellte.«

»Trotzdem sollten sie die Augen offen halten«, meinte Tilo. »Aber besser nicht Lore.«

»Nicht Lore.« John nickte. »Also, Inse wurde verfolgt, von dem Mann im Wolfsfell. Vor ihm hatte sie Angst. Aber war er es, der sie getötet hat?«

Frieder machte eine schnelle Handbewegung und stieß dabei den Becher um. Ein Rest Bier ergoss sich über den Tisch. Er beachtete ihn nicht.

»Der Baderknecht. Master John, der Baderknecht. Tilo, erinnerst du dich?«

»Mann, Frieder. Ja. Der Baderknecht!«

»*Younglings?*«

Frieder schnappte aufgeregt nach Luft.

»Als Tilo und Herr Marian zurückkamen, an dem Nachmittag war der Wolfsmann in den Hof gekommen, um Inse zu erschrecken. Benefiz hat angeschlagen, und ich bin aus dem Weingarten in den Hof gelaufen. Da ist er durchs Tor raus, der Spitz und ich hinterher. Er hatte diese Kapuze mit dem Wolfsschädel an, aber ich hab kurz sein Gesicht gesehen. Derb, vernarbt, hässlich. Aber er entkam. Und als wir dann in dem Badehaus waren, das Nämliche, das Ihr heute aufgesucht habt, da dachte ich, ich hätte ihn dort erkannt.«

»Joos oder Theis also sind mit dem Wolfspelz unterwegs gewesen. Joos hat ein verletztes Bein; wir sollten herausfinden, seit wann. Denn wenn es schon einige Zeit her ist, dann wird es Theis gewesen sein, der am Ostermontag einen Mann überfallen und Mistress Alyss erschreckt hat.«

»Aber warum, Master John? Warum? Ich meine, wenn derjenige, der hinter Inse her war, auch den Herrn vom Spiegel töten wollte. Warum, Master John? Das will mir nicht in den Kopf!«, stöhnte Frieder.

»Mir auch nicht, Master John. Bei Inse dachten wir, es wäre vielleicht ein abgewiesener, rachsüchtiger Liebhaber. Aber der Herr vom Spiegel? Woher sollten zwei dumpfe Baderknechte ihn kennen?«

»Die Verbindung lautete ›Ketzer‹«, sagte John sehr leise.

Die beiden jungen Männer sahen sich an und schwiegen.

Johns Gedanken bewegten sich wie in einem Strudel.

»Er muss gedungen worden sein von jemandem, der einen Hass auf Ketzer hat. Von einem Eiferer, der auf ihre Vernichtung drängt«, sagte er dann mehr zu sich selbst.

»Aber, Master John, werden Ketzer nicht eigentlich der Inquisition übergeben? Und nicht von Mördern umgebracht?«

»Es gibt selbsternannte Ketzerjäger, denen die Inquisition nicht gründlich genug arbeitet.«

»Das müsste Joos dann wissen. Sollen wir ihn befragen?«

»Zu gerne, aber nicht mehr heute«, knurrte John. »Morgen, Frieder, besuchen wir den Turm, und du vergewisserst dich, dass der Tote jener Theis ist. Pitter wird dasselbe tun. Ich muss jetzt weiter nachdenken, *younglings*. Ihr habt mir sehr geholfen.«

John winkte den Wirt herbei und schob ihm ein paar Münzen zu.

»Nur, Master John«, begann Tilo, als sie aufstanden. »Woher wusste der Mörder, wo er den Herrn vom Spiegel finden würde?«

»Das gilt es zu klären, wie so andere Fragen auch. Und, *younglings*, nicht auf eigene Faust.«

»Aber...«

»Schwört, Tilo, Frieder!«

»Aber...«

»Schwört es. Ihr steht unter Mistress Alyss' Obhut. Wollt ihr Leid und Kummer über sie bringen?«

»Nein, aber...«

»Schwört.«

Sie taten es.

## 28. Kapitel

Alyss stand neben ihrem Bruder nahe der Brautpforte der Pfarrkirche, die Johannes dem Täufer geweiht war. Gerlis von Bachem, die Braut, in einem roten, mit weißem Pelz verbrämten Gewand, dessen zierliche Goldstickereien in der Sonne glitzerten, reichte dem Bräutigam Peter van Auel die Hand, und beide gelobten, zueinander zu stehen in allen Zeiten, bis dass der Tod sie scheide. Neben Gerlis stand Arbo von Bachem, nicht in schimmernder Rüstung, doch auch in seiner Robe ein ritterlicher Herr. Stattlicher und ansehnlicher als der untersetzte Bräutigam, dessen Haar sich bereits zu lichten begann. Doch als Gerlis ihm die Hand reichte, sahen die Brautleute sich mit inniger Vertrautheit an, sodass Alyss mit gutem Gewissen für ihr Glück zu beten bereit war.

Als der Priester die Verbindung gesegnet hatte, folgten sie dem Paar zur Brautmesse in die Kirche. Alyss nahm die kalte Hand von Leocadie in die ihre und führte die zitternde Jungfer zu einer Stelle, von der aus sie den Ritter sehen konnte. Wenigstens an seinem Anblick konnte sie sich nun schon mal ergötzen und sich vergewissern, dass er von seiner Englandreise tatsächlich unversehrt nach Hause gekommen war.

Die Messe ging vorüber, die Glocken läuteten, und man versammelte sich in dem für das Hochzeitsfest geschmückten Herrenhaus. Musikanten spielten auf, die Tafel bog sich unter den Köstlichkeiten, kostbare Gewänder rauschten, lebhafte Unterhaltung erhob sich. Alyss fand Gelegenheit, einige freundliche Worte mit der Braut zu wechseln, doch irgendwann waren ihr die Enge und die Bratendüfte zu viel. Sie sehnte sich danach, einige Zeit unter freiem Himmel zu verbringen. Ihren Vater, so hatte sie den Eindruck, trieb ein ähnliches Ansinnen um. Eine leichte Gewitterneigung umwölkte sein Haupt, und wie es schien, fertigte er eben einen besonders schwatzhaften Gelehrten recht kühl ab. Da ihre Mutter tief in ein Gespräch mit der Dame Benasis vertieft war, übernahm sie es, sich an seine Seite zu begeben. Nicht ohne Hintergedanken, denn bisher hatte er dem Ritter Arbo noch keinen Blick gegönnt.

Es mochte wirklich ein Hauch von Erleichterung über seine Züge huschen, als der Herr vom Spiegel sie an seiner Seite bemerkte.

»›Die Rede des Narren drückt wie eine Last beim Gehen, aber wenn ein Weiser redet, da hört man gerne zu‹«, zitierte sie leise die Worte Sirachs.

»Die Weisheit der Schrift ist unendlich, Tochter. Und deine Beobachtung richtig. Narren, geschwätzige!«

»Wir wollen im Garten Zuflucht suchen, Herr Vater. Es ist stickig hier, auch wenn es dem Fest an nichts mangelt.«

»Doch. An frischer Luft. Fliehen wir also, Kind. Und dann trage mir vor, was dir auf dem Herzen liegt.«

Alyss fragte sich, warum es sie immer noch wunderte, wie gut er sie durchschaute, auch wenn er sie gar nicht wahrzunehmen schien.

Es war ein Obstgarten hinter dem Haus angelegt, in dem die Apfelbäume verschwenderisch blühten. Auf dem kurzen Gras verstreut leuchteten weiße Blättchen, und in den Zweigen jubilierten allerlei Vögel ihr Frühlingslied.

»Hübscher als das Gefiedel der Musikanten«, stellte Alyss fest.

»Bei Weitem. Was also, Kind, möchtest du mit mir bereden?«

»Meine Sorge, Herr Vater, gilt meiner Base Leocadie.«

»Nässen ihre Tränen noch immer deine Schulter?«

»Nein, sie ist gefasst. Doch sie erwartet Euren Richtspruch mit großem Bangen.«

Der Herr vom Spiegel nickte und lehnte sich gemütlich an die sonnenwarme Umfassungsmauer des Obstgartens.

»Ich wollte mit deiner Mutter darüber sprechen, doch es ergab sich noch keine Gelegenheit. Aber du hast recht, Tochter, es sollte heute eine Entscheidung gefällt werden. Rate mir, Kind.«

»Ich Euch, Herr Vater?«

»Ja, Alyss, du mir. Denn wie es aussieht, bin ich ein schlechter Ratgeber in Herzensdingen.«

Sie sah ihn überrascht an.

»Ich habe einst gegen den Willen deiner Mutter Zustimmung zu deiner Ehe gegeben«, fuhr er ernst fort. »Ich habe mich von äußerem Anschein und großen Worten täuschen lassen.«

»Ich bat darum, Herr Vater, dem Arndt meine Hand reichen zu dürfen.«

»Und ich wollte deinem Glück nicht im Wege stehen. Deine Mutter hätte den Kampf mit dir aufgenommen.«

»Wofür ich ihr damals nicht dankbar gewesen wäre, heute jedoch schon. Ja, ich verstehe, warum Ihr einen Ratgeber sucht, Herr Vater. Ich will versuchen, Euch meinen Eindruck von Leocadie und Herrn Arbo zu schildern.«

»Tu dies und scheue keine klaren Worte, meine Tochter.«
»Hätte ich das je?«

Der Herr vom Spiegel lächelte sie an, und es war nicht nur ein Kräuseln um die Augenwinkel, sondern eines, das sein ganzes strenges Gesicht beleuchtete.

»Selten. Also?«

»Base Leocadie ist ein empfindsames Geschöpf, Herr Vater. Sie war schon ein stilles Mädchen, als ich sie damals in Burgund kennengelernt habe. Sie liebte es, Gedichte in schönster Schrift in ein Büchlein einzutragen, und verzierte sie mit den köstlichsten Ornamenten. Bereits als Dreizehnjährige war sie eine Schönheit, vor der die Engel erblassten. Mich nahm es immer Wunder, warum ihre Eltern sie nicht bald vermählten, sondern sie zu mir schickten, als sie schon achtzehn war.«

»Deine Mutter hat es dir nicht gesagt?«

»Nein, Herr Vater. Vielleicht sollte ich es denn auch nicht wissen. Aber eine Ahnung beschleicht mich nun doch.«

»Dann vertraue ich es dir an; du wirst klugen Gebrauch davon machen. Meine Enkelin sollte vor drei Jahren mit einem benachbarten Winzersohn vermählt werden, eine nicht nur für meinen Sohn gewinnbringende Verbindung, sondern auch die Jungfer schien dem jungen Mann geneigt zu sein. Dem allerdings behagte die Vereinbarung ihrer Väter nicht, er verschwand eines Tages und kam zurück, verbunden in Friedelehe mit einer kecken Witwe. Dies traf die Jungfer zutiefst, sie wurde schwermütig und so krank, dass ihre Mutter sie am Rande des Todes wähnte. Daher bat sie ihre Schwester, deine Mutter, das Mädchen für einige Zeit aufzunehmen.«

Aziza, die Stiefschwester von Frau Almut, hatte Leon de Lambrays, den Bastardsohn ihres Vaters mit einer Winzerstochter, geheiratet. Leon war Herr über ein großes burgundisches Weingut. Dass eine Ehe mit dem Erben eines benachbarten Winzers für ihn wünschenswert erschien, verstand sie. Und sie verstand auch, dass die verträumte Leocadie darin mehr sah als nur eine geschäftliche Beziehung, zumal, wenn der junge Mann ihr ansehnlich und gefällig erschien. Sie hatte die Lieder der Minne immer sehr ernst genommen, die besungene Sehnsucht für die Grundlage der Ehe gehalten. Der Verrat, den ihr Versprochener beging, musste ihr als die größte Demütigung erschienen sein.

»Sie kam also zu mir, um ihr Herzeleid zu heilen. Ja, so etwas in dieser Art vermutete ich schon. Und dann begegnete sie dem edlen Ritter, der ihrer Schönheit sogleich erlag.«

Alyss seufzte.

»Kind?«

»Nein, nicht was Ihr denkt, Herr Vater. Meine Sehnsucht ist längst erloschen. Leocadie dauert mich auf der einen Seite. Ihre schwärmerische Seele wird immer dem Trugbild der hohen Minne anhängen. Und Herr Arbo ist das Sinnbild der ritterlichen Liebe, Herr Vater.«

Der knurrte.

»Doch, doch. Ist er. Stattlich, mutig, edel, von Ehre durchdrungen...«

»Stolz und arrogant.«

»Derer gibt es mehrere.«

»Sagt deine Mutter auch immer.«

»Ja, aber es gibt einen Unterschied, Herr Vater. Ihr seid zudem noch von großer Klugheit, weitblickend, großherzig, und Eure Güte ist unendlich. Herr Arbo hat sich die ritterlichen Tugenden zu eigen gemacht, sie stützen sein Leben und geben ihm einen Sinn. Aber er ist im Grunde kalt wie ein Fisch.«

»In der Tat. Eine erstaunliche *analysis*, schmeichelhaft für mich und wenig schmeichelhaft für den Ritter. Sein Vater war anders.«

»Sicher, sein Vater war Euer Freund. Aber ich habe mich im vergangenen Jahr mit Herrn Arbo eine Weile unterhalten. Er suchte mich auf, bevor er bei Euch vorzusprechen wagte, und bat mich auch um Rat, wie er denn Eure Gunst erlangen könnte. Er offenbarte mir, dass er lieber seine Ländereien bewirtschaftete als an Turnieren teilnahm, sich lieber der Dichtkunst widmete als dem Hofdienst, doch ich fand ihn bemerkenswert loyal, denn wenngleich er das ritterliche Geschäft des Tötens nicht schätzt, so gehorcht er doch den Befehlen seines Lehnsherrn.«

»Dazu verpflichtet sich ein Kämpe.«

»Natürlich.«

Einige weitere Gäste schienen ihren Hort der Zuflucht ebenfalls gefunden zu haben, doch die Dame in dem langärmeligen Schleppgewand und ihr Begleiter wandten ihre Schritte, als sie sie bemerkten, in eine andere Richtung, um sich unter den blühenden Bäumen zu ergehen.

Nachdem ihr Vater ihre Worte eine Weile bedacht hatte, fasste er zusammen: »Meine Enkelin ist ein verliebtes dummes Huhn und der Ritter ein strohköpfiger Pfau. Reicht das, um Eier zu legen?«

»Ja, Herr Vater. In meinen Augen schon. Sie wird für eine Weile seine Ritterlichkeit genießen, an seiner Seite bei Hof ein prachtvolles Bild abgeben und hoffentlich bald zahlreichen Nachwuchs ausbrüten, dem sie dann ihre Liebe schenken kann. Er wird sich mit ihr für eine Weile schmücken, dann stolz auf seine Nachkommen sein, sich seinen Neigungen zur Dichtkunst und Güterbewirtschaftung widmen und sie allmählich vergessen. Große, verzehrende Leidenschaft, die in Hass und Streit umschlägt, sehe ich bei beiden nicht.«

Der Herr vom Spiegel nickte.

»Ich werde also dieser Ehe zustimmen. Mein Sohn wird sie begrüßen, sein Weib erfreut sein, denn sie hoffte, dass die Jungfer hier einen Gatten finden würde.«

»Dann erlöst Leocadie aus ihrem Bangen, Herr Vater.«

»Sogleich. Begleite mich wieder in den Saal.«

Der Herr vom Spiegel war kein Mann der Umwege. Er trat auf den Ritter zu, sprach einige wenige Worte mit ihm und bat dann die Herolde, seine Bekanntmachung anzukündigen.

Alyss hatte gerade noch Zeit gehabt, Leocadie die langen, schwarzen Haare zu bürsten und ihr einen frischen Kranz aus weißen und rosafarbenen Apfelblüten auf das Haupt zu drücken. Frau Almut trat hinzu, nahm die zitternde Jungfer an die Hand und führte sie an die Seite des Ritters.

Die Ankündigung der Verlobung ließ alle Anwesenden in Jubel und Glückwünsche ausbrechen. Gerlis, die Braut, war die Erste, die Leocadie liebevoll umarmte und sie Schwester nannte.

Marian trat zu Alyss und meinte lächelnd: »Schwesterlieb, du hast den Allmächtigen betört?«

»Es gehörte nicht viel dazu. Es plagt ihn das Gewissen, Marian, dass er einst meiner Ehe mit van Doorne zugestimmt hat.«

»Diese eben gestiftete wird weniger dramatisch verlaufen.«

»So war meine Argumentation. In beiden brennt nicht gerade ein heißes Feuer.«

»Nein, unsere Base badet schon wieder in Tränenfluten. Heilige Jungfrau, dies Mädchen scheint innerlich ein einziger Wasserkübel zu sein.«

»Dann ist es ja gut, dass er ein kalter Fisch ist.«

»Eine vollkommene Ehe. Doch keine, wie du sie dir wünschst.«

»Ich bin verheiratet, Marian.«

»Noch. Wenn auch das Studium der Stammbäume unserer Familien nicht hilfreich war, es wird Lösungen geben. In der nächsten Woche berate ich mich mit Magister Jakob.«

»Es reicht mir schon, wenn ich Arndts nie wieder ansichtig werde.«

»Das reicht dir nicht, Alyss. Du willst mehr.«

»Nein.«

»Schwesterherz, meinst du nicht, dass ich nicht ebenso in dein Herz schauen kann wie du in das meine?«

»Verschließ die Augen davor.«

»Ich kann die Augen schließen, doch du weißt, dass ich die Schmerzen dennoch spüre.«

»Lass uns dem glücklichen Paar unsere Gratulationen darbringen.«

## 29. Kapitel

Alyss und Marian waren am Montag wieder von Lohmar zurückgekehrt und hatten sich auf dem Rückweg vorgenommen, am nächsten Tag gemeinsam einige Erkundigungen einzuholen. Der erste Besuch galt Magister Jakob, der ihnen höchstselbst die Tür öffnete.

»Wie geht es der Patientin?«, fragte Marian, und die rotbraune Katze schnurrte, als Alyss sich über sie beugte. Noch zeugte eine kahle Stelle in ihrem Fell von der Operation, aber die Wunde war bereits verheilt.

»Sie frisst wieder?«

»Heimlich. Vor meinen Augen mäkelt sie«, antwortete Magister Jakob in gewohnt tonlosen Worten.

»Ein Prinzesschen. Sie weiß, wie sie Aufmerksamkeit erregt.«

Marian reichte ihr das Stückchen Fisch, das er für sie mitgenommen hatte, und leicht indigniert rümpfte die Katze die Nase.

»Legt es in den Napf und schaut nicht hin.«

Sie wandten sich von dem Korb ab und setzten sich an den mit Folianten und Pergamentrollen bedeckten Tisch. Alyss streckte wortlos die Hand aus, und ebenso wortlos reichte der Notarius ihr seine Augengläser. Es war ein kleines Ritual zwischen ihnen geworden, und so hatte Alyss auch ein sauberes Leinentuch eingesteckt, um die Brille gründlich zu reinigen. Währenddessen berichtete Marian von seinen Nachforschungen in den Stammbäumen.

»Ich kann keine Verbindung der Familien finden, Magister Jakob. Auch in den Seitenlinien nicht oder bei den Bastarden.«

»Nun, dann fällt dieses als Ehehindernis fort. Prüfen wir die nächsten. Wer hat Euch getraut, Frau Alyss?«

»Pater Henricus, unser gütiger Lehrer, ein Franziskaner.«

»Ohne Zweifel ein geweihter Priester.«

»Ohne jeglichen Zweifel.«

»Wie bedauerlich. Entfällt also auch. Die Stadt befand sich zur Zeit Eurer Eheschließung nicht im Kirchenbann, auch das entfällt. Bleiben die Verbrechen.«

»Derer van Doorne mehrere begangen hat«, knurrte Marian.

»Derer er aber nicht angeklagt wurde«, ergänzte Alyss.

»Was sich auch im Nachhinein als schwierig erweisen könnte«, meinte der Notarius und wies mit dem Finger auf die Katze. Die leckte sich gerade verstohlen die Lippen. Der Fisch war fort.

»Er würde vor allem andere mit in seine Machenschaften einbeziehen.«

»Auch das gilt es zu bedenken, Frau Alyss. Bleibt also noch der Vorwurf der Ketzerei.«

»Dafür ist er zu dumm«, beschied ihn Marian kurz und erntete ein leichtes Verziehen der pergamentartigen Lippen des Notarius.

»Ah ja. Nun, dann sehe ich noch die Möglichkeit, ihn zu überreden, in ein Kloster einzutreten.«

Alyss schnaubte belustigt auf.

»Arndt van Doorne zu überreden fällt schon in einfacheren Fällen schwer.«

»Ach, Schwester mein, auch unseren Vater hat man einst überredet, die Kutte zu nehmen.«

»Dammich«, entfuhr es dem Notarius, und Alyss biss sich auf die Lippe.

»Ja, doch, er hat gut vierzehn Jahre als Pater Ivo bei den Benediktinern gewirkt.«

»Es muss also jemand große Überredungskünste aufgewendet haben, um ihn zu diesem Schritt zu bewegen.«

»Er geriet in den Ruf der Ketzerei und hatte die Wahl zwischen Scheiterhaufen und Kloster, Magister Jakob. Seiner Mutter zuliebe wählte er das Leben.«

Der Notarius sah ungewohnt betreten von einem zum anderen, räusperte sich dann und meinte: »Verzeiht, Frau Alyss, Herr Marian. Ich war nicht befugt, ein Geräusch der Überraschung auszustoßen.«

»Unser Herr Vater ist ein Mann voller Überraschungen, Magister Jakob. Aber Arndt van Doorne ist es nicht. Und vor allem ist er kein Mann von Ehre«, sagte Marian.

Alyss stand auf und hob das Kätzchen auf ihren Arm. Es schmiegte sich an sie und legte ihr die Vorderpfoten um den Hals. Diese Geste vertrieb für einen Augenblick die trübsinnigen Gedanken, die Magister Jakob geweckt hatte. Malefiz war ein prächtiger Mauser und strich ihr auch gerne mal um die Beine, aber so vertrauensvoll wie dieses Tier war er nicht.

»Süße, sanfte Trösterin«, murmelte sie.

»Ja, das ist sie. Frau Alyss, lasst Euch nicht bedrücken, wir werden einen Weg finden. Die einfachen Möglichkeiten haben wir ausgeschlossen; so müssen wir also die komplizierteren ins Auge fassen.«

»Gibt es da noch welche?«

»Es gibt immer eine Lösung. Aber manchmal kann es sein, dass sie einem nicht gefällt.«

»Arndt van Doorne hat Verbrechen begangen, und er wird weitere begehen, Magister Jakob«, sagte Marian. Zu Alyss gewandt meinte er: »Wir werden das nächste Mal Anklage erheben, Schwester mein. Auch wenn hässliche Umstände dabei ans Licht kommen.«

»Und ihn dem Henker ausliefern?«

»Möglicherweise.«

Alyss schauderte es. Sie mochte ihren Gatten hassen, verachten und verabscheuen, seinen Tod wollte sie nicht verantworten.

»Ihr werdet abwägen müssen, Frau Alyss. Ihr habt bisher einen Mann geschützt, der eine Meintat begangen hat. Verstehe ich das richtig?«

»Ja, er hat mit unredlich erworbenen Tuchen gehandelt, meine Brautkrone entwendet und verkauft...«

»Dich geschlagen, dein Gut verschwendet, die Ehe gebrochen...«

»Du hast ihm zwei Zähne ausgeschlagen, mein Vater hat ihn der Stadt verwiesen, und meine Mitgift hat er mir zurückgezahlt.« Alyss schüttelte den Kopf. »Und Ehebruch ist keine todeswürdige Meintat.«

Marian sah Alyss an. »Nein, nachweisbare todeswürdige Meintaten hat er nicht begangen, Magister Jakob. Hörte ich von solchen, würde ich sie zur Anzeige bringen. Auch wenn meine Schwester sich davor scheut. Aber, Alyss – würdest du Mord oder Raub verschweigen?«

»Ich weiß nicht... Nein, nein, wahrscheinlich nicht.« Sie

setzte das zappelnde Kätzchen ab, und plötzlich zuckte ein Lächeln um ihre Augen. »Aber vermutlich wird man ihn eher zu einer todeswürdigen Meintat überreden können als dazu, ins Kloster zu gehen.«

»Das wäre eine der sehr komplizierten Lösungen. Ich werde einen gangbareren Weg suchen, Frau Alyss. Gebt mir noch ein paar Tage Zeit. Juristische Spitzfindigkeiten müssen sorgsam durchdacht werden.«

»Natürlich. Derzeit hält er sich Gott weiß wo auf, und dass er sich in den nächsten Monaten trauen wird, in die Stadt zurückzukommen, glaube ich nicht.«

»Er wird zurückkommen. Er wird sich lange genug einreden, dass er hier wieder erwünscht ist. Wir werden ihm dann das Gegenteil beweisen, Schwesterlieb.«

Alyss nickte.

»Habt Dank, Magister Jakob, für Eure Mühen.«

»Es ist weniger Mühe, als ein junges Mädchen zu Hausarbeiten anzuleiten«, entgegnete der Notarius unerwartet düster.

»Oh, benimmt Lore sich nicht ordentlich?«

»Sie schwätzt und schwätzt in einem irritierenden Idiom, und die *commentationes* zu ihrer Arbeit reizen mich beständig zum Lachen. Das ist meiner Würde abträglich.«

»O ja, Lore ist ein beredtes Kind. Ich werde ihr einprägen, dass es nicht schicklich ist, einen gelehrten Magister zum Lachen zu bringen.«

»Wenn Euch das gelungen ist, bringt meiner Katze die lateinische Zunge bei. Das wird Euch leichter fallen. Und nun überlasst mich meinen Studien.«

Marian erhob sich und verbeugte sich mit gehöriger Achtung vor dem Magister, und auch Alyss verabschiedete sich mit einer schicklichen Reverenz.

»Ein komischer Kauz ist er schon, aber er wird dir zu helfen wissen, Schwester mein.«

»Ein Magister, ja, belesen und gelehrt und von hohem Verstand. Was mich wieder auf unseren Hauspfaff bringt.«

»Der diesen Titel nicht redlich erworben hat.«

»Wie zu vermuten steht.«

»Wir sollten Master John aufsuchen. Wo hält er sich üblicherweise auf?«

»Besuchen wir Frau Mechtild.«

»Und ergötzen sie mit der Schilderung der Hochzeit.«

»Uh, das wird uns Zeit kosten.«

Es war der Tribut, den sie im Hause des Tuchhändlers beim Mittagsmahl entrichten mussten, doch nachdem die neue Verbindung zwischen Leocadie und dem Ritter gebührend gewürdigt worden war, gestattete Frau Mechtild ihnen, sich mit John in ihr Kontor zurückzuziehen, um weitere Neuigkeiten auszutauschen.

Alyss setzte sich auf einen Tuchballen, Marian fand einen Schemel, und John lehnte sich an die Wand.

»Theis, der Baderknecht, führte das Barbiermesser und verlor sein Leben. Pitter und Frieder erkannten die Leiche«, begann er.

»Was trieb Theis, den Baderknecht, dazu, unseren Vater meucheln zu wollen?«

»Vermutlich sein Hass auf Ketzer, denn wie es scheint, hat er wohl auch Inse umgebracht.«

»Nicht mit einem Barbiermesser.«

»Nein, mit einem Dolch. Aber er war der Mann mit dem Wolfsfell. Frieder konnte das bestätigen.«

»Was wisst Ihr noch von ihm, John?«

Der berichtete, was er herausgefunden hatte.

»Dann sollten wir diesen Joos einmal gründlich befragen«, schlug Marian vor.

»Hatte ich vor, doch der Mann ist verschwunden. Der Tod seines Bruders muss in ihm die Furcht vor Entdeckung geweckt haben.«

»Schlecht.«

»Ja, ich habe ungeschickt gehandelt.«

»Ich glaube nicht. Er muss geahnt haben, dass Theis in Schwierigkeiten geraten ist, nachdem er nicht zurückkam. Mich wundert eher, dass er so lange damit gewartet hat zu verschwinden.«

»Meuchelmörder brauchen einige Zeit, ihr Opfer zu beobachten und auf eine günstige Gelegenheit für ihre Tat zu warten. Wie ich hörte, ist allgemein bekannt, dass Euer Vater dann und wann das Kloster aufsucht.«

»Einmal in der Woche ungefähr, aber nicht immer am gleichen Tag.«

John nickte. »Die beiden waren Söldner, sie verstanden ihr Geschäft. Was aber auch nur heißt, dass derjenige, der sie beauftragt hat, diese Fähigkeit an ihnen schätzte.«

»Also derjenige, der Ketzer jagt.«

»Der Ketzerjäger.«

»Ein Wahnsinniger?«

»Möglich. Doch nicht von Witz und Sinnen. Ein Eiferer, der sich als Richter aufspielt.«

»Ihr habt einen Verdacht, Master John?«

»Ja, Mistress Alyss, den habe ich.«

»Sprecht.«

Er sah sie unter seinen verhangenen Augen auf seltsame Weise traurig an.

»Es ist gut, Master John. Ich habe heute schon einmal gelernt, dass es Dinge gibt, die mir nicht gefallen können.«

»Euer Hauspfaff ist verschwunden. Er ist ein Mann mit starren religiösen Ansichten. Frömmler neigen dazu, ihren Glauben für den einzig wahren zu halten.«

»Magister Hermanus? Ein Ketzerjäger? Ihr spaßt, John.«

»Nein, Marian, es ist mein Ernst. Ich glaube übrigens nicht, dass er ein Magister ist, aber darüber werde ich in den nächsten Tagen mehr in Erfahrung bringen können.«

»Um Meuchelmörder zu dingen, Master John, braucht man Geld.«

»Wer sagt Euch, dass er keines hat?«

»Sein ärmliches Leben …«

»Er hat Geld genug, sich eine Hure zu halten, oder?«

Nachdenklich nahm Alyss den Abakus vom Pult und spielte mit den Kugeln.

Hermanus hatte, soweit sie wusste, kein Einkommen außer dem kärglichen Lohn, den der Pfarrer von Lyskirchen ihm zahlte. Aber sie wusste, dass er zumindest durch Schreibarbeiten die Dienste der Berlichhuren entgalt. Was sprach dagegen, dass er auch andere Nebeneinkünfte aus ähnlicher Tätigkeit hatte? Viele Menschen waren des Lesens und Schreibens nicht kundig und mussten dafür zahlen, wenn sie ein Dokument entziffert haben wollten oder eines aufzusetzen hatten. Dass er die Münzen für seine kruden Zwecke hortete, statt sie für Kleidung und Essen auszugeben, konnte Alyss sich durchaus vorstellen – sie selbst versorgte ihn ja mit den lebensnotwendigen Dingen.

Aber ein Ketzerjäger?

»Ich kann es nicht glauben, Master John. Nehmen wir noch den Hannes Schnidder dazu, der auch mit einem Barbiermesser umgebracht wurde, dann Inse und dann meinen Vater.« Sie schüttelte den Kopf. »Gut, den Allmächtigen kennt Hermanus, und unser Vater geht nicht immer bedachtsam mit seinen Ansichten um. Aber Schnidder und Inse?«

»Er unterrichtet die Kinder des Sprengels, kennt deren Eltern«, meinte Marian.

»Inse hatte keine Kinder, Schnidder gehörte nicht zu seinem Sprengel.«

»Er kannte aber wohl auch Joos und Theis.«

»Ich glaube es nicht. Nein, Master John, ich kann es nicht glauben. Ich weiß, dass Ihr den Klerikalen nicht mit großem Wohlwollen gegenübersteht und sicher auch Eure Gründe dafür habt, aber unser Hauspfaff ist eher dumm als gehässig.«

»Es wäre besser, er würde wieder auftauchen. Sein Verschwinden macht ihn mir verdächtig.«

Marian nickte. »Das gibt mir auch zu denken. Er ist fort, seit diese Morde passiert sind.«

»Eher selbst ein Opfer als ein Mörder.«

»Wir haben unterschiedliche Ansichten, Mistress Alyss. Eine jede mag ihre Berechtigung haben. Wer, glaubt Ihr, könnte Theis und Joos mit den Morden beauftragt haben?«

»Jemand, der eine Verbindung zwischen den drei Opfern herstellt.«

»Eine irrwitzige Verbindung, denn weder Schnidder noch Inse waren als Ketzer bekannt.«

»Euer Vater schon.«

»Wer seine Vergangenheit kennt, weiß von dem Prozess vor vielen Jahren.«

»Und das sind nicht wenige, Master John.«

»Was hat Arndt van Doorne mit Inse und Schnidder gemein, Mistress Alyss?«

Alyss schnappte nach Luft.

»Nichts. Oder? Marian?«

»Schnidder – ein Schneider. Van Doorne handelte mit unredlich erworbenen Tuchen.«

»Ja, aber Inse?«

»Ein Liebchen?«

»Hätte sie dann bei mir Schutz gesucht?«

Alyss zerrte an ihrem Schleier.

»So kommen wir nicht weiter. Wir brauchen Joos, und wir brauchen Hermanus. Sucht sie!«

»Wie Ihr befehlt, my Lady.«

»Zu Diensten, Schwesterlieb. John – sucht Ihr Joos, ich will mit Flemalle reden und dann nach Merheim aufbrechen.«

»Merheim?«

»Wo Hermanus' Bruder wohnt.«

»Und wenn er in Deventer ist?«

»Bekomme ich Nachricht darüber, Mistress Alyss. Und – Ihr habt recht, wir müssen diejenigen suchen, die über das entsprechende Wissen verfügen. Wir besitzen es nicht.«

»Gut denn. Ich werde in der Zwischenzeit nachdenken.«

»Und das kann meine Schwester ziemlich gut, John.«

»Ich weiß.«
»Wir sprechen uns morgen wieder.«

Alyss musste sich den restlichen Tag den Angelegenheiten des Hauswesens widmen, doch schließlich fand sie nach dem abendlichen Essen Zeit, sich ihrer Aufgabe anzunehmen.

Sie setzte sich in ihrer Kammer vor den kleinen Altar und entzündete ein Licht. Nach einem kurzen Gebet sammelte sie sich und versuchte Klarheit in den Wirrwarr zu bringen, der sich vor ihr auftürmte.

Ketzerjäger, hatte John gesagt. Ein Hauch von Mitleid wehte sie an. Natürlich, sein Vater war das Opfer jener, die Andersdenkende vernichtet sehen wollten. Und sein Vater war auch des Glaubens, dass er, sein Sohn, ihn an den Ketzerjäger Bischof Despenser verraten hatte. John liebte augenscheinlich seinen Vater und litt unter dem Verrat, dem Misstrauen, der Verbannung. Er hatte seinen Namen und seinen Titel abgelegt, und er zeigte nie seinen Kummer, aber allmählich lernte sie, sein Wesen zu deuten. Konnte jedoch nicht diese von seinen Gefühlen bestimmte Sichtweise verkehrt sein? War die Erwähnung der Ketzer eine falsche Fährte, die sie verfolgten?

Gut – dass diese Baderknechte Theis und Joos in die drei Anschläge verwickelt waren, mochte stimmen. Tatsache war auf jeden Fall, dass Theis versucht hatte, ihren Vater umzubringen. Und das gewiss nicht aus eigenem Antrieb.

So weit, so klar.

Er war es auch, der mit dem Wolfsfell verkleidet Inse verfolgt hatte.

So weit auch dies klar.

Inse wusste nicht, warum er sich an ihre Fersen geheftet hatte. Wäre es also nützlich, ihren Gatten Oliver etwas näher zu betrachten? Er hatte die Stadt verlassen, gleich darauf hatte Theis damit begonnen, sie zu verfolgen. Hatte Oliver ihm den Auftrag gegeben, um Witwer zu sein, wenn er zurückkehrte? Er hatte Inse, wie es hieß, aus Mitleid geheiratet. Nicht aus Zuneigung und nicht aus geschäftlichem Interesse. Hatte es Zerwürfnisse zwischen den Ehegatten gegeben?

Alyss löste die Flechten und wühlte mit den Händen in ihren Haaren. Noch am Vormittag hatten sie mit Magister Jakob über Hindernisse gesprochen, um ihre eigene unerträgliche Ehe aufzulösen. Es gab Verbindungen, die mehr Leid verursachten, als ertragbar war. Inse musste Freundinnen gehabt haben, Oliver Freunde. Man sollte bei ihnen Erkundigungen einziehen. Und – was hatte Oliver bisher getan, um den Mörder seines Weibes zu finden? Hatte er überhaupt etwas getan?

Die Harnischmacherin, Inses Meisterin, die könnte man dazu befragen. Eine Aufgabe, die beispielsweise Frau Mechtild übernehmen konnte. Sie könnte sich auch den Oliver vornehmen.

Einigermaßen zufrieden mit diesem Entschluss widmete Alyss sich dem nächsten Fall. Der Herr vom Spiegel, ihr Vater, war ein einflussreicher Mann. Ein äußerst wohlhabender dazu und einer, der von unerbittlicher Strenge sein konnte. Er hatte Freunde, man achtete und respektierte ihn. Aber jene, die seine Peitsche zu spüren bekommen hatten, mochten auch zu unversöhnlichen Feinden werden. Gerade solche rückgratlosen Gestalten wie Rufin. Diesem Schwestersohn hatte er die Möglichkeit gegeben, sich als Teilhaber, vielleicht sogar als Nachfolger in den Handel einzufinden. Der Schwachkopf hatte sich mit ihrer Mutter angelegt, und dann war er auch noch zu allem Überfluss uneingeladen beim Ostermahl erschienen. Ivo vom Spiegel hatte ihn schlicht des Hauses verwiesen. Rufin fand das sicher ungerecht und bösartig. War er gehässig genug, jenen Theis zu beauftragen, ihren Vater zu überfallen? Es war nicht ausgeschlossen. Rufin kannte die Abläufe im Hause vom Spiegel, wusste, dass ihr Vater oft das Kloster aufsuchte, um mit Abt Lodewig, dem Infirmarius, oder einem anderen alten Freund aus seinen Mönchstagen zu disputieren. Die Benediktiner von Groß Sankt Martin waren gebildete Männer.

Rufin musste befragt werden. Ganz sicher. Alyss beschloss, dass diese Aufgabe eine war, die sie ihrer Mutter antragen würde. Sie und Marian hatten ihr nicht umsonst den Titel *mater inquisitoris* gegeben. Sie war erbarmungslos, wenn sie etwas aus jemandem herausbekommen wollte.

Blieb aber noch immer Johns Verdacht, und vielleicht sollte sie dem auch noch mal nachgehen, auch wenn es ihr unwahrscheinlich vorkam, dass Hermanus hinter diesen Anschlägen steckte. Aber er war verschwunden, und er hatte jahrelang mit einer Lüge gelebt.

Und er hatte eine Buhle. Eine kostspielige. Die Überlegungen, wie er zu Geld gekommen sein könnte, waren nicht abwegig.

Odilia, die Taschenmacherin. Warum hatte noch niemand – einschließlich ihr selbst – den Gedanken gehabt, bei ihr nachzuforschen, wo dieser vermaledeite Hauspfaff sich herumtrieb?

Wer könnte am einfachsten aus der Schlupfhure herausbekommen, in welchem Verhältnis sie zu Hermanus stand? Konnte sie es bei ihr selbst erfragen, oder sollte sie sich bei den Schwälbchen erkundigen?

Oder konnte John helfen? Andererseits – war John wirklich so häufig Gast in den Nestern der Schwälbchen, oder behauptete er das immer nur, um sie zu necken? Gut, das war eine Frage, die es im Moment nicht zu beantworten galt. Nein, über John und seine Liebeleien wollte sie jetzt und hier nicht nachdenken.

Überhaupt nicht!

Es ging um Hermanus.

Alyss erlaubte ihren Gedanken, ihre eigenen Wege zu gehen. Hermanus war kein vom gütigen Schicksal geleiteter Mann, soweit sie inzwischen wusste. Ein jüngerer Sohn, nicht eben helle. Klosterschule und Domschule hatten ihm nicht viel Bildung vermitteln können. Ja, wahrscheinlich hätte man ihn einem Schuster in die Lehre geben sollen. Aber nein, er musste als Pfarrgehilfe arbeiten, mehr oder weniger der schlecht bezahlte Diener eines Dorfpfaffen, der selbst nur heiligen Hokuspokus praktizierte. Was immer Hermanus von ihm gelernt hatte, waren dumpfes Psalmodieren und kleingeistige Sermone. Ein nur wenig klügerer Mann hätte vielleicht hinterfragt, ob das dem wahren christlichen Glauben entsprach. War Hermanus eigentlich überhaupt zum Priester geweiht worden?

Alyss fuhr sich wieder durch die Haare. Auch das galt es wohl zu bezweifeln.

Oder auch nicht.

Aber wie dem auch sei, Hermanus war ein Mann, und als Mann war er den Reizen der Weiber erlegen. Jener Magd, die er geschwängert hatte. Heiraten konnte er sie nicht oder wollte es nicht. Er suchte die Dirnen auf, und wie es aussah, hatte er mit der Taschenmacherin eine tiefergehende Tändelei angefangen. Das Minnegedicht, das ihm aus dem Brevier gerutscht war, fiel ihr wieder ein. Die Jungfern hatten darüber gespottet, aber möglicherweise hatte Hermanus wirklich einen Anfall von Verliebtheit erlitten.

Und was war mit Odilia? Erwiderte sie seine Neigung?

Sie musste mit ihr sprechen, das war der einfachste Weg.

Nein, eben nicht der einfachste. Wenn sie zu der Taschenmacherin ging und sie nach Hermanus fragte, würde sie – die ehrenwerte Frau Alyss, Weinhändlerin und Sieglerin – kaum eine ehrliche Antwort bekommen. Aber wer könnte die Befragung für sie durchführen?

Alyss stand auf und durchquerte ihre Kammer mit einigen Schritten. Jemand, der ohne den Verdacht auf sie zu lenken mit Odilia über ihre Liebhaber reden konnte. Eine Frau wie ihresgleichen. Oder eine, die mit ihresgleichen oft zusammenkam.

Ein unwillkürliches Kichern stieg in Alyss' Kehle auf.

Schwester Marianne.

Marian, der in Frauenkleidung die Hebammenkunst gelernt hatte, hatte sich zu jener Zeit häufig bei den Dirnen aufgehalten und ihr verraten, wie offen diese Frauen über ihre Freier gesprochen hatten.

Doch Marian hatte ihrem Vater geschworen, nie wieder diese Verkleidung anzulegen, und er würde sich daran halten.

Aber aus jener Zeit gab es noch eine andere Bekanntschaft...

Alyss setzte sich wieder vor das Lichtchen und blickte hinein.

Julika.

Julika, die junge Polin, die auf dem Viehzug nach Köln ihren Vater verloren hatte und aus schierer Not die Geliebte eines Händlers geworden war. In Köln eingetroffen hatte der sie aber verlassen, und ausgerechnet Alyss' Onkel, der Tuchhändler Reinaldus Pauli, hatte sich um sie gekümmert. Sie war seine Buhle geworden, und als dieses Verhältnis ans Licht kam, hatte es zwischen ihm und Frau Mechtild eine gewaltige Auseinandersetzung gegeben. Pauli hatte Julika verlassen. Aber Alyss und Marian hatte die junge Frau gedauert, und ohne Wissen der anderen hatten sie versucht, der Polin einen einigermaßen ehrbaren Lebenswandel zu ermöglichen. Über Simon, den Schmied vom Adler, hatten sie ihr die Arbeit als Gehilfin bei einer der Brauerinnen bei den Bursen verschafft.

Julika kannte sie und Marian und war ihnen damals dankbar für die Hilfe gewesen. Sie bewohnte ein Häuschen unweit der Elstergasse. Es war sehr wohl denkbar, dass sie Odilia kannte.

Lore würde es unschicklich finden, wenn sie Julika aufsuchte, bedachte Alyss. Aber über Lores eigensinnige Moralvorstellungen würde sie sich hinwegsetzen.

Ein feines Lächeln huschte über Alyss' Gesicht, als sie die Kerze ausblies. Was würde Lore wohl dazu sagen, dass Leocadies Mutter Aziza, Frau Almuts Halbschwester, zuzeiten als die maurische Hure bekannt gewesen war?

Nun, eine Maurin war sie nicht, aber die Bastardtochter ihres Großvaters. Und den einen oder anderen adligen Liebhaber hatte sie auch gehabt, bevor sie Leon de Lambrays geheiratet hatte und ihm in seine Heimat Burgund gefolgt war. Hierzulande galten Bastarde, Dirnen und die Angehörigen vieler Berufe, die mit dem Tod oder mit Schmutz und Abfällen zu tun hatten, als unehrlich, was eine gewisse Ausgrenzung gegenüber den ehrbaren Bürgern bedeutete. Aber niemand kam umhin, mit diesen Menschen zusammenzukommen. Und keinen Mann hinderte es, die Huren aufzusuchen.

Weder Hauspfaffen noch Tuchhändler.

Sagte er es wirklich nur, um sie zu necken? Oder wälzte er sich gerade jetzt in den Pfühlen der Buhlen?

Alyss zog sich die Decke über den Kopf, um die Gedanken an John zu verscheuchen.

Klappte nicht.

## 30. Kapitel

Ein Bote brachte Alyss am nächsten Mittag die Antwort, dass Julika Zeit habe, sie nach der Non in ihrem Häuschen zu treffen. Erfreut nahm sie diese Auskunft entgegen. Schon am Morgen hatte sie Frau Mechtild aufgesucht, um sie zu bitten, Inses Meisterin und wenn möglich auch den Schwertfeger auszuhorchen, worin diese gerne einwilligte.

Frau Mechtild liebte Klatsch und Tratsch, auch wenn sie es nicht offen zugab. Frau Almut war gleichfalls nur zu gerne bereit, Rufin der Inquisition zu unterziehen. Sie war recht ungehalten über den jungen Mann, um nicht zu sagen hochgradig wütend. Das Blitzen in ihren Augen sprach von verbalen Daumenschrauben und seelischer Streckfolter.

Nun aber wollte Alyss ihre eigenen Befragungen durchführen. Sie legte den Arbeitskittel ab und wählte ein älteres Gewand von verwaschener Farbe und etwas verschlissenen Säumen, legte dazu aber ein buntes Haartuch an, das sie sich bei einer Magd ihrer Mutter ausgeborgt hatte. In jener Gegend, die sie aufzusuchen gedachte, würde sie so zumindest nicht gleich als würdige Handelsfrau erkannt werden. Ein Korb mit Würsten und Pasteten mochte als Gastgeschenk für Julika dienen, und schließlich hielt sie nach Lore Ausschau, die mit den heidnischen Gänsen auf dem Nachbargrundstück schnatterte. Die Päckelchesträgerin verweigerte ihr zunächst den Dienst, ließ sich jedoch schließlich überreden, sie zu ihrem Schutz zu begleiten. Allerdings zeterte sie leise vor sich hin, als sie sich der Burgmauer näherten.

»Halt deinen Schnabel, Lore. Ich gehe ja nicht in ein Freudenhaus, sondern besuche nur eine Brauersgehilfin.«

»Aber die Männer luure Euch nach!«

»Sie werden mir schon nichts weggucken.«

»Aber was denken.«

»Schert's mich?«

»Mich schon.«

»Ich achte auf dich, Lore«, sagte Alyss und erinnerte sich plötzlich an die Verschämtheit des jungen Mädchens. Mit

Männern hatte sie keine guten Erfahrungen gemacht. Aber jetzt war es zu spät, um mit ihr zurückzugehen. Sie standen vor der Tür des windschiefen Häuschens, das Julika bewohnte. Es mochte einen nach links krängenden Giebel haben und verzogene Fenster, die Tür jedoch war ordentlich eingepasst und bestand aus sauber gewachstem Holz. Alyss klopfte, und Julika machte ihnen auf.

»Frau Alyss?«

»Die Nämliche. Und Lore, meine Aufpasserin.«

»Tretet ein, Frau Alyss und Lore.«

Julika war eine bleiche Schönheit mit dunklem Haar, wohl drei, vier Jahre jünger als sie selbst, aber eine gewisse Härte hatte bereits zwei Linien um ihren Mund gegraben.

»Geht es Euch gut, Julika?«

»Ich hab mein Auskommen.«

Sie nahm mit einem höflichen Dank die Gaben entgegen und wies auf eine Bank neben dem Kamin. Ihr Auskommen hatte sie, und das Zinngeschirr, der bunte Wandbehang, das adrette Gewand zeugten von mehr Wohlstand, als sich die Gehilfin einer Bierbrauerin leisten konnte. Je nun, Julika war auf den Geschmack gekommen und hatte vermutlich wieder einen reichen Gönner.

»Wie kann ich Euch behilflich sein, Frau Alyss? Eure Botschaft sagte nicht viel aus.«

»Nein, mein Anliegen ist – heikler Natur. Ihr habt doch sicher von dem Wolfsmann gehört, der nächtens sein Unwesen trieb?«

»Sicher. Es gibt böse Gerüchte dazu, und ich traue mich in der Dunkelheit nicht mehr auf die Straße, Frau Alyss.«

»Er ist tot.«

»Oh.«

»Es war ein Baderknecht aus der Badestube an Kolumba. Aber er hat Inse, die Frau des Schwertfegers Oliver, umgebracht.«

»O mein Gott.«

»Ihr kennt sie?«

Julika wich Alyss' Blick aus, doch dann antwortete sie: »Nein.«

»Kennt Ihr ihren Gatten Oliver?«

Die blassen Wangen färbten sich ein wenig rosig.

»Nein.«

»Die lügt!«, sagte Lore laut.

»Stimmt, Lore. Julika, warum lügt Ihr?«

»Ich ... ich ...«

»Tändelt Ihr mit dem Oliver?«

»Frau Alyss, ich muss mir solche Fragen nicht gefallen lassen!«

»Besser von mir als vom Turmvogt, Julika. Mir ist es gleichgültig, wen Ihr in Euer Bett lasst. Aber ich möchte wissen, warum Inse sterben musste. Also, kennt Ihr den Oliver?«

»Er ist nicht mein Buhle!«

»Nein, der Eure nicht. Aber wessen denn?«

»Was geht es Euch an?«

»Nichts anscheinend. Also eine andere Frage: Kennt Ihr Odilia, die Taschenmacherin?«

Das Rot in Julikas Wangen vertiefte sich.

»Ja, ich kenne sie«, antwortete sie störrisch.

Lore zappelte neben Alyss herum und quakte dann heraus: »Wohledle Frau Herrin, Ihr wollt doch wegen dem Hauspfaff fragen. Und nicht wegen dem Schwertfeger.«

Alyss sah die Päckelchesträgerin zunächst ungehalten an, dann aber nickte sie.

Und seufzte.

»Ja, Julika, das Kind hat recht. Verzeiht meine barsche Art, aber ich bin vor Sorge schier außer mir um unseren Magister Hermanus.« Sie trat Lore leicht ans Knie, um einen weiteren Kommentar zu verhindern. »Der gute Mann ist seit Wochen abgängig, und wir finden und finden ihn nicht. Ihr seid meine letzte Hoffnung, Julika. Ich weiß langsam nicht mehr ein noch aus. Aber – uhh – es ist mir ja so entsetzlich peinlich…«

Die Kunst, auf Befehl zu erröten, beherrschte sie nicht, aber sie gab ihrer Miene den Ausdruck größter Verlegenheit. Es schien zu wirken. Julika wirkte besänftigt. Sie stand auf und holte drei Becher vom Bord.

»Ja, verzeiht auch mir, Frau Alyss. Ich bin unhöflich. Trinken wir einen Schluck Apfelwein und bereden Eure Sorgen noch einmal.«

»Danke, Julika.«

Der Apfelwein war säuerlich, aber frisch, und als sie den Becher absetzte, gab Alyss sich gefasster.

»Unser Hauspfaff, Magister Hermanus, scheint sich auf – mhm – Abwege begeben zu haben. Und mir kam das eigenartige Gerücht zu Ohren, dass er womöglich die – ähm – Gesellschaft von Odilia gesucht haben könnte.«

»Priester sind auch nur Männer«, murmelte Julika.

»Ja, das habe ich befürchtet.«

»Ich kenne Odilia recht gut, Frau Alyss. Sie ist eine freundliche Nachbarin und hat mir dann und wann geholfen.«

Was da vermutlich hieß, dass sie ihr einen vermögenden Freier zugeführt hatte, aber das sagte Alyss nicht.

»Sie hat den Ruf, hervorragende Taschen herzustellen.«

»Ja, das tut sie. Aber davon – versteht, Frau Alyss – kann eine Frau nicht alleine leben.«

»Nein, vermutlich nicht.«

»Sie wollte wieder heiraten, Frau Alyss.«

»Das gibt einem Weib Sicherheit.«

»Ja…«

Lore zappelte wieder und erhielt wieder einen leichten Tritt von Alyss.

»Hatte sie denn einen Verehrer? O Heilige Jungfrau, doch nicht etwa unseren Magister Hermanus, Julika?«

»Ich weiß nicht, Frau Alyss. Ich kenne Euren Magister nicht. Aber es gab da… Also es besuchte sie häufig ein magerer Herr. Ja, einen Talar trug er auch.«

»Sach ich Euch doch, wohledle Frau Herrin, der Hauspfaff besucht die Odilia«, konnte sich Lore nun nicht zurückhalten. »Hab ihn selbst da aus dem Haus rauskommen sehen.«

»Dieses Kind scheint sich herumzutreiben.«

»Dieses Kind ist Botin und Päckelchesträgerin und Gänsehirtin in meinem Hauswesen. Ja, es kommt herum und kennt sich in den Gassen aus. Darum bin ich zu Euch gekommen, Julika. Um diesem Gerücht nachzugehen.«

»Es wird etwas dran sein. Nur – heiraten will Odilia einen anderen.«

»Verständlich, Magister Hermanus ist ja ein geweihter Priester.«

Zumindest behauptete er das. Aber höchst neugierig geworden sah Alyss die schöne Polin an.

»Schickt das Kind nach draußen, Frau Alyss.«

»Lore!«

»Nee, Frau Alyss. Ich geh hier nicht alleine raus.«

»Seht es ihr nach, Julika. Ihr behagt diese Gegend nicht.«

»Dann in den Hof, Lore.« Julika stand auf und öffnete die Hintertür. Ein kleiner, ummauerter Garten befand sich dahinter, in dem Kräuter und junge Bohnen, Möhren und Lauchzwiebeln wuchsen. Sehr langsam folgte Lore Julikas Wink nach draußen. Julika schloss die Tür.

»Eure Begleiterin hat entschieden zu große Ohren.«

»Ich weiß. Gelegentlich sind sie nützlich.«

Erstmals lächelte Julika. Dann nickte sie.

»Euer Hauspfaff ist ein kleiner geiler Bock. Und blind vor Verliebtheit. Aber wo er sich aufhält, kann ich Euch nicht sagen. Auch Odilia hat ihn seit Tagen nicht mehr gesehen. Wohl aber den Oliver Schwertfeger.«

»Daher also!«

»Ja, Frau Alyss. Frau Alyss, ich habe mit Eurem Oheim ein Verhältnis gehabt, und recht war das sicher nicht. Jetzt ist ein anderer Mann mein Liebhaber, doch er ist Witwer. Mag sein, dass er mich nie ehelichen wird, aber derzeit sorgt er für mich. Odilia hat auch ihre Freier.«

»Die Leinweberin verschafft sie ihr.«

»Weltfremd seid Ihr nicht, Frau Alyss.«

»Nein, und dumm auch nicht. Aber auch nicht geschwätzig, Julika.«

»Nein, das habt Ihr damals schon bewiesen. Darum gebe ich Euch jetzt weiter, was ich weiß. Auch wenn ich damit Odilia in ein schlechtes Licht setze. Aber ich habe sie gewarnt und bin immer auf taube Ohren gestoßen.«

»Manche Menschen, Julika, lernen nur durch eigene Erfahrung.«

»Ja, so ist das wohl. Der Oliver ist ein prächtiges Mannsbild und seit zwei Jahren schon Odilias Geliebter. Es hat sie rasend gemacht, dass er die Inse vergangenes Jahr geheiratet hat.«

»Eifersucht ist eine böse Leidenschaft«, murmelte Alyss.

»Ja, das ist sie, vor allem, wenn ein Mann ein jüngeres, schlichteres Weib vorzieht. Er behauptete, er habe die Inse nur geehelicht, weil sie Schutz brauchte, und hat Odilia weiterhin besucht. Aber die wollte, dass die Ehe für ungültig erklärt wird, und darum hat sie einen Gelehrten gesucht, der ihr weiterhilft. Die Dirnen vom Berlich haben ihr den Magister Hermanus genannt. Ihr wisst sicher auch, dass er die Huren dort besucht?«

»Für Schreibarbeiten ihre Dienste tauscht. Ja, ich weiß.«

»Sie hat den Magister betört. Das kann sie gut, die Odilia.«

»Vermutlich. Und mit großem Erfolg. Welchen Rat hat ihr der Tropf gegeben?«

»Er hat ihr die Ehehindernisse genannt. Ich kenne mich da nicht aus, aber sie hat gesagt, es gibt da verschiedene Möglichkeiten und sie würde etwas versuchen. Aber was, hat sie mir nicht gesagt, sondern nur ziemlich siegesgewiss gelächelt.«

»Holla!«

»Ich weiß, das ist hinterhältig, und ich habe es ihr auch gesagt.«

»Und es hat Inse das Leben gekostet.«

»Aber nein, Frau Alyss. Es sollte nur ein Hindernis einem

Priester hinterbracht werden, damit die Ehe aufgelöst würde.«

Alyss schluckte die Antwort hinunter, die sie geben wollte, denn Julika musste nicht alles wissen. Stattdessen zupfte sie an dem bunten Tuch über ihren Haaren und meinte dann trocken: »Immerhin, nun ist Oliver Witwer.«

»Ihr meint doch nicht etwa…?«

»Julika, ich weiß es nicht. Ich kenne den Mann überhaupt nicht, und meine Sorge gilt in erster Linie unserem Hauspfaff. Aber wenn er auch bei Odilia nicht untergeschlüpft ist, dann weiß ich mir nun gar keinen Rat mehr.«

»Ich kann sie ja mal fragen, ob er ihr etwas gesagt hat. Vielleicht musste er zu einem Verwandten oder so.«

»Das wäre nett von Euch, Julika. Gebt mir Nachricht, wenn Ihr etwas von ihm hört. Ich hoffe nur, dass ihm nichts passiert ist.«

Alyss stand auf, und Julika erhob sich ebenfalls.

»Ich hole Eure Lore wieder rein.«

»Ja, und danke noch mal für Euer Vertrauen. Wenn Ihr etwas braucht…«

Julika lächelte.

»Ihr habt genug für mich getan.«

Womit Alyss verstand, dass sie sich nicht weiter verpflichtet fühlen wollte.

# 31. Kapitel

Lore machte ein säuerliches Gesicht und schwieg beleidigt, während sie die Gasse Richtung Dom gingen. Alyss schwieg ebenfalls. Was sie erfahren hatte, war weit entsetzlicher, als sie es sich vorgestellt hatte. Es ließ die schreckliche Ahnung in ihr aufkeimen, dass John mit seinem Verdacht, Hermanus stecke hinter den Anschlägen, recht haben konnte. Ihre Gedanken drehten sich im Kreis.

Plötzlich legte sich ein kräftiger Arm um ihre Hüften, und eine Stimme raunte in ihr Ohr: »So alleine, Liebchen?«

Mit Schwung rammte sie ihren Ellenbogen nach hinten und traf auf harte Muskeln. Der Arm löste sich, und der Mann sagte: »Uch!«

»Süßer Herr Jesus, Ihr seid es, Master John!«

Er hielt die Hand an seinen Magen gedrückt.

»*Sweet Lord Jesus*, Ihr seid es, Mistress Alyss. Hätte ich das gewusst, nie hätte ich meinen Arm um Euch gelegt.«

Sein Grinsen strafte ihn Lügen.

»Nicht? Aber jedem Weib sonst?«

»Nur den schönen mit den bunten Schleiern, die hier bei den Schwälbchen hausen. Was treibt Euch in diese Gefilde, Mistress Alyss? Suchtet Ihr mich?«

»Ich suchte Rat.«

»In Liebesdingen?«

»Herr Master John, die wohledle Frau Alyss ist ein schickliches Weib.«

»Oh, Lore, selbstverständlich ist sie das. Auch wenn sie heute aussieht...«

»Master John, ich sehe ebenso schicklich aus wie sonst.«

»Sicher, sicher. Doch lasst mich Euch dennoch nach Hause begleiten. Oder habt Ihr noch andere – mhm – Ziele in diesem hübschen Viertel?«

»Nein, ich bin auf dem Heimweg. Und Lore wird es begrüßen, wenn ein starker Mann uns begleitet.«

»Dann will ich das tun. Und anschließend meine Beute mit Euch teilen.«

»Und ich die meine mit Euch und dem gierigen Hauswesen, Master John.«

»Eurer grimmen Miene nach zu schließen, ist sie jedoch zäh und unbekömmlich.«

»Ziemlich. Wir werden uns die Zähne daran wetzen müssen.«

Sie gingen schweigend weiter, und Lore wurde, als sie in der Witschgasse eintrafen, zu ihren eigenen Angelegenheiten entlassen. Im Hof fanden sie dann aber Merten vor, der mit Peer den Frachtkarren mit Fässern belud. Er gab ihr eine Liste der Aufträge, die er außerhalb der Stadtmauern ausliefern wollte, und sie brachte sie in ihr Kontor. Als sie wieder zurückkam, fand sie John blass gegen ein Fass gelehnt sitzen, und Merten entschuldigte sich wortreich.

»Was ist hier passiert?«

»Frau Alyss, es tut mir ja so leid. Ich bin ausgeglitten und gegen Master John gestolpert. Ich habe seinen schlimmen Arm getroffen.«

»Wenn Ihr es so seht«, stieß John zwischen zusammengebissenen Zähnen vor.

»Ich kann wirklich nichts dafür.«

»Nein, Herrin, es war ein Unfall. Ich helfe dem Herrn auf. Soll ich Euren Bruder benachrichtigen?«, fragte Peer hilfsbereit.

»Nicht nötig«, knurrte John und kam auf die Füße.

»In die Küche, Master John. Fürs Erste sehe ich mir den Arm an.«

Er folgte ihr und ließ sich willig auf dem Schemel am Herd nieder.

»Zieht Euer Wams aus. Wartet, ich helfe Euch.«

»Warum?«, knirschte er mit den Zähnen.

»Weil ich prüfen will, ob Euer Arm wieder gebrochen ist. Hilda, gib Master John einen Becher Wein.«

Sie zupfte die Nesteln auf, die das lederne Wams schlossen, und half John vorsichtig heraus.

»Das Hemd auch, Master John, durch das Leinen kann ich Euren Arm nicht untersuchen.«

»Nein.«

»Doch.«

Sie zog das Band auf, das das Hemd am Hals schloss, und mit Hildas Hilfe zogen sie es ihm über den Kopf. John war noch immer bleich und stöhnte leise vor Schmerzen.

»Ich sollte ihn schonen, den Arm, hat Marian gesagt«, knurrte er. »Ihr zerrt daran herum.«

»Stellt Euch nicht so an«, beschied Alyss ihn kurz und machte sich dann daran, den Oberarm abzutasten. Die Gabe ihres Bruders hatte sie nicht, die Schmerzen konnte sie nicht ertasten, wohl aber den Knochen. John hatte breite Schultern, und der unversehrte rechte Arm wies prächtige Muskeln auf. Der linke hingegen war schwächer geworden durch die lange Zeit der Ruhe. Verheilte Narben zeugten von den äußeren Wunden, die er erhalten hatte. Zumindest aber waren keine blutenden Schrammen hinzugekommen.

»Merten ist doch nicht nur gegen Euch gestolpert, Master John. Ihr seid gegen etwas geprallt.«

»Karren.«

»Mhm.«

Sie stellte sich hinter ihn und prüfte vorsichtig die Stelle, an der sich bereits ein Bluterguss bildete, und bat ihn dann, den Arm zu bewegen.

»Hilda, die Salbe, die Marian uns neulich gebracht hat, möchte hier helfen. Und ein fester Verband. Gebrochen, Master John, habt Ihr Euch den Flügel nicht. Aber böse geprellt.«

»Ich hole Euch Salbe und Verbandszeug, Herrin. Aber besser wär's, Euer Bruder sähe sich den Arm an.«

»Er kann es noch immer tun. Sucht ihn auf, Master John, sowie Ihr Zeit findet.«

Die Haushälterin verließ den Raum, und John sah zu Alyss auf.

»Eure Hände haben den Schmerz in meinem Arm schon gelindert, doch sie verursachen mir weit größere Pein«, murmelte er und zog ihre Hand an seine Brust. Still lag sie auf seinem Herzen, und unter ihren Fingern fühlte sie dessen harten Schlag.

»Nicht, John.«

Aber sie entzog ihm ihre Hand nicht. Im Gegenteil, sie konnte ihren anderen Arm nicht daran hindern, ihn zu umfangen und seinen bloßen Oberkörper an ihren Leib zu ziehen. Er lehnte seinen Kopf an ihre Brust und schloss die Augen.

»My Mistress, ich begehre Euch mehr, als ich ertragen kann«, flüsterte er.

Sie drückte ihn fester an sich.

»Ich weiß, John.«

Eine kleine Weile blieben sie so unbeweglich miteinander verbunden, in Gedanken und im Herzen. Und diesmal konnte auch Alyss seinen Schmerz spüren wie den eigenen. Es erschreckte sie, wie tief er war.

»Betet für uns, my Mistress. Ihr könnt das«, kam es leise von ihm.

»Kann ich es?«

»Ich vertraue darauf.«

»Dann will ich es tun.«

Sie löste sich von ihm, als sie Hildas Schritte vor der Tür hörte. Doch ihre Hände bebten noch, als sie ihm die Salbe auftrug und den Leinenstreifen um seinen Arm wickelte. Er hielt seinen Blick gesenkt. Schweigend halfen sie ihm wieder in Hemd und Wams, und er trank den süßen Wein, den Hilda ihm gereicht hatte. Tilo kam in die Küche, gefolgt von Malefiz, und verkündete, dass er die Fässer auf dem Karren kontrolliert habe. Frieder kam ebenfalls hinzu, ihm auf den Fersen Benefiz, der an Johns Knie hochsprang und ihn fröhlich kläffend begrüßte. Lauryn und Hedwigis brachten einen Korb mit Töpfen voll Butter und Quark mit, die sie auf dem Buttermarkt erstanden hatten, Leocadie folgte ihnen mit einer Handvoll Schreibfedern.

»Bleibt Ihr zum Abendessen, Master John?«, wollte Frieder wissen. »Ich hätte da nämlich ein paar Fragen.«

»Wenn Mistress Alyss es gestattet und genug Brei im Kessel ist.«

»Euch werden wir schon satt kriegen«, grummelte Hilda und rührte in einer großen Pfanne auf dem Herd, in der sie Speck ausließ. »Jetzt, wo der Hauspfaff nicht mehr mitisst, reicht es allemal.«

»Ich gestatte es ebenfalls, Master John, denn dann muss ich meine Beute nur einmal mit allen teilen.«

»Dann teilen wir Mahl und Erfahrungen.«

Die Jungfern holten die Schüsseln und Schneidbrettchen vom Bord, Tilo zapfte einen Krug Wein aus dem Fässchen in der Vorratskammer, Alyss schnitt Brot, Frieder dicke Scheiben von dem geräucherten Schinken. John jedoch wurde daran gehindert, auch nur einen Finger zu bewegen.

Das Hauswesen war hungrig, und der erste Teil der Mahlzeit verlief in gefräßigem Schweigen. Dann aber konnte Frieder sich nicht mehr zurückhalten und erklärte, dass seine Mutter einverstanden sei, dass er Master John nach England begleiten durfte. Der Stallknecht Wulf hatte seine Bitte weitergegeben, und ein Bote hatte ihm heute Antwort gebracht.

»Schön, Jung Frieder, dann muss nur noch Mistress Alyss zustimmen.«

»Oh – aber...«

Alyss traf ein solcher Bettelblick, dass sie dem Jungen beinahe einen Wurstzipfel gereicht hätte, wie sie es bei Benefiz tat, wenn er sie auf diese Weise anblickte.

»Ich werde dich vermissen, Frieder. Aber die Gelegenheit solltest du nutzen. Ein Mann, der in der Welt herumgekommen ist, erwirbt einen weiten Blick.«

Alyss sah, wie Tilo sich ein wenig reckte. Sie schenkte ihm eines ihrer seltenen Lächeln. Er wurde dunkelrot.

»Ja... ja, dann«, stammelte Frieder. »Ja, dann nehmt Ihr mich also mit, Master John?«

»Wir brechen Mitte Mai auf. Ordne deine Angelegenheiten hier, Jung Frieder.«

»Ohhh, danke! Ja, tue ich. Aber, Master John, da ist der Falke.«

»Du wirst Tilo oder Lauryn – ach, vielleicht sogar Leocadie – anlernen, für ihn zu sorgen. Leocadie, es könnte durchaus sein, dass du in Zukunft an höfischen Beizjagden teilnehmen musst.«

»Ich? Oh!«

»Der Gerfalke gebührt der Königin. Aber wenn Ihr mit dem Jerkin zurechtkommt, werdet Ihr es auch mit einem Zwergfalken, Maid Leocadie.«

Alyss sah ihre schöne Base schon hoch zu Ross mit einem Vogel auf der Faust im ritterlichen Gefolge reiten. Ja, ein wunderschöner, edler Anblick.

»Der Gerfalke gebührt der Königin«, sagte Lauryn leise und ließ ihren Blick zwischen John und Alyss hin und her gleiten. Und dann seufzte sie und sah in ihre Schüssel.

Weh, o weh, dachte Alyss, nun mochte zwar Leocadies Herzeleid geheilt sein, Lauryns jedoch war aufs Neue erblüht. Und ihr eigenes Herz – nun... besser, sie dachte gar nicht erst daran. Um davon abzulenken, fragte sie nun: »Master John, Ihr habt vorhin davon gesprochen, dass Ihr neue Kenntnisse erworben habt. Was habt Ihr herausgefunden? Oder ist es nicht für junge Ohren geeignet?«

»Ich denke, die Maiden und die *younglings* wissen, wie

es in der Welt zugeht. Wer weiß, vielleicht haben sie etwas beizusteuern.«

»Dann sprecht.«

»Ich habe mich, wie Ihr es befohlen habt, auf die Fährte der Baderknechte gesetzt. Joos habe ich nicht gefunden, aber Männer, die die beiden kennen. Sie sind in den Tavernen am Hafen wohlbekannt, oft genug in Händel verwickelt gewesen und nicht sonderlich beliebt. Außer bei denen, die ihre Dienste wünschten.«

»Schlägerei und Mord?«

»Dirnen. Sie sind als Zuhälter bekannt.«

»Als Baderknechte nicht unüblich.«

»Nein, aber sie bedienen eine besondere Kundschaft, nämlich die Geistlichen und Mönche.«

»In den Tavernen?«

»Dort sammeln sie die Dirnen auf, erzählt man.«

Alyss kaute auf ihrer Unterlippe, die Jungfern schwiegen betreten, und Frieder kratzte mit seinem Löffel in der Schüssel herum.

»Ja, das Harfenliesje hat mal so was gesagt«, nuschelte er. »Ich meine, nicht von den Baderknechten, sondern dass ihre Freundinnen manchmal in die Klöster gingen.«

»Das Fegefeuer wird dereinst gut besucht sein«, stellte Alyss nüchtern fest.

»Ja, deswegen sind die Ablässe bei den Schwälbchen auch so beliebt.«

»Und bei den Pfaffen«, ergänzte John trocken, was Alyss wieder in Erinnerung rief, dass auch Hermanus einen Ablassbrief besaß. Daher also.

»Die Pater Nobilis von Sankt Kolumba recht großzügig

an die Dirnen verteilt«, fügte Tilo hinzu. »Das hat eine der Badermägde dort erzählt, erinnerst du dich, Frieder?«

Der nickte.

»Sankt Kolumba!« Alyss riss sich das bunte Tuch von den Haaren und fuhr sich mit allen zehn Fingern in die Flechten. »Sankt Kolumba scheint ein rechter Sündenpfuhl zu sein. Mörderische Baderknechte, geschäftstüchtige Priester, Pfaffenhuren...« Und dann ließ sie die Hände sinken. »Ich sollte herausfinden, wer Hermanus den Ablassbrief ausgestellt hat.«

»Gebt ihn mir, Mistress Alyss.«

»Ich habe ihn nicht. Ich fand ihn in Hermanus' Kammer, in seinem Brevier.«

»Dann werde ich ihn von dort holen.«

»Nehmt Euch in Acht, das Haus wird von einem Drachen bewacht.«

»Ich werde mich mit meinem Schwert gürten.«

»Ich werde den Ablass holen, Herrin«, sagte Hilda, die bisher schweigend zugehört hatte. »Ich kenn die Haushälterin des Pfarrers von Lyskirchen. Sie schreckt mich nicht.«

»Dann bist du mutiger als ich, Hilda. Ich fand sie furchterregend.«

»Sie ist mit Schweinswürsten zu bezähmen.«

»Wenn ich das gewusst hätte!«

»Hättet Ihr mich gefragt, Herrin, statt immer alles alleine machen zu wollen!«

»Du hast recht, Hilda. Ich bin ein viel zu eigensinniges Weib.«

»Und ein schlechtes Vorbild für die Jungfern.«

»Nein, Hilda, das ist Frau Alyss nicht. Ich finde sie sehr mutig.«

»Maid Lauryn, mutig ist Mistress Alyss wohl, doch manchmal unbedacht. So hat sie sich heute in ein übelbeleumundetes Viertel begeben mit niemand anderem als Schutz dabei als Lore.«

»Und wurde prompt von einem dreisten Gecken belästigt.«

John grinste. »Der hat jetzt noch Bauchschmerzen von dem liebevollen Zusammentreffen. Mistress Alyss hat spitze Ellenbogen und weiß sie einzusetzen.«

»Sie kann gut raufen, nicht wahr, Master John?«, fragte Frieder mit glänzenden Augen. »Damals in der Taverne, als wir Kilian...«

»Frieder!«

Der Junge grinste ebenfalls.

»Ich raufe nicht. Ich weiß mich lediglich zu wehren. Was beizeiten ja auch nottut. Und nun hört, was ich von Julika erfahren habe. Es ist ein weiteres Fädchen in diesem Knäuel von Wirrnissen.«

»Julika?«

»Ja, Tilo. Diese Julika. Sie ist eine Nachbarin der Taschenmacherin Odilia.«

»Die Magister Hermanus aufsuchte«, sagte Hedwigis und sah aufmerksam in die Runde. »Wir durften nicht zu ihr gehen. Uns habt Ihr das verboten.«

»Und Ihr hättet es auch nicht tun dürfen, Herrin. Ihr *seid* den Jungfern ein schlechtes Vorbild!«

»Ja, Hilda. Ich bin nicht nur ein eigensinniges, sondern auch ein verderbtes Weib.«

»Nein, das seid Ihr nicht. Da, nehmt eine Apfelpastete. Die Äpfel müssen aufgegessen werden, sie werden schrumpelig.«

»Und klärt uns auf, was Ihr von jener Julika erfahren habt, Mistress Alyss.«

»Hermanus besuchte Odilia, wurde dort aber auch schon seit Tagen nicht mehr gesehen. Dafür aber der Liebhaber der Taschenmacherin. Seit zwei Jahren ist Oliver Schwertfeger ihr Buhle.«

»Heilige Jungfrau Maria!«, entfuhr es der Haushälterin. Die anderen schwiegen entsetzt.

»Es kommt noch schlimmer. Odilia war rasend eifersüchtig, als er Inse vergangenes Jahr heiratete, und suchte einen Ratgeber, der ihr helfen konnte, ein trennendes Ehehindernis zu finden. Offenbar empfahlen ihr die Schwälbchen unseren Hauspfaffen.«

John sah sie unter verhangenen Lidern an, schwieg aber.

»Sie betörte ihn«, fuhr Alyss fort. »Er erteilte ihr den Rat, und ich vermute, dass sie sie der Ketzerei geziehen hat.«

»Großer Gott!«, sagte Tilo.

»Und beauftragte Theis, sie zu töten?«, wollte John nun doch wissen.

»Angeblich sollte nur ein Geistlicher einen Grund haben, die Ehe aufzulösen. Mag sein, dass Hermanus sich mit den juristischen Folgen nicht auskannte. Odilia tat es gewiss nicht. Die Anklage der Ketzerei erfolgt an einem geistlichen Gericht und wird nicht von Meuchelmördern geahndet.«

»Wie Ihr sagt, Mistress Alyss. Hermanus kennt sich nicht aus in diesen Dingen. Er mag zur Selbstjustiz gegriffen haben.«

»Nur, Master John – Hermanus selbst begehrte Odilia zum Weib. Ihm kann nicht daran gelegen gewesen sein, Oliver von Inse zu befreien.«

»Ihr habt einen grässlich logischen Verstand, Mistress Alyss. Ihr seid kein Vorbild für sanfte, gefügige Jungfern.«

»Das sagen Männer immer, wenn sie dumm dastehen«, murmelte Lauryn. Und John lachte.

»Gut gegeben, Maid Lauryn. Andererseits – wusste er, dass Oliver sein Nebenbuhler ist?«

Alyss bedachte diesen Umstand und zollte John Respekt.

»Nein, vermutlich nicht. Julika sagte nur, Odilia habe einen Ratgeber gesucht. Wenn Hermanus ihr den Tatbestand der Ketzerei als Ehehindernis genannt hatte, könnte sie auch selbst den Theis beauftragt haben.«

»Der als Zuhälter für die Pfaffen tätig ist.«

»Man sollte sich mit der schönen Taschenmacherin mal unterhalten.«

»Mann, nicht Weib«, erklärte John.

»Wenn wir den Mord an Inse aufklären wollen, Master John. Ich habe Julika aufgesucht, um etwas über Hermanus' Verbleib herauszufinden.«

»Und seid auf die Spur eines Ketzerjägers geraten, Mistress Alyss. Den aber wollen Euer Bruder und ich suchen. Eure Aufgabe ist es, nachzudenken.«

»Ich kann nicht immer nur in meinem Kämmerchen sitzen und nachdenken.«

John lächelte leicht.

»Nein, könnt Ihr wohl nicht. Aber lasst mir und Eurem Bruder doch auch noch etwas von dem Knochen.«

»Ist ja schon gut.« Sie hatte noch andere Spuren, die sie

verfolgen konnte. Frau Mechtild und ihre Mutter würden auch ihr Scherflein beitragen. Und Julika hoffentlich mit Odilia sprechen und sie fragen, ob Hermanus angedeutet hatte, wohin er aufgebrochen war.

»Gut denn, hetzt hinter Eurem Knochen her, Master John. Aber bringt ihn vorbei, wenn Ihr ihn gefunden habt.«

»Um ihn Euch zu Füßen zu legen. Wie Ihr es wünscht, Mistress Alyss. Und nun, Frieder, erzähle mir von dem Falkenweibchen. Ist die Brut schon geschlüpft?«

Das Hauswesen hätte vermutlich weitaus lieber über Hermanus, Ketzer und Mörder disputiert, aber Alyss war ganz froh, von dem Thema abgelenkt zu sein.

Sie aß still ihre Apfelpastete, süß und voller Rosinen, und beobachtete John, der sich eingehend mit den jungen Männern befasste. Der kurze Augenblick der Wahrheit, den sie beide vorhin erlebt hatten, hallte in ihrem Gemüt nach. Ja, es war eine Verbindung zwischen ihnen, beinahe vom ersten Tag an. Sie fühlte sich anders an, so ganz anders als damals, als Arndt van Doorne um sie gefreit hatte. Und es war nicht nur Begehren. Obwohl das auch da war, mächtig und verzehrend.

Zu wem sollte sie beten? Wer, bei allen Heiligen, würde ihnen helfen? Der Allmächtige, der Schöpfer, der den Menschen die Gebote gab und donnerte: »Du sollst nicht begehren!«? Sein Sohn, der mahnte, »Du sollst deinen Nächsten lieben«, aber eine ganz andere Art der Liebe meinte? Maria, die reine Magd, die als Jungfrau schwanger wurde durch das Wort?

Man konnte zum Ketzer werden, befand Alyss und wischte sich die klebrigen Krümel von den Fingern. Und dann durchfuhr sie ein wunderlicher Gedanke. Ihre Mutter hatte schon immer zur Gottesmutter gebetet, und ihr Vertrauen zu Maria war unerschütterlich. Sie besaß eine kleine, vergoldete Statue der Heiligen Jungfrau, uralt, die sie einst im Schutt eines Stalls im Beginenhof gefunden hatte, als sie das zusammengestürzte Gebäude wieder aufbaute. Eine Frau mit einem Knaben auf dem Schoß und einem seltsamen Heiligenschein. Er schwebte zwischen zwei halbmondförmigen Hörnern über ihrem Haupt. Ihr Vater, damals noch Pater Ivo, hatte diese Figur geweiht, doch er hatte auch erzählt, wes Ursprungs sie war. Diese Geschichte hatten auch Alyss und Marian oft gehört, und nun kam sie ihr in Erinnerung. Die Statue war das Abbild einer heidnischen Göttin, einer Mutter, die einen göttlichen Sohn geboren hatte. Auch sie nannten die Menschen Gottesmutter, Königin des Himmels, Stern des Meeres. Aber anders als Maria galt sie auch als Göttin der Liebe. Isis war ihr Name.

Alyss würde es beichten, so wie sie auch ihren Zorn auf ihren rechtlich angetrauten Gatten beichten würde. Und sie würde, wenn nötig, dafür auch in die Hölle kommen.

Aber sie würde zu Isis, der gütigen Mutter, beten.

»Ihr seht müde aus, Frau Alyss«, sagte Lauryn.

»Nein, müde nicht, nur tief in Gedanken, Lauryn.«

»Bin ich auch manchmal. Es ist schwierig, nicht?«

Alyss sah das junge Mädchen an und schalt sich selbstsüchtig.

»Weißt du denn, was du willst?«

Traurig schüttelte Lauryn den Kopf.

»Bete drum.«

»Ja, Frau Alyss.«

## 32. Kapitel

Geprellt, nicht gebrochen. Aber haltet den Arm ruhig, John«, befand auch Marian am nächsten Tag, als er den Arm untersucht hatte. »Ausgerutscht ist Merten also?«

»Auf eine sehr gezielte Art, Marian. Es war Absicht.«

»So vermutete ich.«

»Immerhin habe ich ihn neulich auch recht unsanft behandelt.«

»Ihr hättet es wieder tun sollen.«

»Ich wollte auf dem Hof Eurer Schwester kein Blutbad anrichten.«

»Sehr rücksichtsvoll. Wenn Euer Flügel wieder an Kraft gewonnen hat, stutzt ihm die seinen. Er wartet nur darauf.«

»Wenn ich zurückkehre. In der Zwischenzeit wird es Eure Aufgabe sein, Marian, dem *pantaloon* auf die Finger zu schauen.«

»Keine Sorge, das tue ich schon seit geraumer Zeit. Aber vornehmlicher sind unsere anderen Sorgen. Ich war bei Flemalle.«

Marian half John wieder in Hemd und Wams. Sie hielten sich in Marians Raum im Hause vom Spiegel auf. John streckte seine langen Beine vor dem Kamin aus, Marian setzte sich ihm gegenüber in den Scherensessel.

»Der Ratsherr, der einen *Secretarius* braucht.«

»Und einen empfohlen bekommen hat. Ratet mal, von wem?«

John schüttelte den Kopf.

»Nein? Ihr wollt nicht raten? Oder wisst Ihr es schon?«

»Eure Frage lässt mich jemanden vermuten, nur ergibt das keinen Sinn für mich.«

»Für mich schon. Arndt van Doorne empfahl den Magister Hermanus.«

»Eine ungewöhnlich christliche Tat, dem Hungerleider einen besseren Posten zu verschaffen. Aber ich verstehe, was Ihr meint. Van Doorne tut nichts ohne Gegenleistung.«

»Richtig, John. So vermute ich. Er hat ihm damals schon die Stelle als Mesner verschafft, auch das sicher nicht ohne einen Dienst von ihm zu erhalten. Aber das ist lange her.«

»Flemalle aber zögert, ihn aufzunehmen.«

»So ist es. Flemalle hat nach eigenem Bekunden lediglich zugesagt, ein Gespräch mit Hermanus zu führen. Der Hauspfaff hat offensichtlich keinen besonders hellen Eindruck hinterlassen.«

»Warum hat er es überhaupt in Erwägung gezogen?«

»Ich habe ihn nicht gefragt, aber Flemalle handelt mit spanischen Weinen – wer weiß, was für einen Gefallen er van Doorne schuldete.«

»Einen wohl nicht so großen, dass er einen falschen Magister zu seinem Schreiber und Vertrauten macht.«

»Ist er ein falscher Magister?«

»O ja, ein sehr falscher. Ich erhielt heute Morgen Botschaft von meinem Gewährsmann in Deventer. Dort haben die Brüder vom gemeinsamen Leben vor zwanzig Jahren ihr erstes Haus gegründet. Soweit ich es verstanden habe, leben sie ähnlich wie Eure Beginen zusammen, ohne Gelübde, doch mit eigenen Regeln. Auch sie unterrichten und haben sich einen Ruf damit erworben.«

»Aber Hermanus haben sie nicht unterrichtet.«

»Nein, er ist nie dort gewesen. Sein Name taucht in den Annalen nicht auf. Aber mein Bekannter hat sich erlaubt, auf eigene Faust einige Nachforschungen anzustellen, und fand etwas heraus, was die Fraterherren gerne verschwiegen hätten. In den ersten Jahren gab es einige – *irregularities*?«

»Regelverstöße?«

»So in etwa. Einer der Fraterherren neigte zur Trunksucht, und um an die schweren Weine zu kommen, die er so sehr liebte …«

»… kam er mit dem Weinhändler Arndt van Doorne in Verbindung?«

»Eine Annahme. Tatsache aber ist, dass er sich das Geld für den Wein damit verdiente, dass er Magister-Urkunden im Namen und mit Siegel der Kongregation ausstellte.«

»Hermanus' Urkunde zeichnet von 1388«, sinnierte Marian. »Hilda hat heute Vormittag seine Kammer durchsucht und meiner Schwester alles mitgebracht, was ihr wichtig vorkam.«

»Das passt in den Zeitraum, in dem dieser Fraterherr wirkte. Der ist allerdings inzwischen in ein abgelegenes Kloster eingetreten und bereut seine Sünden.«

»Ihn können wir also nicht mehr befragen, ob van Doorne dabei mitgewirkt hat. Ich werde morgen nach Merheim aufbrechen und diesen Bruder von Hermanus aushorchen.«

»Ich würde Euch gerne begleiten, aber es kommt eine Lieferung Harnische, um die ich mich kümmern muss.«

»Und außerdem würde es Eurem Arm nicht guttun. Es ist ein Ritt von gut zwei Stunden bis dorthin. Ah ja, aber sagt, John – werde ich einen Ritter von Merheim antreffen, wenn ich nach ihm frage?«

Ein blauer Blick unter schweren Lidern traf Marian, und er nickte.

»Gut, ich frage nicht.«

Angeblich hatte der Ritter von Merheim den Weingarten von Arndt van Doorne gekauft, um dann Alyss mit seiner Bewirtschaftung zu beauftragen. Das Geschäft war über Magister Jakob abgewickelt worden, der als Beauftragter seines Klienten in Erscheinung trat. Aber er war, wie er sagte, nicht befugt, nähere Auskünfte über ihn zu geben. Was Marian zu einigen Überlegungen veranlasst hatte. Er fühlte sich durch Johns Schweigen bestätigt, schwieg aber auch darüber.

»Vielleicht kann jener Bruder Euch etwas zu den Umständen verraten, durch die Hermanus in den Besitz dieser Urkunde kam«, bemerkte John nun ruhig.

»Das herauszufinden ist ebenfalls mein Bestreben.«

»Und zu Hermanus' Verhältnis zu Ketzern?«

»Ihr glaubt noch immer, dass er den Baderknechten die Aufträge zum Mord erteilt hat?«

»Mein Glaube ist nicht sehr fest, aber der einzige, den ich derzeit habe.«

»Meiner geht in eine andere Richtung, John. Warum sollte Hermanus Inse aus dem Weg geräumt wissen? Daran konnte doch nur dem eigenen Gatten und seiner Buhle gelegen sein.«

»Weil er nichts von Oliver wusste? Weil er, betört wie er war, Odilia ohne nachzufragen jeden Wunsch erfüllte?

»Auch wahr. Theis und Joost können aber auch mehr als

einen Auftraggeber gehabt haben, das ist Euch doch vermutlich auch klar.«

»Verwirrt mein armes Gemüt nicht noch mehr, Marian.«

Der schnaubte verächtlich: »Euer armes Gemüt!«

»Mistress Alyss hat mich gestern auch schon ein paarmal – wie sagte Maid Lauryn? – dumm dastehen lassen.«

»Das kann sie gut, meine Schwester.«

Die beiden Männer schwiegen einen Augenblick, ein jeder in seine Gedanken versunken. Dann fragte John plötzlich: »Würde Odilia Erfolg gehabt haben, hätte man jene Inse als Ketzerin angeklagt?«

»Ja, soweit ich Magister Jakob richtig verstanden habe, wäre der begründete Vorwurf der Ketzerei ein trennendes Ehehindernis. Damit hätte der Schwertfeger die Ehe für nichtig erklären können.« Und als er diese Worte ausgesprochen hatte, erkannte Marian, was John bewegen musste. Er lächelte ihn verständnisvoll an. »Ich weiß nicht, John, mein Freund, wie die Dinge in Eurem Land gehandhabt werden, aber die Unauflösbarkeit der Ehe ist nicht in Granit gehauen. Juristen sind spitzfindig und die Theologen auch. Magister Jakob ist ein verschwiegener Mann.«

»Den aufzusuchen Ihr mir empfehlt.«

»Unbedingt.«

»Nun, dann wollen wir unserer Wege gehen und nach Antworten suchen. Wann werdet Ihr von Merheim zurück sein?«

»Am Sonntag, denke ich, spätestens am Montag. Ich nehme Frieder mit.«

»Vernünftig. Ein tapferer *youngling*, doch überaus durstig nach Abenteuern.«

Der abenteuerdurstige Frieder machte eine gute Figur zu Pferde, und in mäßiger Geschwindigkeit ritten Marian und er durch den Frühlingssonnenschein Richtung Osten. Ihr Weg führte sie durch frisch bestellte Felder, grün wogten die Halme des jungen Getreides, hier und da blühten noch Obstbäume, andere hatten ihre weißen Schleier bereits abgelegt. Zwischen den Stöcken der Weingärten lockerten die Arbeiter die Erde auf, Gänsehirtinnen trieben ihre gefiederte Schar zu den Weihern, Lämmer tollten über die Weiden, und behäbig grasendes Rindvieh sah ihnen träge nach.

Einige Male fragte Marian nach dem Gut, das dem Kloster Sankt Gereon gehörte, und am frühen Nachmittag erreichten sie das wohlbestellte Land, das der Pächter bearbeiten ließ. Ein massiges Gutshaus duckte sich unter dunklen Schieferleyen, strohgedeckte Ställe und Scheuern bildeten ein Karree um einen gepflasterten Hof. Ein wachsamer Hund schlug sogleich an, als sie durch die breite Einfahrt ritten.

»Marian vom Spiegel und Frieder von Villip, Magd, wünschen den Jens Husmann zu sprechen. Ist dein Herr im Hause?«

Die Milchmagd – sie hatte einen Eimer mit Molke in der Hand – grüßte sie mit einem freundlichen Lächeln und gab bereitwillig Auskunft. Jens Husmann war in den Ställen, ein Fohlen sei in der Nacht geboren worden. Wenn die Herren warten wollten...

Die Herren wollten, ein Stalljunge wurde herbeigerufen und nahm ihnen die Pferde ab. Ein anderer lief, um den Pächter den Besuch zu melden.

Marian beobachtete, wie Jens Husmann aus dem Tor trat.

Er sah nach erstem Augenschein seinem jüngeren Bruder Hermanus nicht besonders ähnlich. Er war ein rotgesichtiger, kräftiger Mann mit ergrauendem Haar, der mit energischen Schritten auf sie zukam.

»Wohledle Herren?«

»Jens Husmann, ich grüße Euch.«

»Wie kann ich euch zu Diensten sein? Schickt euch der Abt von Gereon?«

»Nein, Pächter, wir sind in eigener Angelegenheit zu Euch gekommen. Habt Ihr wohl ein wenig Zeit, einige Fragen zu beantworten?«

»Eilt es sehr, wohledle Herren? Es will just eine zweite Stute fohlen.«

»Wir können auf Euch warten, Husmann.«

»Dann geht ins Haus, die Aufwärterin wird sich um euch kümmern. Ich komme, sobald ich kann.«

Alles in allem war es ein höflicher Empfang. Die Stube, in die sie geführt wurden, zeugte von behäbigem Wohlstand, der Kuchen mit gedarrten Früchten war saftig, eine Kanne Apfelwein stellte die Haushälterin ihnen mit Bechern auf den Tisch.

»Ein ordentliches Anwesen«, meinte Frieder, der sich im Raum neugierig umgeschaut hatte und nun durch das Fenster das Treiben auf dem Hof beobachtete.

»Ja, die Ländereien sind sorgsam bestellt, das Vieh steht gut im Futter, der Hof ist sauber gefegt. Jens Husmann scheint sein Geschäft zu verstehen.«

»Dann hätte sich doch auch ein Platz für den jüngeren Sohn finden lassen.«

»Sollte man meinen. Aber wenn ich meine Schwester

richtig verstanden habe, wollte der Vater, dass der jüngere Sohn zum Gelehrten ausgebildet würde.«

»Dazu hat's aber bei Hermanus hier nicht gereicht«, meinte Frieder und tippte sich an die Stirn.

»Der Herr vergibt seine Gaben nach eigenem Ermessen.«

Frieder lachte trocken auf. »Ihr seid lustig, wenn Ihr so salbungsvoll tut, Herr Marian.«

»Ich tue nicht so, Jung Frieder. Ich bin der Herr der Salben!«

Sie vertrieben sich die Zeit mit müßigem Geschwätz, und Marian befand, dass der Junge wirklich einen praktischen Verstand und einen klugen Witz hatte, ähnlich wie seine Schwester Lauryn. Der Übermut und der Abenteuerdurst mochten sich mit der Zeit herauswachsen und Mut und Stärke werden. John konnte da hilfreich sein, jetzt, da Frieders Vater gestorben war.

Über John hatte sich Marian einige Gedanken gemacht und, seit er ihn in Kampen zusammengeflickt hatte, auch noch ein tieferes Verständnis für seine Lage gewonnen. Robert, Arndt van Doornes Bruder, hatte gut daran getan, ihn zu seinem Kompagnon zu machen. Robert war ein ganz anderer Mensch als Arndt, und es war ein unsäglicher Verlust, dass dieser Verrückte mit dem Hammer, jener Yskalt, ihn ermordet hatte. Noch immer war sich Marian nicht sicher, ob er die ganze Wahrheit zu diesem Fall herausgefunden hatte. Aber nun war der Friese tot und mit ihm alle Geheimnisse begraben. John hingegen lebte und hatte Roberts Erbe angetreten. Er war inzwischen ein wohlhabender Mann, ohne Zweifel, der seine Geschäfte mit Umsicht führte. Dennoch hatte er, nachdem er von seinem adligen

Vater verstoßen worden war – und so weit hatte Marian seine Vergangenheit nun durchschaut –, als einfacher Arbeiter im Hafen von London um das Überleben gekämpft. Es war ihm gelungen, doch durch was für Niederungen musste er gegangen sein. Die schwere körperliche Arbeit in den Tretmühlen aber hatte ihm vermutlich weniger zugesetzt als der Verlust seines Heims und des Vertrauens seines Vaters. Sein Vater, der, wie der Allmächtige, freigeistiges Gedankengut hegte und wegen dieser Gedanken in Ungnade gefallen war.

Frieder hatte über Falken geschwatzt und Marian ihm nur halbherzig zugehört. Jetzt unterbrach er ihn.

»Du wirst mit Master John nach England ziehen, Frieder, und darum, denke ich, solltest du etwas über ihn erfahren, das nicht jedermann zu wissen braucht.«

»Oh – ja, natürlich. Äh – Tilo hat mir allerdings schon ein bisschen verraten. Master John ist von hoher Geburt, nicht wahr?«

»Ja, das ist er, doch er hat Namen und Titel abgelegt. Weißt du auch, warum?«

»Er hat sich mit seinem Vater zerstritten, nicht wahr?«

»Worüber?«

»Weil er Handel führen wollte und sein Herr Vater nicht.«

»Das war ein Grund, Frieder. Der andere wiegt schwerer. Du solltest ihn dennoch kennen, um keine Ungeschicklichkeiten zu begehen.«

»Ich werde vorsichtig sein, Herr Marian. Ich mag Master John. Er ist ein feiner Mann.«

»Ja, das ist er. Sein Vater ist das sicher auch, und nur eine

Auseinandersetzung über den Handel kann zwei Männer nicht derart entzweien. Johns Vater, Lord Thomas, ist ein Anhänger jenes Bischofs Wycliffe, ein recht aufsässiger Bischof, der die Bibel für seine Landsleute übersetzt hat und den Machenschaften der beiden Päpste, die sich um den Stuhl Petri zanken, nicht eben kritiklos gegenüberstand. Jemand beschuldigte Lord Thomas der Ketzerei bei einem Todfeind jenes Wycliffes, und er wurde eingekerkert. Unseligerweise glaubte Lord Thomas, dass John ihn verraten habe – wegen ihrer Dispute über den Handel.«

»Was für ein Unsinn. Master John hat doch selbst gesagt, dass er Ketzerjäger nicht leiden kann.«

»Richtig, auch er hat recht – mhm – freigeistige Gedanken dann und wann. John verließ also sein Heim und fristete sein Leben im Hafen. Hier hat ihn Robert van Doorne kennengelernt und seine Fähigkeiten erkannt. Wie weit John Robert seine Probleme anvertraut hat, weiß ich nicht, aber die beiden haben sich gut verstanden, und Robert hat John einen Kredit gewährt, um seinen Vater aus dem Kerker freizukaufen.«

»Warum hat der Vater ihm dann nicht verziehen?«

»Er weigert sich, mit John auch nur ein Wort zu sprechen.«

»Trottel!«

»Frieder, wir wissen nicht, was vorgefallen ist. Jemand hat die Seele von Lord Thomas so gründlich vergiftet, dass er die Wirklichkeit nur noch verzerrt sieht. Und das schmerzt John sehr. Er hat keine Möglichkeit, sich zu rechtfertigen, sondern ist verurteilt, ohne gehört zu werden.«

»Wer hat den Vater denn verraten?«

»Ich glaube, wenn John das wüsste, hätte derjenige seither keine ruhige Nacht mehr.«

»Nein, vermutlich nicht.« Frieder grinste. »Er geht nicht eben zimperlich mit den Fäusten um.«

»Das beeindruckt dich, nicht wahr?«

»Na, das macht doch einen Mann aus.«

»Dann bin ich wohl in deinen Augen kein rechter Mann, was?«

»Ihr, Herr Marian? Ihr seid ein rechter Mann. Nur Ihr seid mit dem Mund ganz schön giftig drauf, wenn es sein muss. Wie Euer Herr Vater auch. Herr im Himmel, kann der einen niedermachen!«

»Kann er. Aber auch das bedarf…«

Der Pächter betrat die Stube, noch mit feuchten Haaren und einem frischen Kittel.

»Ein hübscher kleiner Hengst hat das Licht der Welt erblickt.«

»Ein erfreuliches Ereignis.«

»Wohl wahr. Und nun habe ich eine Weile Muße, wohledle Herren. Welcherart sind eure Fragen?«

»Wir suchen Euren Bruder Hermanus.«

»Ach herrje!«

Der Pächter sah überrascht aus, und Marian beeilte sich zu erklären, in welchem Verhältnis sie zu Hermanus standen.

»Der Hauspfaff Eurer Schwester. Großer Gott, davon hat er nie gesprochen.«

»Meine Schwester ist mit Arndt van Doorne verheiratet.«

»Oh. Ah so…«

»Er hat sich seit dem sechsten Tag des Aprils nicht mehr bei ihr eingefunden und scheint auch seine Kammer im Pfarrhaus nicht mehr aufgesucht zu haben.«

»Nein, das hat er sicher nicht, denn seit dieser Zeit weilt er auf dem Gut hier.«

»Dem Himmel sei Lob und Dank«, stieß Marian hervor.

»Ihr scheint Euch ungewöhnlich große Sorgen um Herman zu machen, Herr Marian«, kam es etwas ungläubig von dem Pächter.

»Es ist mehr die Erleichterung darüber, dass er wohl nicht der Mann ist, der meinen Vater einen Ketzer geziehen und einen Mörder auf ihn angesetzt hat.«

»Bitte?«

Jetzt war Jens Husmann entsetzt.

»Wir befürchteten, nach einigen furchtbaren Vorkommnissen in den letzten Wochen, dass er sich als Ketzerjäger aufspielte und zwei Mörder gedungen hat. Ihr müsst zugeben, er kann ein rechter Eiferer sein.«

»Ja, das kann er wirklich, aber – nein – ein Mörder ist Herman nicht.«

»Dennoch ist er in die Angelegenheit verstrickt, und wir müssen ihn sprechen. Wo finden wir ihn?«

»In der Kirche, Herr Marian. Büßend und betend. Seit er hier ist, verbringt er seine Tage und Nächte auf Knien, fastet und geißelt sich.« Jens Husmann seufzte. »Er hungert sich zu Tode, und ich kann nichts tun.«

»Warum?«

»Er spricht nicht darüber.« Der Pächter barg sein Gesicht in den Händen. »Mein Gott, er muss wirklich große Schuld auf sich geladen haben.«

»Hat er, aber vermutlich nicht die, die wir vermutet haben. Jens Husmann, erzählt uns ein wenig über Euren Bruder, damit wir ihm helfen können.«

»Helfen? Ihr wollt ihm helfen?«

»Ja, um den wahren Schuldigen zu finden, werden wir ihm helfen.«

Der Pächter betrachtete seine Hände, groß, kräftig und von harter Arbeit schwielig. Leise begann er: »Herman ist kein umgänglicher Mensch. Er ist mir oft, allzu oft, lästig gefallen, aber er ist mein Bruder. Wenngleich neun Jahre jünger als ich. Ich besuchte schon die Klosterschule, als er geboren wurde, und arbeitete schon auf dem Gut, als er die nämliche Schule besuchte. Die Herren von Sankt Gereon sorgten dafür, dass wir dort unterrichtet werden konnten. Es erschien ihnen nützlich, wenn der Pächter seine Bücher ordentlich führen konnte. Ich habe also lesen, schreiben und rechnen gelernt und etliche Psalmen. Ersteres war mir hilfreich, Letzteres – na, musste wohl sein.«

»Psalmen zu rezitieren hilft wenig, wenn eine Stute fohlt.«

»Eben. Nun, ich war der älteste Sohn, und wie mein Vater zuvor würden einst die Aufgaben des Pächters auf mich übergehen. Für Herman hatte er die Laufbahn als Geistlicher vorgesehen, und nach der Klosterschule wurde er zur Domschule geschickt. Aber dann hatten wir ein paar magere Jahre, und der Vater konnte die Gebühr nicht aufbringen, weshalb Herman nur als Armenschüler aufgenommen wurde.«

»Als *scholar pauper* hatte er vermutlich kein leichtes Leben.«

»Nein. Soweit ich mich erinnere, war er auch schon auf der Klosterschule nicht glücklich. Er ist kein schneller Denker.«

Frieder mischte sich jetzt ein und fragte: »Warum hat er denn nicht einfach auf dem Gut mitgeholfen?«

»Auch das lag ihm nicht. Er hat keine Hand für Tiere.«

»Oh, ja, wohl wahr. Er hat Angst vor unserem Hund und den Gänsen, und den Kater tritt er, wenn er glaubt, dass wir es nicht sehen.«

»Er hat mit zwanzig die Domschule verlassen, als unser Vater starb. Ich übernahm das Gut, und er wurde der Gehilfe des Pfarrers in Buchheim.«

»So teilte es uns Trude de Lipa auch mit.«

»Was sie vermutlich nicht erwähnte, war, dass man den Gehilfen dort schäbig behandelte. Der Pfarrer liebte es, strenge Strafen für geringe Vergehen zu erteilen, und mehr als einmal war Herman vom Geißeln und Fasten halb tot.«

»Heilige Maria!«, stieß Frieder aus.

»Tja, unser Leib muss gezüchtigt werden, damit wir dereinst die Freuden des Paradieses so recht zu würdigen wissen.«

»Herr Marian, seid still, sonst holt Euch der Ketzerjäger.«

Jens Husmann schüttelte jedoch nur traurig den Kopf.

»Er ist ein Schwätzer und heuchlerischer Schmarotzer, mein Bruder, aber Hunger hat er wirklich oft gelitten. Er hat diese Zeit wohl nur überlebt, weil er sich anpasste, also die Sermone auswendig lernte, die ihm der Pfarrer auftrug, und nebenbei der Haushälterin half, die ihm dafür dann und wann etwas Essen zugesteckt hat.«

»Armer Knochen.«

»Wohl wahr.«

»Warum habt Ihr Euch nicht um ihn gekümmert?«

»Tat ich doch, wenn es mir möglich war. Aber der Pfarrer hat ihm selten freigegeben. Immerhin hat er so viel Verstand bewiesen, dass er herkam, als bekannt wurde, dass er die Magd des Pfarrers geschwängert hatte.«

»Weshalb er vermutlich seine Lehrzeit nicht vollendet hat und nicht zum Priester geweiht wurde.«

»Nein, zum Priester wurde er nicht geweiht.«

»Aber er hat sich doch immer als Hauspfaff aufgespielt, Herr Marian.«

»Das hat er auch bei mir getan, Frieder von Villip. Er hat die Gebete und Psalmen eingebläut bekommen und sich damit wichtig getan, dass er wusste, was Sünde und Laster ist. Bei anderen.«

»Was ist mit der Magd geschehen?«

»Ich hab drauf gesehen, dass sie bei einem Kappesbauern unterkam.«

»Wie lange ist das alles her, Jens Husmann?«

»Lasst mich nachdenken... Der Bodo ist nun acht oder neun Jahre alt, denke ich. Ja, richtig, neun Jahre ist es her, dass Hermann die Pfarrei verließ.«

»Dieser Bodo ist sein Sohn?«

»Ja, und die Magd ist nun bei uns. Eine anstellige Frau, ich kann nicht klagen.«

»Aber Euer Bruder hat sich nie um sie gekümmert.«

»Er hätte es vielleicht, aber das ist wohl meine Schuld. Ich war damals nicht besonders gut auf ihn zu sprechen, Herr Marian. Er saß hier tagein, tagaus herum und hielt unnütze Reden. Ich war froh, als er nach Köln ging.«

»Er ging nach Köln – aus welchem Grund?«

Der Pächter wand sich ein wenig und rang die harten Hände.

»Na ja, er fand… Der Arndt van Doorne fand eine Stelle für ihn.«

»Mesner in Lyskirchen, Hauspfaff an seiner Tafel. Arndt van Doorne ist ein Verwandter von Euch.«

»Ja, mein Vetter. Und er ist ein weitgereister Weinhändler.«

»Ja.«

Marian schwieg und betrachtete die Krümel des Kuchens auf dem Tisch. Mochte sein Schweigen den Jens Husmann dazu bewegen, sich näher zu dem Umstand zu äußern.

»Händler haben viele Möglichkeiten, Herr Marian. Das versteht Ihr doch.«

»Ja.«

»Er wusste von einer freien Stelle als Armenlehrer.«

»Ja. Händler handeln mit vielen Waren.«

Der Pächter räusperte sich.

»Ähm, ja.«

»Auch mit Gefälligkeiten.«

»Das auch. Ich meine, ich will dem Arndt nichts unterstellen, aber er – nun, er brauchte Geld für seine neue Lieferung und fragte mich, ob ich ihm aushelfen könnte. Und – je nun, ich sagte zu, wenn er sich um Herman kümmern würde.«

»Ein Gefälligkeitskrämer, der Arndt. Uns ist das nicht unbekannt. Auch der Pfarrer von Lyskirchen wird ihm irgendeine Gefälligkeit geschuldet haben.«

»Vermutlich schon.«

Jens Husmann sah etwas erleichterter aus, da er sich offensichtlich nun nicht mehr bemühen musste, seine Meinung über van Doorne hinter dem Berg zu halten.

»Er hat offensichtlich noch mehr für Euren Bruder getan, denn er wurde als Magister Hermanus in der Pfarre eingeführt. Mit einer Urkunde von den Fraterherren aus Deventer. Herman war wohl nie in Deventer?«

»Nein. Nein, auch das hat Arndt für ihn geregelt. Er sagte, er hätte so ein besseres Ansehen.«

»Der Kredit muss hoch gewesen sein, den Ihr ihm gewährt habt.«

Die dunkelrote Färbung von Husmanns Gesicht war Antwort genug darauf, und Marian beließ es dabei.

»Gut«, sagte er also. »Dann sollten wir uns mal mit Herman unterhalten. Wann findet er sich denn hier wieder ein? Oder verbringt er auch die Nächte in der Kirche?«

»Er kommt zum Schlafen her, nach der Vesper. Und im Morgengrauen schleicht er sich schon wieder hinaus. Außer etwas trockenem Brot isst er nichts, Herr Marian. Und ich glaube, er steht kurz vor dem Zusammenbrechen. Was, Herr Marian, hat er getan? Sagt es mir.«

»Was sein Gemüt am meisten bedrückt, Jens Husmann, weiß ich auch nicht. Aber er hatte ein Verhältnis mit einer Schlupfhure, die ihn betört hat. Herzeleid mag einer der Gründe sein. Aber er hat auch durch die Fürsprache van Doornes eine Stelle als Secretarius bei einem Ratsherrn in Aussicht gestellt bekommen, sie aber nicht erhalten, vermutlich weil sein Magister-Diplom nicht rechtens erworben war. Und vielleicht noch andere Dinge, die wir gerne von ihm wüssten.«

Der Pächter seufzte.

»Er macht es sich selbst auch immer schwerer, als er muss.«

»Ja, das scheint mir auch so zu sein.«

»Gut, meine Herren, seid meine Gäste, ich lasse euch eine Schlafgelegenheit richten. Und dann versucht aus meinem Bruder herauszubekommen, was ihr wissen müsst. Entschuldigt mich aber nun wieder, ich muss in den Ställen nach dem Rechten schauen.«

Die Gastfreundschaft auf dem Gut wurde hochgehalten, Marian und Frieder bekamen ein reinliches Lager in einem Raum unter dem Dach, ihre Reittiere waren ordentlich versorgt, und zum abendlichen Essen wurde für den Hausherrn und das Gesinde kräftig aufgetischt. Anschließend brachte die Aufwärterin Marian und Frieder einen Krug Wein und auf ihren Wunsch hin auch noch eine Schüssel Grütze mit Honig. Während die Landleute sich früh zu Bett begaben, warteten die beiden auf die Rückkehr des Sünders.

Er kam nach Einbruch der Dunkelheit. Ein Knecht, der am Eingang auf ihn gewartet hatte, führte ihn in die Stube.

Marian packte das Entsetzen, als er die ausgemergelte Gestalt in den Raum wanken sah. Verfilzt hingen seine Haare um seine eingefallenen, zottelbärtigen Wangen, rot unterlaufen waren seine Augen, er roch, als habe er sich seit Wochen nicht mehr gewaschen.

»Was wollt ihr hier?«, krächzte Hermanus.

»Setzt Euch, dann erklären wir es Euch.«

»Ich habe nichts zu sagen.«

»Das wäre neu. Setzt Euch!«

Hermanus schwankte zwar, vermutlich vor Schwäche, blieb aber stur stehen.

»Frieder, Hermanus benötigt Hilfe.«

Frieder sprang auf und schubste den falschen Magister auf einen Stuhl. Mit einem Aufstöhnen ließ er sich fallen.

»Und nun esst diese Grütze, Hermanus«, befahl Marian.

»Nein. Ich habe Fasten gelobt.«

»Ihr esst. Wir brauchen Antworten von Euch, die könnt Ihr nicht geben, wenn Ihr vor Hunger die Besinnung verliert.«

Hermanus schüttelte den Kopf.

Marians Anteil an Geduld war schon durch das lange Warten bis auf den letzten Rest aufgebraucht, und er blaffte den Mann an: »Esst freiwillig. Das macht es uns allen leichter. Ansonsten – ich kenne einige sehr unangenehme Methoden, jemandem Grütze in den Rachen zu schieben. Ihr wollt doch nicht, dass ich sie an Euch praktiziere?«

Frieder hatte die Schüssel genommen und hielt Hermanus einen gefüllten Löffel an die Lippen.

»Tut, was Herr Marian sagt. Ich kenne nämlich auch ein paar noch weit hässlichere Methoden, den Brei in Euch hineinzuklopfen.«

Hermanus presste die Lippen aufeinander.

»Gut. Wir können den Rest auch dem Scharfrichter überlassen. Der hat noch bessere Möglichkeiten, Euch etwas einzutrichtern.«

Vor Entsetzen machte Hermanus den Mund auf, und schon hatte er den Holzlöffel zwischen den Zähnen.

»Esst!«

Er schluckte.

Frieder schob ihm den nächsten Löffel voll in den Mund.

Mit zitternden Fingern griff Hermanus nach dem Löffel und leerte selbst die Schüssel. Marian schob ihm den Becher mit Wein zu.

»Trinkt!«

Gehorsam trank er einige Schlucke.

»So, und nun erzählt uns mal, was Euch hier zu Eurem Bruder geführt hat, Hermanus. Hat Euch die schöne Odilia mit einem herben Tritt aus ihren weichen Pfühlen befördert?«

Hermanus schlug die Hände vor das Gesicht und stöhnte.

»Soll ich nachhelfen, Herr Marian?«

»Nein, setz dich, Frieder. Ich denke, er wird uns sein Herz öffnen und seine Seele erleichtern.«

»Sie hat mich fortgeschickt wie einen räudigen Hund«, sagte Hermanus leise. »Wie einen lästigen, räudigen Köter. Und ich habe ihr die Ehe angetragen.«

»Aber als Flemalle Euch nicht als Secretarius haben wollte, konntet Ihr der Taschenmacherin kein auskömmliches Leben mehr bieten, war es so?«

»Sie hat mir gar nicht zugehört.«

»Tja, wir Männer machen uns alle mal zum Narren. Aber ist das ein Grund, zu fasten und sich zu geißeln, Hermanus? Oder steckt noch mehr dahinter?«

»Ich habe alles falsch gemacht. Alles...«

»Zumindest eine ganze Menge. Und der schöne Ablasszettel hilft da nun auch nicht mehr, was? Arndt van Doorne hat Euch den Magistertitel gekauft, stimmt's?«

Er nickte nur stumm.

»Er hat Euch Flemalle anempfohlen, aber der hat bemerkt, dass Ihr nicht über die notwendige Bildung eines Magisters verfügt, nicht wahr? Ein Stück Pergament, so schön es auch gesiegelt sein mag, ersetzt nicht jahrelanges Studieren.«

»Ich weiß, aber damals... Ich wollte fort von hier.«

»Euch vor der Verantwortung für die Magd drücken, die Ihr geschwängert hattet. Ihr seid ein verächtlicher Wicht, Hermanus«, spuckte Marian. Dann besann er sich aber wieder und konzentrierte sich auf die eigentlichen Fragen.

»Wie seid Ihr zu einer Buhle wie Odilia gekommen, Hermanus?«

»Das wisst Ihr doch sicher auch schon alles.«

»Vermutlich. Eure Besuche bei den Schwälbchen sind nicht unbeobachtet geblieben. Sie wollte etwas von Euch, die Taschenmacherin, nicht wahr?«

»Ich hab's erst gemerkt, als sie mich rausgeworfen hat. Ja, sie wollte Auskunft von mir. Sie sagte, für eine Freundin. Aber heute weiß ich nicht mehr, ob das stimmt.«

»Für eine Freundin?«

»Die in einer schlimmen Ehe gefangen war. Und darum habe ich ihr von den Ehehindernissen erzählt.«

»Wie hieß die Freundin? Hat sie Euch das gesagt?«

»Inse. Und sie war einem brutalen Schwertfeger angetraut.«

»Ja, dem Oliver.«

Hermanus schluchzte plötzlich auf und vergrub sein Gesicht in den Armen auf dem Tisch.

»Ich denke, Frieder, er hat herausgefunden, dass der ansehnliche Oliver Odilias Liebhaber war, nicht wahr?«

Er hob seinen Kopf, und Gram verzerrte seine Züge.

»Ins Gesicht geschrien hat sie es mir.«

»Ein garstiges Weib.«

»Geschmäht hat sie mich. Ein notgeiles Karnickel hat sie mich genannt. Einen stumpfsinnigen Psalmodierer. Dabei habe ich ihr doch Minnelieder vorgetragen.«

»Aber mit Olivers Manneskraft könnt Ihr nun einmal nicht mithalten. Der schwingt nicht nur den Hammer mit mehr Kraft«, stellte Frieder fest, und Marian verkniff sich ein Grinsen.

»Hermanus, Ihr habt Eure Angelegenheiten gründlich vermurkst. Geht jetzt zu Bett. Morgen sehen wir zu, dass wir Euch wieder präsentabel herrichten, und dann folgt Ihr uns nach Köln. Frau Alyss hat Fragen an Euch.«

»Ich kann nicht zurück.«

»Doch, Ihr könnt. Oder besser ausgedrückt, Hermanus, Ihr müsst. Und wenn Ihr darüber nachdenkt, Euch diesen Fragen zu entziehen, dann bin ich, wie Magister Jakob es zu sagen pflegt, befugt, Euch daran zu hindern. Wo ist Eure Kammer?«

Schwankend stand Hermanus auf und schleppte sich die Stiege nach oben. Sie achteten darauf, dass er in dem Gemach verschwand, und Frieder meinte: »Ich hole meinen Strohsack aus unserer Kammer und lege mich vor seine Tür, Herr Marian.«

»Danke, mein Junge.«

»Herr Marian, warum habt Ihr ihm nicht von Inse und Eurem Herrn Vater berichtet?«

»Weil er dann vermutlich die Grütze wieder ausgekotzt hätte, Frieder. Außerdem möchte ich, dass meine Schwester und Master John dabei sind, wenn wir ihm dazu Fragen stellen.«

»Oh. Ja, ich verstehe.«

Hermanus hatte keinen Fluchtversuch unternommen, und mit Hilfe seines Bruders Jens wurde er am nächsten Tag in ein Schaff mit heißem Wasser gesteckt. Marian betrachtete entsetzt die Striemen auf dem mageren Rücken, die das Geißeln hinterlassen hatte. Die Aufwärterin aber hatte eine einigermaßen brauchbare Salbe, mit der er die Abschürfungen behandelte. Alles das ließ Hermanus schweigend und demütig über sich ergehen. Allerdings würde der Mann den Ritt nach Köln als reine Tortur empfinden, und so vereinbarte er mit dem Pächter, dass sie ihm noch einen weiteren Tag zur Erholung gönnen wollten.

Barbiert, in saubere Kleider gewandet, gestärkt durch regelmäßige Mahlzeiten war Hermanus am Sonntag um die Mittagszeit so weit, dass sie ihn auf das Maultier setzen konnten, das Jens Husmann ihnen zur Verfügung stellte.

»Frieder bringt es Euch morgen zurück, Husmann«, sagte Marian zum Abschied, und zu dritt machten sie sich auf den Weg nach Köln.

Marian beobachtete den schweigend zwischen ihnen dahinzockelnden Hermanus. John mochte ihn für den Ketzerjäger halten, seine Schwester tat es nicht. Er selbst hatte sich noch kein abschließendes Urteil erlaubt. Aber er neigte dazu zu bezweifeln, dass der verstörte Mann in seinem Herzeleid ganz bewusst den Baderknechten Auftrag erteilt hatte, Inse zu töten. Das war widersinnig. Eher hätte er die Männer auf Oliver ansetzen müssen. Was den Anschlag auf seinen Vater anbelangte, da war er sich nicht ganz sicher. Allerdings hatte Ivo vom Spiegel seines Wissens mit Hermanus nie einen Disput geführt. Dafür, so mutmaßte er, war ihm der falsche Magister viel zu dämlich. Andererseits – Missachtung konnte gelegentlich auch zu einer schwärenden Wunde werden. Und jemand, der diese schwärende Wunde aufriss, mochte selbst einen solchen Tropf dazu bringen, Dinge zu tun, die er aus eigenem Antrieb nie getan hatte.

Sein Augenmerk würde er bei der Befragung darauf halten, welche Rolle Arndt van Doorne in Hermanus' Leben gespielt hatte. Der Gefälligkeitskrämer, der immer eine schmierige Hand in die andere gleiten ließ.

## 33. Kapitel

»Winselnd und mit eingezogenem Schwanz ist er davongezogen«, sagte Frau Almut und reichte Alyss ein kompliziert gewebtes Band zur Begutachtung. Hin und wieder stellte sie höchst diffizile Brettchenarbeiten her, eine Tätigkeit, der Alyss noch nie viel abgewinnen konnte. Wenngleich sie die heilsame Wirkung der Herstellung ausgeklügelter Muster durchaus verstand. Aber die farbigen Fäden, die ihre Mutter so virtuos zu ordnen wusste, verwickelten sich schon von jeher unter ihren ungeduldigen

Fingern zu knotigem Wirrwarr. Dass ihre Mutter diesen Wirrwarr beherrschte, war einer der Umstände, warum sie Frau Almut bewunderte und auch fürchtete.

»Aber Ihr habt ihn am Leben gelassen, Frau Mutter?«

»So gerade noch. Und nur, weil ich mir sicher bin, dass er weit mehr an die Füllung seines Schwabbelbauchs denkt als daran, deinen Vater als Ketzer zu denunzieren. Ich frage mich, auf welchem Auge ich blind gewesen sein muss, als ich ihn als möglichen Handelsherrn sah.«

»Na ja, er stammt aus Vaters Familie, und die ist für ihre Tatkraft bekannt.«

»Die scheint der Herr mit löchrigen Löffeln verteilt zu haben. Rufin hat davon nichts abbekommen.«

»Dann ist diese Seite also geklärt. Ich hatte es auch nicht wirklich geglaubt, wollte aber nichts unversucht lassen.«

»Was hast du sonst noch herausgefunden? Du und dein Bruder, ihr wart doch sicher nicht untätig, wie ich euch kenne.«

»Nein, Marian stöbert Hermanus auf, Master John versucht, diesen Baderknecht zu finden, und Frau Mechtild hat sich um Oliver Schwertfeger gekümmert.«

»Der trauernde Witwer.«

Es klang spöttisch, aber Alyss schüttelte den Kopf und dachte an dessen Auftritt am Tag nach der Beerdigung. Oliver hatte sie aufgesucht und sich berichten lassen, wie sie Inse gefunden hatten.

»Der trauert jetzt wirklich, Frau Mutter. Mag sein, dass meine Tante ihm gar mächtig ins Gewissen geredet hat, mag sein, dass ihm dabei aufgegangen ist, was er seinem Weib durch seine selbstsüchtige Buhlschaft mit der Taschenmacherin angetan hat. Er hat versprochen, Odilia zur Rede zu stellen, um herauszufinden, was sie mit den Auskünften von Hermanus in die Wege geleitet hat.«

»Mechtild kann sehr bestimmend sein, das war sie schon als Kind.«

»Ihren Gatten zumindest führt sie inzwischen an einer straffen Leine. Und wisst Ihr, Frau Mutter, Reinaldus scheint das sogar zu behagen.«

»Es gibt solche Männer.«

Das stand so dürr und trocken im Raum, dass Alyss sofort die Frage dahinter witterte. Doch fünfundzwanzig Lebensjahre hatten sie gelehrt, den Haken im Köder zu erkennen. Manchmal, nicht immer.

Sie schnappte zu.

»Langweilige Gesellen, wenn Ihr mich fragt, Frau Mutter.«

Ein Lächeln belohnte sie.

»Kein Häubchen, keine Fußfessel, kein Glöckchen am Hals – darf er frei sein?«

»An einem Seidenband hält eine andere ihn gefangen.«

»Ein Band um sein Herz?«

»Eine Fessel um seinen Willen.«

»Kann man den zähmen?«

»Einst sagte er, mit Liebe und Schmerz.«

»Und Schmerz hält ihn.«

»Ich fürchte ja, Frau Mutter«, sagte Alyss und dachte an Tilos Beschreibung des kalten Hortes, den ihr Falke in England bewohnte.

»›Und wenn ich weissagen könnte und wüsste alle Geheimnisse und alle Erkenntnis und hätte allen Glauben, also dass ich Berge versetzte, und hätte der Liebe nicht, so wäre ich nichts.'«

»Hat Paulus gesagt, Frau Mutter. Aber was wollt Ihr mir damit sagen?«

»Denk nach, Kind.«

Das tat Alyss, und während sie die Bänder aufwickelte, Bänder, die banden und nicht reißen durften, da ging ihr durch den Sinn, dass John möglicherweise unrecht hatte. Schmerz mochte zähmen, aber Liebe konnte halten. Und darum murmelte sie: »Ihr meint, dass es eine Macht gibt, die größer als der Schmerz ist.«

»Wenn sie denn wahr ist und nicht aus Eigennutz, Gier oder Wollust entspringt.«

Alyss legte die letzte Rolle Band zurück in den Korb, und plötzlich legte sich die Hand ihrer Mutter über die ihre.

»Du trägst viel für dich alleine, meine Tochter. Ich danke dir, dass du dich mir heute anvertraut hast. Womit immer ich dir helfen kann, will ich es tun.«

Sie konnte nicht verhindern, dass ihr plötzlich heiße Tränen in den Augen standen, und mit einem leisen »Ach, Mama« legte sie ihren Kopf an Frau Almuts Schulter.

Sie wurde getröstet.

Als die Glocken die neunte Stunde schlugen, kehrte Alyss in ihr Heim zurück, einen Beutel voll mit bunten Seidenborten für sich und die Jungfern in der Hand. Aus der Küche schon hörte sie fröhliches Lachen und erstaunte Ausrufe, und als sie die Tür öffnete, sah sie, dass John Hof hielt. Wie es schien, unterhielten er und Tilo das Hauswesen mit den wüsteren Details des Überfalls auf See, die aber wohl mit launigen Ausschmückungen versehen wurden. Die Mädchen kicherten, die Jungen und ihr Bruder grinsten, und selbst Hilda schmunzelte. Benefiz lag auf Johns Stiefeln und strahlte mit anbetendem Hundeblick zu ihm auf, Malefiz saß an seiner Seite und rieb seinen Kopf an dem verbundenen Arm.

Doch mitten in Satz hielt John inne, sah zu ihr hin und lächelte sie an.

»Mistress Alyss!«

»Master John!« Sie unterdrückte ihr eigenes Lächeln jedoch und bemühte sich um Strenge. »Ihr unterhaltet Eure Zuhörer wieder einmal mit den Auswüchsen Eurer abenteuerlichen Heldentaten?«

»Aber nein, Mistress Alyss. Meine überwältigende Männlichkeit kam noch nicht zur Sprache.«

»Das nimmt mich Wunder, prahlt Ihr doch sonst so gerne damit.«

»Doch nicht vor keuschen Maidenohren.«

Die Maiden glucksen höchst unkeusch, und Alyss freute sich, dass Leocadie sich ebenfalls nun wieder der Heiterkeit hingab.

»Schwesterlieb, er berichtete ausschließlich von Blutvergießen, Kehlenaufschlitzen, Handabhacken und ähnlichen harmlosen Lustbarkeiten, wie sie unter Piraten üblich sind.«

»Nun, das kennen wir ja von unseren Märtyrern zur Genüge. Ich bin beruhigt.«

»Dennoch, Mistress Alyss, würde ich nun die lehrreiche Stunde gerne beenden und darum bitten, dass wir uns ernsthafteren Dingen zuwenden.«

»Ihr habt Beute gemacht?«

»Euer Bruder, Mistress Alyss, doch magere, wie ich hörte. Wir haben Hermanus in der Kammer der *younglings* abgelegt, damit er sich von den Strapazen der Reise erholen konnte, aber nun wird er bereit sein, sich unseren Fragen zu stellen.«

»Du fandest ihn also bei jenem Pächter, Bruder mein?«

»In recht trübseligem Zustand. Doch ansprechbar. Bringen wir es im Saal hinter uns, John?«

»Holen wir den Delinquenten.«

Alyss legte den Beutel mit den Bändern auf den Tisch und meinte: »Sucht euch aus, welche ihr wollt, nur die roten möchte ich für mich behalten. Auch für dich dürfte etwas Hübsches dabei sein, Hilda.«

»Brauch keinen Putz«, grummelte die und schaute den Beutel begehrlich an.

»Würde den Peer aber erfreuen«, meinte Alyss leise, als sie an ihr vorbei zur Tür ging.

»Mmpf.«

Die Sonne fiel in breiten Strahlen durch die bleiverglasten Fenster und beleuchtete den glänzend gewachsten Holzboden. Das Zinngeschirr auf den Borden schimmerte, der bunte Teppich, der den breiten Holztisch bedeckte, erstrahlte in seinen Edelsteinfarben, und in einem blau glasierten Krug standen grünende Zweige und gelbe Schwertlilien. Lore hatte sie von ihrem Ausflug an den Gänseteich mitgebracht.

Alyss setzte sich mit dem Rücken zum Fenster, damit die Sonne sie nicht blendete, und knüpfte den Schleier auf. Es würde eine unangenehme Zeit werden, die ihr jetzt bevorstand. Und sie wusste schon, dass sie sich währenddessen die Haare raufen würde.

Dann war sie aber zunächst erschrocken, als Marian und John Hermanus hereinführten. Er war völlig abgemagert, und seine knochigen Schultern hingen vornübergebeugt, als ob jegliche Spannung aus seinem Körper geflossen wäre. Er nuschelte einen leisen Gruß und setzte sich auf Marians Weisung ihr gegenüber. John nahm neben ihm Platz, und zwar so, dass er, wie sie beifällig bemerkte, ihm sofort den Weg zur Tür versperren konnte, sollte er Fluchtgedanken hegen. Marian setzte sich neben sie.

»Ich fasse zusammen, Hermanus, was wir bisher feststellen durften.«

»Macht, wie es Euch beliebt.«

»Odilia hat Hermanus gedemütigt; die Tatsache, dass sie Oliver ihm vorzieht, hat ihn tief gekränkt. Dass Flemalle seinen Magistertitel nicht glaubte, hat ihn zudem der Möglichkeit beraubt, zu bescheidenem Wohlstand zu kommen. Beide Ereignisse haben sein Leben tief erschüttert, und er hat sich zur Buße zu seinem Bruder begeben, um dort in der Kirche zu fasten und sich zu geißeln.«

»Buhlerei und Hochstapelei sind zwar böse Sünden, doch scheint mir die selbstauferlegte Strafe dafür zu hoch«, stellte Alyss fest. »Was für ein Vergehen büßt Ihr noch, Hermanus?«

»Das geht Euch nichts an, Frau Alyss.«

»Mag sein, dass es nur seinen Beichtiger etwas angeht, Mistress Alyss. Wir müssen andere Fragen stellen.«

»Ihr seid wann nach Merheim aufgebrochen, Hermanus?«, wollte Marian wissen.

»Am Mittwoch vor Karfreitag.«

»Und seid am nämlichen Tag dort angekommen.«

»Habt Ihr doch schon meinen Bruder gefragt.«

»Von ihm wissen wir nur, wann Ihr angekommen seid.«

»Ich bin am Mittwoch aufgebrochen.«

»An jenem Tag habt Ihr sowohl mit Flemalle als auch mit Odilia gesprochen?«

Er nickte jämmerlich.

»So bestätigte Flemalle«, sagte Marian. »Kommen wir zu Inse, Hermanus. Ihr habt gesehen, dass sie hier im Haushalt Einzug gehalten hat.«

»Frau Alyss hat doch immer irgendwelche Kostgänger im Haus.«

»Ja, Euch eingeschlossen, Hermanus. Aber Ihr wusstet, wer Inse war, stimmt's?«

Erstmalig hob er den Kopf und sah Alyss und Marian an.

»Nein, woher?«

»Odilia hatte sie Euch als die Freundin genannt, die ihre Ehe aufgelöst haben wollte.«

»Die war das? Nein, das wusste ich nicht.«

Er wirkte so überrascht, dass Alyss ihm glaubte.

»Doch, Inse, das Weib von Oliver Schwertfeger, suchte bei mir Schutz vor einem Mann im Wolfspelz, der sie, seit ihr Mann auswärts zu arbeiten hatte, verfolgte.«

Verständnislos sah Hermanus sie an.

»Dieser Mann war, soweit wir heute wissen, Theis, der Baderknecht aus dem Kolumba-Viertel.«

»Ihr Buhle, ja?«

»Nein, Hermanus, nicht ihr Buhle. Ihr besucht hin und wieder das Kolumba-Viertel, nicht wahr, Hermanus?«

»Ja, ich… ich… aber nicht das Badehaus, sondern Pater Nobilis.«

»Doch, auch das Badehaus«, sagte John. »Man berichtete mir, dass Ihr die Dienste der dortigen *harlots* in Anspruch nahmt.«

Hermanus wurde rot.

»Gegen Schreibarbeiten, so heißt es, habt Ihr deren Gunst genossen«, fügte Alyss hinzu. »Ihr kennt demnach auch die Baderknechte Theis und Joos.«

Hermanus blubberte.

»Ziert Euch nicht, Mann«, raunzte Marian ihn an. »Wir sind erwachsene Männer und eine verheiratete Frau. Wir wissen, wie es in solchen Badehäusern zugeht.«

»Ich… Ja, ich war da, aber… aber mit den Badern habe ich nichts zu tun gehabt.«

»Ihr habt nicht für Odilia dem Theis den Auftrag erteilt, Inse zu verfolgen?«

»N…nie und n…nimmer. Sie wollte doch, dass Inse geholfen wird.«

»Ah. Ein Mann von Ehre«, entfuhr es Alyss mit einer gewissen Bitterkeit. »Was habt Ihr Odilia eigentlich für ihre Freundin geraten? Wie sollte denn die Ehe aufgelöst werden?«

Verwirrt stammelte Hermanus vor sich hin, und ein harscher Ordnungsruf von John brachte ihn endlich dazu, zu berichten, dass er ihr die gängigen Ehehindernisse aufgezählt hatte. Sie wollte die mit ihrer Freundin durchsprechen und dann einen Priester aufsuchen.

»Was sie natürlich nicht getan hat, denn sie hat Inse ja nur als Ausrede benutzt«, stellte Alyss fest. Hermanus jedoch war nicht helle genug, ihren schnellen Gedanken zu folgen. Das Dreiecksverhältnis Inse, Odilia und Oliver ging über seine Verstandeskräfte.

»Hermanus, jemand hat Inse als Ketzerin denunziert, der Baderknecht mit dem Wolfspelz, der sie verfolgt hat, hat sie am Donnerstag vor Karfreitag ermordet. Hier in der Gasse. Sie konnte sich noch bis in die Toreinfahrt retten. Dann starb sie in den Armen meines Bruders. Ihre letzten Worte waren ›Ketzer‹ und ›sterben‹.«

Sie ließen Hermanus einige Zeit, das zu verdauen. Er war bleich wie der Tod geworden. So allmählich schien ihm aber aufzugehen, welche Schuld er daran trug.

»Ich habe Odilia gesagt, dass auch Ketzerei ein Hindernis ist«, flüsterte er tonlos.

»So ist es. Und statt Inse von ihrem brutalen Ehemann zu befreien, hat man Oliver von seiner ungeliebten Gattin befreit, damit er weiterhin Odilias Liebhaber sein kann. Habt Ihr Inse denunziert, Hermanus?«

»Nein, nein, nein!«

»Gut, dann weiter. Der Pfarrer von Sankt Kolumba verteilt recht großzügig Ablassbriefe. Ihr besitzt einen davon. Ablassbriefe kosten Geld.«

Jetzt rang Hermanus tatsächlich die Hände, bis die Knöchel knackten. Seine Zungenspitze fuhr über die rissigen Lippen, seine Augen irrten Halt suchend durch den Raum.

»Hermanus?«, fragte Alyss sanft.

»Ich ... ich konnte doch nicht anders«, stieß er heiser hervor.

»Habt Ihr gestohlen?«

»Nein, um der Liebe Gottes willen, nein.«

»Welche Dienste habt Ihr geleistet, um das Geld für den Ablass zu bekommen?«, fragte Marian ebenfalls sanft.

Der Mann wand sich in Qualen schlimmer als das Fegefeuer.

»Habt Ihr Sodomie betrieben?«, wollte John ebenso sanft wissen.

Heftig gestammeltes Leugnen dieser Unzucht.

Alyss wagte eine andere Frage.

»Pater Nobilis nennt sich der Pfarrer von Kolumba, nicht wahr?«

»Ja, ja, Pater Nobilis.«

»Welchen Dienst habt Ihr ihm geleistet, dass er Euch den Ablass gab?«

Es musste etwas Grauenvolles gewesen sein. Fast hätte Alyss vor Mitleid seine Qualen beendet. Doch dann sah sie zu John hin und erkannte blanken Stahl in seinem Blick. Und auch Marian neben ihr straffte sich plötzlich.

Und John erhob seine Stimme. Leise nur, fast nur ein Wispern trockner Blätter.

»Welchen Dienst habt Ihr Arndt van Doorne erwiesen, Hermanus?«

Der brach zitternd über dem Tisch zusammen und begann haltlos zu schluchzen. John indes packte ihn im Nacken und richtete ihn auf.

»Was?«, donnerte er.

»Er... er... war wütend...«

Es brauchte eine Weile, bis sie aus dem Gestammel und Geschluchze einen Sinn herausbekamen, doch dann war allen dreien vollkommen klar, was geschehen war.

Arndt hatte Hermanus am Tag, nachdem Ivo vom Spiegel

ihn der Stadt verwiesen hatte, versprochen, ihm die Stelle als Secretarius bei Flemalle zu verschaffen, wenn er den Herrn vom Spiegel als Ketzer anzeigte. Das hatte Hermanus getreulich getan, wenn auch mit schlechtem Gewissen, denn ganz wohl war ihm bei dieser Denunziation nicht. Darum hatte er Pater Nobilis dazu aufgesucht, den er als herzensguten Mann kennengelernt hatte. Der Pater hatte sich freundlich angehört, was er zu sagen hatte, und sein Gewissen mit einem Ablasszettel beruhigt.

Schweigen lag in dem Raum wie eine Schwefelwolke. Alyss rang nach Atem. John ballte die Fäuste und öffnete sie beinahe gewaltsam wieder. Marian keuchte leise.

Hermanus schluchzte.

Schließlich sprang Alyss auf und riss ein Fenster auf. Sie versuchte, tief Luft zu holen, und nach dem dritten Mal gelang es ihr, die bittere Galle in ihrer Kehle zu bezwingen.

»Bringt ihn zu Vater Lodewig, Marian, John. Er soll ihn in eine Zelle sperren, bis mir etwas Besseres einfällt.«

»Guter Vorschlag, Schwesterlieb. John, bringen wir diesen Kadaver hier weg.«

Die Vesperglocken hatten geläutet, das Hauswesen war abgefüttert worden, aber Alyss saß noch immer im Saal, doch nun hatte sie einen Becher Wein vor sich stehen, den Hilda ihr wortlos gebracht hatte. Es war weniger Hermanus, der ihr Gcmüt derartig erschüttert hatte, es war die unbeschreibliche Bosheit Arndts, die ihr Inneres wie Säure zerfraß.

Jahrelang hatte ihr Vater sich freundlich und hilfsbereit van Doorne gegenüber verhalten, jahrelang ihn als Schwiegersohn mit Achtung behandelt. Und dann waren seine Verfehlungen ans Tageslicht gekommen, und der gerechte Zorn des Allmächtigen hatte ihn getroffen. Er hätte es tragen können wie ein Mann, Wiedergutmachung leisten und um Vergebung bitten. Doch er hatte das Schlimmste getan, was man ihrem geliebten Vater antun konnte. Er hatte den alten Verdacht wieder aufleben lassen.

Die Hölle war nicht tief genug für Arndt van Doorne.

Alyss raufte sich die Haare.

Es dämmerte schon, als John und Marian sich wieder bei ihr einfanden. Ihr Bruder entzündete die Kerzen auf dem Tisch, setzte sich neben sie und legte ihr den Arm um die Schultern. John nahm wieder ihr gegenüber Platz und goss sich aus dem mitgebrachten Krug einen Becher Bier ein.

»Du hast dein Gefieder gezaust, Schwesterlieb«, sagte Marian und strich ihr über die wirren Locken.

»Kann er im Kloster bleiben?«

John antwortete ihr: »*Father* Lodewig hat ihn in Gewahrsam genommen. Doch er wird in der Infirmerie bleiben, er ist krank an Leib und Seele.«

»Es tut mir leid, John, fast tut er mir leid.«

»Ein wenig«, sagte Marian. »Er ist einer der Menschen, die nie vom Glück gesegnet sind.«

»Und dumm obendrein.«

»Ja, John, dumm obendrein.«

»Abt Lodewig wird sich um diesen Pater Nobilis kümmern, Alyss«, meinte ihr Bruder dann. »Da ist etwas äußerst faul. Denn wer außer diesem Pater hätte wohl die Mörder auf Inse und unseren Vater ansetzen können.«

»Ein herzensguter Mann, der großzügig Ablässe erteilt.«

»Für Nachrichten, Geschwätz, Denunziationen, Mistress Alyss.«

»Ein anderer Priester hätte Hermanus' Geschwafel nicht viel Beachtung geschenkt, meint Ihr?«

»Der Lord ist ein Mann von großem Ruf, und wer ihn kennt, muss wissen, dass er eine Anklage als Ketzer abzuwehren weiß. Vor einem ordentlichen Gericht. Ein Ketzerjäger aber, der die Gerechtigkeit selbst in die Hand nimmt, wird seinen Tod planen.«

»Pater Nobilis also.«

»Den überlassen wir der kirchlichen Gerichtsbarkeit«, sagte Marian mit leisem Zähneknirschen. »Den räudigen Hammel von Arndt werde ich höchstselbst in die Hölle befördern.«

»Gemach, Marian, ich will meinen Anteil haben«, grollte John.

»Falsch, ihr beiden. Ich weiß zwar noch nicht wie, aber eines darf nicht geschehen – dass einer von euch sich die Hände an ihm beschmutzt. Morgen suche ich Magister Jakob auf. Er wird wissen, wie man aus diesem Geschmeiß weniger als eine Schliere Hühnerkacke macht.«

Marian nahm John den Becher fort und leerte ihn selbst.

»Recht hat sie, meine Schwester. Sehr recht. John, Ihr wisst, wo er sich aufhält?«

»Ich werde auf dem Laufenden gehalten, und ich sorge dafür, dass Ihr es auch bleibt.« Dann nahm er Marian den Becher aus der Hand und füllte ihn wieder.

»Und wenn du schon aus demselben Becher säufst wie ich, dann kannst du mich auch duzen.«

»Dann gib mir wenigstens den Becher.«

Alyss stand auf und verließ den Raum.

Nach einem langen, aufwühlenden Tag war letztlich das ein guter Abschluss. Es freute sie, dass Marian und John Freunde waren.

## 34. Kapitel

Alyss fühlte sich so ausgelaugt wie eine Weintraube nach der Kelter, aber der Schlaf wollte nicht kommen, und als er sie dann doch umfing, war er dünn wie eine verschlissene Decke.

Darum erwachte sie auch bei dem ersten Ruf schon wieder und lauschte dem langgezogenen »Buhuu, Buhuhuuuu«.

Sie richtete sich auf, und Benefiz winselte leise, als sie das Federbett zur Seite trat.

»Schon gut, Kleiner, bleib nur liegen«, flüsterte sie und kraulte den gähnenden Spitz zwischen den Ohren. Eigentlich sollte der Wachhund ja auch nächtens auf den Hof aufpassen, aber in den kühlen Winternächten hatte er sich abends immer ins Haus geschlichen und, wenn er eine offene Tür zu einer Schlafkammer fand, auch gerne die menschliche Wärme genutzt. Meist lag er bei Frieder im Bett, aber hin und wieder besuchte er auch Alyss. Sie hatte einmal versucht, es ihm zu verwehren, aber Benefiz konnte derart unglücklich vor der Tür jaunern, dass sie es nie über sich gebracht hatte, ihn zu verscheuchen.

Jetzt sah er ihr zu, wie sie sich in ihr dickes Wolltuch hüllte und die Pantinen in die Hand nahm.

»Klöff?«, fragte er leise.

»Ich gehe in den Hof. Der Uhu ruft.«

Das schien dem Spitz nicht zu gefallen, und er legte die Schnauze wieder auf die Pfoten.

Alyss schlich also alleine die Stiege nach unten und öffnete die Küchentür zum Hof. Mondlos war die Nacht, doch der Himmel funkelte von Sternen. Und gegen dieses Gefunkel hob sich vom First des Stalls der große Vogel ab, der mit halb ausgebreiteten Flügeln dort saß und mit seinen scharfen Augen in die Dunkelheit spähte. Alyss ging langsam auf den Verschlag des Falken zu, der seinen Kopf unter das Gefieder gesteckt hatte und auf seinem Sprenkel ruhig schlief. Handschuh und Futtertasche aber lagen bereit, und sie nahm beides an sich. Den schweren Lederhandschuh mit der hohen Stulpe streifte sie über und trat dann in die Mitte des Hofes.

»Buhuhuuuu!«, rief der Uhu.

»Sei gegrüßt, mein Schöner! Jäger der Nacht, sei mir willkommen.«

»Buhuhuuuu!«

Er schlug die Fittiche und glitt vom First. Eine lange, flügelrauschende Schleife zog er über das Anwesen, dann schwebte er auf sie zu, und sie streckte den behandschuhten Arm aus.

Er ließ sich darauf nieder, vorgebeugt, sodass seine Schwingen sie für einen Augenblick umarmten. Dann faltete er sie zusammen und setzte sich aufrecht hin, die goldenen Augen ihr zugewandt.

»Künder des Schicksals, bringst du Botschaft, willst du warnen vor Tod und Verdammnis?«

Unergründlich blickte er sie an, still und geduldig.

»Herrscher der Nacht, Wahrer der dunklen Geheimnisse, du durchdringst die Finsternis und ihre Mysterien. Künde mir, Edler, was sich in den Schatten verbirgt.«

Wieder beugte er sich vor und breitete seine Flügel um sie. Ganz nahe waren seine goldenen Augen ihrem Gesicht. Seine hohen Federohren streiften ihre Stirn. Doch ganz nahe war auch sein messerscharfer Schnabel. Sie verspürte Furcht, doch sie beherrschte sich und zuckte nicht zurück.

Er setzte sich wieder auf, und mit der Rechten reichte sie ihm ein Stück rohes Fleisch. Er hackte danach, verschlang es, und ihre Finger bluteten.

»Ein Opfer, mein Schöner, dem Mächtigen der Nacht.«

Er trat ungeduldig von einem Fuß auf den anderen, und sie ging in die Knie, um dem mächtigen Vogel mit einem kraftvollen Abwurf das Aufschwingen zu erleichtern. Er flatterte und erhob sich, gewann an Höhe und kreiste mit seinem hohlen Ruf über dem Hof.

»Buhju Buhju«, hörte sie es aus der Ferne. Ein zweiter Uhu antwortete ihm, heller von der Stimme, weniger dumpf.

»Dein Weib ruft nach dir«, sagte sie lächelnd, als er noch einmal über sie glitt und dann über den Dächern verschwand.

Alyss sah ihm nach und dann zu den Sternen hinauf. Das breite Band der Milchstraße zog sich über den Ausschnitt, den das Geviert bildete, dazwischen funkelten zahllose Gestirne. Betroffen von der nächtlichen Schönheit hob sie ihre Hand und leckte geistesabwesend die blutigen Finger.

»Schwesterlieb, ich will sie dir verbinden«, hörte sie Marian leise an ihrem Ohr sagen, und sein Arm legte sich wärmend um ihre Schultern. Er roch leicht nach dem Bier, das er mit John getrunken hatte.

»Ja, gleich.«

»Du suchst Trost in der Schönheit des Firmaments?«

»Trost? Ich weiß nicht.«

»Oder hat dich dein gefiederter Freund getröstet?«

»Der Uhu? Nein, er bringt erst recht keinen Trost.«

»Da hast du recht; man nennt ihn den Unheilsboten.«

»Ein Warner, das will man meinen. Er besucht mich, wenn er Gefahr zu künden hat.«

»Wessen?«

»Einst war es dein Zusammenbrechen bei der Entbindung der Fahrenden.«

»O Gott, ja, deren Kind man zerstückeln musste.«

»Er kam, als Kilian entführt wurde, doch nicht auf meinen Arm. Er tat es, als wir das Osterwasser holten, und unser Vater wurde bedroht.«

»Du hast eine Gabe mit den Tieren, Alyss, und so wird er dir Weisung geben. Hast du Angst?«

»Was hilft mir Angst, Marian? Tod und Bedrohung lauern überall. Ich würde mich verzehren, gäbe ich der Angst um alle und jeden nach. Aber die Warnung will ich beachten. Hermanus mag in seiner gottgegebenen Dummheit gewaltiges Unheil angerichtet haben, Pater Nobilis ein skrupelloser Ketzerjäger sein, der vor Mord nicht zurückschreckt.

Wir haben beides erkannt, und es wird dem Mann das Handwerk gelegt werden. Aber es ist noch nicht vorbei.«

»Solange Arndt frei auf dieser Erde herumläuft, ist nichts vorbei.«

»Ach, ich weiß nicht, Bruderlieb, Arndt ist derzeit weit weg. Nein, es ist etwas anderes. Sei's drum, et kütt wie et kütt.«

»Du bist fatalistisch!«

»Ich habe in den vergangenen Tagen so oft und viel mit dem Schicksal gehadert, ich habe keine weitere Kraft mehr dafür.«

»Dennoch werde ich jetzt deine Finger verbinden. Dein Freund hat einen scharfen Schnabel.«

»Er ist ein Raubtier.«

»Das seinesgleichen kennt.«

»Wie der Falke auch.«

»Ein Falke jagt im Licht, der Uhu in der Dunkelheit...«

»Alles hat zwei Seiten, Marian. Eine helle und eine dunkle. Verbinde meine Finger.«

Nach der Begegnung mit dem Uhu hatte Alyss unerwartet tief und traumlos geschlafen und begegnete dem neuen Tag mit Tatkraft und gutem Mut. Marian hatte sich zum Frühmahl eingefunden. Er hatte die Nacht bei den Jungen verbracht, John war jedoch noch am Abend zu seinem Quartier bei Frau Mechtild zurückgegangen. Die bunten Borten waren aufgeteilt, ihre roten ordentlich aufgewickelt die einzigen noch im Beutel.

Hilda sprach von Kerzen und zwei neuen Steinguttöpfen, Tilo von einem neuen Registerband, Lauryn wies eine

Holzpantine vor, die gebrochen war, Hedwigis hatte etwas von venezianischer Seife gemurmelt – alles in allem war wohl ein gemeinsamer Besuch der Stände am Alter Markt notwendig.

Mit den drei Jungfern machte sich Alyss also auf den Weg, eine jede von ihnen mit einem großen Korb am Arm. Die Pantinen waren beim Holzschuhschnitzer schnell gefunden, die Kerzen bei der Wachszieherin ebenfalls, die venezianische Seife brauchte etwas mehr Zeit. Ob Rosenduft oder Lavendel, Minze oder Honig, das musste sorgfältig überlegt werden. Leocadie wählte mit Bedacht ein schön gebundenes Büchlein beim Buchbinder, der Alyss den neuen Registerband verkaufte, Siegelwachs benötigte sie ebenfalls, und Hilda hatte noch zwei kleine Lederbeutel, etliche Nadeln und Häkchen und ein Stück grobes Leinen in Auftrag gegeben. Sie wollten als Letztes die schweren Steinguttöpfe beim Euler erstehen, aber vorher lockte sie ein Stand mit heißen, süßen Pasteten, die ein Bäcker in seinem fahrbaren Ofen buk. Alyss ließ sich überreden und wählte auch für sich eines der honigklebrigen Gebäckstücke, aus denen Fruchtmus tropfte. Nur ein paar Schritte entfernt begann Mats' Schleifstein zu kreischen, und Gislindis schwenkte tanzend und singend ihre Röcke dazu. Sie winkte ihr fröhlich zu, als sie sie erkannte, unterbrach aber ihren Gesang nicht.

Der Bäcker reichte ihnen das gewünschte Gebäck, doch schon nach wenigen Bissen wurden sie jäh durch einen Tumult von ihrem Genuss abgelenkt. Links von ihnen gab es Geschrei, dann fiel ein Stand mit Blechgeschirr klappernd um, und ein wild dreinblickender Mann stieß sich mit der Hellebarde den Weg frei.

»Wachen!«, brüllte jemand, aber die Marktwache ließ sich nicht blicken. Humpelnd hastete der Verrückte voran, hieb wild um sich, und schreiend fiel eine Frau zu Boden, ein Alter brach blutend zusammen, eine junge Mutter warf sich über ihr Kind. Alyss schüttelte die Starre ab und schubste die Jungfern hinter den Bäckerstand. Doch sich selbst brachte sich nicht in Sicherheit, denn jetzt eilte der Besessene an ihr vorbei auf Gislindis zu. Der Schleifstein erstarb mit einem Jaulen, Mats erhob sich, das Messer, das er eben geschärft hatte, in der Hand. Gislindis sprang aus dem Weg, stolperte, die Hellebarde richtete sich auf sie.

Alyss riss dem Bäcker eine dampfende Pastete aus der Hand und warf.

Das heiße Gebäck traf die linke Wange und das Auge des Wahnsinnigen. Er brüllte, halb blind, und hieb wieder mit der Hellebarde um sich. Gislindis rollte sich unter einen Stand. Mats verharrte noch immer mit dem Dolch in der erhobenen Hand, augenscheinlich unfähig, sich zu rühren.

Alyss nahm die nächste Pastete, die der Bäcker ihr zuvorkommend reichte.

Sie traf nur den Hinterkopf des Wilden. Doch lenkte es ihn genug ab, dass sich der riesige Fleischhauer ihm nähern konnte. Der schwang einen Knüttel, traf den Mann, und er brach zusammen.

Sofort bildete sich ein Ring von Menschen um ihn.

»Die beiden letzten Pasteten waren umsonst«, meinte der Bäcker grinsend. »Gut gezielt, wohledle Frau.«

»Danke. Wo sind meine Jungfern?«

»Hier, Frau Alyss!« Lauryn, Leocadie und Hedwigis kamen hinter dem Ofen hervor. »Ist er tot?«

»Weiß ich nicht. Aber der Fleischhauer hat nicht an Kraft gespart, als er zuschlug. Kommt, wir wollen uns um Gislindis kümmern.«

»Ihr blutet, Frau Alyss. Eure Hand! Die muss neu verbunden werden.«

Alyss besah ihre klebrigen Hände. Der Verband, den Marian angelegt hatte, war mit rotem Fruchtmus verschmiert, aber eine neue Wunde verspürte sie nicht.

»Nein, das ist kein Blut. Aber gut, dass ich das Leinen darum hatte. Diese Pasteten waren ziemlich heiß.«

Mit etwas Mühe kämpften sie sich zu Mats durch, der zusammengesunken auf seinem Schemel saß und noch immer das Messer umklammert hielt. Gislindis hockte neben ihm und redete sacht auf ihn ein.

»Gislindis, seid Ihr heil und unverletzt?«, fragte Alyss besorgt.

»Nur blaue Flecken vom Kuss der Pflastersteine, werte Frau. Doch Mats ist ganz durcheinander.«

Das sah Alyss. Der Schleifer wackelte mit dem Kopf und gab unverständliche Laute von sich. Speichel tropfte aus seinem verformten Mund. Gislindis wischte ihm das Kinn mit einem Lappen ab und redete beruhigend auf ihn ein. Dann sah sie zu Alyss hoch.

»Joost, der Baderknecht. Er wollte mich treffen.«

»Euch? Um der Heiligen willen, warum Euch?«

»Er wird es gehört haben«, sagte Gislindis leise. »Ich habe seinen Bruder umgebracht.«

»Wir haben niemandem ...«

»Die Nacht hat viele Augen und Ohren, werte Frau.«

»Schweigt. Und bringt Euren Vater nach Hause.«

»Sogleich.« Sie sprach weiter auf Mats ein, dann erhob sie sich leicht schwankend. Lauryn stützte sie, und auch Leocadie griff nach ihrem Ellenbogen.

»Wohledle Dame, ich danke Euch mein Leben«, sagte sie mit zitternder Stimme.

»Ein Leben für ein Leben«, sagte Alyss leise.

Gislindis' Augen schillerten. Sie nickte.

Und dann sagte Alyss lauter: »Euer Vater hielt das Messer in der Hand.«

»Er hätte es nicht benutzt. Er verabscheut tödliche Waffen.«

»Eine seltsame Regung in seinem Beruf, möchte man meinen.«

»Nein. Als Werkzeuge achtet er den Stahl.«

»Nun, der wackere Retter hat Joost niedergestreckt, und wie ich sehe, wünscht auch er sich nach Eurer Unversehrtheit zu erkundigen.«

»Oh, der Gunnar, ja, der hat einen harten Schlag.«

»Es wäre gut, wenn er Euch heimbegleiten würde.«

»Das wird er schon. Seht, die Wachen kommen.«

»Wurde auch Zeit.«

Der Fleischhauer trat näher, und Alyss gab den Mädchen einen Wink, sich unauffällig vom Schauplatz des Geschehens zu entfernen. Sie sammelten ihre Körbe auf, die bei dem Bäcker standen, der sie in guter Wacht gehalten hatte.

Alyss hatte, als sie wieder zu Hause waren, Frieder und Tilo losgeschickt, um John und Marian zu unterrichten. Es musste jemand im Turm vorstellig werden, um Anklage gegen Joos zu erheben. Es dauerte bis in die Nachmittagsstunden, bis die beiden Männer eintrafen. Sie war eben mit Leocadie im Weingarten und zeigte ihr den Umgang mit dem Federspiel, als Marian ihren Namen rief.

»Gut, Leocadie, dann ruf Jerkin jetzt auf deine Hand zurück und trag ihn in den Verschlag.«

»Ganz alleine, Frau Alyss?«

»Traust du es dir nicht zu?«

»Nein... ja... Ich weiß nicht.«

»Vertrau deinem Können. Bisher kam er immer zurück.«

»Ja, aber wenn er entflieht?«

»Er kam noch immer wieder, Leocadie. Er weiß, dass er hier seine Atzung erhält.«

Sie ließ das Mädchen stehen und trat zu Marian und John.

»Ihr habt mir meine Beute abspenstig gemacht, Mistress Alyss. Und das mit unlauteren Mitteln«, rügte John sie. Marian, Tilo und Frieder grinsten. Offensichtlich hatten die Jungfern die Einzelheiten bereits verbreitet.

»Ich bedaure es sehr, Master John, dass nicht Ihr den Ruhm einheimsen konntet, den flüchtigen Baderknecht zu stellen.«

»Damit könnte ich noch leben, Mistress Alyss, aber ich finde es sehr unschicklich von einer wohledlen Lady, einen Meuchelmörder mit Pasteten zu bewerfen.«

»Doch sie retteten Gislindis vor dem Hieb mit der Hellebarde. Schwesterlieb, ich glaube, du warst großartig.«

»Nun, die Pasteten waren gerade zur Hand. Und ziemlich heiß.«

»Joos beklagte es.«

»Dann war er zumindest dazu noch in der Lage?«

»Benommen, aber voller Wut, Geifer und klebrigem Mus.«

»Wir suchten den Turmvogt auf, und wie es scheint, wird man nach unseren *inquisitiones* auf die Befragung durch Meister Hans verzichten können.«

»Nicht dass sie weniger peinlich waren, Mistress Alyss. Euer Bruder versteht es, mit Worten zu foltern.«

Alyss nickte. Marian zeigte meist ein verbindliches Wesen und begegnete der Welt mit einem freundlichen Lächeln. Doch wenn er gereizt wurde, konnte er ausgesucht drastisch werden. Ebenso wie ihr Vater.

Leocadie kam mit Jerkin zurück, und John unterbrach ihr Gespräch, um sie ob ihrer Haltung zu loben. Dann versammelten sie sich, wie so oft, um den Küchentisch, um die Neuigkeiten auszutauschen.

»Die Hellebarde war die Waffe, mit der sich die Brüder einst ihren Sold verdienten«, berichtete Marian. »Söldner, die das Geschäft des Mordens gelernt haben und denen ein Menschenleben wenig gilt. Nach Theis' Verwundung in der Schlacht verdingten sie sich jedoch als Baderknechte.«

»Ich weiß, erst in Jülich, dann hier.«

»Und hier haben sie ein zweites Gewerbe betrieben, denn sie haben flugs erkannt, dass das Zusammenbringen von Männern und Frauen die Münze klingen lässt. Vor allem bei Männern, die Keuschheit gelobt haben, denn die zahlen auch gerne für das Schweigen.«

»Auch das wussten wir zuvor.«

»Was wir nicht wussten, ist, dass die beiden Brüder Pater Nobilis als Handelspartner hatten.«

»In welchem Geschäft?«

»Der Zuhälterei zum einen. Pater Nobilis scheint einige der Dirnen unter seine Fittiche genommen zu haben, die er ganz bestimmten Leuten zuzuführen pflegte. Das wiederum leiteten die Brüder in die Wege.«

»Ein Pater vom Feinsten.«

»Ja, er entlohnt die Dirnen vor allem mit Ablässen.«

»Wie praktisch.«

»Und erhält von ihnen Auskünfte aller Art.«

»Männer, so sagt man, werden in den Betten gesprächig«, murmelte Alyss.

»Manche, Mistress Alyss.«

»Nun, dann hat er ja vermutlich allerlei Wissen gesammelt, für dessen Absolution er sich reichlich entlohnen lassen kann.«

»Nicht nur das, Schwester mein. Er ist ein eifriger, gottesfürchtiger Christ, der Pater Nobilis, und er hat einen gründlichen Hass auf die Ketzer. Sie, die das Wort Gottes, und vor allem die seinen, nicht achten, gehören vernichtet. Derartige Vergehen müssen ihm die Schwälbchen unter seiner Obhut anzeigen.«

Alyss nahm den Schleier ab, aber die Haare raufte sie sich nicht.

»Ich verstehe. Und wenn er fündig geworden ist, hat er Joos oder Theis beauftragt, diesen Ketzer zur Hölle zu schicken.«

»So ist es. Der Hannes Schnidder aber hat sich nicht freiwillig dorthin befördern lassen, sondern hat sich mit seinem Messer gewehrt. Joos erhielt eine Wunde am Bein in jenem Kampf, der er wenig Aufmerksamkeit schenkte. Sie entzündete sich und trieb ihn fast in den Wahnsinn. Sein Bruder musste die nächsten Fälle übernehmen, und Inse bereitete ihm dabei ein besonderes Vergnügen, denn sie konnte er mit der Wolfsmaske ein paar Tage zu Tode ängstigen, bis er sie umbrachte.«

»Der Herr möge sich ihrer geschundenen Seele annehmen«, murmelte Alyss.

»Amen«, sagte das Hauswesen.

»Den Angriff auf den Allmächtigen führte, wie wir wissen, ebenfalls Theis aus, und Joos erfuhr erst zwei Tage später, dass Theis dabei ums Leben kam. Durch ein treffsicher geworfenes Messer von Gislindis.«

»Jemand hat es beobachtet.«

»Ein Bettler, der bei Groß Sankt Martin auf Almosen hoffte. Als Joos das erfuhr, versteckte er sich wohlweislich bei Pater Nobilis. Doch in seinem Wahn wuchs der Wunsch nach Rache, weshalb er heute der Marktwache die Hellebarde entriss, den einen Wächter tötete, den anderen verletzte und sich auf Gislindis stürzte. Zwei heiße Pasteten hinderten ihn daran, seine Rache auszuführen.«

»Man wird ihn hängen.«

»Zweifelsohne. So er noch so lange lebt. Die Beinwunde ist wieder aufgebrochen, und ich fühlte mich verpflichtet, sie zu verbinden. Aber die Entzündung ist fortgeschritten, sie wird ihn vergiften. So oder so, der Tod ist ihm nahe, und vermutlich ist das Hängen gnädiger. Aber darum sorge ich mich nicht. Der Mann hat viele unschuldige Menschen getötet.«

»Ja, wichtiger ist es, dieses Paters Nobilis habhaft zu werden.«

»Schon geschehen, Mistress Alyss. Doch ihn wird man nicht mehr vernehmen können. Die Wachen fanden ihn aufgeknüpft in seinem Haus hängen. Er hat sich selbst gerichtet.«

»Und somit seine Schuld zugegeben.«

»Sehen wir es so.«

»Was für ein Sumpf!«

Sie saßen noch lange zusammen und erörterten das Verbrechen, aber irgendwann erhob sich Alyss und sagte: »Ich gehe und unterrichte unsere Eltern davon.«

»Ich begleite dich, Alyss.«

»Nein, Marian, du berichtest Mats und Gislindis.«

»Und ich begleite Euch zum Alter Markt, Mistress Alyss.«

Sie gingen langsam nebeneinander her, während die Bewohner der Stadt allmählich ihr Tagewerk abschlossen. Händler packten ihre Waren zusammen, Läden und Türen wurden geschlossen, Karren fuhren in Richtung der Stadttore.

»Ich wusste nicht, dass der Wahnsinnige Joos war, John«, sagte Alyss, um das Schweigen zu brechen.

»Natürlich nicht. Und mein Stolz hat auch nicht darunter gelitten, Mistress Alyss. Ihr habt sehr mutig gehandelt.« Er lächelte sie an. »Das ist es ja, was mein Herz immer wieder fast zum Stocken bringt. Könnt Ihr nicht ein gefügiges, ängstliches Weib sein, dass sich in der Sicherheit seiner Kammer einschließt?«

»Meine Kammer ist nicht sicher, wie Ihr sehr wohl wisst.«

Im vergangenen Jahr hatte sich John eines Nachts eingeschlichen, um ihr heimlich die Brautkrone zurückzubringen. Sie hatte ihn dabei ertappt.

»Nein, da habt Ihr recht, nicht einmal in Eurer Kammer seid Ihr sicher. Dann muss mein Herz sich eben ermannen und die Angst um Euch ertragen.«

»Muss es das meine nicht auch? Kann ich Euch befehlen,

Euch nicht von Seeräubern entführen, nicht von Friesen gefangen halten zu lassen, keine Raufereien anzufangen, Euch nicht den Arm brechen zu lassen...«

»Habt Ihr Euch etwa wirklich Sorgen um mich gemacht, Mistress Alyss?«

»Nicht, solange ich es nicht wusste.«

»Dann will ich mich bemühen, dass Euch derartige Meldungen nicht mehr beunruhigen.«

»Weil das Ungewisse leichter zu ertragen ist? Nun, dann will ich mich ebenfalls bemühen, Euren Glauben daran zu stärken, dass ich allzeit sicher in meiner Kammer sitze und feine Nadelarbeiten mache.«

»Nadeln sind spitz, und man kann sich damit stechen. Tut es nicht.« Er blieb stehen und stellte sich vor sie, so dass sie zu ihm aufschauen musste. »Wir beide, Alyss, Ihr und ich, leben nicht in sanfter Hut des Schicksals.«

»Nein, weder Ihr noch ich. Und darum, John, bleibt uns nichts anderes als Vertrauen.«

»Ich vertraue Euch, my Mistress.«

»Und ich Euch, John«, sagte sie leise. »Genauso sehr wie auch Marian und meinen Eltern.«

»Ich danke Euch dafür. Ihr habt mir ein wertvolles Geschenk gemacht. Ich werde mich bemühen, es Euch zu vergelten. Doch nun klopft an die Tür Eures Elternhauses und berichtet Eure Heldentaten.«

»Ihr kommt nicht mit?«

»Pflichten rufen, Mistress Alyss.«

Ohne sie zu berühren, verbeugte er sich vor ihr und eilte dann die Straßen hinunter. Sie ging die wenigen Schritte bis zu dem Haus derer vom Spiegel.

## 35. Kapitel

Der Frühling hatte mit Sonnenschein und lauem Regen der Natur ihre volle Pracht entlockt. In lichtem Grün standen Felder und Bäume, Vögel schmetterten ihre Liebeslieder von der Frühe bis in die Nacht, Malefiz schlich auf Freierspfoten durch die Nachbarschaft und sang die seinen, Leocadie erblühte in aufgeregter Freude, hatte doch Ritter Arbo die Familie besucht und den Hochzeitstermin festgelegt.

So traf Alyss sie in ihre Träume versunken im Weingarten, den Handschuh nachlässig in der Hand, den Futterbeutel leer. Im Licht kreiste der Falke, und just, als sie die versunkene Jungfer ansprechen wollte, stürzte er herab, wirbelte am Boden eine kleine Staubwolke auf, und der Todesschrei eines kleinen Tieres erklang.

Leocadie schreckte auf.

Sie sah Alyss an, dann den Handschuh, und hastig streifte sie ihn über.

»Du kannst ihn nicht zur Hand rufen, wenn du ihm keine Atzung anbieten kannst, Leocadie. Er hat sich diesmal seine Beute verdient.«

»Ich war unaufmerksam, Frau Alyss. Verzeiht!«

Doch Alyss schenkte ihr keine Beachtung. Der Falke hatte sich nicht wie üblich neben die Beute gesetzt, um sie zu verschlingen, sondern hatte sie ergriffen und flog damit zur Umfassungsmauer, wo sich die Laube befand. Dort legte er das pelzige Tier ab und stieg wieder auf.

»Er bringt dem brütenden Falkenweibchen Nahrung. Lassen wir ihn frei, Leocadie.«

»Ja, aber – er ist doch ein wertvoller Vogel.«

»Wertvoll und mir viel wert. Doch ich glaube, er wird wieder zurückkehren, wenn er seine Pflichten erfüllt hat.«

»Aber wenn er sich verirrt oder von einem anderen Vogel oder Raubtier angegriffen wird?«

»Verirren wird er sich nicht, und wenn er angegriffen wird, weiß er sich zu wehren. Er ist ein kluges Geschöpf. Und klugen Geschöpfen, Leocadie, muss man zuzeiten ihre Freiheit gewähren. Nimm es als Rat von mir mit in deine Ehe mit dem Ritter.«

»Ja, danke, Frau Alyss. Ich will es beherzigen.« Doch legte sich bei diesen Worten ein Schatten über ihre schönen Züge.

»Herr Arbo, Leocadie, muss seinem Lehnsherrn und seinem König dienen. Er wird am Hofe Aufgaben übernehmen oder auf Missionen geschickt werden. Und wenn es notwendig ist, wird er auch in den Kampf ziehen müssen.«

»Ich weiß ja, aber ich werde vor Sorgen schlaflose Nächte haben.«

»Und ihn bei seiner Rückkehr hohläugig und abgemagert vom Siechenlager aus begrüßen.«

»Nein, nein...«

»Dann wappne dich mit Gleichmut, Leocadie. Denn auch du brauchst deine Freiheit, wenngleich du nicht zu Reisen in ferne Lande aufbrichst. Deine Reisen führen dich in die Gefilde der Gedanken und Träume, und darüber vergisst du auch oft jene, die deiner Aufmerksamkeit bedürfen. Was soll ein Mann glauben, wenn du stundenlang vor dich hin sinnst? Dass du eines anderen gedenkst?«

»Das würde ich nie, nie, nie!«

»Oder dir ein schönes Lied, eine innige Geschichte, deine Kinder, eine Freundin wichtiger sind als er? Was, wenn man dir verböte, den Dichtern und Sängern zu lauschen, dich in deine Gebete zu vertiefen, im Garten zu lustwandeln?«

»Aber dabei kann mir doch nichts passieren!«

»Nein? Ich glaube doch. Du kannst dir ein falsches Bild von der Welt machen, eines, wie es die Minnesänger malen oder die höfischen Dichter, das aber dem deines Gatten nicht mehr gleicht. Und dann verliert ihr euch.«

Leocadie zupfte ein Blättchen von einer Rebe, dachte eine Weile nach und nickte dann.

»So wie Ihr Euren Gatten verloren habt, weil das Bild, das Ihr mit Zahlen malt, nicht dem seinen gleicht?«

»Sehr gut beobachtet, Leocadie. Seine Welt und meine Welt stimmen nicht mehr überein. Und das hat nichts mit seinen Reisen zu tun.«

»Ja, ich glaube, ich verstehe Euch. Ich will daran denken, Frau Alyss.«

»Tu das. Und nun bring den Handschuh zurück, aber füll dennoch die Futtertasche. Wenn der Falke zurückkehrt, wird er hungrig von seinem Abenteuer sein. Und dann belohne ihn dafür.«

Im Hof erwartete Alyss ein schöner Mann.

Ein schöner, doch gebrochener Mann. Oliver Schwertfeger, groß, breitschultrig, goldgelockt und von ebenmäßigen Zügen, stand neben Hilda, die auf den Rebgarten wies. Offensichtlich hatte er sich nach Alyss erkundigt. Sie trat auf ihn zu.

»Oliver, ich grüße Euch.«

»Wohledle Frau, auch meinen Gruß. Ich komme, um die Fragen zu beantworten, die Ihr mir aufgetragen habt.«

»Ich höre.«

Er sah Hilda und Leocadie zögernd an, und Alyss schüttelte den Kopf. »Sie wissen darum. Inse starb vor ihren Augen.«

Oliver zuckte zusammen, als hätte sie ihn in den Magen geschlagen.

»Ich habe mit Odilia gesprochen.« Er fuhr sich mit dem Handrücken über die Lippen. »Sie ist schuld. Sie sagt, sie habe aus Liebe zu mir gehandelt. Aber das entschuldigt es nicht. Sie war es, die zu Pater Nobilis gegangen ist, um Inse der Ketzerei zu bezichtigen. Sie wusste, dass er ein Eiferer in dieser Angelegenheit war. Das werde ich ihr nie verzeihen können. Aber zu ihren Gunsten muss ich ihr zubilligen – sie wusste nicht, dass er einen Mörder ausschicken würde.«

»Das wird er auch nicht jedem auf die Nase gebunden haben.«

»Wohledle Frau, ich bin außer mir. Inse war mir vertraut und ein liebes Weib. Dass ich Odilia mehr begehrte, werde ich mir selbst nie vergeben. Ich verlasse die Stadt, wohledle Frau. Ich weiß, dass die Fremde mir keine Erlösung bietet, aber ich kann hier niemandem mehr unter die Augen treten. Lebt wohl und habt Dank, dass Ihr meinem Weib in seiner letzten Stunde beigestanden habt.«

Die Tränen rannen ihm über die Wangen, er drehte sich abrupt um und ging zum Tor hinaus.

»Liebe kann tödlich sein, wenn sie zur Besessenheit wird«, sagte Alyss leise.

»Sie war habgierig, die Taschenmacherin«, sinnierte Leocadie und ging auf den Verschlag zu, um den Handschuh abzulegen. »Das meintet Ihr mit Freiheit lassen, nicht wahr?«

»Ein drastisches Beispiel, ohne Frage.«

Alyss nahm ihr das Häubchen des Falken ab und setzte es auf den Stock neben dem Sprenkel.

»Frau Alyss, Ihr… Ihr wisst sicher, was mir zu Hause geschehen ist.«

»Ja, Liebelein, ich weiß es.«

»Es hat so wehgetan, von einem Mann verraten zu werden. Ich wollte sterben.«

»So bist du nun mal. Andere Frauen wollen den Betrüger oder die Buhle sterben sehen.«

»Ich glaube, Ihr seid ein sehr kluges Weib, Frau Alyss.«

»Mhm. Ich habe auch ähnliche Fehler gemacht. Ich habe versucht, daraus zu lernen.«

Lauryn und Frieder kamen in den Hof, schleppten die von Hilda gewünschten Tontöpfe herein. Benefiz kläffte freudig, Frieder lachte, doch Lauryn wehrte den jungen Hund mit ungewöhnlich unwirscher Miene ab.

»Frau Alyss, könnt Ihr Lauryn nicht helfen? Sie ist so unglücklich.«

»Was soll ich tun? Tilo zwingen, Wulf niederzustrecken und ihr auf Knien die Ehe anzutragen? Oder umgekehrt?«

»Ich weiß nicht, Frau Alyss. Sie war erst so glücklich, dem Wulf versprochen zu sein, aber seit Tilo wieder hier ist, wird sie von Tag zu Tag trübsinniger. Und er macht gar nichts.«

»Leocadie, ich kann Lauryn die Entscheidung nicht abnehmen. Die muss sie selbst treffen. Wenn sie das Verlöbnis auflösen will, dann rede ich mit ihrer Mutter. Wenn nicht, dann soll sie ihn heiraten. Wulf wird ihr kein übler Gatte sein. Auch wenn sie sicher einem größeren Hauswesen vorstehen könnte.« Und dann lächelte Alyss ihr seltenes Lächeln. Leocadie erwiderte es unwillkürlich. »Hätte es dir geholfen, wenn wir dir einen Platz in einem Kloster verschafft hätten?«

»O Heilige Mutter Maria – nein!« Und mit einem Kichern schlug Leocadie die Hand vor den Mund. »Ich bin eine ziemliche Gans gewesen, nicht wahr, Frau Alyss.«

Wie gerufen stolzierten Gog und Magog vorbei, und Gog schnappte nach ihrem Rocksaum.

»Reih dich in seine Schar ein«, schlug Alyss vor.

Der letzte launenhafte Aprilschauer war fortgezogen, der Mai angebrochen, das Leben nahm endlich wieder seinen geregelten Lauf. Der Weingarten gedieh, die allererste Knospen an der Rosenlaube brachen auf und verströmten ihren süßen Duft. Die jungen Falken waren geschlüpft, und Jerkin brachte getreulich Beute zu dem Hort. Doch abends fanden sie ihn immer auf dem Dach des Verschlags sitzen. Frieder oder Leocadie brachten ihm dann seine Atzung und setzten ihn auf seinen Sprenkel.

Marian widmete sich mit Hingabe seinen Salben und Pülverchen und erteilte Gislindis weiterhin Lektionen im Lesen und Schreiben. Wann immer er von ihr kam, so fand Alyss, wirkte er ein wenig durcheinander. Sie dachte sich ihren Teil. Gislindis war eine gewitzte junge Frau, die zu locken und zu verwehren wusste. Ein böses Spiel trieb sie sicher nicht mit Alyss' Bruder, aber vermutlich wusste sie ihre Gefühle zu wahren. Es mochte Marian ganz gut tun, dass sie seinem beträchtlichen Zauber nicht willenlos unterlag.

Frieder lernte mit Feuereifer von Tilo die Grundbegriffe der englischen Sprache, wobei Alyss den Eindruck hatte, dass er vornehmlich den derberen Ausdrücken seine Beachtung schenkte. Leocadie hatte von ihren Eltern ein höchst wohlmeinendes Schreiben erhalten, in dem sie ihre Eheschließung mit Ritter Arbo guthießen und Alyss sowie Almut und Ivo vom Spiegel bevollmächtigten, die Voraussetzungen dafür zu schaffen. Sie selbst würden erst zum Hochzeitstag anreisen, denn das Weingut bedurfte ihrer Anwesenheit.

Mit sehr vorsichtigen Schritten, um die jungen Falken nicht zu stören, näherte sich Alyss ihrer Rosenlaube. Benefiz hatte sie den Zutritt zum Weingarten verwehrt, und Jerkin hatte Malefiz recht deutlich gemacht, dass er in der Nähe der Jungvögel nicht erwünscht war. So setzte sie sich also von ihren tierischen Freunden unbegleitet auf die Bank und legte die Hände in den Schoß. Wieder hatte sie die Sonntagsmesse geschwänzt, um ihre eigene Andacht zu halten.

Und zu warten.

Es gab vieles, worüber sie derweil nachsinnen konnte. Der Baderknecht Joos war seiner Verletzung nach wenigen Tagen erlegen, wie Marian es geahnt hatte. Oliver Schwertfeger hatte tatsächlich die Stadt verlassen, aber die Taschenmacherin schien ein weniger empfindliches Gewissen zu haben. Sie hielt weiter ihre Taschen feil, und vermutlich bot sie auch ihre sonstigen Dienste fürderhin an. Über Hermanus' weiteres Schicksal wollte Ivo vom Spiegel entscheiden. Noch hielt er sich im Kloster auf und tat Buße, wenn auch unter der gütigen Anleitung Vater Lodewigs, der von Fasten und Geißeln nicht sehr viel hielt.

Die Sonne stieg allmählich in den Zenit, und weil ihr warm wurde, zog Alyss den Schleier von ihren Haaren. Sie lehnte den Kopf zurück, schloss die Augen und lauschte den vielfältigen Stimmen der Vögel. Es waren ihrer so viele, dass sie sie nicht unterscheiden konnte, und ihre Stimmen mischten sich nun auch mit dem Läuten der Glocken, das über die Stadt hallte.

Sie hatte ihn nicht kommen gehört, sondern bemerkte ihn erst, als er sich an ihrer Seite auf die Bank setzte.

»Träumt Ihr, my Mistress?«

»Ich lausche. Ihr seid leise, John.«

»Ich wollte die jungen Falken nicht schrecken.«

»Ihrer drei hat sie ausgebrütet.«

»Wie schön, das enthebt mich für diesmal, Euch ein neues Geflügel zu schenken.«

»Welch Jammer. Ein stolzer Pfau wäre doch eine Zierde des Hauswesens. Oder ein Paar schwarzer Schwäne.«

»Ich werde das nächste Mal daran denken, my Mistress. Für diesmal werdet ihr hiermit vorliebnehmen müssen.«

Alyss öffnete die Augen und sah das Buch, das John ihr auf die Knie gelegt hatte. Es war in dunkelrotes Leder gebunden, eine breite Leiste aus feinen, verschlungenen Goldkordeln, durchsetzt mit winzigen Perlen, umgab den Deckel. In dessen Mitte leuchtete ihr ein ovales, ebenfalls mit Gold eingefasstes Emaillebild entgegen, das einen blühenden Rosenbusch darstellte.

»Heilige Jungfrau Maria, ist das schön«, entfuhr es ihr.

»Eine kleine Entschädigung für das Werk, das in den Wellen unterging und aus dem nun die Fische den Minnesang lernen.«

»Oder die Meerjungfrauen?«

»Nicht in der kalten Nordsee.«

»Ihr brecht noch heute auf?«

»Ja, my Mistress. Es ist an der Zeit. Ich will vor der Warenlieferung am Hafen sein, und es gibt unterwegs noch ein, zwei Umwege zu machen.«

»Auf denen Frieder Euch begleitet.«

»Es wird ihm nicht schaden.«

»John?«

»Ja, my Mistress?«

»Beantwortet Ihr mir eine Frage?«

»So ich nicht Geheimnisse anderer damit verraten muss.«

»Ich weiß, Ihr hütet derer viele. Doch sagt mir, warum könnt Ihr Euch nicht mit Eurem Vater versöhnen?«

»Weil er es nicht will, Alyss. Ich habe nichts unversucht gelassen, glaubt mir. Ich habe ihn sogar – mit Roberts Hilfe und seinem Geld – aus dem Kerker freigekauft. Aber er ist so verbittert über meinen angeblichen Verrat und nun auch noch den gesellschaftlichen Abstieg als Händler, dass er sich von mir ein für alle Mal losgesagt hat.«

»Habt Ihr noch Geschwister?«

»Einen älteren Bruder, der Vaters Erbe antreten wird, und zwei jüngere Schwestern, höchst nobel verheiratet. Er braucht mich nicht.«

»Und Eure Mutter?«

»Starb vor vier Jahren. Sie... Auch sie hat an meinen Verrat geglaubt.«

»Warum müssen Menschen so starrsinnig und unversöhnlich sein?«

»Alyss, ich habe lange darüber nachgedacht. Mein Vater hat einen Schritt getan, ähnlich wie vermutlich der Eure einst, dem nur wenige Menschen folgen können und den sie, weil sie es nicht verstehen, für gefährlich halten. Er ist kein Gottesleugner, er hat nur Fragen gestellt, die sonst keiner zu stellen wagt. Er ist ein kluger, belesener Mann, der seine eigenen Schlüsse zieht und das Wackelige an bestehenden Gebäuden erkennt. Dass er dabei auf ähnliche Erkenntnisse kam wie Wycliffe, lag für mich nahe. Aber er wusste immer, dass er durch diese Ansichten gefährdet war. Ich habe oft mit ihm über seine Gedanken und Auffassungen disputiert.«

»Doch nicht als sein Gegner?«

»Nein, im Gegenteil, ich bin sogar noch weiter gegangen und habe noch heftiger an der Fassade von Glauben und Kirche gerüttelt. Aber das tut nichts zur Sache. Ich bin einer seiner wenigen Vertrauten gewesen, mit denen er diesen Gedankenaustausch gepflegt hat. Weshalb ihn mein angeblicher Verrat weit tiefer getroffen hat, als wenn ein missgünstiger Stänkerer ihn denunziert hätte.«

»Und wer hat ihn nun wirklich denunziert?«

»Ich weiß es nicht.«

»Ihr seid gut darin, derartige Dinge herauszufinden, John. Könnte es sein, dass Euch ein Gewissen daran hindert, es zu ergründen?«

»Wie meint Ihr das, Alyss?«

»Ihr habt einen Bruder. Ihr habt Schwestern. Sie haben Gatten…«

John legte seinen Arm über die Rückenlehne hinter ihr und lehnte sich zurück. »Ja, die habe ich.«

»Und ein frommes Weib.«

»Ja, das habe ich auch. Aber wer glaubt schon, dass eine keusche Jungfrau, züchtig und zutiefst gläubig, ihren Schwiegervater in den Kerker bringen wollte?«

Alyss schwieg.

»Alyss?«

»›Weh euch, Schriftgelehrte und Pharisäer, ihr Heuchler, die ihr seid wie die übertünchten Gräber, die von außen hübsch aussehen, aber innen sind sie voller Totengebeine und lauter Unrat! So auch ihr: Von außen scheint ihr vor den Menschen fromm, aber innen seid ihr voller Heuchelei und Unrecht.‹ So hat Matthäus es beschrieben. Selbstgerechte Menschen, wie Hermanus, schlimmer Pater Nobilis, sind zu so etwas fähig, nicht wahr?«

»Ihr kennt mein Weib nicht, Alyss.«

»Nein, ich kenne sie nicht. Verzeiht, ich sollte so böse nicht reden.«

»Ich kenne sie auch nicht. Es scheint, als müsste ich auch darüber gründlich nachdenken.«

Er schwieg, und Alyss beobachtete die Schwalben, die in beschwingten Sturzflügen nach den Insekten haschten. Freundliche Vögelchen, die im Gebälk des Hauses und der Ställe nisteten, Sinnbilder trauter Häuslichkeit.

Ihr Heim war ihr traut, das Hauswesen, wenn auch gefräßig, vorlaut, übermütig und manchmal bekümmert, war ihr lieb. Und doch schmerzte es sie noch immer, dass zu ihm nicht auch ihr eigener Nachwuchs gehörte.

Würde sie jemals noch ein Kind in den Armen wiegen?

Doch fort mit diesem traurigen Gedanken. Nur wenige Zeit blieb ihr noch, die sie ungestört mit John zusammen sein konnte.

Robert, so erinnerte sie sich, war ebenfalls oft an den Sonntagen zu ihr in diese Laube gekommen, wenn sie gemeinsam die Messe geschwänzt hatten. Mit Robert hatte sie freundschaftlich reden können, so wie mit John auch. Robert war ein gütiger Mann gewesen, Robert hatte John geholfen, er hatte ihm vertraut und ihn sogar zu seinem Erben gemacht. Er hatte ihn hergebracht, nach Köln, in ihr Heim.

Und dann hatte Yskalt, der Friese, ihn mit seinem Hammer erschlagen.

Sie hatten es entdeckt, und Marian hatte den Mörder überwältigt. Er hatte die Tat zugegeben und lag im Kerker im Fieber.

Jemand hatte ihn befreit und dann sterbend in einem Burggraben liegen gelassen, wo Ritter Arbo ihn gefunden hatte. Er brachte ihn zu den Hospitalitern, wo er seinen Verletzungen erlag. Doch vorher hatte John ihn aufgesucht. Als er zurückgekommen war, war er verstört gewesen. Was er aber von dem Sterbenden erfahren hatte, wollte er damals nicht preisgeben.

Ihre Gedanken wanderten weiter und folgten den wilden Kapriolen der Schwalben.

Schließlich fragte sie: »John?«

»Ja, my Mistress?«

»Ihr wisst, dass Ihr mich nicht schonen müsst.«

»Ich würde es gerne. Und Euch beschützen obendrein. Aber ich kann Euch noch nicht einmal die spitzen Nadeln aus der Hand nehmen.«

»So ist es. Und darum beantwortet mir noch eine Frage, bevor Ihr abreist.«

»Wenn ich kann.«

»Ihr könnt.«

»Dann will ich es tun.«

»Hat Arndt van Doorne Yskalt gedungen, seinen Bruder zu erschlagen?«

»Ja.«

Sie sah weiter schweigend den Schwalben zu.

Es war nur ein Steinchen mehr in dem Mosaik des Bildes, das sich ihr von van Doorne formte: Brudermord.

»Hat er die friesischen Seeräuber beauftragt, die Kogge zu überfallen, auf der Ihr heimreistet?«

»Vermutlich.«

»Man kann es ihm nicht nachweisen?«

»Noch nicht, my Mistress.«

Aber er war auf dem Weg dahin, es zu tun. Und auf diesem Weg gab es für ihn Geheimnisse zu hüten. Er würde den friesischen Häuptling aufsuchen, möglicherweise wäre heimsuchen der richtigere Ausdruck. Auch Umwege, von denen er sprach. Er kannte aufgebrachte Kapitäne und harthändige Seeleute, wütende Kaufherren und deren muskelbepackte Handelsknechte. Frieder würde er jedoch an diesem Abenteuer nicht beteiligen; der würde Falken und sich selbst zähmen lernen.

»Gut«, sagte sie deshalb nur.

»Ja.«

»Ich habe einst gelobt, meinem Gatten treu zu sein, an seiner Seite zu stehen und ihn zu ehren und zu achten«, sagte sie in den Sonnenschein hinein.

Dann schwieg sie lange und er ebenfalls.

»Einst.« Die Endgültigkeit des Wortes entsetzte sie selbst.

»Einst, my Alyss, tat ich es auch... einst.«

Der Falke hoch oben im Licht stieß einen Schrei aus.

»Und nun, my Mistress, erlaubt, dass ich gehe. Die Messe ist zu Ende, das hungrige Hauswesen wird gleich zurückkommen.«

»Ja, geht. Doch kehrt zurück, John. Ich warte auf Euch.«

Der Arm, der hinter ihr auf der Lehne lag, umfing sie. Er beugte sich vor, sodass er ihr ins Gesicht sehen konnte. Mit einem Finger fuhr er die Samträupchen ihrer Augenbrauen nach und sprach mit einer Stimme, rau vor Verlangen: »*My mistress' brows are raven black, her eyes so suited, and they mourners seem.*«[5]

Und dann küsste er sie.

Mit Augen, rabenschwarz vor Trauer, sah sie ihn gehen.

Doch noch als er ihren Blicken entschwunden war, lag noch die Süße seines Kusses auf ihren Lippen. Langsam öffnete sie den Buchdeckel und las das erste Gedicht, das, wie es dort hieß, der Mönch von Salzburg verfasst hatte.

> »Ich hatt zur Hand gelocket mir
> einen Falken ohnegleichen,
> der hat verloren alle Gier
> und tut davon sich streichen.

---

[5] Fast zweihundert Jahre später hat William Shakespeare diese Worte Johns in seinem Sonett 127 kopiert.

Hät ich gebeitzt mit strengem Mut,
er wäre wild nicht worden.
Das tat ich nicht, ich tat ihm gut,
drum hab ich ihn verloren.

Er ist mir worden ungezähmt,
das tut mir weh im Herzen,
gar übel habe ich ihm's genommen,
er könnt wohl wenden meine Schmerzen.«

Alyss seufzte.
Doch es lag Hoffnung in dem sehnsüchtigen Laut.

**Von Andrea Schacht bei Blanvalet bereits erschienen:**

*Die Beginen-Romane:*
Der dunkle Spiegel (36774)
Das Werk der Teufelin (36466)
Die Sünde aber gebiert den Tod (36628)
Die elfte Jungfrau (36780)
Das brennende Gewand (37029)

*Die Alyss-Serie:*
Gebiete sanfte Herrin mir (37123)
Nehmt Herrin diesen Kranz (37124)

*Die Ring-Trilogie:*
Der Siegelring (35990)
Der Bernsteinring (36033)
Der Lilienring (36034)

Rheines Gold (36262)
Kreuzblume (37145)
Göttertrank (37218)
Goldbrokat (geb. Ausgabe, 0297)
Die Ungehorsame (37157)
Das Spiel des Sängers (geb. Ausgabe, 0348)
Die Lauscherin im Beichtstuhl. Eine Klosterkatze ermittelt (36263)
MacTiger – Ein Highlander auf Samtpfoten (36810)
Pantoufle – Ein Kater zur See (37054)

# Ein scharfzüngiges und immer humorvolles Sittenbild aus der Zeit des Freiherrn Knigge.

**ANDREA SCHACHT**

**Die Ungehorsame**

Roman

448 Seiten. ISBN 978-3-442-37157-0

Bonn, 1842. Als die unscheinbare Leonie Gutermann und Landvermesser Hendryk Mansel sich das Jawort geben, bebt die Erde. Niemand mag an ein Omen glauben, doch in der Zweckehe kündigen sich schon bald Turbulenzen an. Beide hüten Geheimnisse voreinander, doch die Fassade bekommt erste Risse. Als auf Hendryk ein Anschlag verübt und auch Leonie bedroht wird, müssen sie sich ihrer Vergangenheit stellen – und ihrem Herzen …

Lesen Sie mehr unter: **www.blanvalet.de**